eschen 4 verlag

Andreas Fischer

Die Königin von Troisdorf

Wie der Endsieg ausblieb

Roman

2. Auflage 2022

Lektorat Gerold Hens, Karin Laub, Kuno Rinke
Covergestaltung Sandra Kastl, Berlin
Typologo Thomas Mank
Satz Pinkuin Satz und Datentechnik, Berlin
Satz aus der Abril Text
Druck und Bindung Pustet, Regensburg
Printed in Germany

eschen 4 verlag
Eschenstr. 4
12161 Berlin
www.eschen4.de
verlag@eschen4.de
ISBN 978-3-00-070369-0

Für Leonie

Bezwing Dein Herz damit es nicht,
Was Dich bewegt, den Menschen zeige.
Die Welt will strengerfüllte Pflicht.
Die wahre Liebe kennt sie nicht;
Drum, was Dein Herz bewegt,
verschweige!

Gelsenkirchen im Juli 1938

[Handschriftlicher Eintrag im Poesiealbum meiner Mutter Ilse, die 1938 vierzehn Jahre alt war.]

Prolog

1975.
Troisdorf.
Ich bin 14 Jahre alt. 9. Schuljahr.

An einem Sonntagnachmittag sehe ich im Wohnzimmer fern, eine neue Folge von *Lassie* wird gezeigt. Ich liebe *Lassie*.

Vater kommt aus der Küche, er hat schon etwas getrunken, in der Hand glimmt eine Zigarette.

„Was ist denn das für ein Mist?"

„Lassie", sage ich nur, als ob Vater das nicht wüsste.

Ich lasse mir die Freude an *Lassie* nicht nehmen.

Vater zieht an seiner Zigarette und bläst verächtlich den Rauch in die Luft. Als er selbst Kind war, erklärt Vater, da habe es im Kino wirklich tolle Hundefilme gegeben, *Rin Tin Tin*, so der Name des Hundes, sei ein deutscher Schäferhund gewesen. Das, was ich mir da anschaue, sei bestenfalls ein flauer Abklatsch.

Ich sage nichts.

Ich liebe *Lassie*.

Vater geht schwankend zurück in die Küche und knallt die Tür hinter sich zu. Diese Leier kenne ich schon. Früher war alles besser. Und jetzt ist alles Scheiße. Früher gab es ein tolles, großes, starkes Deutschland, heute nur eine miese Bundesrepublik. Die DDR kann man ja völlig vergessen. Früher gab es den tollen Führer, heute nur verachtenswerte, langweilige Bundeskanzler. Früher gab es die großartigen Hunde im Kino, heute nur einen müden Abklatsch im Fernsehen. Früher lebte Vaters großer Bruder noch, heute gibt es nur mich, ich gehöre zum flauen, miesen Jetzt, ein Jetzt, welches sich nur mit einer allabendlichen Literflasche Korn ertragen lässt. Es wäre besser, die Scheißbundesrepublik würde verschwinden, diese Scheißbundeskanzler würden verschwinden, *Rin Tin Tin* würde im Fernsehen laufen, und ich wäre besser auch nicht mehr da.

Eins

1968.

Troisdorf.

Ich bin 7 Jahre alt. 2. Schuljahr.

Es ist kein Zufall, dass meine Eltern Reinhold und Ilse, Oma Lena, Tante Hilde und Onkel Bruno so nah beieinander wohnen. Sie haben einen Weltkrieg gemeinsam überlebt und gelernt, dass es keine Sicherheit gibt. Alles kann verloren gehen. Das Bollwerk gegen die Unsicherheit der Welt sind sie selbst, ist ihr Zusammenhalt.

Diese Familie ist ein fein justiertes Getriebe. Alle Teile haben ihren Platz und greifen ineinander. Das Zentrum der Familienmaschinerie bildet das Fotoatelier meiner Eltern. Es trägt den Namen meiner Mutter:

Foto Ilse Fischer

Bereits vor dem Krieg lernten sich meine Eltern in der Berufsschule kennen. Als mein Vater nach Krieg und Gefangenschaft 1946 heimkehrte, stand meine Mutter vor der Meisterprüfung. So wurde sie die Meisterin, die Namensgeberin, die Chefin. Ich habe nie herausgefunden, ob es meinen Vater tief im Innern geärgert hat, dass der Betrieb nicht seinen Namen trug.

Meine Eltern arbeiten beide den ganzen Tag im Geschäft. Vater steht im Atelier hinter der Kamera und ist für das Fotolabor zuständig, Mutter bedient hinter der Theke die Kunden und betreut diese während der Aufnahmen. Vater hält sich am liebsten allein in der Dunkelkammer auf und fertigt Abzüge, Mutters Lebenselixier sind die Gespräche mit den Kunden.

So bilden Reinhold und Ilse ein hervorragendes, erfolgreiches Team, sie erhalten jedoch auch erhebliche Unterstützung.

Das Atelier steht in Troisdorf an der Hauptstraße, mein Elternhaus knappe zehn Autominuten davon entfernt in einer Wohngegend. Die Erdgeschosswohnung ist vermietet, meine Eltern und ich leben im ersten Stock des Hauses, und Oma Lena bewohnt zwei Zimmer unter dem Dach.

Kurz nach meiner Geburt zogen Oma Lena und Opa Paul zu uns, doch Opa starb vor zwei Jahren. Der Umstand, dass Oma Lena die Dachgeschosswohnung bewohnt, ist eine treffende Fügung, so thront sie auch räumlich über uns.

Wenn ich morgens in die Schule gehe und meine Eltern zum Geschäft fahren, begibt sich Oma Lena einen Stock tiefer, sie kocht und hält die Wohnung in Ordnung.

Mittags verlässt Mutter das Geschäft, macht einen Spaziergang nachhause, ich komme aus der Schule, und wir essen gemeinsam mit Oma Lena. Wenn es an der Zeit ist, holt Mutter den Henkelmann aus dem Küchenschrank. Es handelt sich um einen Essensträger aus Metall, bestehend aus zwei stapelbaren Behältern, die mit einem Metallbügel zusammengeklemmt werden, der gleichzeitig als Griff dient. So lässt sich der Henkelmann gut tragen. Mutter befüllt den Henkelmann und nimmt ihn mit ins Geschäft.

Vater setzt sich auf einen Stuhl und isst sein Mittagessen aus den Behältern des Henkelmanns. Oft ist das Essen schon kalt, wenn er dazu kommt.

Ich gehe nach dem Mittagessen zu Tante Hilde. Sie wohnt mit Onkel Bruno eine Straßenecke weiter in einem Reihenhaus, die beiden haben keine Kinder. Am Vormittag hat Tante Hilde für die ganze Familie Lebensmittel eingekauft, dann für sich und Onkel Bruno gekocht. Nun geht sie ihrer Hausarbeit nach, ich erledige in der Küche am Tisch meine Schulaufgaben. Wenn sie eine Pause macht, sieht sie meine Aufgaben nach, da ist sie sehr genau. Tante Hilde wäre gerne Lehrerin geworden.

Sie bereitet mir eine Tasse Kaba zu, dafür verwendet sie verdünnte Kondensmilch, das ist besonders schmackhaft. Tante Hilde trinkt einen Kaffee, so genießen wir gemeinsam die Pause.

Gelegentlich schält sie mir einen Apfel oder schmiert mir ein Nutellabrot, dann soll ich aber die Hefte und Bücher beiseitelegen und hinterher die Hände waschen, damit ich keine Schulsachen beschmutze.

Um fünf Uhr kommt Onkel Bruno von der Arbeit. Er ist Chemielaborant bei der *Dynamit Nobel*, nur kurz *DN* genannt, in der großen Fabrik werden Sprengmittel und Kunststoffe hergestellt. Wenn Onkel Bruno vom Werk kommt, habe ich meine Stifte in mein Mäppchen zu packen, die Legos in die Kiste zu räumen und zu gehen.

Nur wenn Onkel Bruno gut gelaunt ist, darf ich etwas länger bleiben und noch die Mainzelmännchen im Fernsehen schauen. Doch Onkel Bruno hat nicht sehr oft gute Laune.

Jetzt, im zweiten Schuljahr, werden uns viele Hausaufgaben aufgetragen, und an einigen Tagen schaffe ich es nicht, alle zu erledigen, bis Onkel Bruno vom Werk kommt. Das hat er gar nicht gern.

Richtig böse wird Onkel Bruno jedoch, wenn ich seiner Meinung nach frech bin oder einen Fehler mache. Dann setzt er sein strenges, steifes Gesicht auf, die Pupillen in seinen Augen ziehen sich auf Stecknadelkopfgröße zusammen, er hebt drohend sein Kinn und schimpft mit mir.

Wieder zuhause, setze ich mich mit Oma Lena vor den Fernseher und warte auf meine Eltern. Sie schließen das Geschäft um halb sieben, danach gibt es immer noch zu tun, mitunter kann es sehr spät werden, bis sie kommen. Ich sitze mit Oma Lena vor dem Fernseher, aber ich bin nicht bei der Sache. Mit gespitzten Ohren lausche ich auf die Geräusche, die der Ankunft meiner Eltern vorausgehen: das Schlagen der Autotür, die Schritte meiner

Eltern im Hausflur, den Raucherhusten meines Vaters, der im Flur hallt.

Wenn ich ein Geräusch höre, das mir die Ankunft meiner Eltern bedeutet, springe ich auf und stürze ihnen entgegen.

Völlig erschöpft, mit leeren Blicken, wortlos, betreten sie die Wohnung und stellen die abgewetzte Reisetasche mit der Geldkassette im Flur ab. Ohne mich anzusehen, gehen sie in die Küche. Mutter setzt sich auf einen Stuhl, streift die Schuhe ab und streckt die geschwollenen Beine von sich.

„Meine Füße, meine armen Füße ..."

Vater öffnet den Kühlschrank, nimmt eine Flasche Bier heraus, trinkt einen Schluck.

Oma Lena hat sich auf die Küchenbank gesetzt und schweigt. Meine Eltern sind erledigt, sie wollen jetzt nicht sprechen, wollen nichts hören.

Für mich ist kein Platz.

Die Erschöpfung der Eltern presst mich an die Wand.

Im Grunde sind sie nicht da.

Meine Mutter Ilse und Tante Hilde sind die Töchter von Oma Lena. Die drei Frauen bilden die Hauptachse in unserer Familie. Auf dieser Achse stellt das Tandem Oma Lena und Mutter das Kerngespann dar, eine Gemeinschaft innerhalb der Gemeinschaft, ein siamesisches Mutter-Tochter-Wesen. Obwohl meine Mutter 1968 bereits 45 Jahre alt ist, würde sie ihrer Mutter nie widersprechen oder eine Anordnung nicht befolgen. Möglicherweise gab es in früheren Jahren Versuche meines Vaters, gegen die Herrschaft meiner Oma Lena aufzubegehren, wenn es sie gab, waren sie erfolglos.

Tante Hilde, vier Jahre älter als ihre Schwester Ilse, ist eigenständiger. Sie hatte schon als Kind Schwierigkeiten sowohl mit ihrer Mutter Lena als auch mit ihrem Vater Paul.

Im Alter von siebzehn Jahren verließ Hilde ihr Elternhaus in

Gelsenkirchen und nahm im rheinischen Troisdorf eine Stelle als Hausmädchen an.

Mein Vater Reinhold und Onkel Bruno, die Männer der Familie, haben beide keine anderen lebenden Angehörigen mehr, zumindest keine, von denen man weiß oder zu denen Kontakt bestünde.

Um das Familienbild vollständig zu zeichnen, sind noch zwei Phantome zu nennen. Günther, der Bruder von Hilde und Ilse, war Soldat und fiel an Silvester 1941 in der Ukraine bei einem Luftangriff der Roten Armee. Herbert, der zwei Jahre ältere Bruder meines Vaters Reinhold, stürzte 1944 als Pilot einer Militärmaschine ab. Von Herbert und Günther weiß ich 1968 nicht viel, außer, dass es sie in fernen Zeiten einmal gab.

Das beschriebene Getriebe arbeitet sehr zuverlässig, nahezu ohne jegliche Störungen. Störungen werden nicht zugelassen. Sand im Getriebe würde nicht nur wirtschaftliche Einbußen mit sich bringen, sondern auch das Gefühl der Sicherheit beeinträchtigen. Dabei wären Spannungsfelder ohne Mühe auszumachen.

Vater ist Anhänger des untergegangenen Naziregimes und wird es Zeit seines Lebens bleiben, Onkel Bruno hingegen entstammt einer Schriftsetzerfamilie, die an der Gründung der SPD beteiligt war. Vater und Onkel Bruno sind Atheisten und stehen der katholischen Kirche, zurückhaltend formuliert, sehr kritisch gegenüber, während die Frauen geschlossen jeden Sonntag den Gottesdienst besuchen.

Doch nie würde es Vater einfallen, Onkel Bruno hinsichtlich seiner roten Einstellung anzugreifen, ebenso verurteilt Bruno seinen Nazischwager nie offen. Keinesfalls würde Onkel Bruno die Frauen bezüglich ihrer Hinwendung zur katholischen Kirche angehen oder gar versuchen, den Kirchgang seiner Frau zu unterbinden. Tante Hilde und Mutter fügen sich im Gegenzug in das herbe Schicksal, mit Männern verheiratet zu sein, die dem Gottesdienst fernbleiben.

Ebenso wird kein Wort darüber verloren, dass Vater jeden Abend in der Küche sitzt und Schnaps in sich hineinschüttet, bis er völlig betrunken ist.

Gelegentlich werden kleine Sticheleien, die Themen Religion oder Politik betreffend, in den Raum geworfen oder eine leicht zu entschlüsselnde Andeutung im Verlauf eines Gesprächs eingeflochten, aber nie gibt es einen offenen Streit. Ein Zerwürfnis innerhalb des Familiengetriebes wäre eine schwere Katastrophe. Somit ist Schweigen das oberste Gesetz.

Der Sandmann bin ich.

Ich werde später tüchtig Sand ins Getriebe werfen, letztlich fliehen und mich in Sicherheit bringen.

Dabei bin ich der Prinz.

„Da ist ja unser verwöhnter Prinz!“, sagt Oma Lena mit einem spöttischen Lachen.

Ja, ich bin der Prinz.

Ich bin einziger Sohn, einziger Neffe, einziger Enkel.

Auf mich läuft alles zu.

Ich bin der Fluchtpunkt.

Ich werde sie alle beerben.

Ich spiele keine Rolle.

Ich bin unsichtbar.

Zwei

1968.

Troisdorf.

Ich bin 7 Jahre alt. 2. Schuljahr.

Wenn ich bei anderen Leuten eingeladen bin, etwa zu einem Kindergeburtstag, zieht mir Mutter meinen feinen grauen Anzug an. Bevor ich das Haus verlasse, beugt sie sich zu mir herab und schärft mir ein:

„... und wenn dich jemand fragt, wer du bist, dann sagst du, du bist der Sohn von *Foto Fischer.*"

Dann schickt sie mich auf den Weg.

Ich hasse es, wenn Mutter das zu mir sagt, ich hasse es, ich hasse es.

So führe ich diesen Befehl nie aus.

Ich bin Andreas.

Drei

1966.
Troisdorf.
Ich bin 5 Jahre alt.

Ich sitze mit Vater in unserem Auto, wir warten vor dem Haus auf Mutter und Oma Lena, die noch etwas Zeit brauchen. Wir wollen zu Tante Dorle nach Gevelsberg fahren.

Es ist mir sehr recht, dass Mutter und Oma Lena auf sich warten lassen, so bin ich eine Zeit allein mit Vater. Es ist Sommer, Vater trägt ein helles Hemd mit kurzen Ärmeln, er umfasst das Lenkrad, ich bewundere seine muskulösen, stark behaarten Arme.

In der Mitte des Lenkrads befindet sich ein großer, dunkler Knopf, in den ein Bild eingelassen ist, das eine Burgzinne mit einem großen Hund zeigt. Ich frage Vater, was der große Hund zu bedeuten habe, Vater lacht. Dann erklärt er mir geduldig, dieses Auto, in dem wir sitzen, unser *VW*, werde in einer Stadt gebaut, die Wolfsburg heiße. Das Tier auf dem Knopf sei kein Hund, sondern ein Wolf, die zackigen Zinnen stünden für die Burg.

Wolfsburg.

Die Sonne scheint, es ist warm, Vater hat das Fenster auf der Fahrerseite heruntergekurbelt. Ich sitze allein mit Vater in unserem Auto, das in Wolfsburg gebaut wurde. Vater kann mir alles erklären, weil er alles weiß, und ich freue mich, dass Mutter und Oma Lena immer noch trödeln.

Eigentlich könnten wir losfahren.

1968.

Ich bin 7 Jahre alt. 2. Schuljahr.

Ich soll spät am Abend nichts mehr trinken, aber manchmal habe ich noch Durst, dann schleiche ich mich in die Küche, fülle ein Glas mit kaltem Leitungswasser und gebe etwas *Tri Top*-Sirup hinzu.

Während ich meine Limo trinke, sehe ich Vater an. Ich frage mich, warum Mutter immer sagt, Vater sei blau. Wenn ich spät am Abend in die Küche gehe, ist Vater rot. Dann hat er schon viel Schnaps getrunken, und sein Kopf ist ganz rot.

Die Luft ist weiß vom Zigarettenrauch. Ich bitte Vater, Kringel in die Luft zu blasen. Er zieht kräftig an der Zigarette, behält den Rauch für einen Moment im Mund, die Backen sind aufgeblasen, er spitzt die Lippen, und mit rhythmischen Bewegungen stößt er runde Rauchkringel hervor. Die Kringel steigen einige Sekunden auf, verflüchtigen sich und werden eins mit dem milchigen Dunst, der die Küche erfüllt.

1966.

Ich bin 5 Jahre alt.

Andere Kinder lachen mich aus, weil mein rotes Kinderfahrrad noch Stützräder hat. Vater hat sie mit der Zeit immer weiter nach oben gebogen, doch völlig ohne Stützräder zu fahren, ist mir unvorstellbar.

An einem sonnigen Samstag trete ich vor die Tür unseres Hauses, ich will einige Runden auf der Straße drehen.

Ich treffe auf Vater, der an meinem Fahrrad hantiert. Zunächst erfasse ich nicht recht, was er tut, dann begreife ich.

Vater schraubt die Stützräder ab.

Ich schreie Vater an, er solle das sofort lassen.

Vater schraubt unbeeindruckt weiter. Ruhig erklärt er, ich sei jetzt alt genug, um ohne Stützräder zu fahren. Ich weine, ich tobe, ich bettele, ich werde nie wieder in meinem Leben Fahrrad fahren können.

„Jetzt warte doch ab“, sagt Vater.

Nun liegen die abmontierten Stützräder wie verendete Tiere auf den Gehwegplatten.

Vater stellt das Fahrrad wieder auf.

„Steig auf und fahre, ich halte dich hinten am Gepäckträger fest und laufe mit. Es kann nichts passieren.“

Ich zögere.

Die Sache ist mir nicht geheuer. Aber nun setze ich mich doch auf mein Rad, wische mir die letzten Tränen aus den Augen und fahre los.

Immer wieder schaue ich mich um, ja, wie versprochen hält Vater mein Fahrrad hinten am Gepäckträger fest und läuft mit mir mit, rhythmisch klatschen Vaters Sandalen auf den Straßenbelag, Vater ist da, ich fahre etwas schneller, wir biegen ein in die Straße, in der Tante Hilde wohnt, das Klatschen der Sandalen beruhigt mich, Vater ist bei mir, plötzlich läuft Vater neben mir und lacht, er hält das Fahrrad nicht mehr am Gepäckträger fest, er lacht, und während er neben mir her läuft, streckt er die Hände in die Luft, ich begreife seine Hinterlist, und nun muss ich auch lachen; jetzt ist Vater aber wirklich völlig aus der Puste, er verlangsamt seine Laufschritte, ich trete in die Pedalen und fahre Vater davon.

1968.

Ich bin 7 Jahre alt. 2. Schuljahr.

Ich bin am Abend sehr ruhig und gehe sogar freiwillig ins Bett, da ahnen meine Eltern bereits, dass ich eine Krankheit ausbrüte.

Am nächsten Morgen haben sich auf meiner Kopfhaut Entzündungen ausgebreitet, die fürchterlich jucken. Im Laufe des Tages mehren sich die wunden Stellen, ich kratze an ihnen herum, es bildet sich dicker Schorf. Bald haben sich auch entzündete Bereiche um die Nasenflügel gebildet und an den Mundwinkeln, die sind die schlimmsten.

Ich sitze in der Küche auf der Bank, Mutter hat mich in ihren hellen Frotteebademantel mit dem verblassten Blümchenmuster eingewickelt, denn mir ist kalt.

„Du musst aber etwas essen", sagt Vater und sieht mich besorgt an.

Ich will nicht. Ich kann nicht. Es ist mir unmöglich, den Mund auch nur wenige Millimeter zu öffnen. Versuche ich es, brennen unsichtbare Geister mit glühenden Eisenstäben tief in meine Mundwinkel.

„Ich schneide eine dünne Scheibe Brot", sagt Vater, „eine ganz dünne."

Vater kann das gut. Oma Lena und Mutter säbeln oft dicke, ungleichmäßige „Rempel" vom Brotlaib, wie Vater sagt, er hingegen vermag aus der Hand schöne, gleichmäßige Scheiben zu schneiden.

Vater steht am Küchenschrank und schneidet eine sehr dünne Brotscheibe ab und gibt sie mir. Ich versuche meinen Mund zu öffnen, es geht nicht, sie ist zu dick.

„Warte mal", sagt Vater, stellt sich wieder an den Küchenschrank, und nun wird die Scheibe noch dünner.

Es geht nicht.

Es hat keinen Zweck.

Sie ist immer noch zu dick.

„Mh“, macht Vater und schneidet immer wieder neue Scheiben ab, jede wird etwas dünner als die vorherige. Ohne die Geduld zu verlieren, schneidet er nach und nach den gesamten Brotlaib in Scheiben, ich bekomme keine davon in den Mund geschoben. Nun schneidet Vater eine Scheibe ab, die ihren Namen eigentlich nicht mehr verdient, es handelt sich eher um ein in seinen Händen schwebendes, lockeres Gewebe aus gebackenem Teig, ich kann hindurchsehen, und fast zerfällt es dabei. Ich gebe mir alle Mühe und ertrage die glühenden Stäbe, und tatsächlich bekomme ich dieses Brot in meinen Mund geschoben.

Vater legt das Brotmesser zur Seite und sieht mich erleichtert an.

Vier

1968.
Troisdorf.
Ich bin 7 Jahre alt. 2. Schuljahr.

Oma Lena und Mutter backen nicht gern. Wenn es Selbstgebackenes gibt bei uns, war meist Tante Hilde am Werk. Zu feierlichen Anlässen backt sie Königskuchen, einen Rührkuchen mit Orangeat und Zitronat. Weihnachten freuen wir uns auf ihr Spritzgebäck in Brezelform, das sind unsere „Tante-Hilde-Weihnachtskekse".

Oma Lena rührt nur Teig an, wenn Freundinnen von ihr zu Besuch kommen, das geschieht sehr selten. Aber zu diesem Anlass will sie Waffeln anbieten, dafür bereitet sie selbst den Teig zu. Wenn ich ihr dabei zusehe, darf ich nicht naschen. Ich liebe Kuchenteig, bei Tante Hilde darf ich immer naschen und zum Schluss mit dem weißen Dr. Oetker-Plastikschaber die rote Rührschüssel auskratzen. Bei Oma Lena darf ich nicht mal eine Fingerspitze Teig probieren. Oma erklärt, in ihrer Jugendzeit sei einmal ein Kind in der Nachbarschaft gestorben, das rohen Teig genascht hatte. Da habe sie nun Angst.

Ein anderes Kind ist gestorben, darum darf ich keinen Kuchenteig naschen. Das ist der Schlüssel zu Allem.

1971.
Ich bin 10 Jahre alt. 5. Schuljahr.

Hackfleisch in Dosen. Eigentlich sei Corned Beef nichts anderes als Hackfleisch in Dosen, erklärt Vater. Vater liebt Corned Beef. Wenn er sich etwas Besonderes gönnen will, bittet er Mutter, sie möge ihm eine Dose aus dem Konsum auf der Ecke mitbringen.

Am Abend kann ich zusehen, wie Vater sich auf den Genuss freut, der Verzehr des Corned Beef wird regelrecht zelebriert. Ich sitze mit Vater am Küchentisch und verfolge das Schauspiel. Zunächst stellt er die rot-weiße Dose auf den Tisch, legt Besteck dazu und drapiert verschiedene Fläschchen um den Teller: Essig, Öl und, sehr wichtig, Worcestersauce. Aus dem Kühlschrank holt er sich eine Flasche Bier und setzt sich an den Tisch.

„Die Dose sieht lustig aus", sage ich, denn sie hat eine eigentümliche Form.

„Das heißt ‚konisch'", erläutert Vater.

„Ich finde auch, dass sie komisch aussieht."

Vater lacht.

„Nicht komisch, konisch, mit nnnnnn! So nennt man eine Form, die sich nach oben hin verjüngt, siehst du, hier!"

Vater fährt mit dem Finger an der Kante der Corned Beef-Dose entlang. Nun friemelt er den winzigen Metallschlüssel ab, der an der Seite der Dose klebt, und mit kurzen, festen Bewegungen rollt er den metallenen Öffnungsstreifen auf. Jetzt kann er den entstandenen Deckel abheben und aus dem Unterteil den Fleischklumpen auf den Teller stürzen.

Vater rückt etwas mit dem Küchenstuhl herum, als erfordere der nächste Arbeitsschritt eine besondere Sitzposition. Er nimmt Messer und Gabel zur Hand und schneidet den Klumpen in dicke Scheiben, die er gleichmäßig auf dem Teller anordnet, um sie mit Öl zu übergießen und zur Krönung tüchtig mit Essig und Worcestersauce zu beträufeln.

Vater macht nie etwas langsam, es sei denn, er hat schon viel Schnaps getrunken. So geht auch diese Vorbereitungsprozedur recht flott vonstatten, ebenso rasch hat er das Corned Beef verzehrt. Nie habe ich meinen Vater etwas langsam, in Ruhe, essen sehen. Nie.

Es ist ihm auch nicht anzumerken, ob es ihm schmeckt oder nicht, er sagt nichts dazu, es sei denn, Mutter fragt ihn.

Mutter stellt den Teller und die Fläschchen weg, Vater holt den Schnaps aus dem Kühlschrank, stellt die Flasche auf den Küchentisch, legt seine Zigarettenschachtel dazu, der Aschenbecher steht immer auf der Fensterbank.

Fünf

1967.
Troisdorf.
Ich bin 6 Jahre alt. 1. Schuljahr.

Wenn ich in der Nacht aus einem Alptraum erwache und weine, darf ich mich in das Bett meiner Eltern legen. Mutter dreht sich auf die Seite und schläft sofort wieder ein.

Vater ist oft schlaflos, dann sitzt er, den Rücken an die Wand gelehnt, im Bett und raucht. In der linken Hand hält er den Aschenbecher, in der rechten die Zigarette. Es ist dunkel und still im Schlafzimmer, nur Vaters Zigarette knistert leise. Wenn er daran zieht, leuchtet die Glut kurz auf, und ich sehe Vaters Gesicht. Er sieht wütend aus, ich weiß nicht, warum. Trotzdem liege ich gern hier im Bett zwischen meinen Eltern.

Vater hat die Zigarette im Aschenbecher ausgedrückt, einen Moment lang ist es ganz dunkel im Schlafzimmer, doch schon zündet er sich die nächste an.

Sechs

1971.
Troisdorf.
Ich bin 10 Jahre alt. 5. Schuljahr.

In meinem Elternhaus leben wir in einer großen Wohnung, sie hat eine Grundfläche von zweiundneunzig Quadratmetern. Allerdings nimmt bereits das riesige Wohnzimmer mit Essecke knapp die Hälfte der Gesamtfläche ein, das Schlafzimmer meiner Eltern ist ebenfalls äußerst geräumig, der verbleibende Flächenrest verteilt sich auf die kleine Küche, das winzige Bad, das separate WC, einen Flur und mein Kinderzimmer, das, wie Küche und Bad, nur bescheidene Ausmaße hat. Neben meinem Bett passt noch der große Kleiderschrank hinein und ein Tisch vor dem Fenster, so verbleibt ein freier Fleck in der Mitte des Raumes, auf dem kann ich stehen und mich umdrehen.

Ich bin sehr unglücklich mit meinem Zimmer, jedoch ist die mager bemessene Fläche nicht der Hauptgrund für meine Unzufriedenheit. Oberflächlich betrachtet, sollte ich froh sein, denn ich habe zumindest ein eigenes Zimmer, aber das ist der Punkt, es ist nicht MEIN Zimmer. Völlig selbstverständlich verfügen Mutter und Oma Lena in allen Belangen über meinen Raum und fuhrwerken nach Belieben darin herum.

Ich versuche, im Rahmen des Möglichen mit der Anordnung der Möbel zu experimentieren. Im Fernsehen sehe ich das Zimmer eines Jungen, der seinen Tisch nicht parallel zur Fensterbank stehen hat, sondern leicht schräg. Das gefällt mir sehr. Ich verschiebe meinen Tisch ein wenig, denn größere Maßnahmen lässt der Fleck in der Mitte des Raumes nicht zu. Am nächsten Tag komme ich aus der Schule, Mutter und Oma Lena haben den Tisch wieder gerade vor das Fenster gerückt.

Hindenburg und Ludendorff erlauben keine Veränderungen.

Ich erforsche Salzkristalle. Auf meinem Tisch verteile ich Untertassen mit Salzwasser, das Wasser verdunstet, und auf den Tellern bleiben vielfarbige, zackige Schichten aus Kristallen zurück, die mich faszinieren. Nur wenige Tage habe ich Freude daran, dann komme ich aus der Schule, die Teller sind abgeräumt, meine Kristalle fortgespült.

Im Unterricht nehmen wir den Bohnenkeim durch, ich will nun solch eine Bohnenpflanze wachsen sehen. Ich besorge mir drei Blumentöpfe mit Erde, vergrabe Bohnen darin, gieße an und stelle sie auf die Fensterbank. Eines Morgens sehe ich stecknadelkopfgroße Spitzen von Keimlingen durch die Erde brechen, ich bin völlig hingerissen. Jeden Tag wachsen meine Pflanzen tüchtig, sie fühlen sich wohl bei mir, bald muss ich sie mit Fäden an Stöckchen befestigen, so ranken sie ins Licht.

Eines Tages komme ich aus der Schule, die Fensterbank ist leer. Meine Pflanzen liegen zerrissen im Müll.

Jeder Protest, jedes Aufbegehren verhallt.

Hindenburg und Ludendorff kennen keine Gnade

Im Erdgeschoss unseres Hauses wohnt ein junges Ehepaar, sie haben die Garage hinter dem Haus gemietet. Doch das Paar streitet viel, der Mann zieht aus, nimmt sein Auto mit, und die Frau hat keine Verwendung für die Garage. Da Vater unser Auto lieber auf dem Parkplatz vor dem Haus abstellt, erlaubt er mir, die Garage als Spielplatz zu benutzen.

Ich bin fassungslos vor Glück.

Mit Begeisterung gestalte ich mein neues Reich. Von Tante Hilde und Onkel Bruno bekomme ich einen alten Klapptisch und Gartenstühle, die sie nicht mehr benötigen. Ich sitze selig im gestreiften Stoff. Im Keller finde ich Ziegel und Bretter, daraus baue ich ein langes Regal, bald stehen Weckgläser darin, in denen ich Würmer und verschiedene Insekten halte und beobachte.

Zu meinem Geburtstag lade ich meine Freunde zu einem Fest in die Garage ein. Tante Hilde bringt selbstgebackenen Königskuchen und Kakao in einer Thermoskanne, sie breitet auf dem Klapptisch eine rote Plastikdecke aus und stellt Kerzen darauf, so ist es richtig feierlich.

Nach einer Zeit kann Frau Andersen im Erdgeschoss allein die Miete nicht mehr bezahlen, sie zieht um in eine kleinere, günstigere Wohnung. Die Erdgeschosswohnung steht eine Weile leer.

Dann kommt Vater eines Abends in mein Zimmer und setzt sich zu mir auf den Rand meines Bettes. In der Hand hält er ein graues Heftchen, auf der Vorderseite steht in weißen Druckbuchstaben *Mietbuch.* Vater erklärt mir, er habe eine feine Neuigkeit für mich. Künftig werde ich ein richtig gutes Taschengeld bekommen. Neue Mieter für die Erdgeschosswohnung seien gefunden, wieder eine junge Familie mit Kind, der Mann habe ein Auto, und so wurde die Garage mitvermietet. Die Leute bezahlen 30 Mark im Monat für die Garage, ich darf künftig zu Beginn eines jeden Monats mit dem Buch zu ihnen gehen, die 30 Mark kassieren und die Zahlung im Mietbuch vermerken. Das Geld darf ich als Taschengeld behalten. So werde ich lernen, wie das geht, wenn man Mieter hat, denn später wird mir das Haus gehören, und deshalb muss ich diese Vorgänge kennen, erläutert Vater.

Mir wird das Herz ganz dunkel und schwer.

„Und was ist mit meiner Wurmsammlung?“

Vater hebt die Arme.

„Die Garage musst du natürlich leerräumen. Das geht nun nicht anders.“

Ich würde lieber die Garage und meine Wurmsammlung behalten und auf das Taschengeld verzichten, aber Vater hat bereits alles unterschrieben.

Onkel Bruno holt den Klapptisch und die Gartenstühle wieder ab. Ich lasse die Insekten fliegen und kippe die Gläser mit den Würmern auf einem brachliegenden Landstück hinter der Garage aus. Vierhundertdreiundvierzig Regenwürmer sind glücklich.

Sieben

1969.
Troisdorf.
Ich bin 8 Jahre alt. 3. Schuljahr.

Viele andere Kinder haben Geschwister, Einzelkinder wie ich sind eher selten. Mich beginnt die Frage zu beschäftigen, warum ich keine Geschwister habe. Ich weiß nicht, ob ich es mir schön vorstellen soll. Müsste ich meine Spielsachen teilen? Stünde noch ein Bett für einen Bruder oder eine Schwester in meinem Zimmer? Hätte ich dann noch Platz, um mit meinen Matchboxautos auf dem Boden Zusammenstoß spielen zu können? An einem Abend frage ich Mutter, warum ich keine Geschwister habe.

„Einer von deiner Sorte hat uns gereicht", sagt Mutter.

1973.
Ich bin 12 Jahre alt. 7. Schuljahr.

Ich sehe fern. Es wird ein Bericht gezeigt über das Leben einer jungen, modernen Mutter. Diese ist alleinerziehend, sie hat einen Sohn, etwa in meinem Alter.

Es ist früh am Tag. Die junge, moderne Mutter schnipselt Obst in der Küche und begibt sich nun auf Zehenspitzen mit einem Teller Apfelstückchen in der Hand zur Tür des Zimmers ihres Sohnes. Die Tür ist mit vielen bunten Aufklebern geschmückt.

Sehr vorsichtig und leise öffnet die junge, moderne Mutter die Kinderzimmertür und setzt sich behutsam auf die Kante des Bettes, in dem ihr Sohn noch schläft. Sanft streichelt sie dem Kind über die Stirn.

„Guten Morgen Tobias, hast du denn schön geschlafen?", haucht sie ihrem Sohn ins Ohr und küsst seine Nasenspitze. Der Sohn brubbelt etwas Unverständliches, windet sich unwillig im Bett, schlägt dann die Augen auf. Die junge, moderne Mutter strahlt ihren Sohn an, nimmt ein Apfelstückchen vom Teller und schiebt es dem schlaftrunkenen Jungen in den Mund.

„Hast du etwas Schönes geträumt?", fragt die junge, moderne Mutter ihren sich reckenden und kauenden Sohn.

Über Fernsehsendungen und durch Besuche in den Familien von Klassenkameraden habe ich bereits einen Eindruck davon gewonnen, wie unterschiedlich Menschen sind und wie anders andere Menschen leben. Die Szene aber mit der jungen, modernen Mutter löst in mir eine tiefe Bestürzung aus, war mir doch bislang nie der Gedanke gekommen, ein Tag könne sanft und freundlich beginnen.

Meine Mutter hat eine besondere Fertigkeit entwickelt, morgens mit größtem Getöse in mein Zimmer zu platzen. Sie öffnet die Tür nur einen Spalt, knallt sie dann mit voller Kraft wieder zu, um sie mit großem Schwung erneut aufzureißen, dabei verpasst sie dem hohlen Sperrholztürblatt noch einen kleinen Fußtritt; so donnert Mutter in mein Zimmer und in meinen Schlaf. Ich fahre hoch, habe Herzrasen. Mutter stürmt auf das Fenster zu, greift den Gurt und wuchtet mit kräftigen Zügen den hölzernen Rollladen in die Höhe, erneut schlägt mir scharfer Lärm um den Kopf.

„Los! Aufstehen! Es ist schon spät!", brüllt mir Mutter entgegen.

1971.
Ich bin 10 Jahre alt. 5. Schuljahr

Ich werde wach durch Geräusche in meinem Zimmer. Mühsam öffne ich die Augen und erschrecke. Mutter kniet vor der kleinen Kommode, in der ich meine alten Bilderbücher aufbewahre. Sie räumt die Bücher aus dem Schränkchen und stapelt sie auf dem Fußboden neben einer offenbar bereitgestellten Tasche.

„Was machst du denn da?“, will ich wissen.

„Wir brauchen die Bilderbücher im Geschäft, wenn wir Kinder fotografieren.“

Mutter räumt unbeirrt weiter.

Ich rolle mich aus dem Bett und stürme auf Mutter zu.

„Neiiiiin!!“, brülle ich.

„Das sind MEINE Bilderbücher!!“

„Was soll das denn, die brauchst du nicht mehr, du bist doch schon groß.“

Selbstverständlich bin ich groß, sehr groß, das ist ja keine Frage, und in Bilderbücher schaue ich längst nicht mehr. Auch weiß ich, dass meine Eltern im Atelier kleinen Kindern gerne Bilderbücher in die Hände drücken. Schöne Fotos werden das, wenn die Kinder gebannt auf die bunten Bilder schauen. Aber das hier sind MEINE Bücher!

Ich entreiße Mutter mein Lieblingsbuch, *Teddys Abenteuer*, presse es an mich, umklammere es mit beiden Armen.

Mutter packt die Bücherstapel in die Tasche und verlässt mit dem Diebesgut mein Zimmer. Ich hocke neben der Kommode und halte mich an „Teddys Abenteuer“ fest. Mutter hat die Kommode nicht richtig geschlossen, mit einem leisen Quietschen schwingt die Tür des Schränkchens auf. Ich starre in eine furchtbare, schwarze Leere.

In den folgenden Wochen werden im Atelier meiner Eltern meine Bilderbücher von hunderten fremden, dreckigen Kinderhänden zerfetzt.

Archiv

Objekt:
Ansichtskarte, 10 × 15cm

[1934. Günther ist 13 Jahre alt. An den Wochenenden und während der Ferien ist er ständig auf Fahrten mit der Hitlerjugend. Dies ist das älteste erhaltene Schreiben von Günther an seine Eltern Lena und Paul.]

Motiv Bildseite:
Farbige Zeichnung eines an einem See gelegenen flachen Rundbaus, der von zahlreichen Bäumen fast verdeckt wird. Vor dem Gebäude im Garten vergnügen sich zahlreiche bunt gekleidete Personen. Auf dem See ist ein Ruderboot zu sehen, in dem zwei Damen sitzen. Das Boot wird von zwei weißen Schwänen begleitet.

Briefmarke: Hindenburg-Medaillon 6
Poststempel: Bad Salzuflen 1.4.34

Text: *[Handschrift, Bleistift, Sütterlin]*

Liebe Eltern!
Seit nicht böse, daß ich noch nicht geschrieben hab. Ich habe noch keine Zeit dazu gehabt.
Hier ist es *sehr* schön. Ich möchte nicht mehr nachhause. Wir schlafen in der Jugendherberge und essen im Hotel. Fröhliche Ostern. Euer Günther!

Archiv

Objekt:
Ansichtskarte, 10 × 15 cm

[1936. Günther ist 15 Jahre alt.]

Motiv Bildseite:
Muttertagsmotiv. Mutter, ihren etwa sechsjährigen Sohn auf dem Schoß haltend, der ihr Blumen überreicht. Dazu ist folgendes Gedicht zu lesen:

Meinem lieben Mütterchen.

Hast auf den Armen mich getragen
In frohen und in bösen Tagen,
Ich danke Dir zu jeder Zeit,
Will alles tun, was Dich erfreut.

Briefmarke: Hindenburg-Medaillon 6
Poststempel: Münster/Westfalen 9.5.36
Zusatzstempel: Olympische Spiele Berlin, 1.–16. August 1936 *[Mit stilisierten Olympischen Ringen und Brandenburger Tor]*

Text: *[Handschrift, Bleistift, Sütterlin]*

Meine liebe, gute, teure Mutter!
Die herzlichsten Grüße zu Deinem großen Ehrentage wünscht Dir Dein treuer Sohn Günther. Mein Leben war so schön, daß ich mir nichts darin anders wünsche. Und daß es so schön war, verdanke ich nur allein Dir, meine liebe treuste Mutter. Und für all Deine Liebe, für alles, was Du gern für mich getan hast, für alles möchte ich Dir danken. Du weißt nämlich garnicht, wie sehr ich gerade

in der letzten Zeit eingesehen habe, was meine Mutter für mich bedeutet.

Nun sei herzlich gegrüßt von
Deinem
treuen Sohn
Günther

1965.
Troisdorf.
Ich bin 4 Jahre alt.

Ein Samstag, früh am Morgen. Mutter ist ungehalten, Vater hat am gestrigen Abend wieder viel Schnaps getrunken, nun steht er mit glasigen Augen in der Küche und schlürft *Nescafé.* Dabei sind sie spät dran. Für den Vormittag haben sich zwei türkische Hochzeiten angesagt. Nun ist auch noch ihr Sohn unfolgsam.

Obwohl Mutter mich bereits mehrmals ermahnt hat, ins Bad zu kommen, spiele ich in meinem Zimmer mit dem großen Feuerwehrauto. Dabei sollte ich mich schon längst auf den Weg zu Tante Hilde gemacht haben.

Mutter packt mich am Arm und zerrt mich ruppig zum Waschbecken. Ich stelle mich auf das Fußbänkchen, ich trage eine Unterhose und ein weißes Feinrippunterhemd. Mutter nimmt den nassen Waschlappen zur Hand, rührt damit über das Seifenstück und wischt dann hektisch über mein Gesicht.

Seifenlauge dringt in meine Augen, es brennt, ich zappele, ich will nicht weiter gewaschen werden.

„Halt jetzt still!", fährt Mutter mich an.

Ich beginne zu weinen, jetzt ist auch noch das Unterhemd ganz nass, das ich doch den Tag über tragen sollte.

„Verdammt nochmal!", schreit Mutter.

Sie greift wütend das Unterhemd am unteren Saum, rupft es hoch, will es mir über den Kopf ziehen, Seife brennt in meinen Augen, die Wut meiner Mutter erschreckt mich, ich weine noch mehr, Mutter schafft es nicht, mir das Unterhemd auszuziehen, etwas hakt, ein Widerstand, jetzt leistet der Bengel auch noch Widerstand, na warte, das wollen wir doch mal sehen, jetzt packt Mutter erst recht die Wut, und mit aller Kraft reißt sie das weiße Hemdchen erneut hoch.

Mein Mund ist nur noch stechender Schmerz.

Ich schreie.

Der Spiegel über dem Waschbecken ist voller Blut, das Unterhemd ist voller Blut, aus meinem Mund läuft Blut.

Mein Schneidezahn hängt im Unterhemd.

Sie legen mich in mein Bett.

Sie legen einige saubere Stofftaschentücher von Vater neben mein Kopfkissen.

Die Hochzeiten warten nicht.

Sie fahren ins Geschäft.

Oma Lena höre ich in der Küche mit ihren Töpfen hantieren.

Mein Mund tut so weh.

Ein Taschentuch nach dem anderen spucke ich voll mit Blut, Rotz und Tränen.

Am Nachmittag kommt Oma Lena in mein Zimmer. Sie räumt die roten Taschentücher beiseite und stellt mir eine kleine Schüssel Haferbrei auf den Tisch. Ich liege zusammengekrümmt unter der Decke und reibe mir die verweinten Augen. Oma Lena sieht voller Verachtung auf mich herab.

„Dass du deine Mutter auch so in Wut bringst. Pfui. Schäm dich!"

Sie dreht sich um, verlässt mein Zimmer und knallt die Türe hinter sich zu.

Acht

1975.

Troisdorf.

Ich bin 14 Jahre alt. 9. Schuljahr.

Der vordere Verkaufsraum unseres Geschäfts ist durch einen kleinen Flur mit dem im hinteren Bereich gelegenen Atelier verbunden. Von diesem Flur gehen rechter Hand zwei Räume ab, deren Eingänge mit Vorhängen aus schwerem braunem Stoff versehen wurden. Bei dem ersten Raum handelt es sich um die Dunkelkammer, der zweite ist das größte Geheimnis von *Foto Fischer.* In schlimmen Träumen fantasiert meine Mutter, ein Kunde könne sich verlaufen, versehentlich den Vorhang zu diesem Raum beiseiteziehen, und die fremden Augen könnten sehen, was sich dahinter verbirgt.

Meine Eltern nennen den winzigen Raum „Kabuff“. Es ist ihr Aufenthaltsraum. Wenn kurz der Kundenstrom abebbt, setzen sie sich hier hin und trinken einen Kaffee.

In einem kleinen Regal türmen sich verschiedenste Papiere und Tüten unbekannten Inhalts, längst haben meine Eltern vergessen, was sie hier im Laufe der Jahre hineingestopft haben.

Wichtigster Einrichtungsgegenstand im Kabuff ist ein altes, hölzernes Türblatt, das, auf zwei Malerböckchen gelagert, als Tisch dient. Meine Eltern eint die Leidenschaft für völlig übersüßten *Nescafé*, den sie mit viel Kondensmilch trinken. Oft ist die Hektik groß, eine Tasse schwappt über, die entstandene Lache trocknet, eine weitere Lache gesellt sich hinzu; auf diese Weise bildet sich mit der Zeit auf der Oberfläche der Platte eine dicke Schicht aus getrocknetem, übersüßten Milchkaffee. In die bräunliche Schicht haben sich Münzen eingearbeitet, kleine Negativschnipsel, überzählige Passfotos und Brötchenkrümel so zahllos wie die Sterne am Himmel des Herrn, denn Mutter liebt es, zu dem Süßkaffee ein Brötchen mit Butter zu knuspern. Vor dem Genuss wird das Backwerk einer eigenwilligen Prozedur unterzogen: Mutter schneidet das Brötchen nicht auf, sondern zerreißt es der Länge nach, um jede Hälfte wiederum in drei Teile zu rupfen, die dann jeweils mit Butter bestrichen verzehrt werden. Ein unbeteiligter Zeuge könnte meinen, eine möglichst unerhörte Anzahl von Krümeln zu erzeugen, sei die Absicht.

In den dreizehn Jahren seiner Existenz wird das Kabuff nie gründlich aufgeräumt oder gesäubert. Dabei sind meine Eltern keine unordentlichen Leute. Vater verfügt in seiner Dunkelkammer und der Werkstatt im Keller über ausgeklügelte Ordnungssysteme. Mutter hält nach Aufgabe des Geschäfts für den Rest ihres Lebens die Wohnung ordentlich und sauber.

Es ist eine Frage der Energie. Meine Eltern arbeiten so viel, dass meine Mutter am Ende des Tages gerade noch die Böden im Verkaufsraum und im Atelier wischen kann, für mehr reicht die Kraft nicht.

Selbstredend könnten sie eine Reinigungskraft oder Lehrlinge beschäftigen. Ende der 70er Jahre herrscht im Land ein massiver Lehrstellenmangel. Ich denke inzwischen politisch und fordere meine Eltern auf, mindestens einen Lehrling einzustellen. Der Gedanke wird sofort als unsinnig abgewiesen. Die Gründe verstehe ich erst später.

Ein Lehrling oder eine Reinigungskraft hätte Vaters dunkle Tage erlebt, dann ist er ruppig, unleidlich und streitet ohne Unterlass mit Mutter. In erster Linie aber hätte ein Lehrling mitbekommen, dass Vater jeden Morgen noch nach Schnaps riecht.

Einige Zeit fahren mich meine Eltern mit dem Auto zur Schule, bevor sie das Geschäft öffnen. Mutter besitzt keinen Führerschein, so steuert Vater unser Auto. Wir überleben nur, weil es zu jener Zeit noch keinen starken Verkehr gibt. Vater trinkt morgens keinen Alkohol, nie, aber der vorangegangene Abend mit dem *Swarte Korn* lässt ihn mit glasigen Augen rote Ampeln überfahren, anderen Autos die Vorfahrt nehmen und die Spur verlassen.

Ich fahre bald lieber mit dem Fahrrad.

1968.

Ich bin 7 Jahre alt. 2. Schuljahr.

Wenn Vater abends in der Küche sitzt, raucht und Schnaps trinkt, hat er selten menschliche Gesellschaft. Doch ganz allein ist er nicht. Hänschen, der Kanarienvogel, ist bei ihm.

1963 ziehen Opa Paul und Oma Lena in die Dachgeschosswohnung unseres neu gebauten Hauses ein. Sie bringen aus Gelsenkirchen einige Kleinmöbel mit, ihre Schlafzimmereinrichtung, die Kuckucksuhr und Hänschen, den Kanarienvogel. Nun hängt der Käfig mit Hänschen in der Küche unserer Wohnung an der Wand, in der Höhe der oberen Kante des Fensters. Von dort hat Hänschen einen guten Blick. Aus der Vogelperspektive betrachtet er allabendlich meinen rauchenden und trinkenden Vater. Gemeinsam atmen sie die im Laufe der Stunden immer dicker werdende, rauchige Luft. Diese enthält

Ammoniak

Pyridin

Formaldehyd

Chinolin

3-Aminobiphenyl

Benzol

Acrylnitril

Quecksilber

Blausäure

Teer

Polyzyklische aromatische Kohlenwasserstoffe

N-Nitrosamine

Aromatische Amine

Vinylchlorid

Arsen

Cadmium

Chrom
Das radioaktive Isotop Polonium 210

Mit der Zeit wird Hänschen immer stiller. Apathisch sitzt er in seinem Käfig auf der Stange und schaut vor sich hin.

Anderthalb Meter schräg unter ihm sitzt mein Vater auf dem Küchenstuhl und schaut vor sich hin, er zieht an seiner Zigarette, kippt ein Glas Korn, schaut wieder vor sich hin.

An Hänschens Schnabel bilden sich kleine Geschwüre, er mag kaum noch Körner picken und trinken. Nach einigen Wochen haben sich die Geschwüre über Augen und bald über das ganze Köpfchen ausgebreitet.

Tante Dorle aus Gevelsberg kommt einige Tage zu Besuch. Sie zeigt sich erschüttert, als sie den kranken, apathischen Vogel im Käfig erblickt.

„Lena“, sagt sie zu Oma, „das hat doch keinen Zweck mehr, das Tierchen leidet doch nur noch.“

Oma Lena setzt sich mit einem tiefen Seufzer auf die Küchenbank.

„Ihr müsst ihn beim Tierarzt einschläfern lassen“, sagt Tante Dorle.

Onkel Bruno wird gerufen. Sanft öffnet er die Klappe des Vogelkäfigs und will Hänschen von der Stange heben, das Vögelchen krallt sich mit aller verbliebenen Kraft an die hölzerne Sitzstange, doch dann versagen ihm die Kräfte. Onkel Bruno setzt Hänschen in einen bereitgestellten Schuhkarton, in dessen Deckel er fürsorglich mit seinem Taschenmesser einige Luftlöcher gestoßen hat, und macht sich auf den Weg zum Tierarzt.

Nach der Abreise von Tante Dorle sitze ich mit Oma Lena allein in der Küche. Es ist still. An dem Haken, der Hänschens Käfig gehalten hat, hängt nun ein Bilderrahmen mit einem Jugendbildnis meiner Mutter.

Ich bin traurig, dass Tante Dorle wieder heimgefahren ist, ich mag sie sehr. Wann immer ich wollte, spielte sie mit mir. Oma Lena und Tante Dorle mögen sich jedoch nicht besonders, so habe ich nun Sorgen.

„Bist du böse auf Tante Dorle, weil sie das mit Hänschen gesagt hat?", frage ich Oma Lena.

Oma Lena sieht zum Fenster hinaus, dann beginnt sie bitterlich zu weinen und legt die Hände vors Gesicht.

„Nein, nein", schluchzt sie, „sie hatte ja recht, sie hatte ja recht."

1974.

Ich bin 13 Jahre alt. 8. Schuljahr.

Meistens sitzt Vater abends allein in der Küche. Gelegentlich kommt Herr Eisner aus der Nachbarschaft vorbei, dann sitzen die beiden Männer gemeinsam am Tisch, trinken und rauchen.

Herr Eisner ist wie Vater nicht besonders groß, aber ebenfalls sehr kräftig. Beide Männer waren Soldaten im Krieg, Herr Eisner tauchte mit dem U-Boot in den Meeren. Am Ende des Krieges fuhr er seinen Kommandanten an:

„Ihr seid doch alle bekloppt!"

Dafür sollte Herr Eisner erschossen werden, man hatte bereits auf ihn angelegt, da lief ein junger Bursche herbei und rief:

„Der Krieg ist aus!"

So erzählt es Herr Eisner, und dennoch trauert er wie Vater dem verblichenen Führer hinterher.

Herr Eisner arbeitet auf dem Bau. Häufig hat er Unfälle, an einem Tag stürzt er von einem Gerüst, an einem anderen wird er von einem herabfallenden Bauteil getroffen, wirklich schwer verletzt wird er wundersamerweise nie. Er ist freundlich und hilfsbereit zu meinen Eltern und mir, so dürfen wir ihn jederzeit um Hilfe bitten, wenn es etwas zu räumen oder zu tragen gibt, Herr Eisner ist zur Stelle.

An einem Abend habe ich bereits fest geschlafen, doch gegen Mitternacht wache ich auf, verspüre Durst, stehe benommen auf und gehe in die Küche, um ein *Tri Top* zu trinken.

Seit vielen Stunden sitzen Vater und Herr Eisner am Tisch, trinken Schnaps und rauchen, ich bekomme kaum Luft, als ich die Küche betrete. Wenn Vater allein raucht und trinkt, geht Mutter gelegentlich hin und öffnet kurz das Fenster. Wenn Herr Eisner zu Besuch ist, lässt sie die Männer lieber in Ruhe, und das Fenster bleibt geschlossen.

Herr Eisner sitzt noch aufrecht, Vater hat bereits die Arme auf der Resopalplatte des Küchentischs verschränkt und den roten Kopf darauf abgelegt, so zusammengesunken dämmert er vor sich hin. Das ist die Endposition.

Ich nehme mir ein Glas aus dem Schrank, fülle etwas *Tri Top*-Sirup in der Geschmacksrichtung Mandarine hinein und verdünne ihn mit Wasser aus dem Hahn an der Spüle. Herr Eisner sieht mich an, er schwankt ein wenig, obwohl er sitzt. Die Flasche Korn auf dem Tisch ist leer.

„... na ... Andreas ...", Herr Eisner spricht sehr langsam, jetzt lächelt er mich an, „... jetzt bist du auch bald soweit ... bald hast du eine Freundin ... dann kannst du da schön an der Knospe killern ..."

Herr Eisner hebt die rechte Hand in die Luft, dort verbleibt sie einen Moment regungslos, dann wackelt Herr Eisner bedeutungsvoll mit dem Mittelfinger.

Ich sehe ihn an und trinke noch einen Schluck *Tri Top.*

Ich verstehe nichts.

Was für eine Knospe?

„... stimmt's ... Reinhold ...?"

Herr Eisner knufft Vater kurz gegen den Arm, Vater hebt den Kopf, schaut sich verwirrt um, seine Augen sind glasig, die Haare fallen ihm ins Gesicht. Vater gibt nur einen zustimmenden Brummton von sich, dann sinkt sein Kopf wieder in Zeitlupe auf die verschränkten Arme.

Ich stelle das leere Glas auf die Spüle und tapse verwirrt zurück in mein Kinderzimmer.

Vater und Herrn Eisner lasse ich in dem Dunst zurück.

1974.

Ich bin 13 Jahre alt. 8. Schuljahr

Da mein Kinderzimmer so klein ist, weiß ich all meine Dinosaurierbücher und Sammelstücke nicht mehr unterzubringen. So habe ich eines Tages die Idee, wenn an einer Seite meines Zimmers ein großes Regal stünde, hoch bis zur Decke, dann hätte ich wunderbare Stellfläche!

Ich berichte Vater von meiner Überlegung und rege an, in einem Möbelhaus nach einem Regal mit passenden Maßen zu schauen. Vater versteht meinen Gedankengang, aber den Vorschlag, ein Möbelhaus aufzusuchen, wehrt er entschieden ab.

„Das kaufen wir nicht, das machen wir selbst!"

Vater weist mich an, eine Zeichnung des gewünschten Regals zu fertigen. Beflügelt vermesse ich meine Bücher, die Stereoanlage und verschiedene Fundstücke, die das Regal beherbergen soll. Ich vermesse die Wand, stelle Überlegungen zu den optimalen Abständen der Bretter und deren Tiefe an, dann fertige ich auf Millimeterpapier eine maßstabsgerechte Zeichnung, aus der sich die Liste der erforderlichen Bretter und Winkeleisen ergibt, die ich der Zeichnung beifüge.

Vater zeigt sich beeindruckt.

Am nächsten Tag fahren wir zur Holzhandlung, lassen aus Tischlerplatten die Bretter zuschneiden, anschließend besorgen wir Winkeleisen in der passenden Größe. Das gesamte Material wird im Keller gelagert. In seiner Werkstatt schneidet Vater die Winkeleisen auf die richtigen Längen zu und bohrt Löcher hinein, durch die bei der Montage die Schrauben geführt werden sollen.

Doch der Aufbau des Regals lässt auf sich warten. Ich kann kaum noch an etwas anderes denken als an den ersehnten Moment, wenn ich endlich all meine Sachen gemäß meiner ausgetüftelten Planung in das Regal einräumen werde. Aber Vater auf die Montage des Regals anzusprechen, ist eine knifflige Angelegenheit. Wenn Vater kurz nach dem Abendessen nur ein wenig betrunken ist, stehen die Chancen nicht schlecht, dass er gerade dann gute Laune hat und sich bewegen lässt, das Regal aufzubauen. Es kann allerdings auch sein, dass er noch zu nüchtern ist, in diesem Fall schickt er mich ruppig weg. Zögere ich zu lange und werde erst am späteren Abend vorstellig, besteht die Gefahr, dass Vater bereits sehr alkoholisiert ist, möglicherweise sitzt er bereits zusammengesunken am Tisch. In dieser Verfassung ist er nicht mehr ansprechbar. Mit glasigen Augen sieht er mich an und doch durch mich hindurch, er gibt noch einen grunzenden Laut von sich, und sein Kopf sinkt wieder auf die Arme, so am Tisch zusammengesunken kann er Stunden verharren bis tief in die Nacht.

Über Wochen unternehme ich mehrere Versuche, den goldenen Moment zu treffen, doch vergebens, immer wieder weist mich Vater unwirsch ab. An einem Abend will ich einen weiteren Anlauf wagen, es ist schon spät, ich betrete die Küche und sehe sofort, Vater hat schon viele Schnäpse getrunken. Ich kenne mich mit ihm aus, weiß die Körperhaltung und den Blick zu deuten.

„Ja, das Regal, gleich, ich komme ...“, nuschelt Vater, ich gehe wieder in mein Zimmer. Er wird natürlich nicht kommen, da bin ich mir sicher, hilflos starre ich die Wand an, die ich in Vorfreude bereits vor Wochen freigeräumt habe. Doch nun betritt Vater schwankend mein Zimmer. Mir ist sehr unwohl.

Eine Stunde lang versuchen wir zumindest einen Anfang zu schaffen. Vater kniet schwer atmend auf dem Teppich, um die ersten Winkeleisen anzuschrauben, mehrfach verliert er das Gleichgewicht, kippt zur Seite und liegt auf dem Boden. Ich versuche selbst, Schrauben in das Holz zu drehen, doch mir fehlt die Kraft. Vater rappelt sich wieder auf, versucht es erneut, trifft aber mit dem Schraubendreher den winzigen Schlitz im Kopf der Schraube nicht, rutscht immer wieder ab. Vater hängen die Haare wild in die Stirn, sein Kopf ist knallrot, als stünde er kurz davor zu platzen. Es sieht aus, als bewegte er sich in Zeitlupe, und auch wenn er flucht, hört es sich verlangsamt und verzerrt an.

Ich will dem nicht weiter zusehen, ich will meinen starken Papa nicht weiter so herumhampeln sehen, ich bin müde, und meine grenzenlose Enttäuschung hängt schwer im Raum; ich sage, er soll aufhören. Erst hört er nicht, versucht weiter, eine Schraube zu treffen, dann wirft er den Schraubendreher in eine Ecke. Vater erhebt sich, mühsam das Gleichgewicht suchend, sich mit den Händen an der Wand abstützend, wankt er wortlos zurück in die Küche.

Ich stelle die Regalbretter an die Wand, lege die Winkeleisen dazu und sammele die auf dem Boden meines Zimmers verstreut liegenden Schrauben auf.

1980.

Ich bin 19 Jahre alt.

An einem Sonntag fahre ich zu meinen Eltern. Mir ist ein Kinderfoto in den Sinn gekommen, ich möchte es suchen. Mutter ist nicht da, Vater sitzt in der Küche, er hat schon getrunken, er nimmt keine Notiz von mir.

Ich gehe ins Wohnzimmer und hole die Schuhkartons mit den Familienfotos aus der Schrankwand. Meine Eltern verwahren alle Fotos in Schuhkartons, ohne jegliche Ordnung. Aufnahmen aus allen Zeiten finden sich bunt gemischt, Alben mit eingeklebten Familienfotos gibt es in unserer Fotografenfamilie nicht.

Ich stelle die Kartons auf den Wohnzimmertisch und beginne, die Aufnahmen durchzusehen. Vater öffnet die Tür von der Küche zum Wohnzimmer, er hat seinen grimmigen Gesichtsausdruck, er schwankt etwas, in der Hand hält er eine Zigarette.

„Was ist los?", raunzt er in den Raum.

„Ich sehe mir Fotos an", sage ich.

Vater macht schwankend einige Schritte auf mich zu, sein Mund steht etwas offen, das Gebiss liegt vermutlich in der Küche auf der Fensterbank, am Ort seiner Bestimmung befindet es sich auf jeden Fall nicht.

Von der Zigarette fällt Asche ab und rieselt auf den Wohnzimmerteppich.

Vater schaut angewidert auf die Schuhkartons mit den Familienfotos. Nun greift er mit der Hand in einen der Kartons, zieht eine Fotografie hervor, die ihn als jungen Mann zeigt. Es ist eine schöne Aufnahme, ein fein ausgeleuchtetes Porträt, schwarzweiß, abgezogen auf Papier mit leichter Chamoistönung und weißem Büttenrand. Vater nimmt das Bild mit beiden Händen und beginnt es langsam, vor meinen Augen zu zerreißen.

Das Geräusch des reißenden Barytpapiers lässt es dunkel werden im Zimmer. Ich bekomme keine Luft mehr.

„Was soll das?", fahre ich Vater an.

„Das sind meine Bilder!", schnauzt er zurück, einen Augenblick droht er das Gleichgewicht zu verlieren. Wieder greift er in den Schuhkarton, zieht ein weiteres Foto hervor und zerreißt es. Dabei sieht er mich mit zahnlosem Grinsen und glasigen Augen triumphierend an.

Ich stehe auf, packe so viele Schuhkartons wie möglich und laufe damit so schnell ich kann aus dem Haus, Vater ist zu betrunken, um noch in irgendeiner Weise zu reagieren, ich stapele die Kartons auf dem Beifahrersitz meines R4 und fahre davon.

1973.
Ich bin 12 Jahre alt. 7. Schuljahr.

Ich bin bei Armin und seinen Eltern zu Besuch. Den ganzen Nachmittag haben Armin und ich zusammen gespielt, nun ruft Frau Seeber zum Abendessen. Kürzlich habe ich ihr stolz erzählt, dass mein Vater sich die Technik der Kolorierung alter Fotos angeeignet habe. Mit Eiweißlasurfarben lässt er beispielweise schwarzweiße historische Familienfotos in völlig neuer Schönheit farbig erstrahlen.

Frau Seeber setzt sich zu mir auf die Küchenbank, in den Händen hält sie ein altes Foto.

„Schau mal, Andreas, das ist ein Foto meines Vaters. Da war er ganz jung."

Sie legt die Fotografie auf den Tisch. Es zeigt einen jungen Mann mit weichen Gesichtszügen, etwas verträumt in die Ferne blickend.

„Ich will meiner Schwester das Bild zu Weihnachten schenken. Nimm es bitte deinem Vater mit, er möchte es schön kolorieren."

Frau Seeber schiebt das Foto in eine kleine Papiertasche. Mir ist nicht recht wohl bei der Sache. Ich habe keine Zweifel an Vaters Fähigkeiten, ich habe ihn bei dieser Arbeit beobachtet, sorgsam hat er die Aufnahme einer Bauernfamilie aus der Eifel koloriert, das Bild steht zur Werbung im Schaufenster. Aber es ist Anfang Dezember, das Weihnachtsgeschäft hat begonnen, und meine Eltern haben furchtbar viel Arbeit. Obwohl das Geschäft um 18.30 Uhr geschlossen wird, kommen sie erst gegen neun heim, dann sind sie noch ausgelaugter und wortkarger als sonst, und Vater hat schon den ersten Schnaps getrunken, bevor das Brot auf dem Tisch steht. Ich habe Sorge, dass Vater nicht mehr nüchtern ist, wenn er sich des Bildes annimmt.

Daheim gebe ich Vater die Papiertasche und richte den Auftrag aus, Vater legt mürrisch die Tüte auf das kleine Radio in der Küche, auf dem sich Post und Rechnungen stapeln.

Die Tage gehen ins Land. Jeden Abend erinnere ich Vater an den Auftrag von Frau Seeber, aber es geschieht nichts. Ich habe große Angst, Frau Seeber eröffnen zu müssen, dass Vater das Bild nun doch nicht koloriert hat, so werden meine Nachfragen drängender, das Foto liegt immer noch unberührt auf dem Radio in der Küche.

An einem Abend kann ich nicht einschlafen, es sind nur noch wenige Tage bis Weihnachten, die Sache mit dem Foto lässt mir keine Ruhe. Es ist schon spät, doch ich stehe noch einmal auf und gehe zu Vater in die Küche.

„Was ist denn mit dem Foto von Frau Seeber? Sie will doch ihrer Schwester das Bild zu Weihnachten schenken!"

Vater sieht mich mit glasigen Augen an, er schiebt die Unterlippe vor und nickt.

„Gut. Dann such das mal da raus", sagt er, deutet auf den Papierstapel auf dem Radio und steht mühsam auf.

Ich erschrecke.

Jetzt?

Jetzt will er das Bild bearbeiten?

Vater hat den kleinen Karton mit den Eiweißlasurfarben aus dem Schrank geholt, er setzt sich wieder hin, ich lege das Foto vor ihn auf den Tisch.

Vater klappt den kleinen Farbkasten auf. Er lässt den Pinsel über den Farbschälchen kreisen, er erwischt einen Grünton; der Vater von Frau Seeber erhält ein grünes Gesicht, dann tunkt Vater den Pinsel in die karminrote Farbe, der Mund von Frau Seebers Vater wird tiefrot. Vater trifft die Konturen des Mundes nicht, so wird ein ordentlicher Teil um den Mund herum ebenfalls rot, die Wangen bekommen auch etwas ab.

Ich stehe neben Vater und traue mich kaum zu atmen oder zu sprechen.

Vater schiebt mir das Foto zu.

„So, kannst'e ihr morgen gleich bringen", sagt er und klappt den Farbkasten zu.

Ich schlafe nicht gut. Ich kann in der Schule nicht aufpassen. Ich möchte, dass die Zeit stehenbleibt. Ich will nicht zu Seebers gehen.

Es hilft nichts.

Am Nachmittag nehme ich die schwere Papiertüte mit dem Foto und mache mich auf den Weg.

Frau Seeber stellt mir einen Kakao auf den Tisch.

„Also, ich weiß nicht, ob es so gut geworden ist, es war schon sehr spät ...", sage ich noch, dann reiche ich Frau Seeber das Papiertütchen.

Sie wischt sich vorsichtshalber die Hände an einem Küchentuch ab und zieht dann vorsichtig, nahezu andächtig, das Foto ihres Vaters hervor.

Eine Weile schauen wir beide stumm auf den Clown.

Dann rückt sie etwas näher an mich heran, ich trinke einen

Schluck Kakao. Frau Seeber weiß Bescheid, sie weiß, dass es nicht einfach sehr spät war.

„Ach", sagt sie nun und holt tief Luft, sie beugt sich zu mir und spricht leise, „war der Papa wieder blau, ja?"

Ich nicke. Ich traue mich kaum, sie anzusehen.

Frau Seeber streicht mir sanft über den Kopf.

1974.

Ich bin 13 Jahre alt. 8. Schuljahr.

Meine Eltern erhalten im Geschäft Besuch von einem Vertreter. Es werden jetzt überall im Land Großmärkte eröffnet, dort können Gewerbetreibende einkaufen, sofern sie über einen speziellen Kundenausweis verfügen. Der Vertreter kommt vom Großmarkt *Handelshof* in Köln. Den Kunden stünde, gemessen an der Auswahl in Troisdorf, ein geradezu märchenhaftes Angebot zur Verfügung, der Markt sei bis tief in die Nacht geöffnet, und die Preise für die Waren seien deutlich niedriger als im Einzelhandel, erläutert der Vertreter. Die Sache erscheint meinen Eltern verlockend, so lassen sie sich einen Einkaufsausweis ausstellen, und einige Tage später sitzen wir in unserem *Ford Consul* auf dem Weg nach Köln zum *Handelshof.*

Der Großmarkt kommt uns so riesig vor wie ein Flugzeugwerk, unübersehbare Regalkilometer mit tausenderlei Waren erstrecken sich vor unseren Augen. Es dauert, bis wir uns halbwegs zurechtfinden. Die Feinkostabteilung erregt Mutters Interesse, sie findet Gefallen an Coq au vin, Ragout fin und Schaschlikspießen in Dosen. In der Tat, nach diesen Angeboten hätten wir in Troisdorf vergeblich gesucht. Einziger Nachteil des Geschäftsmodells ist, dass die Waren in Gebinden angeboten werden, so gibt es die

Weinhühnchendosen nur im Zwölferpack, von den Schaschlikspießen stehen Sechserpacks zum Verkauf, und meine Lieblingsschokolade *Milka Noisette* gibt es nur im Zehnerkarton, ein verkraftbares Übel.

Vater fühlt sich von den Regalmetern mit den Alkoholika angezogen. Regelrecht euphorisiert ist er von der Entdeckung, dass es seinen Lieblingsschnaps, den *Swarte Korn*, für den Gastronomiebedarf in großen Kartons gibt. Jeder Karton enthält sechs Flaschen zu je einem Liter. Als Zugabe liegt jedem Karton ein kleiner, roter Plastikausgießer bei oder ein konkaves Schnapsgläschen, in das die Silhouette eines rundlichen Mannes mit Hut eingraviert ist, der genüsslich ein Glas zum Munde führt.

Ausgießer und Gläschen sind hygienisch einzeln in ein durchsichtiges Plastiktütchen eingeschweißt.

Vater wuchtet Karton um Karton mit *Swarte Korn* auf den Einkaufswagen, heiter erlaubt er mir noch, einen besonderen Wunsch zu äußern. Ich suche mir freudig eine Platte der *Les Humphries Singers* aus, dann schieben wir unseren schwer beladenen Wagen zur Kasse.

In den nächsten fünfundzwanzig Jahren besuchen meine Eltern den *Handelshof* regelmäßig. Da die Abendration meines Vaters bei einem halben bis dreiviertel Liter Korn liegt, hält ein Karton mit sechs Literflaschen etwa zwei Wochen. Vater lädt sechs Kartons in den Kofferraum, somit hat er Vorrat für drei Monate, es ergibt sich eine Frequenz von vier bis fünf Großeinkäufen pro Jahr.

Neun

1961.
Troisdorf.
Ich bin einige Wochen alt.

Der Tag meiner Geburt ist der Karfreitag des Jahres 1961. Früh am Morgen setzen die Wehen ein, meine Eltern rufen ein Taxi, Mutter lässt sich in das nahegelegene Beuel fahren, dort sei, so haben ihre Kundinnen einhellig berichtet, das beste Krankenhaus.

Meine Mutter hat Angst, im Taxi zu gebären, doch sie erreicht noch rund den Kreißsaal, es dauert bis Mittag, dann liege ich in ihren Armen. Wenige Stunden darauf fährt sie wieder heim. Sie ist froh, denn die anstehenden Feiertage ermöglichen ihr eine kleine Ruhepause. Am Dienstag nach Ostern wird das Geschäft wieder geöffnet, und meine Mutter steht hinter der Theke.

Zu dieser Zeit bewohnen meine Eltern einen kleinen Anbau, der sich hinter dem Geschäftsraum und dem Fotoatelier befindet. Andere Mieter gibt es nicht. Der zum Haus gehörende Hinterhof ist von Mauern umgeben, so können mich meine Eltern bedenkenlos in den Kinderwagen legen und diesen in den Hof stellen, während sie im Geschäft ihrer Arbeit nachgehen.

Ich liege im Kinderwagen und schreie und brülle, Stunde um Stunde, Tag um Tag. Es ist Frühling, die Luft ist warm, das Brüllen stärkt die Lungen, so hat es meine Mutter in einem Erziehungsratgeber gelesen. Man lässt die Türen offenstehen, so warm ist es, mein Brüllen dringt bis nach vorn ins Geschäft.

Eine alte Dame, Mutter dreier Kinder, benötigt Passfotos. Betreten steht sie an der Theke und lauscht dem Schreien des Babys.

„Gehen Sie ruhig“, sagt die Kundin zu meiner Mutter in der Annahme, diese wolle doch sicher nach ihrem Kind sehen.

„Schon in Ordnung“, sagt meine Mutter und lächelt die Kundin verbindlich an.

„Wie viele Passfotos benötigen Sie denn?“

1965.
Ich bin 4 Jahre alt.

Mein Anker in der Welt ist mein Daumen. Von morgens bis abends lutsche ich beständig daran. Der Daumen ist ganz wund, der Nagel droht sich abzulösen, unser Hausarzt empfiehlt *Daumex*. Bei *Daumex* handelt es sich um eine Tinktur, die frei in Apotheken verkauft wird. Die braune Flüssigkeit ist mit Bitterstoffen versetzt, Name und Werbung versprechen durchschlagenden Erfolg.

Es ist Nacht, wehrlos und ohne Arg liege ich in meinem Bett und schlafe, da schleicht Mutter in mein Zimmer. Vorsichtig dreht sie den Verschluss des Fläschchens ab, an der Innenseite des Deckels findet sich eine Pipette. Mutter zieht meine Hände unter der Bettdecke hervor und beträufelt beide Daumen mit der bitteren Tinktur. Dann verlässt sie mein Zimmer und schließt leise die Tür hinter sich.

Am nächsten Morgen, ich bin noch schlaftrunken, schiebe ich meinen kleinen Daumen in den Mund. Ein beißender, bitterer Geschmack zerreißt mir die Zunge, den Rachen, der ganze Mund brennt. Benommen vor Schreck taumele ich durch mein dunkles Zimmer in die Küche, meine Eltern sitzen am Tisch in gleißendem Licht.

Ich halte meiner Mutter den Daumen entgegen.

„Däumchen schmeckt nicht mehr ...“, sage ich, Trauer und Empörung lassen mich schwanken.

„Tja", sagt Mutter, „dann kannst du eben nicht mehr am Daumen lutschen."

Sie bestreicht eine Brötchenhälfte mit Butter und beißt hinein.

1966.

Ich bin 5 Jahre alt.

Ich habe Angst vor der Deckenlampe in meinem Kinderzimmer. Von den Enden eines spinnenförmigen Holzgestells hängen fünf Milchglaszylinder herab, die ein weiches Licht abgeben. Tagsüber ruht die Lampe und ist harmlos, doch am Abend, wenn ich mich ins Bett lege und zu schlafen versuche, wird sie böse. Die Lampe beginnt zu kreisen, sie reißt sich aus der Verankerung und fliegt auf mich zu.

Es gibt nur ein Mittel der Rettung, ich muss die Augen schließen und mich im Bett hin und her werfen und mit meinem Körper diese Schaukelbewegung so lange ausführen, bis ich erschöpft und von Müdigkeit überwältigt einschlafe. Meine Eltern nennen es „schockeln", es geht ihnen gewaltig auf die Nerven, denn häufig schockele ich noch spät so heftig, dass mein Bettgestell wackelt, dann ruft Vater ungehalten von ihrem Schlafzimmer herüber, ich solle endlich Ruhe geben.

Vater wechselt die Leuchte aus. Er schraubt eine rote Glasschalenlampe an die Decke, die ein warmes Licht abstrahlt. Die neue Lampe ist freundlich, sie bedroht mich nicht. Ich schockele weiter, jeden Abend.

Es heißt, ich hätte ungestillten Bewegungsdrang. Meine Eltern drohen mir, mich zwangsweise bei einem Sportverein anzumelden, eine Drohung, die mich noch mehr ängstigt als früher die Deckenlampe mit den Milchglaszylindern. Die Drohung wird nicht in die Tat umgesetzt, ich wiege mich weiter in den Schlaf.

An einem Abend darf ich länger aufbleiben, im Fernsehen wird der Film eines populären Tierfilmers gesendet, es geht um Zootiere. Ein Elefant wird gezeigt, der hinter Gittern in einem Käfig steht, er steht nur da und wiegt sich hin und her, dann sind auch andere Tiere zu sehen, die in der Gefangenschaft ein ähnliches Verhalten an den Tag legen.

„Guck mal, wie du!", ruft Mutter belustigt aus und greift in die Tüte mit den schwarzen Lakritzkatzen, die auf dem Couchtisch bereitliegt.

Ich schockele weiter, auch noch, als ich erwachsen bin und eine eigene Wohnung habe. Erst als ich mit Gefährtinnen das Bett teile, stelle ich fest, ich kann auch ohne Schockeln in den Schlaf finden, aber nur, wenn jemand neben mir liegt.

Gelegentlich allerdings nützt auch das nichts, ich beginne mich trotz liebevoller Gesellschaft mitten in der Nacht im Schlaf hin und her zu wiegen, was einige Bettgenossinnen gehörig erschreckt und mich in Erklärungsnot bringt.

Später reise ich mit einer Gruppe nach Griechenland, die Teilnehmer kommen aus den verschiedensten Ländern. In Athen teile ich das Zimmer mit Hermano aus Argentinien. In der Nacht wache ich auf, während ich schaukele. Hermano kniet neben meinem Bett, er versucht mich zu beruhigen, indem er mir die Hand auf die Brust legt. Ich liege eine Weile nur ruhig da, dann bemerke ich Tränen in Hermanos Augen.

„Was ist dir nur passiert?", flüstert Hermano.

Ich verstehe die Frage nicht. Hermano erklärt mir, er habe Freunde in seinem Alter, die auch solch ein Verhalten zeigen,

Freunde, die in der furchtbaren Zeit der argentinischen Militärdiktatur gefoltert wurden. Nun vermutet Hermano, ich sei während des Krieges von Nazischergen misshandelt worden. Ich kann ihn beruhigen, indem ich ihm darlege, dass die deutsche Nazidiktatur und der Krieg sechszehn Jahre vor meiner Geburt endeten.

Die Sache hat einen Namen, nicht nur in der Kindersprache, auch in der Wissenschaft. Eines Tages lese ich in einer Zeitschrift einen Artikel über ein Phänomen, welches *Jactatio capitis nocturna* genannt und bereits im Altertum beschrieben wurde, die Bezeichnung bedeute „Das nächtliche Herumwerfen des Körpers". Ich lese den Artikel und freue mich, dass ich kein einsamer Einzelfall bin.

Als ich die vierzig überschreite, verzieht sich *Jactatio capitis nocturna* still und leise.

Ich weiß nicht, warum.

1970.

Ich bin 9 Jahre alt. 4. Schuljahr.

Ich sitze mit Mutter in der Küche am Tisch. In der Schule sei gesagt worden, wir würden uns in Kürze auf eine Klassenfahrt begeben, berichte ich. Die Sache ist aufregend, es gab gelegentlich Tagesausflüge mit der Klasse, aber noch nie eine Fahrt über ein Wochenende mit Übernachtung.

Mutter sieht mich ernst an, ich ahne, was sie sagen wird.

„Andreas, da kannst du nicht mitfahren. Das geht nicht."

Mutter reibt Daumen und Zeigefinger der rechten Hand aneinander.

„Du machst immer noch nachts ins Bett. Stell dir vor, du schläfst da in der Jugendherberge und machst in der Nacht ins Bett. Was meinst du, wie die anderen Kinder dich auslachen werden. Das geht nicht."

Ich habe mir darüber schon Gedanken gemacht, aber davon hat Mutter keine Ahnung.

Ich habe einen Plan.

„Nein", sage ich, „ich werde nicht ins Bett machen. Es passiert nichts. Ich will mit!"

Mutter wundert sich.

„Wenn du meinst. Du musst es ja wissen."

Ich darf mit.

Niemandem erzähle ich von meinem Plan. Ich mache ja in der Nacht ins Bett, wenn ich schlafe. Also werde ich wach bleiben. Wenn die anderen schlafen, werde ich wach bleiben, und so kann nichts passieren. Das ist mein Plan. Ich bin fest entschlossen.

Einige Wochen später fährt unser Bus an einem Samstagvormittag nach Bad Honnef, gegen Mittag können wir vor der Jugendherberge aussteigen. Nach dem Essen gehen die Mädchen in Grüppchen spazieren, und die Jungs spielen Fußball, aber meine Leidenschaft für Sport jedweder Art ist begrenzt. Ich finde eine eigene Beschäftigung.

Im Eingangsbereich der Jugendherberge stehen Automaten, aus denen sich die Gäste Getränkedosen ziehen können. Offenbar setzen sich die Leute gerne mit ihren Dosen auf die große Terrasse neben dem Eingang, denn der Boden dort ist übersät mit hunderten der kleinen Ring-Pull-Verschlüsse. Dieser Dosenverschluss besteht aus zwei miteinander verbundenen Teilen, dem Ring, durch den man den Finger steckt und zieht, wenn man die Dose öffnen will, und der an den Ring genieteten Lasche, die den Verschluss bildet und die nach dem Öffnen durch das Ziehen verbogen ist. Ich entdecke, dass die Lasche durch den Ring passt. Auf einer Mauer sitzend, füge ich hundert der kleinen Verschlüsse zusammen, ich stecke jeweils eine Lasche in den Ring des nächsten Teils und festige die Verbindung, indem ich die Lasche mit einem großen Kieselstein zusammenklopfe. Auf diese Weise bastele ich mir eine lange Kette.

Unser Lehrer sieht mir dabei zu und macht ein Foto, stolz halte ich die Kette mit beiden Händen in die Kamera, ich blinzele mit den Augen, denn die Sonne blendet.

Gleichzeitig mit uns hat sich eine Gruppe älterer Jugendlicher aus Bottrop in der Herberge einquartiert. Am Abend sehe ich Bertram, unseren Klassensprecher, mit einigen dieser älteren Jugendlichen in einem Gang stehen und lautstark streiten; worum es geht, erschließt sich mir nicht, aber das interessiert mich auch wenig, ich gehe weiter.

In unserem Herbergszimmer stehen vier weiß gestrichene Doppelstockbetten aus Metall. Ich beziehe rechts hinten das obere Bett am Fenster. Das ist spannend, denn ich lag noch nie in einem solchen Hochbett. Bertram hat das obere Bett rechts neben der Eingangstür.

Vor dem Schlafengehen wird geduscht. Dann wollen wir in unser Zimmer zurückkehren; gerade öffnen wir die Tür, als zwei der Bottroper Jungs heranpreschen, sie wissen, woher auch immer, welches Bett Bertram gehört, unter lautem Gebrüll stürmen sie in unser Zimmer, kippen einen kleinen Eimer Wasser in Bertrams Bett und laufen davon.

Wir Jungs sitzen beieinander und beraten, was zu tun ist. Bertram kann in seinem Bett nicht schlafen, das ist völlig durchnässt. Heute ist es mir nicht mehr erklärlich, aber alle sind sich sonderbar einig, einer muss sein Bett räumen, damit Bertram darin schlafen kann. Jemand meint, ich müsse mit Matthias in einem Bett schlafen, dann könne Bertram das Bett belegen, welches ich mir ausgesucht hatte. Niemand widerspricht, Matthias und ich fügen uns.

Ich liege mit Matthias in dessen unterem Etagenbett. Matthias ist auch bald eingeschlafen.

Ich habe Angst.

Läge ich allein in meinem ursprünglich vorgesehenen Bett und würde mein Plan misslingen, hätte sich das Unglück eventuell mit Geschick noch vertuschen lassen.

Aber nun?

Ich liege hier mit Matthias. Wenn ich nun doch einschlafe, in der Nacht ins Bett pinkele und Matthias erwacht am Morgen auf einer nassen Matratze? Der Gedanke ist entsetzlich.

Ich darf auf gar keinen Fall einschlafen.

Matthias atmet regelmäßig.

Mein Blick ist auf das Fenster gerichtet, es steht offen, ich kann den Mond sehen, der hell und klar am Himmel steht. Ich werde den Mond beobachten, sage ich mir, die ganze Nacht lang werde ich den Mond beobachten, dann bleibe ich wach. Alles ist ruhig. Die anderen Jungs schlafen längst. Ab und zu schmatzt einer oder wendet sich im Bett, dabei quietschen die Metallfedern, dann ist es wieder still.

Ich betrachte den Mond.

Ich bin müde.

Als ich erwache, ist es hell.

Ich höre Vögel zwitschern, im Zimmer ist es ruhig, alle anderen schlafen noch tief und fest.

Mein Herz beginnt zu rasen.

Ich bekomme keine Luft mehr.

Ich bin eingeschlafen.

Ich habe geschlafen.

Mit den Händen taste ich nach meiner Schlafanzugshose.

Alles trocken.

Ich hebe den Hintern und streiche mit der Hand über die Stelle der Matratze, an der ich auflag.

Alles trocken.

Es ist alles trocken.

Nie wieder erwache ich in einem nassen Bett.

Zehn

1966.

Troisdorf.

Ich bin 5 Jahre alt.

Opa Paul ist gestorben. Darum ist Tante Dorle aus Gevelsberg gekommen. Sie trägt nur schwarze Kleidung, das ist mir unheimlich.

„Wann kommt Opa Paul denn wieder?“, frage ich.

„Aber Opa ist doch gestorben. Der Opa Paul kommt nicht wieder“, sagt Tante Dorle ruhig.

„Der Opa ist bestimmt oben!“, rufe ich, denn ich bin mir sicher, er sitzt oben in der Dachgeschosswohnung in seinem Fernsehsessel und raucht eine Zigarre.

„Nein“, sagt Tante Dorle, „der Opa ist nicht oben. Komm, wir sehen nach.“

Sie nimmt mich bei der Hand.

Wir gehen die Treppe hoch in die Wohnung von Oma und Opa. Tante Dorle öffnet die Tür zum Wohnzimmer. Vor dem Fernseher steht der große, rote Lehnsessel von Opa Paul. Der Fernseher ist aus, der Lehnsessel ist leer.

Opa Paul ist nicht da.

„Siehst du“, sagt Tante Dorle, „jetzt schauen wir im Schlafzimmer nach.“

Wir gehen ins Schlafzimmer. Ich sehe mich genau um.

Opa Paul ist nicht da.

Nun öffnet Tante Dorle mir auch noch die Tür zur Toilette.

Da ist Opa Paul auch nicht.

„Siehst du, Opa ist nicht mehr da“, sagt Tante Dorle, und wir verlassen die Wohnung wieder. Ich bin bedrückt, ich verstehe einfach nicht, warum Opa Paul nicht mehr da ist.

Wo ist Opa denn?

Oma Lena steht auf dem Treppenabsatz. Sie weint und hält ein weißes Taschentuch vor ihr Gesicht. Mir ist das alles nicht geheuer, und langsam wird es mir zu viel. Ich wende mich Tante Dorle zu.

„Also, Tante Dorle“, sage ich fest, „wenn du das sagst, dann glaube ich dir jetzt. Opa ist weg.“

Oma Lena schluchzt laut auf.

„Das Kind versteht ja nichts ... das Kind versteht ja nichts ...“

Ich will jetzt mit meinen Legos spielen.

Die sollen mich alle in Ruhe lassen.

1966.

Ich bin 5 Jahre alt.

Opa Paul ist nicht mehr da. Opa wurde in einer Kiste auf dem Friedhof am Wald vergraben.

Das nennen sie „Beerdigung“.

Ich verstehe das alles nicht.

Mich haben sie zur Beerdigung nicht mitgenommen. Ich verbrachte den Tag bei Hochbaums und spielte mit Ferdinand und Friederike. Ferdinand hat ein neues Matchbox-Auto, einen Jaguar, bei dem sich die Türen und die Motorhaube öffnen lassen. Ein tolles Auto. Es war ein schöner Tag.

Viele andere Leute, die Geschäfte auf der Hauptstraße betreiben, haben Kinder. Wenn ich nicht bei Tante Hilde bin, spielen wir zusammen. Wir sind eine Gang.

Da ist Bernd, seine Eltern haben den Gemüseladen nebenan. Er ist ein Jahr älter als ich, Bernd weiß immer Bescheid. Gerd, der Sohn des Friseurs, ist noch viel älter und ärgert mich oft. Guido, der Sohn der Leute mit der Wäscherei, ist richtig frech, manchmal tritt er mich, und dann weiß ich nicht, was ich machen soll.

Wir durchstreifen die Hinterhöfe, beobachten Straßenbauarbeiten oder den Betrieb an der großen Tankstelle. Besondere Anziehungskraft üben die wilden Müllhalden in den Baulücken auf mich aus. Die Plakatwände mit der Zigarettenwerbung, welche die unbebauten Grundstücke von der Straße abgrenzen, dienen uns Kindern als Sichtschutz, so können wir ungestört herumstöbern. Besonders nach Regenfällen riechen die Müllberge interessant nach verwesenden Katzen und nasser Pappe.

Wenn wir so unterwegs sind, habe ich oft mein kleines weißes Teddybärchen dabei. Das Bärchen ist inzwischen eher grau von den vielen Wanderungen durch die Stadt.

Am Abend schließen meine Eltern das Geschäft, ich setze mich ins Auto, ich halte mein Bärchen fest, und wir fahren nachhause.

Sie haben Opa Paul in eine Kiste gelegt und in der Erde vergraben. Warum nur?

Es ist schon spät. Bald werden meine Eltern das Geschäft schließen. Hinter dem Haus mit unserem Laden gibt es einen kleinen Hof, an diesen grenzt ein verwilderter Garten mit Obstbäumen. Hier habe ich den ganzen Nachmittag mit Zweigen gespielt. Bald wird Mutter mich rufen.

Ich nehme mein Teddybärchen und mein Schüppchen, hocke mich ganz rechts hinten im Garten auf die Erde und beginne, ein tiefes Loch zu graben. Die Sache ist nicht einfach, denn die dunkle, duftende Erde ist durchzogen von kleinen Wurzeln, die ich durchtrennen muss. Aber dann ist ein stattliches Loch ausgehoben. Eine Kiste habe ich nicht, so lege ich mein Bärchen ohne Kiste in das Loch und schütte Erde darauf. Abschließend lege ich Gras und Zweige über die Stelle.

Vater wartet schon im Auto. Mutter und ich steigen ein.

„Wo ist denn dein Teddy?“, fragt Mutter.

„Hab ich im Garten vergraben“.

„Also sowas ...“, sagt Mutter.

Am nächsten Morgen nehmen mich meine Eltern wieder mit ins Geschäft. Mein erster Weg führt mich in den Garten, rechts hinten am Zaun grabe ich mein Bärchen wieder aus, klemme es mir unter den Arm und halte Ausschau nach den anderen Kindern.

So verfahre ich nun jeden Tag, den ich nicht bei Tante Hilde verbringe. Am Abend vergrabe ich mein Bärchen, und am nächsten Morgen hole ich es wieder aus der Erde.

Als Opa Paul verschwand, war es Sommer. Mit der Zeit wurde es kühler, die Blätter der Bäume fielen, jetzt ist es richtig kalt, ich muss meinen warmen Anorak anziehen und die festen Schuhe. Gestern Abend habe ich wie immer mein Bärchen im Garten vergraben. Nun betrete ich den Hof, ich rutsche aus und falle auf den Po, denn eine große Pfütze auf dem Betonboden ist in der Nacht zu Eis gefroren.

Ich laufe in den Garten und hocke mich rechts hinten auf die Erde, will mit dem Schüppchen mein Bärchen ausgraben. Doch es geht nicht. So fest ich auch mit dem eisernen Schüppchen auf der gefrorenen Erde herumhacke, es lösen sich nur einige Krümel.

Mein Bärchen bleibt in der eisigen Erde gefangen.

Ich bekomme einen großen Schreck. Was, wenn ich nie wieder mein Bärchen aus der Erde hervorholen kann? Ich bin so traurig, ich muss weinen und laufe zu Mutter.

„Tja“, sagt Mutter, „da bist du jetzt selber schuld. Was ist das auch für ein Quatsch. Jetzt musst du warten, bis es taut.“

Die Erde bleibt gefroren. Immer wieder versuche ich mein Bärchen auszugraben, doch vergeblich. Erst Tage später betrete ich morgens den Hof und kann wieder durch eine Pfütze laufen. Rasch greife ich das Schüppchen, mit etwas Mühe habe ich mein Bärchen ausgegraben. Fest drücke ich es an mich und lege es den ganzen Tag nicht aus der Hand.

Am Abend setze ich mich zu Vater ins Auto, mein Bärchen halte ich mit beiden Händen fest.

„Jetzt ist der Bär aber richtig schwarz", sagt Oma Lena, als sie ihn sieht.

„Wollen wir ihn waschen?"

Ich bin einverstanden, aber ich stehe neben dem Waschbecken im Badezimmer und achte sehr genau darauf, was Oma Lena macht.

Sie lässt warmes Wasser in das Becken laufen, streut Waschpulver hinein, rührt in der Lauge, bis es schäumt, dann tunkt sie mein Bärchen mehrmals unter und wringt es vorsichtig wieder aus. Nun lässt sie die dunkle Brühe ab, frisches Wasser läuft in das Becken, Oma tunkt und wringt erneut, jetzt ist der Teddy wieder hellgrau. Wir legen ihn auf die Heizung.

Ich begrabe mein Bärchen nicht mehr.

Vielleicht kommt Opa ja doch wieder.

1966.

Ich bin 5 Jahre alt.

Ich werde blass und still. Ich mag nicht mehr essen. Wie von fremden Dämonen besessen, nimmt mein hellblondes Haar eine dunkle Färbung an, und meine blauen Augen werden braun. Oft sitze ich schwach da und schaue vor mich hin. Wenn ich überhaupt etwas esse, beginne ich zu husten und erbreche. Danach bin ich völlig erschöpft und kann mich kaum noch rühren.

Mutter sucht mit mir unseren Hausarzt auf. Dr. Welbi ist sehr nett, ich mag ihn. Er trägt eine runde Brille, durch die er mich fürsorglich ansieht. Der Arzt tastet meinen Körper hier und da ab, horcht mit seinem Stethoskop, schaut in meinen Hals.

„Wir nehmen Blut ab“, sagt Dr. Welbi. In einem Nebenraum setze ich mich auf einen Stuhl, eine Schlinge wird um meinen Arm gelegt.

„Schmerz fürs Vaterland!“, sagt Dr. Welbi, ich verstehe nicht, was damit gemeint ist. Es tut auch nicht sehr weh, nur ein Pikser mit der Spritze.

Dr. Welbi sitzt in seinem großen Sprechzimmer hinter dem Schreibtisch und macht sich Notizen.

„Ilse, ich kann nichts finden“, sagt er zu Mutter, er kennt meine Mutter schon lange, doch befremdet es mich etwas, dass er sie beim Vornamen nennt, es gibt nicht viele Menschen, die das dürfen.

„Du gehst mit ihm ins Krankenhaus. Lungen röntgen.“

Mutter nickt, sie steht auf und nimmt mich an die Hand. Wir haben das Sprechzimmer schon fast verlassen, Mutter drückt die Klinke der Tür, da will Dr. Welbi noch etwas wissen.

„Und ... Ilse ... sonst so?“

Meine Mutter lässt die Türklinke wieder los, sie atmet tief durch und drückt etwas zu fest meine Hand.

„Ach, Herr Doktor, immer diese Sauferei ...“

Mutter beginnt zu weinen und zu schluchzen, ich sehe an meiner Mutter hoch, sie trägt einen hellgrauen Mantel mit dunklen Knöpfen und wischt sich mit der Hand über die Augen.

Dr. Welbi sieht uns still an, nickt Mutter ein wenig zu, wir verlassen die Arztpraxis, und Mutter lässt auf dem ganzen Weg zum Geschäft meine Hand nicht mehr los.

Am nächsten Tag werde ich im Krankenhaus in ein mannshohes Gerät gestellt, mit dessen Hilfe man in mich hineinschauen kann. Die Ärzte tragen weiße Kittel, und Mutter bekommt eine schwere, braune Bleischürze, die sie vor den gefährlichen Strahlen schützt. Der Arzt steht mit ihr vor einem Bildschirm, sie betrachten die Schemen meines Körperinneren.

„Keuchhusten ist das nicht“, sagt der Arzt, „alles in Ordnung. Ihr Junge ist Luftschlucker, aber sonst keine Auffälligkeiten.“

Ich bin Luftschlucker. Das gefällt mir. Ich will gerne Luftschlucker sein.

Die Ärzte finden nichts. Nach einigen Monaten wird es besser.

Elf

1965.
Troisdorf.
Ich bin 4 Jahre alt.

In der kleinen Dachgeschosswohnung unseres Hauses, in der Oma Lena und Opa Paul wohnen, steht ein großer Sessel. Dieser verfügt über einen geheimnisvollen Klappmechanismus. Setzt Opa Paul sich hinein und lehnt sich zurück, klappt eine bis dahin unter dem Sitz verborgene Fußstütze heraus, Opa Paul kann nun die Füße hochlegen, das liebt er sehr, und wenn er sich dann noch eine Zigarre anzündet, ist er glücklich.

Manchmal sitzt Opa Paul aber auch einfach nur in seinem Sessel, dann darf ich auf seinen Schoß krabbeln, er umfasst mich mit seinen langen Armen, und ich fühle mich so richtig wohl.

Wir haben ein Spiel. Wenn ich auf Opas Schoß sitze, nehme ich seine linke Hand. Mich amüsiert, dass Opa Pauls Mittelfinger krumm ist und krumm bleibt, was immer ich auch anstelle.

„Mach gerade", sage ich dann und arbeite an dem Finger, mit aller mir zur Verfügung stehenden Kraft versuche ich, den Finger gerade zu biegen, vergeblich. Ich finde den Finger lustig, aber auch ein wenig unheimlich. Niemand sonst hat solch einen Finger.

„Das geht nicht. Kommt vom Krieg", sagt Opa Paul, er lacht, mein Spiel erheitert ihn.

Geduldig lässt er mich gewähren, lässt mich herumkneten an dem Finger, der seine Haltung nicht mehr verändert hat, seit der junge Soldat Paul Kundrus im Ersten Weltkrieg gegen die Russen stürmte und eine Kugel seine Hand zerfetzte, die zweite Kugel hatte bereits in Brusthöhe den Jackenstoff durchdrungen und befand sich auf direktem Weg zu und in Pauls Herz, doch dann traf sie auf den Ledereinband des kleinen Tagebuches, das Paul, im Bewusstsein, historische Schlachten miterleben zu dürfen, in der Innentasche seiner Uniformjacke mit sich führte; durch den Widerstand des Büchleins wurde das Geschoss abgelenkt, durchschlug eine Rippe und blieb letztlich in der Lunge stecken. Der Soldat lag im ostdeutschen Gras, und das Papier des Büchleins, nur die ersten fünf Seiten waren mit Bleistift beschrieben, sog sich voll Blut.

„Mach gerade“, sage ich, „mach gerade!“

„Geht nicht. Kommt vom Krieg!“ sagt Opa Paul, streichelt mir über den Kopf, lacht und freut sich über meine Ausdauer.

17. August 1914.
Stallupönen. Ortschaft in Ostpreußen,
unmittelbar an der Grenze zu Russland gelegen.
Paul ist 22 Jahre alt.

Die ersten Tage des Krieges wurde Paul nur mit der Eisenbahn durch Ostpreußen transportiert. Nicht einen einzigen Russen hat er bislang zu Gesicht bekommen, das hat ihn nahezu verzweifeln lassen, fielen die Feinde doch bereits an mehreren Stellen in Ostpreußen ein. In Pauls Heimatstadt Tilsit herrscht Panik, die Menschen fliehen nach Königsberg und Berlin.

Doch nun hat Pauls Regiment in einem Marktflecken an der Grenze Stellung bezogen. Paul und seine Kameraden liegen in einem weitläufigen Gehöft, haben Deckung genommen hinter Ställen und Scheunen. Die Berichte sagen, die Russen lägen in dem kleinen Wäldchen hinter dem Gehöft.

Es ist früh am Morgen, Nebel schwebt über dem leicht hügeligen freien Gelände zwischen Gehöft und dem Wäldchen, das mit hohem Gras und Büschen bewachsen ist. Paul hockt angelehnt an der Rückseite eines Stalls, hinter den rohen Brettern hört er die Tiere schnaufen, das beruhigt ihn. Paul ist müde und hellwach zugleich, voller Anspannung. Ohne jegliches Anzeichen stürmen die Russen aus dem Wald, zu Hunderten sieht Paul den Feind über das freie Gelände vorrücken. Er tritt hinter dem Stall hervor, legt sein Gewehr an. Wie er es gelernt hat, nimmt er einen der feindlichen Soldaten ins Visier, zielt, lässt ihn näher herankommen, zielt auf den Oberkörper, schießt. Der Russe, nur noch hundertfünfzig Meter von Paul entfernt, fällt ins Gras, verliert dabei seine Kappe, und für eine Sekunde sieht Paul, dass der Mann rote Haare hat, verwundert sich noch, dass ein Russe solch rote Haare haben kann, dann rennt Paul los, den anderen Feinden entgegen.

Archiv

Objekt:
Militärpass des Paul Kundrus, ausgestellt am 30. Juni 1916.
Heft, 7 × 13 cm, 28 Seiten, nebst einem an der Innenseite des Einbandes angeklebten, auffaltbaren Führungszeugnis.
Dunkelblauer Pappeinband auf der Vorderseite mit Adleremblem sowie Schriftzug:

Militärpaß
des
Paul, Gustav, Bruno
Kundrus

Jahresklasse 1913

[Sämtliche Eintragungen in Kurrent, stets in der gleichen Handschrift. Daher steht zu vermuten, dass es sich um eine Zweitausfertigung des originalen Militärpasses handelt, die Paul Kundrus im Juni 1916 ausgehändigt wurde, als er nach zahlreichen Verwundungen aus dem Militärdienst entlassen wurde.]
[...]

Datum und Art der Entlassung:

Durch Versetzung des stellvertretenden Gen. *[General]* Kommandeurs I. der K [*Kompanie*] II – Nr. 12954 vom 27.6.1916 infolge Kriegsdienstbeschädigung als zeitig 40 % erwerbsunfähig erachtet.
Die hiernach von der Vollrente für Genesene von 540 M jährlich, vom 1.7.1916 ab zustehende Teilrente beträgt 216 M jährlich, 18 M monatlich, hierzu Kriegszulage 15 M, zusammen 33 M monatlich. Entlassen am 30.6.1916 nach Tilsit, Garnisonstr. 33. Bez. Kom. Tilsit.
[...]

10. Feldzüge, Verwundungen:
Gefechte bei Stallupönen 17/8.14
Gumbinnen 20/8.14
Tannenberg 26.–28.8.14
Suwalki 1/10.14,
Lowiecz *[Łowicz, deutsch Lowitsch]*; v. Lomega; Joseforo,
Krueza 13.7.–15.7.15;
Turnezel, Parembi 18/7.15;
Dobrylas [*Dobry Las*] 19.–22.7.15; v. Nowgorod

Verwundungen:

Am 3.12.14	b. Lowiccz verwundet: Gewehrschuss an Lunge
vom 3.12.14–11.12.14	Kutno, Feldlaz. *[Feldlazarett]* U. Transport
11.12.14–28.12.14	Tilsit, Res.Laz. [*Reserve-Lazarett*] Heilanstalt
29.12.14–12.2.15	Polzin Bad, Res.Lazarett Kurhaus
Am 5.3.15	bei Saborowo verwundet: Granatsplitter am Oberarm, Bauchsteckschuß
5.3.15–21.3.15	Kolno Feldlazarett 5
22.3.15–25.3.15	Johannisburg Kriegslazarett u. Transport
25.3.15–27.4.15	Nauen Res. Lazarett
28.4.15–12.5.15	Spandau Res. Laz.II
Am 21.7.15	bei Nowgorod verwundet: Gewehrschuß a. Oberarm, Gewehrschuß an lk. Hand
21.7.15–24.7.15	Johannisburg Res.Laz Volksschule und Transport
24.7.15–1.8.15	Königsberg. Fest. Hilfslazarett III b

1.8.15–3.8.15	Transport
3.8.15–31.12.15	Münster/Westf. Res.Laz.Ev. Krankenhaus
1.1.16–13.6.16	Gelsenkirchen Res.Laz. Knappschafts-Lazarett

Februar 1916.

Gelsenkirchen.

Der linke Arm schmerzt. Die linke Hand schmerzt. Der ganze Oberkörper schmerzt. Es ist kalt.

Langsam geht Paul auf dem Bürgersteig entlang, den Arm trägt er in einer Schlinge. Viele Verwundete sind hier in den Straßen rund um das Lazarett zu sehen, die Bewegung an der Luft soll die Genesung fördern. Von Glück sagen kann jeder, der noch zwei Beine hat und zwei Arme. Viele humpeln mit einem Bein auf Krücken oder haben nur noch einen Arm, nicht zu reden von jenen, die das Lazarett nicht verlassen können.

Paul hat Glück gehabt. Schon zwei schwere Verwundungen hatte er überlebt, als ihn vor Monaten erneut russische Kugeln trafen. Die erste streifte seinen linken Arm, eine Fleischwunde. Das zweite Geschoss jedoch zerfetzte den Mittelfinger seiner linken Hand. Paul ist froh, dass es die linke Hand traf, denn kurz vor der Einberufung legte er die Meisterprüfung im Malerhandwerk ab und träumt davon, einen eigenen Betrieb zu eröffnen, wenn wieder Frieden herrscht. Da er Rechtshänder ist, wird ihn die Verwundung nicht daran hindern.

Paul nähert sich dem Kolonialwarenladen, den er inzwischen täglich aufsucht, sein Herz schlägt etwas schneller, wird er doch gleich Fräulein Stocksiefen wiedersehen. Die junge Dame leitet das Geschäft, mit deutlicher Bestimmtheit befehligt sie das Personal, sieben Verkäuferinnen, manche erheblich älter als Fräulein Stocksiefen. Das imponiert Paul, der nicht ahnt, dass ihm jene Bestimmtheit in den nächsten fünfzig Jahren noch erheblich zusetzen wird. Die junge Dame ist von zierlicher Gestalt, sie hat auffallend große, dunkelbraune Augen und braune Locken, und wenn sie lächelt, geht die Sonne auf im Kolonialwarenladen.

Fräulein Stocksiefen sieht durch das Schaufenster den jungen

Soldaten auf das Geschäft zugehen, sie streicht ihr Kleid glatt und stellt sich selbst hinter die Theke. Gerne würden die Verkäuferinnen tuscheln, trauen sich aber nicht, alle wenden sich den Regalen zu, es gibt immer etwas zu räumen und zu rücken.

Paul betritt das Geschäft. Wieder fällt Lena Stocksiefen auf, wie gut dieser Mann aussieht, in den feinen Gesichtszügen meint sie einen leicht asiatischen Anflug zu erkennen, etwas fremd, aber sehr reizvoll, auch ist er höflich, dieser Soldat, dessen Namen sie nicht kennt, der nun täglich kommt, fünf Klümpchen zu erwerben.

Bonbons sagt man nicht mehr. Die Sprache des Erbfeindes gilt es zu vermeiden.

Paul tritt an die Theke.

„Guten Tag! Was darf es denn heute sein?", fragt Lena.

Paul begrüßt die junge Dame und lässt seinen Blick ausführlich über die Auslagen schweifen, als fiele ihm die Wahl schwer.

„Heute nehme ich fünf Klümpchen", sagt er dann fest und ernst. Lena kann sich ein Schmunzeln nicht verkneifen, sie nimmt eines der kleinsten Papiertütchen, die sie zur Verfügung hat, füllt fünf Klümpchen hinein, verschließt das Tütchen sorgsam und reicht dem Soldaten seinen Einkauf.

„Haben Sie noch einen Wunsch?"

Paul räuspert sich.

„Ja, ich möchte Sie etwas fragen ..."

Lena legt ihre Hände auf die Theke und sieht Paul erwartungsvoll an.

„Ich möchte fragen, ob Sie vielleicht am Sonntag mit mir im Stadtpark einen Spaziergang machen, wenn Sie nicht schon anderweitig verabredet sind."

Unwillkürlich zieht Lena ihre Hände von der Theke zurück, sie schaut zur Seite, sie schaut Paul Kundrus nicht an, kein Räumen und kein Rascheln ist mehr zu hören.

Paul erschrickt, hat sich doch das Gesicht der jungen Dame in Sekunden völlig verändert. Lena benötigt einen Augenblick, sich zu fangen, dann sieht sie Paul ernst, aber nicht unfreundlich an.

„Wissen Sie, es ist so. Am Sonntag wäre ich gern allein. Es wäre der Geburtstag meines Verlobten."

Dann spricht Lena das Wort aus, welches für sie den furchtbarsten Schrecken bedeutet, den sie in ihrem jungen, zweiundzwanzigjährigen Leben erfahren musste.

„Flandern."

Paul schaut Lena an. Er nickt.

„Ich verstehe. Das tut mir sehr leid."

Lena geht um die Theke herum, die zierliche Frau steht nun vor dem großen Soldaten.

„Geben Sie mir etwas Zeit", sagt sie und berührt kurz und sanft seinen gesunden Arm.

„Herr ...?"

„Kundrus, Paul Kundrus."

Jetzt kehrt wieder Leben in Lenas Gesicht zurück.

Paul atmet auf.

„Ich denke, die Klümpchen werden nicht lange reichen", flüstert er Lena zu.

Archiv

Objekt:
Brief von Lena Stocksiefen an Paul Kundrus vom 27.3.1916.

[Lena ist 22, Paul ist 24 Jahre alt]

1 Blatt, 27 × 17cm (doppelt gefaltet).
1 Briefumschlag, 14 × 9cm. Briefumschlag ohne Briefmarke, beschriftet:

Herrn
Paul Kundrus.
Hier.
Knappschaftsgebäude

Gute Papierqualität. Um einen hochwertigen Eindruck zu vermitteln, wurde das Papier mit einer Prägung versehen, die eine feine Leinenstruktur imitiert.

[Lena Stocksiefens Eltern, streng katholisch, missbilligen die Verbindung zu dem evangelischen Malermeister Paul Kundrus. Sie wünschen sich einen katholischen Ehemann für ihre Tochter und haben Lena aufgefordert, sich von Paul zu trennen.]

Brief Text: *[Handschrift, schwarze Tinte, Kurrent]*

Gelsenkirchen, d. 27.3.16

Mein lieber guter Paul!

Gewiß ahnst Du es schon, was ich Dir hier zu schreiben habe. Zunächst bitte ich Dich, sei nur nicht all zu traurig, denn ich bin gezwungen Dir diese harten Worte zu schreiben. Ich war ja wohl gestern Abend auf allerhand eingestellt, aber Du darfst es mir sicher glauben, es war bald zuviel. Ich vermag es Dir garnicht zu schildern, wie sehr meine Eltern gegen unseren Verkehr sind, nie, niemals würden sie ihre Einwilligung dazu geben. Alles was in meinen Kräften lag, habe ich getan, um für Dich mein lieber Paul zu kämpfen. Aber es war vergebens. Hätte ich noch viel gesagt, dann wäre ich ohne Schläge nicht davon gekommen, denn so aufgebracht habe ich meinen Vater noch nie gesehen. Darum mein guter Paul bitte ich Dich, schlag Dir doch den Gedanken betreff unseres Verkehrs ganz aus dem Kopf, und betrachte mich doch nur als Deine Freundin. Ich ahnte es wohl daß es noch einmal so kommen würde, darum ließ ich Dir ja auch stets so wenig Hoffnung. Und dennoch mich ganz alleine trifft das Gefühl ich hätte unangreifbarer sein müssen, und hätte mich früher zurückziehen sollen. Aber ich hoffe Du wirst mich verstehen. Deinem Bitten konnte ich doch nicht widerstehen, und auch ich selbst fühlte mich stets so wohl, so geborgen in Deiner Gegenwart, denn daß ich die Gefühle meinerseits erwidere, davon bist Du ja wohl fest überzeugt. Aber es ist, wie ich schon immer gesagt habe, es kann und darf nicht sein. Darum lieber Paul müssen wir uns als gute Freunde trennen. Meinem Versprechen werde ich ganz bestimmt nachkommen und täglich beten für Dein Wohlergehen. Du sollst noch einmal ganz glücklich werden, dieses ist mein sehnlichster Wunsch. Du bist noch jung, die Welt steht Dir noch offen, und manches junges Mädchen wird Dir freudig ihr Jawort geben. Mein guter Paul, ich versichere es Dir noch einmal, so recht von Herzen glücklich wirst Du an meiner Seite niemals werden. Und was kann ich Dir bieten, nichts wie nur mich selber und das ist doch wirklich bitterwenig. Du hast es ja sicherlich nicht an mir verdient solch einen Brief von mir zu bekommen, denn Du warst ja stets so lieb und gut zu mir. Die kostbaren Stunden die ich in Deiner Nähe zubringen durfte werden eine schöne Erinnerung sein, für mein ganzes Leben. Bitte Dich nun nochmals recht innig, gräme Dich nicht zu sehr, und wenn es Dir aber möglich ist, dann mache ein frohes Gesicht wenn Du mich siehst, denn es tut mir zu weh, Dich mein treuer Paul traurig zu sehen. Wie es in meinem Herzen aussieht, brauche ich Dir wohl nicht zu schildern, denn Du weißt es ja. Solltest Du dennoch den Wunsch haben, am Sonntag Nachmittag mit mir zusammen zu kommen, dann teile es mir nur mit, werde alles Mögliche versuchen von Hause fort zu kommen. Willst Du mich aber nicht mehr sprechen, dann habe Dank für Deine Liebe, für Dein mir geschenktes Vertrauen, lebe wohl und werde glücklich.

Nun empfange mehrmals
Die herzl. Grüße
von Deinem
unglücklichen
Lenchen

N.B. Antwort bitte so bald wie möglich

Archiv

Objekt:
Brief von Paul Kundrus an Lena Stocksiefen vom 28.3.1916.

1 Blatt fein geprägtes Briefpapier, 17 × 26 cm.
Der Bogen wurde 2 × gefaltet.
1 Briefumschlag

Poststempel:
Gelsenkirchen 28.3.16

Briefmarke:
Bildnis einer Dame im Profil, eingerahmt von floral anmutendem Muster im Jugendstil. Schriftzug „Deutsches Reich“. 5 Pfennig.

Absender:
[auf Umschlag keiner angegeben]

Empfänger:
Fräulein
Helene Stocksiefen
<u>Hier</u>
[Straße nicht lesbar] 20

Text: *[Handschrift, blauer Farbstift, Kurrent]*

Geschrieben, den 28. März 1916

Mein liebes, liebes Herz,

Dein Brief hat mir bitter weh getan. Vor Allem heißen Dank für Deine Liebe und für Dein kämpfen. Soll alles vergebens sein? Diese Frage hat mich heute den ganzen Tag beschäftigt.
Ich kann und will es noch nicht glauben. Mit Dir werde ich nie glücklich werden, Lenchen, Du weißt, was Du mir bist. Für mein Wohlergehen willst Du beten? Das klingt gerade wie bitterer Hohn. Was soll das Alles? Nur unter dem Fanatismus Deiner Eltern ihren Willen gefügig zu machen? Verzeihe dieses harte Wort, es sind Deine Eltern. Sie wissen aber nicht, was sie tun.
Als gehorsames Kind musst Du Deinen Eltern gehorchen. Was aber Herzensangelegenheiten betrifft, so sind auch Deine Eltern machtlos dagegen. Folge Du dem Zuge Deines Herzens. Vorerst bin auch ich gewillt, eine abwartende Haltung anzunehmen.
Du sollst meinetwegen unter den Schimpfreden Deiner Eltern nicht zu leiden haben. Dazu bist Du eine viel zu edle Perle.
Armes Kind, geht es Dir denn ebenso wie mir? Kein Glück auf dieser Erde? Kann Gott wirklich so eine Ungerechtigkeit mitansehen?

Oder gibt es Keinen? Muß man nicht daran zweifeln? Was musst Du schon meinetwegen gelitten haben? Meine Liebe zu Dir ist aber dadurch viel größer geworden. Deshalb kann und will ich nicht entsagen. Eine Freundin alleine könntest Du mir nicht sein. Dazu habe ich ganz andere Gefühle für Dich mein Herz. Müssen wir uns aber nur Freunde sein, so ist es mir nicht möglich, Dich wiederzusehen, noch später schreiben. Es bleibt mir nach meiner Entlassung noch immer die Möglichkeit dahin zu gehen, wo ich eigentlich wieder sein müsste. Wenn Du willst, dass wir uns Sonntag sprechen könnten, so möchte ich Dich bitten, mich hier zu besuchen. Damit uns niemand sieht und Du meinetwegen keine Unannehmlichkeiten mehr haben sollst. Vielleicht könntest Du mir darüber noch näheren Bescheid zukommen lassen. Nun mein liebes Herz, werde ich schließen. Innige Grüße sendet Dir in Liebe Dein

Paul

Grenadierknappschaftskrankenhaus
PK
St. B. Zimmer 53

Zwölf

1969.
Troisdorf.
Ich bin acht Jahre alt. 3. Schuljahr.

Wenn ich Geburtstag habe, darf ich mir etwas wünschen, und Tante Hilde backt mir einen Kuchen. Meine Eltern feiern ihre Geburtstage nicht, das erscheint mir normal. Später erst, als Rentnerin, wird Mutter zu ihrem Geburtstag Freundinnen aus dem Kirchenchor und dem Verein der katholischen Frauen zu einer Kaffeetafel einladen.

Vater findet seinen Geburtstag ebenso grässlich wie Weihnachten, keiner darf ihn darauf ansprechen. Üble Fügung des Schicksals will es, dass Vater auch noch am ersten Weihnachtstag Geburtstag hat. Einmal traue ich mich zu fragen, warum er nicht feiern mag.

„Lass mich damit in Ruhe!", raunzt er mich an.

Ich beschließe, dieses Jahr Mutter anlässlich ihres Geburtstags zu überraschen. Es ist der sechzehnte Februar. Ich stelle mir den Wecker und stehe früh auf, meine Eltern schlafen noch. Es ist dunkel und kalt. Leise schleiche ich in die Küche, decke einen schönen Frühstückstisch. Ich bestreiche einige Scheiben Brot mit Butter und streue Zucker darauf, das erscheint mir ein sehr angemessenes Frühstück zum Geburtstag.

Mutter kommt im Nachthemd in die Küche. Ich sehe sofort, sie freut sich nicht über meinen Frühstückstisch. Sie ist natürlich in Eile wie jeden Morgen, und jetzt muss sie erst einmal aufräumen.

„Ach, Schätzchen, das will Mama aber anders", sagt sie und wirft meine Zuckerbrote in den Mülleimer.

„Sowas esse ich doch nicht."

Sie füllt *Nescafé* in Tassen, kippt heißes Wasser dazu und

schmiert sich halbe Brötchen mit Butter. Vater kommt später in die Küche und sieht von meiner Überraschung nichts mehr.

Auch Silvester wird nicht gefeiert. Solange ich klein bin, verschlafe ich den Jahreswechsel sowieso. Später staune ich, dass andere Leute Feste feiern und Böller krachen lassen. Meine Eltern und Oma berührt das alles nicht. Besonders Mutter und Oma Lena sind um den Jahreswechsel herum eher ruhig und schweigsam.

Archiv

Objekt:
Brief/Feldpost

[Januar 1940, Günther ist 19 Jahre alt. Nach der Einberufung wurde er zur militärischen Ausbildung nach Königsberg verlegt.]

Poststempel: Königsberg, 15.01.40
Zusatzstempel: Fliegerausbildungsregiment 33, 1. Komp. [*Kompanie*]

Text: *[Handschrift, schwarze Tinte, Sütterlin]*

Abs. Flieger Kundrus
1. Komp. 10. Gruppe
Flieger-Ausbildungsregiment 33
Königsberg 9/Pr.
General-Litzmann-Str.

Kbg., d. 12.1.40

Liebe Eltern!

Meine Karte werdet Ihr ja wohl inzwischen erhalten haben. Die Karte kaufte ich in Hamburg und schickte sie hier ab. *[...]*
Wir fuhren am 9.1. um kurz vor 10:00 in Gelsenk. ab und landeten um 14:00 am 11. in Königsberg. Die Fahrt verlief gräßlich. Der Zug war ungeheizt, die Heizungsrohre waren

-2-

nämlich eingefroren. Nachts hatten wir eine Kälte von 28° unter Null. Im Zug lagen wir auf u. nebeneinander in Mäntel und

Decken gehüllt und zitterten wie Espenlaub. Einigen sind die Ohren erfroren, anderen die Lippen aufgerissen, ein anderer wurde ohnmächtig. Viele liegen im Lazarett. Mir selbst sind die Lippen aufgeplatzt. Den Mund bekomme ich kaum auf. Eine dicke Blutkruste liegt darauf. Auf der Fahrt bekamen wir 2× zu trinken. In einem Dorfe am friesischen Haff blieb unser Zug stehen, weil der Mechanismus der Maschine eingefroren war. Da liefen wir in das Dorf. Dort trank ich einen heißen Grog. Das tut gut. Ich wäre

-3-

auch fast innerlich erstarrt. Einmal blieb der Zug auf freier Strecke stehen, da brannte ein Wagon. Es wollten nämlich welche warm werden und machten ein Feuer an. Trotz alledem hatte ich meinen Humor nie verloren. Für stramme Witze habe ich immer gesorgt. Die staunten alle, daß man auch dann noch lustig sein kann.

[...]

-4-

Der Dienst beginnt morgens um 5:30 Uhr und ist abends um 22:00 beendet. Er ist sehr streng und hart, dazu die grimmige Kälte.

Ich bin riesig stolz, in dieser großen Zeit Soldat sein zu dürfen. Keine Härte, keine Kälte, darf größer werden als mein Stolz. Nie werde ich klagen.

Das wäre das wichtigste. Wenn ihr etwas zu fragen habt, so tut das. Schreibt bitte einmal.

Mit Heil Hitler!

Euer Günther

Archiv

Objekt:
Brief/Feldpost

[Günther schreibt diesen Brief im Januar 1940 an seinen Vater Paul, Veteran des Ersten Weltkriegs, und berichtet vom Beginn seiner militärischen Ausbildung. Ein Brief von Soldat an Soldat.]

Poststempel:
Fliegerausbildungsregiment, 1. Komp.
Datumsstempel: 23.1.40

Text: *[Handschrift, Bleistift, Sütterlin]*

22.1.40

Lieber Vater!

Für Deinen Brief sei bestens bedankt. Ich hatte schon lange darauf gewartet. Heute mittag erhielt ich ihn. Wir kamen gerade von der Vereidigung. Wir wurden in unserer Turnhalle vereidigt, wegen der grimmigen Kälte. Unser Regiments-Kommandeur hielt eine zündende Ansprache. Er legte uns dar, wie schwer dieser Kampf sein wird. Während ich die Eidesformel sprach, mußte ich sehr gegen die Tränen ankämpfen. Ich konnte nicht verhindern, daß mir 2 Tränen über die Backen liefen. Die Feier war ausgezeichnet gestaltet. Anschließend war dienstfrei. In unserer Kaserne ist jeden Tag Film. Wir kommen nur des Sonntags dazu. Ich sah mir heute den Film „Der Spiegel des Lebens" an. Zur Abendverpflegung gab es heute für jeden vier Stück Keks und fünf Zigaretten R6. Nach Zeitungsmeldungen ist es in Königsberg schon über hundert Jahre nicht mehr so kalt gewesen. Das kann man merken. Ich habe immer tollen Schnupfen und das rechte

Ohr ist mir erfroren. Erfrierungen der Hände, Füße und Ohren gibt es täglich. Heute platzte die Haut am Ohr, jetzt läuft es. Sobald man nach draußen kommt, ist das Wasser Eis.
[...]
Leider muß ich Dir noch berichten, daß wir in unserer Kompanie einen Dieb haben. Er stiehlt unheimlich, Geld besonders. Mir sind zwei Handtücher gestohlen worden, ein privates. Schade, daß wir den Kerl nicht schnappen. Unser Kp.-Chef sagte vor der Front: „Wird der Kerl geschnappt, so übergeben wir ihn sofort dem Kriegsgericht. Was auf Kameradendiebstahl steht, weiß er ja.“ Hoffentlich wird er bald gefaßt. So, lieber Vater, das wäre wohl das Wichtigste. Du kannst ja immer anfragen, wenn Du etwas wissen willst.

Sei nun herzlichst gegrüßt von

Deinem Günther

Archiv

Objekt:
Brief/Feldpost

Poststempel:
Umschlag fehlt

[Vermutlich wurde der Brief zusammen mit dem Schreiben an den Vater vom 22.1.40 im selben Umschlag verschickt.]

Text: *[Handschrift, schwarze Tinte, Sütterlin]*

Günter Kundrus — Königsberg 9/Pr., d. 22.01.
Flieger — Hufenkaserne

Liebe Mutter!

Besten Dank für Deinen Brief. Lange habe ich darauf gewartet. Inzwischen wird mein Koffer wohl schon angekommen sein.
[...]
Das Essen ist nicht besonders. Nur Brot können wir in rauhen Mengen haben. Aufstrich ist sehr knapp, zum Frühstück esse ich nur trockenes Brot. Der geringste Aufstrich fehlt. Die anderen haben von zu Hause fast alle Wurst, Schinken, Speck, Butter usw. Es sind nämlich Bauern. Ich benötige *nichts*. Solange es noch trockenes Brot gibt, ist alles in Ordnung. Zu Hause hätte ich darüber vielleicht gemeckert, hier aber esse ich es wie ein Stück Kuchen. Bisher habe ich 8 Pfd. abgenommen. Es werden wohl noch einige Pfunde dazu kommen. Das kommt vom Dienst und der Verpflg. Die Älteren weinen oft. Es ist ihnen zu hart. Selbst verheiratete Männer haben schon geweint. Ich werde

niemals weinen oder klagen. Euch bitte ich dringend, mir nichts zu schicken, außer Sachen, die ich vielleicht einmal anfordern werde.
[...]
Ich bin Soldat und muß hart gegen mich selbst sein. Du kannst mir nur helfen, wenn Du Dich nicht um mich sorgst bzw. unnötig sorgst. Es ist aber Krieg. Nun habe ich Gelegenheit, mich zu bewähren. Passieren wird mir schon nichts. Von deinen Gebeten getragen werde ich meinen Mann stehen.
Also, liebste Mutter, nun will ich schließen.

Es grüßt Dich in kindlicher Anhänglichkeit und Treue

Dein Junge

Archiv

Objekt:
Brief/Feldpost

Poststempel:
Fliegerausbildungsregiment 33, 1. Komp.
Königsberg (Pr.) 9, 12.2.40

Text: *[Handschrift, schwarze Tinte, Sütterlin]*

Kgbg, den 10.2.40

Liebe Eltern!

[...]
Ihr fragt an, wer am meisten schreibt. Eva schreibt fast jeden Tag. Ich an Eva auch. Inge schreibt ungefähr alle 8 Tage.
Die Kälte u. der Regen hat immer noch nicht nachgelassen. Unser Dienst ist immer noch streng. An sich wird er täglich strenger. Jetzt kommt die Geländeausbildung.
[...]
Morgen habe die besten Schützen der 1. Kompanie Ausgang. Ich bin auch dabei. Mein erster Ausgang ist das. Hoffentlich finde ich mich in Königsberg zurecht.
[...]
So, das wäre das Neueste. Entschuldigt bitte die flüchtige Schrift. Aber ich habe keine Zeit, besser u. langsamer zu schreiben. Bisher hatte ich auch keine einzige Minute Zeit für mich. Das „Ich" gibt es hier nicht. Wir handeln nur nach Befehl. An sich sind wir nur Maschinen.

Nun muß ich aber schließen. Schreibt bitte bald wieder.
Auch für mich ist die Post das Schönste am Tage. Es ist sozusagen eine Nahrung für den Soldaten.

Herzlichst und Heil Hitler!

Euer Junge

Archiv

Objekt:
Brief/Feldpost

Papierqualität:
einfaches Schreibpapier, DIN A4, leicht chamois, unliniert, Briefumschlag in ähnlicher Papierqualität, innen feines blau-graues Rautenmuster

[März 1940. Günther befindet sich seit zwei Monaten in der militärischen Ausbildung. Ihm wurde mitgeteilt, dass er im Anschluss daran zum Ausbilder geschult werden wird. Die Wehrmacht benötigt dringend Ausbilder, wer dafür ausersehen ist, darf sich nicht an die Front melden. Genau das ist aber Günthers größter Wunsch. Dieser Konflikt bestimmt die nächsten Monate seines Lebens.]

Poststempel:
Königsberg (PR) 9, 4.3.40
Zusatzstempel: Fliegerausbildungsregiment 33, 1. Komp.

Text: *[Handschrift, schwarze Tinte, Sütterlin]*

Günter Kundrus Königsberg, den 1.3.40
Flieger Hufenkaserne

Liebe Eltern!

Für Euren lieben Brief herzlichsten Dank. Ich freue mich, daß es Euch noch allen gut geht. Mir geht es auch noch gut.
[...]
Dann eine Neuigkeit. Ich bleibe wahrscheinlich in Königsberg beim Regt. als Ausbilder. Die besten Rekruten sind ausgesucht worden. An sich paßt mir das garnicht; ich ginge viel lieber an die Front. Aber es ist uns verboten, sich an die Front zu melden. Jeder muß da seine Pflicht erfüllen, wo er hingestellt wird und das ich das tue, ist ganz klar; denn ich bin mit Leib und Seele Soldat. In unserer Gruppe kloppe ich den besten Exerzierschritt, also Paradeschritt. Im Sport ist es ja selbstverständlich. Den Gewehrgriff kann ich auch gut. Der hat mir manchen Tropfen Schweiß eingebracht. Oft stand ich in Schweiß gebadet da und übte und übte. Jetzt ist es geschafft. Im übrigen Exerzierdienst bin ich auch gut. Da habe ich in der HJ ja viel gelernt. Ebenso im Geländedienst. Ich marschiere immer als Flügelmann.
[...]
Die Weißwurst habe ich erhalten und hat sehr gut geschmeckt. An Onkel Richard schreibe ich auch noch. Für heute Schluß. Schreibt bitte bald wieder.

Herzliche Grüße

Euer Günther

1968.

Troisdorf.

Ich bin 7 Jahre alt. 2. Schuljahr.

Ich darf nicht stehlen.

Ich darf nicht lügen.

Ich muss pünktlich sein.

Ich muss anderen Menschen helfen, wenn ich kann.

Ich habe zu gehorchen und zu tun, was mir Erwachsene sagen.

Ich darf Erwachsenen nicht widersprechen.

Ich darf besonders Oma Lena und Mutter nicht widersprechen.

Ich darf besonders Lehrern nicht widersprechen.

Ich darf besonders Ärzten nicht widersprechen.

Ich muss mich Pastor Fleischmann gegenüber ehrfürchtig zeigen und darf Pastor Fleischmann oder anderen kirchlichen Würdenträgern keinesfalls widersprechen.

Ich muss mich Polizisten gegenüber besonders ehrfürchtig zeigen und darf einem Polizisten keinesfalls widersprechen.

Offenbar gebe ich Anlass zur Befürchtung, ich könnte in der Schule aufmüpfig werden, denn Oma Lena ruft mich in die Küche.

Sie hat Platz genommen auf ihrem Stuhl am Fenster und bedeutet mir, ich solle mich vor sie hinstellen.

„Andreas", sagt Oma Lena, „ich muss dir etwas sagen."

Ich zucke zusammen. Derartige Ansprache ist mir sehr fremd.

Oma Lena sieht mich streng an.

„Andreas. Wenn du in der Schule bist und das Fräulein etwas sagt, dann ist das immer richtig! Dann hast du nicht zu widersprechen. Hörst du? Du hast nicht zu widersprechen. Das Fräulein hat immer recht!"

Den letzten Satz spricht Oma Lena besonders mahnend.

Ich werde entlassen und darf wieder in mein Kinderzimmer gehen.

Einige Tage später höre ich, wie Oma Lena zu Mutter über mich sagt:

„Bei Günther hat die Saat meiner Erziehung gefruchtet. Bei dem Bengel ist alles hoffnungslos.“

Die Nazis hat es sicher gefreut, dass sie mit Günther ein so gut vorbereitetes Kind erhielten. Der passte ihnen gut, kein Zweifel. Sie mussten ihm vermutlich nur noch beibringen, dass Hilfsbereitschaft und Mitgefühl ausschließlich Volksgenossen und nicht Juden oder anderen Menschen in fremden Ländern entgegenzubringen sind.

Archiv

Objekt:
Brief/Feldpost

Papierqualität:
einfaches liniertes Schreibpapier DIN-A-4, sorgfältig aus Block gerissen.
Briefumschlag nicht erhalten.

[April 1940. Günther schreibt diesen Brief an seine Eltern aus einer Kaserne in Grudziądz, Polen. Günther verwendet nun, nach der Besetzung Polens, den alten deutschen Ortsnamen „Graudenz". Die Stadt liegt im ehemaligen Westpreußen, einem Gebiet, das nach dem Ersten Weltkrieg durch die Bestimmungen des Versailler Vertrages an Polen abgetreten werden musste. Durch die Gebietsabtretung entstand der „polnische Korridor". Polen erhielt einen direkten Zugang zur Ostsee, jedoch bestand nun zwischen dem Großteil des deutschen Reichsgebietes und Ostpreußen keine direkte Landverbindung mehr, Ostpreußen wurde praktisch abgetrennt. Dieser Umstand war einer der Aspekte des Versailler Vertrages, die in der deutschen Bevölkerung auf größte Empörung stießen.]

Text: *[Handschrift, schwarze Tinte, Sütterlin]*

Günther Kundrus
Flieger

Graudenz, den 8.IV.40
MG-Kaserne

Liebe Eltern!

Aus Graudenz herzliche Grüße. Ich besuche hier bis zum 15.IV. einen besonderen Lehrgang für Ausbilder. Bisher kann ich Euch nichts Gutes schreiben. Die Stadt selbst ist sehr verkommen. Ein riesiges Elend herrscht hier. Auch die Kaserne ist typisch polnisch. Die Schlafräume und die Toiletten sind katastrophal. Baden kann man sich überhaupt nicht. Selbst ein ordentlicher Krahn fehlt. Die Betten sind ebenfalls schlecht. Ihr wißt selbst wohl, daß ich in Betten nicht wählerisch bin und überall schlafe, doch heute schmerzt mein Rücken ganz toll. Die Strohsäcke sind fast leer. Nun ist von unserer Seite schon vieles geändert worden. Wie mußte das früher ausgesehen haben, als noch die Polen hier lagen.

Der Festungsbau an der Weichsel gefällt mir, sonst aber auch garnichts in dieser Stadt. Konzerte oder Theater gibt es nicht. Ihr seht also, daß hier nichts los ist. Von Königsberg aus dem Himmel kommend kamen wir nach Graudenz in die Hölle. Selbst mit Mädchen dürfen wir uns nur dann unterhalten, wenn sie Volksdeutsche sind. In jedem Falle müssen wir erst einen Ausweis verlangen. Die Unterhaltung mit Polen ist verboten und wird bestraft. (richtig so!)
[...]
Ich gehöre jetzt zu einem Einsatz-Zug. Wir können zu jeder Zeit an die Front kommen. Eine besondere Ausbildung im Straßenkampf und Handgranaten werfen erhalten wir noch. [...]
Wir alle fragen nach nichts. Nur den brennenden Wunsch im Herzen tragend, bald eingesetzt zu werden, erfüllen wir unseren schweren Dienst.
[...]
Für heute nun Schluß. Mit herzlichen Grüßen und Heil Hitler!

Euer Günther

Archiv

Objekt:
Brief/Feldpost

Papierqualität:
kariertes Schreibpapier DIN-A-4, auf DIN-A-5 gefaltet,
Briefumschlag in einfacher Papierqualität, leicht grünlich

[Günther schreibt diesen Brief an seine Eltern aus Bromberg, er befindet sich nach wie vor im besetzten Polen zur Ausbildung.]

Poststempel:
Bromberg, 18.V.40
Zusatzstempel: 2./Fl. A. R. 52

Text: *[Handschrift, schwarze Tinte, Sütterlin]*

Günther Kundrus — Bromberg, den 17.V.40
Flieger — Lehrerseminar

Liebe Eltern!
[...]
Mir gehts noch gut. Heute waren wir zum Scharfschießen. Ich habe vom ganzen Zug am besten getroffen. Die Bedingung war: liegend freihändig, 150 m Entfernung auf 12er Kopfringscheibe. Anzug: Feldanzug, 20 Pfund Gepäck. Ich schoß 10,10,11, – also 31 Ringe. Beim letzten Schießen hatte ich Pech. Ein Schuß ging mir durch und das gute Ergebnis war futsch.
[...]
Die Verpflegung ist gut. Wir erhalten jeden Tag ½l Vollmilch und 4 Brötchen als Zusatzverpflegung. Über die Milch freue ich

mich riesig. Vielleicht nehme ich ein wenig zu; denn hier habe ich stark abgenommen. Doch das schadet nicht, das hole ich wieder ein. Die Hauptsache ist, daß ich gesund bin. Wie schön es ist, gesund zu sein, merkt man hier richtig, wenn man das verkommene, verkrüppelte polnische Gesindel sieht. So etwas hat Gelsenkirchen nicht einmal vor 1933 gesehen. Hier läuft alles in barfuß. Die Kleidung ist zerrissen und schlecht. Von Wohnungen ist garnicht zu sprechen. Typisch polnisch.
[...]
So, das wäre alles. Hoffentlich habe ich nichts vergessen.

In aller Herzlichkeit

Euer Junge

Archiv

Objekt:
Brief/Feldpost

Papierqualität:
Feines, mit persönlichem Monogramm „G.K." bedrucktes Briefpapier.

Poststempel:
Bromberg, 31.V.40

Text: *[Handschrift, schwarze Tinte, Sütterlin]*

Bromberg, den 30.V.1940

Liebe Eltern!

Herzlichen Dank für Euren lieben Brief und die Seife. Ihr werdet erstaunt sein, woher ich dieses schöne Briefpapier habe. Stellt Euch einmal vor, meine kleinen Gelsenkirchener Freunde, die Greta und der Franz, haben mir dieses schöne Papier geschenkt. Ich habe mich riesig gefreut. Sollte der Franz wieder mal zu Euch kommen, so dankt Ihr herzlich dafür. In Zukunft schreibe ich auf diesem Papier nicht mehr zu Euch. Ihr versteht das ja auch. Für Euch ist ja die Hauptsache, daß Ihr von mir hört.
[...]
Mit der Seife komme ich vorläufig gut aus. Nochmals besten Dank dafür.

Liebe Mutter! Du darfst über Evas Verhalten nicht gekränkt sein. Sie ist ein zu großes und verwöhntes Kind um zu wissen, was sie Dir schuldet. Mir tut es sehr weh, daß es so kam. Ich verstehe

Eva nicht mehr. In mancher schlaflosen Nacht mußte ich an die schönen Tage denken, die ich mit Eva verbrachte und an das, was jetzt ist. Glaube mir, liebste Mutter, so einfach ist das für mich nicht. Es saß zu tief, um auf einmal alles zu vergessen. Ich hatte Anni gern und habe Inge gern, doch wirklich geliebt hatte ich nur Eva. Auch heute ist es noch so, doch ich muß es mir langsam ausreden. Ich muß mir einbilden, daß alles nur ein Irrtum war. Es ist schon gut, daß der schwere Dienst mir tagsüber keine Zeit zu Betrachtungen läßt und ich des abends vor Übermüdung sofort einschlafe.

Nun muß ich schließen. Daß es mir sonst gut geht, wißt Ihr ja.

Es grüßt Euch herzlichst

Euer Günther

Dreizehn

1969.
Troisdorf.
Ich bin 8 Jahre alt. 3. Schuljahr.

Wenn ich etwas will oder nicht will, fährt Oma Lena mich an:
„Was hast du denn schon zu wollen, du Köttel."

Wenn ich nicht „pariere", wie sie es nennt, also nicht folgsam bin oder gar Widerworte gebe, ruft Oma Lena aus:
„Dich Bürschchen sollte man mit dem Kopp gegen die Wand klatschen!"

Gelegentlich weiß Mutter zu berichten, dass jemand schlecht über mich gesprochen hat. So habe meine Klassenlehrerin auf einem Elternabend geäußert, ich sei unordentlich, nicht fleißig genug, verträumt und wolle mich nicht einfügen.
„Die hat ihn erkannt! Die hat ihn erkannt!", ruft Oma Lena triumphierend aus.

Gelegentlich weiß Mutter zu berichten, dass jemand etwas Gutes über mich gesagt hat, dies kommt allerdings nur selten vor. Oma Lena lacht höhnisch. Da hat sich doch irgendein Trottel von mir Bürschchen geschickt täuschen lassen.

Der Hass meiner Oma auf mich durchzieht das ganze Haus vom Keller bis zum Dach wie ein bestialischer Gestank, dessen Quelle nicht zu orten ist. Ich bin zu klein, um Überlegungen anzustellen, wo die Ursache liegen könnte. Der Gestank ist völlig normal, ganz selbstverständlich gehört er zu meiner Welt wie das Geschäft meiner Eltern, das weiße Schulgebäude und Vaters Schnapsflasche im Kühlschrank.

1966.
Ich bin 5 Jahre alt.

Ich stehe mit Oma Lena in meinem Kinderzimmer am Fenster, still schauen wir dem heftigen Regen zu. Unsere Hände umfassen den kühlen Stein der Fensterbank, von den Rippen der Heizung steigt angenehme Wärme auf.

Kein Radfahrer und kein Fußgänger ist unterwegs, nur ein alter, verbeulter VW-Käfer biegt um die Ecke. Lange Regenfäden stürzen zur Erde, zerbersten auf dem Asphalt zu tausend weißen Tröpfchen.

„Plitschplatsch“, sagt Oma Lena und streicht mir mit der trockenen, faltigen Hand über den Kopf.

Mir ist fremd und wohl.

1927.
Gelsenkirchen.
Günther ist 6 Jahre alt.

Paul und Lena kaufen in einem Spielwarengeschäft einen großen Möbelwagen aus Holz, den Günther zu Weihnachten bekommen soll. Auf der Rückseite weist das Gefährt zwei Klapptürchen auf, die sich verriegeln lassen, das Dach bildet eine gebogene Metallplatte.

Paul trägt den Wagen in seine Werkstatt, er verleiht ihm einen tiefgrünen Anstrich. Nachdem dieser getrocknet ist, trägt Paul auf der Seite des Wagens in Großbuchstaben einen weißen Schriftzug auf:

Günther Kundrus
Möbeltransporte
Wagen No.3

1943.
Gelsenkirchen.
Günther ist vor zwei Jahren gefallen.

Bei einem Bombenangriff wird das Haus getroffen, in dem Lena, Paul und Ilse wohnen. Die oberen Stockwerke stürzen ein, Brandbomben lassen den Häuserblock in Flammen aufgehen. Alle Bewohner des Hauses überleben im Bunker.

Die Wohnung von Paul und Lena im Erdgeschoss wurde vom Feuer verschont, ist auch noch zugänglich, jedoch aufgrund der Einsturzgefahr nicht mehr bewohnbar. Die Familie wird umquartiert. Mehrmals geht Ilse mit einem Freund zu dem Haus, auf einen Leiterwagen laden sie Körbe mit Haushaltsgegenständen und anderen Habseligkeiten, diese bringen sie in das neue Quartier.

Ilse trägt auch Günthers Möbelwagen aus dem Haus, stellt ihn zu den anderen geretteten Gegenständen auf den Leiterwagen, geht zurück in die Wohnung, zwei Stühle zu holen.

Bei ihrer Rückkehr ist Günthers Möbelwagen fort.

1965.
Troisdorf.
Ich bin 4 Jahre alt.

Meine Eltern kaufen mir einen kleinen hölzernen „Bollerwagen", einen Handwagen mit Rädern, spiele ich doch so gerne draußen mit Erde und Steinen.

Opa Paul nimmt sich umgehend des Bollerwagens an. Er geht in die Stadt, kauft Pinsel und Farbe, heimgekehrt begibt er sich in Vaters Werkstatt. Paul schleift die vorhandene graue Farbe an und verleiht dem Wagen einen neuen Anstrich. Die Außenseiten streicht er blau, die Innenseiten werden gelb lackiert. Die Stange mit dem Querstift, an der ich das Wägelchen ziehen kann, leuchtet nun rot. Auf eine der Außenseiten des Wagens trägt Paul in weißen, fein geschwungenen Buchstaben einen Schriftzug auf:

Andreas Fischer
Transporte aller Art

Ich bin sehr glücklich mit dem Bollerwagen, auf dem mein Name steht. Ich ziehe ihn über die umliegenden Straßen, sammele Steine und andere Fundstücke, fahre sie von hier nach dort. Mein Bollerwagen ist einer meiner größten Schätze.

1967.

Ich bin 6 Jahre alt.

Ich hole den Bollerwagen nicht mehr so häufig wie früher hervor, doch wenn ich mit ihm unterwegs bin, dann mit großer Leidenschaft. Einige Stunden schon habe ich mit ihm gespielt, nun stelle ich ihn vor unserer Haustüre ab, ich will noch eine Baustelle in einer Nebenstraße anschauen.

Nach einer Weile kehre ich zurück, mein Bollerwagen steht nicht mehr vor der Tür.

Oma Lena wird ihn sicher ins Haus geholt haben. Ich gehe hoch in unsere Wohnung, Oma arbeitet in der Küche, sie hat den Abwasch erledigt und wischt nun die Spüle und die Fliesen dahinter.

„Oma, hast du meinen Bollerwagen?"

„Wo hast du ihn denn hingestellt?", fragt sie.

„Vor die Tür ..."

„Tja", sagt Oma Lena ohne Regung, „dann hast du nicht gut auf dein Wägelchen aufgepasst. Ich habe es nicht. Das hat sich ein anderes Kind genommen und spielt jetzt damit."

Oma Lena wischt die letzten Spritzer fort, dreht sich dann zu mir um, stemmt die Hände in die Hüften und sieht mich strafend an.

„Wenn du nicht auf deine Spielsachen aufpasst, bist du selber schuld."

Ich gehe in mein Kinderzimmer und setze mich auf das Bett. Ich mag nicht mit meinen Stofftieren spielen und auch nicht mit Legos oder den Autos.

1980.
Ich bin 19 Jahre alt.

Ich stöbere auf dem Dachboden meines Elternhauses herum auf der Suche nach alten Kleinmöbeln, die ich für meine Wohnung gebrauchen könnte. Einige alte Kommoden schaue ich mir an, doch sie sind mir zu klobig. Dann fällt mein Blick auf den Zipfel einer Decke, die hinter einem gemauerten Kaminzug hervorlugt. Als ich nähertrete und meine Taschenlampe auf die Stelle hinter dem Kamin richte, sehe ich ein Bündel. Die Decke ist um einen Gegenstand gewickelt, an einer Ecke schaut eine feuerrote Stange mit einem Querstift heraus. Ich ziehe das Bündel hervor und wickele meinen kleinen Bollerwagen aus der Decke. Er ist angestaubt, aber davon abgesehen genauso, wie ich ihn in Erinnerung habe. Die Freude überwältigt mich. Der Bollerwagen ist wieder da! Doch wie kommt der Wagen hierhin? Was ist damals geschehen?

Vorsichtig, mit beiden Händen, trage ich das wertvolle Stück hinunter in die Wohnung meiner Eltern. Im Bad nehme ich einen Spüllappen zur Hand und wische behutsam mit warmer Seifenlauge die Schmutz- und Staubschichten ab. Die leuchtenden Farben kommen zum Vorschein, das Blau der Außenseiten, das Gelb der Innenseiten, die vom Transport meiner Kieselsteine etwas verschrammt sind. Der Schriftzug ist völlig unbeschädigt:

Andreas Fischer
Transporte aller Art

Ich trockne den Bollerwagen ab und trage ihn ins Wohnzimmer. Oma Lena sitzt im Sessel, die Beine hochgelegt auf einem gepolsterten Hocker, sie blättert in einer Zeitschrift. Oma Lena schaut auf.

„Schau mal, was ich gefunden habe“, sage ich.

Oma Lena nickt.

„Ja, den kenne ich noch“, antwortet sie nur.

„Wieso finde ich den auf dem Dachboden? Hieß es nicht, der sei gestohlen worden?“

Oma Lena ist jetzt sechsundachtzig Jahre alt, aber sie ist völlig klar im Kopf und weiß sofort, wovon ich spreche.

„Kind, ich konnte das nicht mit ansehen. Der Opa hat das Wägelchen doch bemalt, und du hättest es bald kaputt gemacht.“

Heute, 2019, mehr als ein halbes Jahrhundert, nachdem Paul ihn bemalt hat, steht der kleine Bollerwagen im obersten Fach meines Wohnzimmerregals. Jeden Tag gehe ich daran vorbei, schaue ihn an und freue mich an ihm. Mein Bollerwagen ist immer noch einer meiner größten Schätze.

Vierzehn

1969.
Troisdorf.
Ich bin 8 Jahre alt. 3. Schuljahr.

Männer mit Schnauzbart machen Oma Lena Angst.

Fremde Menschen machen Oma Lena Angst.

Bazillen sind schlimm und machen Oma Lena Angst. Am schlimmsten sind die Bazillen von fremden Leuten. Ich werde zu einem Kindergeburtstag eingeladen, die Mutter des Geburtstagskindes hat so viel Kuchen gebacken, dass jedem Gastkind beim Abschied noch ein Päckchen mit Kuchen für Zuhause mitgegeben wird. Doch Oma Lena verzieht das Gesicht. Essen von anderen Leuten ist verdächtig, es könnten Bazillen daran kleben von fremden Menschen. Sie rührt den Kuchen nicht an.

Oma Lena hat große Angst zu erkranken. Sie erträgt Unterhaltungen über Krankheiten anderer Leute nur schwer. Kommt das Gespräch auf die Erkrankung einer Nachbarin, wird Oma Lena ganz steif und still, sie schaut in die Ferne und presst dann hervor:

„So. Jetzt tun wir was Schönes sprechen!“

Oma Lena hat Angst vor dem Teufel. Der Teufel ist fast so schlimm wie ein Haufen Bazillen von fremden Leuten.

„Gibt es den Teufel wirklich?“, frage ich.

„Natürlich!“, ruft Oma aus, „Und ob! Der Teufel wohnt im Wald, hat große Hörner auf dem Kopf und leuchtende, giftgrüne Augen!“

Jetzt habe ich Angst.

Ob denn der Teufel nach Troisdorf kommen könne.

Natürlich, sagt Oma Lena, er habe ja Beine zum Laufen mit großen Krallen, er könne nach Troisdorf kommen, mich suchen, mich packen mit seinen Krallen und in den Wald verschleppen, wenn ich nicht brav bin und folgsam.

Mh. Ich überlege.

Dann könnte der Teufel ja auch nach Troisdorf kommen, Oma Lena mit seinen Krallen packen und in den Wald verschleppen.

Aber diese Überlegung teile ich Oma Lena nicht mit.

Oma Lenas Lieblingsfarbe ist schwarz.

1966.

Ich bin 5 Jahre alt.

Bei Gewitter hat Oma Lena auch große Angst. Sie fürchtet sich vor Donner und noch mehr vor den Blitzen, so habe ich mich bei Gewitter mit ihr an den Küchentisch zu setzen und die Hände auf den Tisch zu legen. Starr sitzen wir beide da, bei jedem Donner zuckt Oma Lena zusammen.

Vater ist ungehalten, als er davon hört.

„Du bringst dem Jungen die Angst bei", sagt er zu Oma Lena.

Kurze Zeit später, an einem Sonntagnachmittag, gewittert es erneut.

„Komm", sagt Vater zu mir, „wir gehen Blitze gucken."

Er öffnet die Tür zum Balkon und nimmt meine Hand. Ich habe keine Angst, mein Papa ist ja bei mir.

Wir gehen auf den Balkon, es ist der Balkon auf der Rückseite des Hauses, wir haben einen weiten Blick über die Felder und den Himmel. Die aufgetürmten Wolken sind dunkelgrau, es regnet und stürmt wild, dann zucken wieder Blitze, Donner lässt den Balkon erzittern, ich habe keine Angst, Vater hält ja meine Hand.

„Hui", macht Vater, „das war ein doller Blitz, was?!"

Wir staunen über das Schauspiel und freuen uns über jeden heftigen Blitz am Himmel, es macht nichts, dass wir langsam tropfnass auf dem Balkon stehen. Nach einer Viertelstunde lassen Blitze und Donner nach, es wird heller an den Rändern des Himmels, und wir gehen wieder in die Wohnung. Oma Lena und Mutter sitzen noch regungslos am Küchentisch.

„Wir haben tolle Blitze gesehen, was?!“, sagt Vater.

Ich nicke zustimmend, und mir ist ganz leicht zumute.

1971.

Ich bin 10 Jahre alt. 5. Schuljahr.

Im Keller unseres Hauses hat sich Vater eine komplette, feinmechanische Werkstatt eingerichtet, mit Drehbank, verschiedenen Bohrmaschinen sowie einer unübersehbaren Anzahl anderer Gerätschaften und Werkzeuge. An einer Wand steht ein alter Küchenschrank, Vater hat ihn so vollgestopft mit Zigarrenkisten und Keksdosen voller Schrauben, Muttern und anderer Kleinteile, dass sich die Schranktüren nicht mehr schließen lassen. Gegenüber hängt ein Holzbrett an der Wand. An die Unterseite dieses Bretts hat Vater die Deckel von Marmeladengläsern genagelt, sodass er die dazu passenden Glaskörper an die Deckel schrauben kann. Sie scheinen in der Luft zu schweben, ich kann mich nicht sattsehen daran. In diesen Gläsern bewahrt Vater besonders kleine Teile auf.

Wohin der Blick in der Werkstatt auch fällt, überall liegen Werkzeuge, Materialien und Berge von Metall- und Holzspänen herum. Ein Besucher könnte meinen, niemand sei in der Lage, in diesem Chaos etwas wiederzufinden, doch ich weiß sehr genau, Vater findet hier alles, was er sucht, es gibt eine tiefere Ordnung, die sich nur außer ihm niemandem erschließt.

Gelegentlich geht Vater noch spät in die Werkstatt, etwa um an der Drehbank ein Gewinde zu fertigen oder einen Adapter. Dann liege ich schon im Bett, aber ich kann Vater im Keller arbeiten hören, obwohl sich unsere Wohnung im ersten Stock befindet. Wenn die Drehbank läuft, erzittert das ganze Haus ein wenig, ein dunkler, beruhigender Brummton erfüllt mein Kinderzimmer, hüllt mich fürsorglich ein, ich kuschele mich in meine Decke und lausche dem Brummen, mein starker Vater im Keller, der alles kann, lässt das ganze Haus vibrieren, er sendet das Brummen aus dem Keller hoch in mein Kinderzimmer, das ist seine Sprache, ich kuschele meinen Kopf in das Kopfkissen, jetzt kann ich schlafen.

Vater ist da.

1974.
Ich bin 13 Jahre alt. 8. Schuljahr.

Vater hat an diesem Sonntag lange im Geschäft gearbeitet, es ist schon spät, als er heimkommt. Ich schlafe schon fast.

Vater besucht mich noch in meinem Zimmer, das ist ungewöhnlich, ich wundere mich. Er setzt sich zu mir auf die Bettkante. In den Händen hält er vorsichtig eine Zigarettenschachtel, nicht eine normale, die man aus dem Automaten ziehen kann, sondern eine flache, fast quadratische.

Vater sieht mich fest an.

„Du musst jetzt gut zuhören", sagt er zu mir, der ernste Ton in seiner Stimme lässt mich zusammenzucken. Vater sagt, er wisse ja, dass ich häufig wild und schnell mit dem Fahrrad unterwegs sei. Kunden hätten davon berichtet, die mich in der Stadt sahen.

Vater atmet tief ein.

Heute habe es einen Unfall gegeben, ein Junge in meinem Alter habe sehr schnell die Straße gekreuzt, ohne auf den Verkehr zu achten, er, Vater, habe nicht mehr ausweichen können, durch die Kollision sei ein Finger des Jungen von der Hand abgerissen worden, durch die Luft geflogen und auf dem Bürgersteig neben der Unfallstelle gelandet. Dort habe er ihn gefunden und mitgebracht, zur Ermahnung, künftig vorsichtiger Fahrrad zu fahren.

Ich starre Vater an.

„Was ...??", ich kann nur stottern.

„Jaja", sagt Vater, „der Finger ist hier in der Schachtel. Willst du ihn sehen?"

Natürlich will ich den abgerissenen Finger sehen.

Welche Frage.

Vater rückt ein wenig näher an mich heran, hält mir die Schachtel hin und öffnet bedeutsam den Deckel. Ich kann es nicht fassen. In der Tat erblicke ich einen blutigen Finger, sorgsam auf Watte gebettet, die Watte um das zerfetzte Ende des Fingers herum ist blutgetränkt.

Nach dem ersten Schreck und Erstaunen ob der furchtbaren Vorgänge, von denen Vater berichtet, und dem entsetzlichen Anblick, gewinnt in mir der Zweifel Oberhand. Die Sache erscheint mir doch zu fantastisch, außerdem stimmt etwas mit dem Finger nicht. Er ist sehr dick und sieht nicht aus wie der Finger eines Jungen, und der Fingernagel ist braun, wie bei einem starken Raucher, so wie Vaters Nägel braun sind, besonders an der rechten Hand, ich fasse mir ein Herz und berühre den Finger, er ist WARM!!

Jetzt fällt bei mir der Groschen, ich drehe die Schachtel um, sie weist am Boden ein Loch auf, durch das Vater den Finger gesteckt hat, die vermeintliche Abrisswunde hat er mit farbgetränkter Watte kaschiert; er dreht die Schachtel wieder um, jetzt wackelt der blutige Finger, und wir lachen und hören nicht mehr auf.

1970.

Ich bin 9 Jahre alt. 4. Schuljahr.

Der Vater meines Freundes Armin arbeitet auf dem gleichen Werk wie Onkel Bruno, aber Herr Seeber ist etwas Höheres und verdient sehr viel Geld. Daher kann er es sich leisten, jede technische Neuerung, die auf den Markt kommt, umgehend anzuschaffen.

An einem Tag führt Herr Seeber seinem Sohn und mir eine neue Errungenschaft vor: ein Tonbandgerät!

Angestöpselt an die Musiktruhe mit Radio und Plattenspieler, kann er jetzt Musik aufnehmen und abspielen, ein mitgeliefertes Mikrofon ermöglicht es, auf das Band zu sprechen. Herr Seeber führt uns die Funktionen des Geräts allerdings nur vor, selbst damit spielen dürfen wir nicht, das Gerät war sehr teuer, erklärt Armins Vater.

Nach der Vorführung bin ich völlig hingerissen und bettele bei meinen Eltern, sie sollen mir ein Tonbandgerät kaufen.

Doch meine Eltern lehnen mein Ansinnen rundweg ab. Ich sei zu schwankend in meinen Interessen, die Gefahr sei zu groß, dass der teure Apparat nach kurzer Zeit unbenutzt oder gar entzwei herumliege.

Ich lasse jedoch nicht locker. Einige Monate später habe ich Geburtstag, und auf meinem Gabentisch finde ich tatsächlich ein Tonbandgerät!

Es ist wunderschön. Der abnehmbare Deckel, in mattem Schwarz gehalten, sieht sehr edel aus. Der Korpus wurde aus Nussbaumholz gefertigt, an der Vorderseite befindet sich ein Gitter aus feinen Stäben, hinter dem sich im geheimnisvollen Innenleben des Geräts der Lautsprecher verbirgt. An der Vorderseite des Gehäuses prangt ein schwarzes Schild mit silberner Schrift: *GRUNDIG.*

Wir stellen den *Grundig* auf den Wohnzimmertisch. Vater

schließt das Gerät an den Strom an und steckt das Kabel des glänzendschwarzen, kantigen Mikrofons in eine Buchse auf der Rückseite. Wir legen ein Tonband ein, Vater zeigt mir geduldig, wie das Band an dem Magnetkopf entlang einzufädeln ist und welche Schalter zu bedienen sind, damit der *Grundig* aufnimmt. Ich liebe die Bediengeräusche, das satte, feste Klacken des Hauptschalters oder das dunkle Ploppen, wenn man den Deckel wieder auflegt und dieser einrastet.

Vater nimmt seine Zigarettenschachtel zur Hand, zieht die feine Cellophanhülle ab und startet die Tonaufnahme durch zweimaliges Umlegen des Schalters.

Klack. Klack.

Die Tonbandspulen beginnen sich lautlos zu drehen. Mit beiden Händen hält Vater die Cellophanhülle vor das Mikrofon und knüllt an ihr herum, sodass es fein knistert.

„Es brennt!", sagt Vater und lacht.

„Es brennt! Es brennt!", ruft Mutter, springt auf, läuft in die Küche und kommt mit zwei Kochtopfdeckeln zurück, die sie gegeneinanderschlägt.

„Es brennt! Hier kommt die Feuerwehr!", ruft Mutter, sie hüpft und tänzelt auf ihren kurzen, dicken Beinen quer durch das Wohnzimmer, immer weiter die Topfdeckel schlagend, während Vater mit der Cellophanhülle knistert und ich in das Mikrofon puste, denn es stürmt ja auch noch.

Dann hören wir unser Hörspiel ab, es ist großartig, wir haben den ganzen Abend Spaß mit unserem *Grundig.*

1970.
Ich bin 9 Jahre alt. 4. Schuljahr.

Ein ruhiger Sonntagnachmittag. Oma Lena hat sich in ihre Dachgeschosswohnung zurückgezogen und hält Mittagsschlaf. Mutter ist bei einer Nachbarin zum Kaffee eingeladen. Vater sitzt in der Küche, ausnahmsweise ist er nicht ins Geschäft gefahren, um dort ungestört zu arbeiten, er liest in einer Fachzeitschrift.

Ich spiele im Wohnzimmer mit Lego, ich baue ein Schießgerät. Auf einer kleinen Platte befestige ich zwei längere Stangen, mit einem Nöppel Platz dazwischen, dann erhält die Konstruktion mit einer zweiten Platte ein Dach. Nun spanne ich einen Gummiring um die Konstruktion und schiebe eine Schiene aus dem Bausatz für meine Lego-Eisenbahn in den Raum zwischen den beiden längeren Stangen; die Schiene passt genau, hat aber noch den Bruchteil eines Millimeters Spiel zu beiden Seiten hin, so kann sie sich in dem Gerät bewegen. Ich lege den Gummiring an, spanne, und schieße die Schiene ab. Das Schießgerät funktioniert!

Aus Zweiersteinen baue ich kleine Männchen, die ich im Wohnzimmer verteile und beschieße sie mit meiner Miniarmbrust. Wenn eine Schiene ein Männchen voll trifft, zerplatzt es, und die Zweiersteine fliegen in alle Richtungen, das macht Spaß, ich treffe immer besser.

Doch jetzt habe ich danebengeschossen, zu hoch, die Schiene verfehlt den Legodelinquenten auf dem Couchtisch, fliegt knapp über dessen Kopf Richtung Fensterbank, dort stehen Mutters Blumentöpfe und kleine Dekofigürchen. Die Schiene trifft eine Meise aus Porzellan, diese wackelt, kippt um und fällt zu Boden. Ich eile zur Unfallstelle, der Schreck ist groß. Ein Flügel der Meise ist abgebrochen. Vater hat in der Küche das Klirren gehört, er kommt ins Wohnzimmer und hockt sich neben mich.

„Junge, Junge …", sagt er nur und schaut mich strafend an, vorsichtig hebt er Meise und Flügel auf. Ich weiß, Vater ist die Porzellanmeise abgrundtief gleichgültig, aber er will so wenig wie ich, dass Mutter einen ihrer Wutanfälle bekommt.

„Das können wir kleben“, sagt Vater, sogleich wird mir leichter in der Brust. Wir legen die Meisenteile auf den Küchentisch, Vater geht in den Keller und holt *Fischerglue.* Wenn es etwas zu kleben gibt, greift Vater nicht zu *Uhu* oder *Pattex*, er hat seinen eigenen Kleber erfunden, er nennt ihn *Fischerglue.* Bei seiner Arbeit in der Werkstatt fallen bergeweise Kunststoffspäne an, etwa, wenn er an der Drehbank aus einem Stück Kunststoff ein Distanzstück fertigt. Vater füllt ein leeres Senfglas mit Kunststoffspänen, gießt Nitroverdünnung darauf, schließt den Deckel und lässt die Mischung einige Tage stehen. Dann haben sich die Späne aufgelöst, und eine zähe Masse ist entstanden, die sich hervorragend als Klebstoff eignet. Wir haben unseren eigenen Familienkleber, und er kostet nichts!

Vater setzt sich mit dem Glas *Fischerglue* an den Tisch. Mit einem kleinen Holzspachtel streicht er grauen Kleber auf die Bruchkanten, setzt dann den Flügel an den Korpus, drückt die Teile aneinander und wartet. Vater sieht mich an, schmunzelt und nickt mir zu.

Nach einigen Minuten entfaltet der Kleber seine Wirkung, ich stelle den Vogel wieder auf die Fensterbank, räume vorsichtshalber die Legos weg, schalte den Fernseher ein und setze mich in den Sessel. Gerade rechtzeitig habe ich Ordnung gemacht, denn schon vernehme ich Mutters Schritte im Hausflur, sie schließt die Wohnungstür auf.

Mutter steht im Pelzmantel im Wohnzimmer, nicht einmal die Kappe hat sie abgenommen. Sie sieht sich um.

„Hallo!“, sage ich, und wende mich wieder dem Fernsehprogramm zu.

„Was ist denn hier los?“, fragt Mutter.

Ich drehe mich zu ihr um und mache ein unschuldiges Gesicht.

„Was soll schon los sein?“, ruft Vater aus der Küche.

Mutter hängt Mantel und Kappe an den Garderobenständer im Flur und kommt zurück ins Wohnzimmer.

„Hier ist doch irgendwas los!?"

„Hier ist überhaupt nichts los!", ruft Vater aus der Küche mit fester Bestimmtheit.

Heute halten wir Männer zusammen.

1969.

Ich bin 8 Jahre alt. 3. Schuljahr.

An einem Sonntag wollen Mutter und Oma Lena Tante Traudchen besuchen, die am anderen Ende der Stadt in einer Genossenschaftssiedlung wohnt. Vater fährt uns hin, doch als er vor dem Haus den Motor abstellt, erklärt er wie so häufig, er gehe nicht mit hoch, er bleibe im Auto sitzen. Mutter und Oma Lena steigen verstimmt aus.

„Ich bleibe bei Papa!", sage ich.

Mutter und Oma Lena sind nun richtig verärgert und gehen allein hoch zu Tante Traudchen.

Ich sitze mit Vater im Auto. Vater raucht. Es ist ruhig. Unser Auto hat kein Radio, Vater mag keine Autoradios. Wir sehen auf die Straße, niemand ist unterwegs. Ich mag es, hier mit Vater im Auto zu sitzen und aus dem Fenster zu schauen.

Nach einer Weile kommt Mutter aus dem Haus und öffnet die Beifahrertür.

„Komm doch hoch", sagt sie zu mir, „Tante Traudchen würde sich sehr freuen."

Ich schüttele den Kopf.

„Tante Traudchen hat auch was für dich, aber du musst schon mit hochkommen!"

Tante Traudchen hat etwas für mich? Ein Geschenk? Was könnte das nur sein? Ein Matchboxauto? Die Verlockung ist gewaltig.

Ich schüttele den Kopf.

„Ich bleibe bei Papa."

Vater sagt nichts und pustet Rauch aus dem geöffneten Seitenfenster. Mutter wirft die Autotür zu und geht wieder hoch zu Tante Traudchen.

Vater wirft die Kippe aus dem Fenster und zündet sich eine neue Zigarette an. Durch die Windschutzscheibe sehen wir die Straße hinunter. Es tut sich nichts.

Es ist ein sehr schöner Tag.

Fünfzehn

1972.
Troisdorf.
Ich bin 11 Jahre alt. 6. Schuljahr.

Gelegentlich laden Oma Lena und Mutter Fräulein Meyerlinck ein, die in einem Nachbarort wohnt. Sie ist die Schwester einer früheren, bereits verstorbenen Lehrerin meiner Mutter.

Fräulein Meyerlinck ist eine kleine alte Dame, nicht viel größer als Oma Lena, sie ist freundlich zu mir und bringt mir Geschenke mit.

Fräulein Meyerlinck ist wohlhabend, sehr fromm, und da sie keine Kinder hat, schrieb sie ein Testament und bedachte einen Orden, der ein Kloster in ihrer Nachbarschaft unterhält. Dieser Orden sendet Missionare in alle Welt, und aus Dankbarkeit für das in Aussicht stehende stattliche Erbe schicken die Missionare aus den fernsten Erdenzipfeln Pakete an Fräulein Meyerlinck. Darin finden sich Bastelarbeiten, etwa von armen farbigen Kindern in Afrika angefertigt. Wenn Fräulein Meyerlinck zu Besuch kommt, bringt sie mir stets eine Tüte derartiger Geschenke mit. So gelange ich in den Besitz kleiner geschnitzter Anstecker in Form verschiedener Tierköpfe, bei einem anderen Besuch überreicht mir Fräulein Meyerlinck eine Schachtel mit Lesezeichen. Auf Pappstreifen, die in Plastikhüllen stecken, wurden echte Schmetterlinge aufgeklebt, von einigen Falterflügeln haben sich farbige Schuppen abgelöst, die nun aufgrund statischer Aufladung an der Innenseite der Plastikhülle haften, daran ist die Echtheit zu erkennen.

An einem Sonntag bringt Fräulein Meyerlinck etwas ganz Besonderes mit. Aus Afrika wurde ihr eine echte, von dunklen Heiden geschnitzte und bemalte Statue geschickt, sie ist etwa fünfzig Zentimeter hoch und recht schwer. Fräulein Meyerlinck schenkt Vater die Statue, Vater findet sie großartig und freut sich.

Oma Lena und Mutter wissen nicht so recht.

Doch Vater fertigt in den nächsten Tagen ein kleines Hängeregal an und verschraubt es in der neben unserer Wohnungstür gelegenen Flurecke an der Wand, dort findet der afrikanische Hausgeist seinen Platz.

Regelmäßig wird auch Pastor Fleischmann von Oma Lena und Mutter eingeladen. Sie sind sehr gute Kirchgängerinnen, Mutter singt im Kirchenchor. Der Pastor kann nicht ablehnen.

Pastor Fleischmann ist groß und füllig, eine beeindruckende Gestalt. Oma Lena und Mutter verehren ihn. Sie verehren alle Geistlichen, aber unseren Pastor Fleischmann mögen sie ganz besonders.

Pastor Fleischmann kommt an einem Sonntagnachmittag zu Kaffee und Kuchen. Gegen Abend serviert Mutter Kartoffelsalat und ihre beliebten Spargelröllchen. Das Rezept fand sie in einer Ausgabe der *Frau im Spiegel.*

Mutter bestreicht große Scheiben gekochten Schinken mit Mayonnaise, dann legt sie Spargelstangen aus der Dose darauf, Mutter kauft nur die feinen Dosen von *Sonnen Bassermann.* Nun wickelt sie die Schinkenscheiben um die Stangen herum, und die Spargelröllchen sind fertig.

Pastor Fleischmann und Vater trinken Wein zum Abendessen, Vater deutlich mehr als unser Pastor. War Vater vorher eher wortkarg, lockert ihm nun der Wein die Zunge, Vaters Wangen röten sich, und er hebt an zu schimpfen, er wettert gegen die Kirche, die Amerikaner, die Juden, die Roten oder die Regierung; Oma Lena und Mutter werden schmallippig, Pastor Fleischmann versucht die Ruhe zu bewahren, wirft mit sanfter Stimme Gegenargumente ein und lobt den Wein.

1974.
Ich bin 13 Jahre alt. 8. Schuljahr.

Meine Eltern fahren nicht mit mir in den Urlaub. Mutter verreist gelegentlich mit dem Kirchenchor oder den katholischen Frauen, aber eine gemeinsame Reise mit mir unternehmen meine Eltern nie. Jedoch bietet die *Katholische junge Gemeinde* jedes Jahr ein dreiwöchiges Sommerlager für Jugendliche an, abwechselnd geht die Fahrt ans Meer oder in die Berge.

Nun bin ich alt genug für das Sommerlager. Meine Mutter meldet mich an, ohne mich zu fragen, ich erschrecke sehr, als ich davon erfahre. Vierzig fremde Kinder sollen dort sein, drei Wochen ist man fort von zuhause, das alles macht mir Angst.

Doch es wird eine gute Reise. Wir wandern über die Insel, erkunden sie mit Hollandrädern, wir baden im Meer und abends spielen wir oder machen Musik. Wenn es keine gemeinsamen Aktivitäten gibt, sitze ich gerne im Aufenthaltsraum der Jugendherberge, dort steht ein Plattenspieler. Immer wieder höre ich das Lied *The Promised Land* der Popgruppe *Les Humphries Singers*, mir laufen Schauer über den Rücken, wenn ich den Song höre, ich schließe die Augen und habe das Gefühl ein Anderer zu sein.

Nach drei Wochen bekommen unsere Eltern eine Mitteilung, unser Bus werde am Samstag gegen 17 Uhr wieder an dem Platz vor dem Kirchengebäude eintreffen. Eine große Menschenmenge erwartet uns, Eltern, Geschwistern und Freunde winken, als der Bus vorfährt.

Nach und nach steigen wir Kinder aus. Jedes wird sogleich von seiner Familie entdeckt und oft unter Tränen umarmt und geherzt, zuerst von der Mutter, dann von den Geschwistern, schließlich vom Vater.

Der Busfahrer hat bereits begonnen, mit Helfern die Koffer

aus dem Laderaum des Busses zu hieven und in einer Reihe auf dem Bürgersteig abzustellen. Ich stehe immer noch inmitten der vor Wiedersehensfreude aufgeputschten Menge und suche nach jemandem, der mich begrüßt und abholt. Nach einer Weile entdecke ich Vater, er steht abseits, schaut dem Treiben zu und raucht. Ich gehe zu ihm hin. Vater zieht an seiner Zigarette.

„So. Aha. Wo ist dein Koffer?"

Ich gehe mit ihm zu dem aufgereihten Gepäck, Vater nimmt meinen schweren Koffer in die Hand, als sei nur ein Federbett darin, dann gehen wir zum Auto und fahren heim.

Mutter, Oma Lena, Tante Hilde und Onkel Bruno warten bereits in der Wohnung meiner Eltern. Nach der Begrüßung nimmt mich Tante Hilde beiseite. Sie spricht leise zu mir, als verrate sie ein unerhörtes Geheimnis. Mit Oma Lena sei in den letzten Wochen Sonderbares vorgegangen. Einige Tage nach meiner Abreise habe sie zur allgemeinen Überraschung geäußert, sie vermisse ein wenig ihren Enkel, nach zwei Wochen habe Oma Lena gar davon gesprochen, sie verspüre Anflüge von Sehnsucht, es sei so ungewohnt ruhig in der Wohnung.

Sommer 1969.
Ich bin 8 Jahre alt. 3. Schuljahr.

Oma Lena ist klein und dick, mit ihren kurzen Beinen tippelt sie entschlossen durch die Wohnung. Sie sieht einen mit strengem Blick an, der Eindruck der Strenge wird unterstrichen durch ihre heruntergezogenen Mundwinkel. Oma Lena ist kleiner als die meisten Menschen, doch sie schafft es, selbst auf Menschen herabzusehen, die drei Köpfe größer sind als sie.

Neben unserem Haus wurde ein Spielplatz angelegt, der sich bei den Kindern der Gegend großer Beliebtheit erfreut. Raufen und lärmen die Kinder zu sehr, stellt sich Oma Lena auf den Balkon, stemmt die Hände in die Hüften und weist die Kinder lautstark in ihre Schranken. Daher ist Oma Lena bei den Kindern gleichermaßen bekannt wie unbeliebt.

An einem Tag steht Oma Lena morgens auf dem Balkon und beobachtet eine Kinderschar, die sich auf dem Weg zur Schule befindet, plötzlich ruft ihr eines der Kinder etwas zu.

„Du alte Oma-Hexe!"

Oma Lena erzählt davon beim Abendbrot.

Ich bin still und sage nichts dazu.

Wenig später errichtet ein Trupp Arbeiter auf der Straße vor unserem Haus eine Baustelle. Es scheint eine größere Sache zu sein, sie haben ein Zelt aufgeschlagen und graben nun schon seit zwei Tagen ein immer tieferes Loch. Es ist heiß, zur Pause setzen sich die Arbeiter auf die Bordsteinkante und rauchen eine Zigarette.

Unsere Wohnung liegt im ersten Stock und verfügt über zwei Balkone. Der erste befindet sich auf der Rückseite des Hauses zum Garten und zum großen Spielplatz hin. Der zweite liegt an der linken Hausseite. Wenn man ihn betritt, ist von dort aus auch die Straße vor dem Haus einsehbar. Mehrmals am Tag geht nun Oma Lena auf diesen Balkon, zupft ihren blauen Kittel zurecht, stemmt die Arme in die Hüften und kontrolliert den Fortgang der Arbeiten auf der Straße. Den Arbeitern entgehen die Kontrollgänge nicht, doch zwei Tage lang ignorieren sie meine Oma völlig. Dann platzt einem der Männer der Kragen. Sie sitzen schwitzend und verschmiert auf der Bordsteinkante und rauchen, als Oma Lena zum fünften Mal an diesem Tag von oben auf sie herabblickt. Einer der Arbeiter schnippt seine abgerauchte Zigarette mit den Fingern davon und sagt dann laut zu seinen Kollegen:

„Guckt mal, da steht'se wieder, die Königin von Troisdorf!"

Oma Lena macht kehrt und stapft zurück in die Wohnung. Fortan unterlässt sie weitere Überprüfungen.

Eine Nachbarin beobachtet den Vorgang und berichtet meiner Mutter davon, so erfährt es die ganze Familie. Oma Lena zeigt sich tief getroffen. Solch ein Bild wolle sie nicht abgeben. In der Familie erhält der unbekannte Arbeiter allerdings volle Zustimmung, ohne dass er je davon erfährt, hat er doch den Sachverhalt genau erfasst.

Archiv

Objekt:
Brief (mit Briefumschlag)

[Brief von Lena Kundrus an ihren Enkel Andreas. Dieser befindet sich im Sommer 1975 mit einer Jugendgruppe der katholischen Gemeinde auf einer Ferienfreizeit in Waldhäuser/Bayerischer Wald.]

Brief auf Geschäftspapier mit gedrucktem Briefkopf:

Photo Ilse Fischer 521 Troisdorf Kölner Str. 148
Ruf: Siegburg 78113

2 Blätter 15 × 21cm

[Das Fotogeschäft befand sich zu dieser Zeit seit sechs Jahren in der Kölner Str. 123. Es steht zu vermuten, dass in der Familie das nicht mehr verwendbare Geschäftspapier mit der veralteten Adresse aus Sparsamkeitsgründen für interne schriftliche Mitteilungen verwendet und aufgebraucht wurde.]

Poststempel:
Troisdorf 14.8.75

Briefmarke:
Gustav Heinemann, 50 Pfennig

Absender:
Lena Kundrus
521 Troisdorf
Arndtstr. 15

Empfänger:
Andreas Fischer
8351 Waldhäuser
Gruppe Troisdorf
D.J.H. Ameishof

Text Blatt 1: *[Handschrift, blauer Kugelschreiber, Lateinische Schreibschrift]*

Troisdorf, den 14.8.75

Mein lieber Andreas!

Wenn ich auch die böse Oma bin, darum will ich Dir doch auch einige Zeilen schreiben. Tante Hilde war gestern hier und hat Deinen langen Brief vorgelesen. Wir haben uns sehr gefreut, daß es Dir dort wohl ganz gut gefällt. Das Päckchen von Deinen Eltern wirst Du ja wohl erhalten haben.
[...]
Sonst ist ja nicht viel Neues zu berichten. Ich gehe jetzt so gern in Dein Zimmer weil es immer so schön aufgeräumt ist. Das Buch ist ja auch angekommen nicht per Nachnahme, sondern mit einer Rechnung. Es ist noch nicht ausgepackt, es wartet auf Dich.

Text Blatt 2:

II
So lieber Andreas nun noch einige Ratschläge, ich werde ja nicht mehr schreiben. Die Zeit dort ist ja bald um. Gib schön darauf acht daß Du auch wieder alles einpackst was Dir gehört, laß nichts dort liegen.
Und komm dann gesund und gut erholt wieder zurück. Fräulein

Meyerlinck ist am Bodensee sie schrieb gestern und fragte wie es Dir dort gefällt.
Ich wünsche Dir noch schöne Tage und noch viel Freude.
Bis auf ein frohes Wiedersehen
grüßt Dich ganz herzl.
Deine böse Oma
nebst Eltern

[von Ilse Fischer handschriftlich zugefügt]
Ein Küsschen von Deiner
Mutti!
Ich wünsche Dir noch viel Sonne!

1968.
Troisdorf.
Ich bin 7 Jahre alt. 2. Schuljahr.

Auf einem Spielplatz in der Nähe meines Elternhauses gibt es ein beliebtes Gerät. Es handelt sich um einen riesigen Pilz aus Stahlrohr, dieser ist so groß, dass vier Kinder hineinkrabbeln und auf Sitzbänken darin Platz nehmen können. Vor sich finden die Kinder ein Rad, dreht man es mit vereinten Kräften, dreht sich der ganze Stahlrohrpilz mitsamt den Kindern. Wir nennen das Spielgerät *Kotzemich.*

An einem Tag lerne ich im Kotzemich Frank kennen, einen etwas älteren Jungen, der erst kürzlich mit seinen Eltern in die Gegend gezogen ist. Frank scheint mir besonders frech zu sein. Er redet unaufhörlich über seine Eltern, und während wir uns im Stahlrohrpilz drehen, erzählt er mir, dass sein Vater sehr viele Leute nicht leiden kann, so habe er etwas gegen Türken und gegen Menschen, die geschieden sind.

„Geschiedene sind der letzte Dreck!“, erklärt Frank. Er dreht den Pilz immer schneller, langsam wird mir übel, ich bitte ihn aufzuhören.

„Bei uns im Haus wohnt eine Frau, die ist geschieden, aber die ist sehr nett“, sage ich, um ihn abzulenken, damit er nicht auf die Idee kommt, den Pilz erneut in Bewegung zu setzen.

„Echt? Wo wohnt ihr denn?“

Ich deute auf unser Haus, das vom Kotzemich aus gut zu sehen ist.

„Na, der müssen wir einheizen!“

Frank hat einen Beutel dabei, aus dem holt er einen Block und Buntstifte hervor. Ich wundere mich, ich käme nie auf die Idee, Buntstifte und Block mit auf den Spielplatz zu nehmen.

„Wie heißt die Frau?“

Mir ist nicht wohl, aber dann sage ich den Namen.

„Frau Andersen.“

Frank legt sich den Block auf die Oberschenkel, nimmt einen roten Wachsmalstift zur Hand und schreibt mit dicken, großen Buchstaben:

AN GESCHIEDENE FRAU ANDERSEN!
SIE SIND EINE DRECKSAU!

„So“, sagt Frank, zufrieden betrachtet er das Blatt.

„Jetzt fahren wir zu eurem Haus.“

Wir setzen uns auf die Räder und fahren zu unserem Haus. Dort angekommen zieht Frank das gefaltete Blatt aus seinem Beutel.

„Das ist gemein! Das darf man nicht!“, sage ich noch, doch Frank ist bereits zur Haustür gelaufen.

„Quatsch nich’, die is’ geschieden, die hat es verdient!“, ruft er mir zu, dann schiebt er den Zettel in den Briefkasten von Frau Andersen. Frank sieht sich wichtig um, es ist niemand in der Nähe, wir springen auf unsere Fahrräder und flüchten, mir ist sehr beklommen zumute.

Am nächsten Tag bin ich zunächst bei Tante Hilde, am späten Nachmittag komme ich nachhause. Oma Lena sieht mich streng an, sie setzt sich in die Küche auf ihren Stuhl.

„Frau Andersen war eben hier. Sie hat sehr geweint“, sagt Oma ruhig.

Ich erstarre. Mir wird kalt.

Oma Lena zieht den Zettel aus ihrer Kitteltasche und faltet ihn auf, die großen, roten Buchstaben kreischen hervor.

„Hast du das geschrieben?“

Ich schüttele den Kopf.

„Da war so ein Junge vom Spielplatz ...“

Oma Lena faltet das Blatt wieder zusammen.

„Das dachte ich mir. Aber ich will dir was sagen. Du musst immer Oma gehorchen. Du musst immer tun, was die Oma dir sagt. Wenn du nicht brav bist, dann zeigt Oma Onkel Bruno den Zettel und sagt, du hättest ihn geschrieben. Und dann schlägt Onkel Bruno dich tot."

Oma Lena sieht mich fest an. Ich zweifle nicht an ihren Worten. Ich weiß nicht, was schlimmer ist, die unendliche Scham, Frank nicht abgehalten zu haben, oder die Angst, von Onkel Bruno erschlagen zu werden.

Sechzehn

1958.

Troisdorf.

Wohnung von Bruno und Hilde.

Nach dem Abendessen setzt sich Bruno im kleinen Wohnzimmer zu Hilde auf die Couch. Sorgsam breitet er auf dem Tischchen Papiere aus. Mit der klaren und präzisen Schrift des Laboranten hat er auf karierten Seiten verschiedene Berechnungen festgehalten.

Bruno und Hilde träumen von einem Reihenhäuschen mit Garten. Bruno verdient als Laborant auf dem Werk gut und stetig. Eine örtliche Wohnungsbaugenossenschaft bietet Arbeitern verlockende Konditionen, so sparen die beiden seit geraumer Zeit auf das notwendige Grundkapital. Sie gönnen sich nichts, sie reisen nicht, sie besuchen kein Restaurant, und ein Kleidungsstück oder ein Haushaltsgegenstand wird nur ersetzt, wenn es unumgänglich ist.

Bruno erläutert sein Zahlenwerk. Bis auf den Pfennig genau hat er die Ausgaben aufgelistet, diesen die Einkünfte unter Berücksichtigung der steuerlichen Abzüge gegenübergestellt und auf dem wichtigsten Blatt die Einzahlungen notiert, die er aufgrund seiner straffen Haushaltsführung auf das besondere Sparkonto der Genossenschaft vornehmen konnte.

Hilde verfolgt die Berechnungen aufmerksam.

„Wir sind ganz gut im Plan, Schatz", sagt Bruno und gibt seiner Frau einen Kuss, dann hat er noch eine Überraschung.

„Ich denke, hundert Mark für etwas Besonderes können wir ausgeben. Hast du einen Wunsch? Eine neue Bluse vielleicht?"

Hilde freut sich. So lange schon wendet sie auf ihren Wegen durch die Stadt den Blick ab von den schönen neuen Kleidern, Blusen und Schuhen, die jetzt angeboten werden. Der Sommer naht, Hilde weiß, welchen Wunsch sie hat.

„Ein neues Sommerkleid, das wäre schön, Bruno!"

Bruno ist beglückt, seiner Hilde eine Freude machen zu können, auch freut er sich schon darauf, sie in einem neuen Sommerkleid mit seiner Leica zu fotografieren; zur Rheinfähre werden sie fahren, vielleicht auch einen Kaffee dort trinken, Kuchen wird es allerdings auswärts nicht geben. Da ist Bruno streng.

Hilde ist mit der Straßenbahn nach Siegburg gefahren, hier gibt es eine umfangreichere Auswahl als in Troisdorf. Sie hat ein feines Haus am Markt aufgesucht, nun dreht sie sich vor dem Spiegel in einem Kleid von schlichter Eleganz, einfarbig, taubengrau, Hilde findet die Linienführung des Schnitts geradezu betörend. Doch jetzt bringt die Verkäuferin ein zweites Kleid, gänzlich anderer Stil, luftiger Stoff, weiter Schnitt, frohes Blumenmuster in allen frühlingshaften Farben, ein Traum für einen Sommertag. Hilde schlüpft in dieses zweite Kleid, ebenso wie das elegante in Taubengrau scheint auch dieses sommerfröhliche von Meisterhand einzig für Hilde aus Troisdorf entworfen und genäht worden zu sein.

Hilde kann sich nicht entscheiden. Der Preis für das elegante Kleid beträgt fünfundneunzig Mark, das fröhliche wäre mit siebenundachtzig Mark etwas günstiger. Beide Kleider sind wunderbar und für ihre Qualität nicht zu teuer. Die junge Verkäuferin schmunzelt.

„Warten Sie bitte einen Moment, ich spreche kurz mit meiner Chefin“, sagt sie und entschwindet in einen Nebenraum, mit einem Lächeln kehrt sie zurück.

„Nun, wenn Sie sich für beide Stücke entschließen könnten, lassen wir vom Preis etwas nach. Meine Chefin bietet Ihnen beide Kleider für hundertfünfundsechzig Mark.“

Hilde atmet tief durch. Hundertfünfundsechzig Mark übersteigen deutlich das von Bruno zugestandene Budget. Andererseits handelt es sich um ein hervorragendes Angebot, da besteht kein Zweifel. Hilde ist die Sparerei so leid, die Kleider sind so wundervoll. Hilde nickt.

Hilde sitzt mit zwei großen Tüten in der Straßenbahn nach Troisdorf.

Es ist ihr nicht geheuer zumute.

An jenem Abend hören die Nachbarn von Bruno und Hilde den Bruno sehr laut brüllen. Es kommt schon vor, dass Bruno laut wird, doch diesmal scheint es wirklich bös zu sein, Bruno hört überhaupt nicht mehr auf. Die Nachbarn verstehen nicht, worum es geht, mehrmals weht ein *„Wenn ich dir sage ...“* zu ihnen herüber; Frau Huber im dritten Stock meint, etwas von Kleidern verstanden zu haben.

Hilde weiß, es geht nicht um das zweite Kleid. Es geht auch nicht um die fünfundsechzig Mark, die sie mehr ausgegeben hat.

Sie hat gegen den obersten Brunobefehl gehandelt.

1959.

Wohnung Bruno und Hilde.

Schon zwei Monate lang hat Hilde ihre Eltern in Gelsenkirchen nicht mehr besucht. Nun liegt der kleine Reisekoffer aufgeklappt auf dem Bett, sorgsam legt Hilde einige Blusen und andere Kleidungsstücke hinein, die sie für eine Kurzreise benötigt.

Bruno steht in einer Ecke des Zimmers und sieht ihr mit starrem Blick zu. Er atmet schwer und schwitzt. Ich muss ganz ruhig bleiben, denkt Hilde, vielleicht wird es dann besser.

Sie legt ein schlichtes Kleid in den Koffer.

„Muss das jetzt sein?“, fragt Bruno.

Hilde wendet sich ihm zu.

„Aber Bruno, ich war doch schon so lange nicht mehr dort.“

Bruno steht der Schweiß auf der Stirn.

Wieder und wieder spielt sich dieses Drama mit Bruno ab, wenn sie ihre Eltern besuchen will, das greift Hilde sehr an.

Hilde nimmt Bruno in den Arm.

„Was soll denn schon passieren?“

Bruno schüttelt den Kopf, drückt Hilde fest an sich, er beginnt zu schluchzen und zu weinen und hört nicht mehr auf. Hilde löst sich von Bruno und beginnt langsam, die Blusen und das Kleid zurück in den Schrank zu legen. Etwas später geht sie zu den Nachbarn, die über ein Telefon verfügen, ruft bei der Post an und gibt ein kurzes Telegramm an ihre Eltern auf. Sie habe Migräne und könne nicht kommen.

Eine Woche später legt Hilde den kleinen Reisekoffer am Nachmittag auf das Bett, Bruno ist auf Arbeit. Sie packt alles Notwendige ein, schließt den Koffer und versteckt ihn in der Besenkammer, sie deckt noch ein altes Laken darüber, falls Bruno aus noch nicht zu erahnenden Gründen am Abend die Besenkammertür öffnen sollte.

Am nächsten Morgen beenden Bruno und Hilde ihr Frühstück, Hilde ist es gelungen, sich nichts anmerken zu lassen. Nun muss Bruno zur Arbeit.

„Ich fahre gleich zu meinen Eltern“, sagt Hilde, sie steht auf, geht zur Besenkammer, öffnet die Tür, nimmt den Koffer, stellt ihn in den Flur. Sie wirft ihren leichten Frühlingsmantel über, geht zurück in die Küche. Bruno sitzt starr auf dem Stuhl. Hilde gibt ihm einen Kuss, dreht sich um, ergreift den Koffer und verlässt raschen Schrittes das Haus. Ihr Herz rast. Wird Bruno zum Bahnhof laufen und mit ihr vor den anderen Reisenden einen lautstarken Streit austragen?

Eine halbe Stunde später sitzt Hilde in dem abfahrenden Zug und atmet tief durch. Es ist gut gegangen.

Bruno hat es mit den Nieren. Immer wieder quälen ihn furchtbare Koliken, die durch Nierensteine ausgelöst werden. Nun muss er zur

Kur, das soll auch seinen Nerven helfen. Hilde bleibt in Troisdorf, während Bruno in Bad Berleburg heilende Anwendungen erhält.

Inzwischen haben auch Hilde und Bruno in ihrer Wohnung ein Telefon. Es handelt sich um eine ausgesprochen nützliche Einrichtung, doch nun macht Hilde Bekanntschaft mit den Schattenseiten der Erfindung. Im Abstand von einigen Stunden, manchmal auch nur von dreißig oder fünfzehn Minuten ruft Bruno an und fragt Hilde, ob es ihr gut gehe. Wann er das nächste Mal anrufen wird, sagt er ihr nicht.

„Aber Bruno", sagt Hilde, „warum soll es mir nicht gut gehen? Alles ist gut!"

Bruno schweigt. Hilde hört ihn atmen am anderen Ende der Leitung in Bad Berleburg, dann hört sie ihn weinen.

„Bruno, wovor hast du denn solche Angst?"

„Ich weiß ... es nicht ...", stammelt Bruno, und Hilde glaubt ihm.

Wenn sie in den nächsten Tagen einkaufen gehen muss, wartet sie ein Telefonat mit Bruno ab, greift sich nach dem Gespräch sofort Jacke und Tasche und läuft so schnell sie kann zu *Edeka*, immer in der Angst, er könne während ihrer kurzen Abwesenheit erneut anrufen; so rasch wie möglich erledigt sie ihre Einkäufe und läuft zurück nachhause.

Es kommt vor, dass Bruno tatsächlich wieder versucht hat, Hilde zu erreichen, dann läuft sie die Einfahrt hoch, und noch bevor sie die Haustüre geöffnet hat, hört sie das Telefon im Flur klingeln.

Dann ist es schlimm.

1966.

Haus von Bruno und Hilde.

Bruno setzt sich zu Hilde an den Küchentisch. Hilde muss keine Fragen stellen, sie sieht, der Besuch bei seiner Mutter hat ihrem Mann wieder sehr zugesetzt.

Seit einem Jahr bewohnen Bruno und Hilde ihr Reihenhäuschen. Ganz in der Nähe gibt es eine Bushaltestelle, die Linie führt in zwanzig Minuten fast bis vor die Tür des Hauses, in dem Brunos betagte Mutter lebt, Hilde und Bruno wechseln sich mit den Besuchen ab.

Bruno sitzt vor Erschöpfung zusammengesunken am Tisch.

„Sie hat schon wieder damit angefangen. Sie will unbedingt hier einziehen", sagt er.

Hilde dachte sich schon, dass es deshalb erneut Streit zwischen Mutter und Sohn gegeben hat. Bereits als das Haus noch im Bau befindlich war, hatte ihre Schwiegermutter davon zu sprechen begonnen, wie schön es wäre, wenn sie mit ihnen zusammen einziehen würde.

„Vielleicht denken wir noch einmal darüber nach. Wenn sie doch so gerne will", hebt Hilde an.

Bruno setzt sich nun aufrecht hin, drückt den Rücken durch.

„Nein Hilde, das kommt nicht in Frage. Wenn Mutter hier einzieht, haben wir keine ruhige Minute mehr, und unsere Ehe ist bald am Ende."

Hilde weiß, hier ist keine Gegenrede möglich, und sie ist ja selbst hin- und hergerissen in der Angelegenheit. Sie verspürt Mitgefühl mit ihrer Schwiegermutter, doch in der Tiefe weiß sie, wie recht Bruno hat.

Heute fährt Hilde zu ihrer Schwiegermutter, sie werden Kaffee trinken, und Frau Ahrweiler wird sehr auf ihren herzlosen Sohn schimpfen, und Hilde wird einige Einkäufe erledigen, denn die Beine der alten Dame wollen nicht mehr so recht.

Pünktlich wie immer klingelt Hilde bei Frau Ahrweiler. Es bleibt still. Für Notfälle hat Hilde einen Schlüssel. Sie öffnet die Haustür, geht die Holztreppe hoch in den ersten Stock, klopft an der Wohnungstür, keine Antwort. Hilde schließt auf und betritt den Flur.

Die alte Dame liegt in der Küche auf dem Steinfußboden. Sie röchelt. Ihr linkes Handgelenk weist Schnittwunden auf, etwas Blut rinnt auf den Boden, eine kleine Lache hat sich gebildet. Frau Ahrweiler hat ihrem vernarbten, linken Unterarm zwei Schnitte zugefügt, die aber nicht tief genug waren, die Adern zu öffnen. Die Mutter des Laboranten geht genau und überlegt vor.

Einen fast unhörbaren Seufzer von sich gebend, öffnet Hilde die untere Tür des Küchenschranks und nimmt eine Metalldose heraus. Diese ist gut gefüllt, Hilde hat nach dem letzten Geschehen vor einigen Wochen Mullbinden, Pflaster und Desinfektionsmittel nachgelegt.

Frau Ahrweiler scheint jetzt zu sich zu kommen. Sie will etwas sagen, ihre Worte sind durch die Schwäche etwas undeutlich.

„Ich ... bin ... so einsam ... Hilde ...“

Hilde tränkt ein Wattebäuschchen mit Tinktur, betupft die Schnittwunden zur Desinfektion. Gekonnt umwickelt sie das Handgelenk mit Mull, nicht zu locker, nicht zu straff, abschließend befestigt sie den Verband mit Pflaster. Dann hilft sie ihrer Schwiegermutter, sich langsam vom Boden zu erheben, vorsichtig setzt sich Frau Ahrweiler auf den Küchenstuhl.

Hilde holt etwas Toilettenpapier aus dem Bad.

„So ein Bus kann auch Verspätung haben“, sagt Hilde, ohne Frau Ahrweiler anzusehen, während sie die kleine Blutlache vom Steinboden wischt.

Siebzehn

1974.

Troisdorf.

Ich bin 13 Jahre alt. 8. Schuljahr

In der Stadt gehe ich gelegentlich an einer großen Spielwarenhandlung vorbei, in deren Schaufenster neben Baggern und Baukästen für kleine Kinder auch Schachspiele ausgestellt sind. Die Schachfiguren, ob schlicht oder verschnörkelt gestaltet, üben einen starken Reiz auf mich aus. Ich weiß nicht, wie Schach gespielt wird, aber die Figuren finde ich geheimnisvoll und strahlend schön, besonders Turm und Springer haben es mir angetan.

Wenig später entdecke ich bei einem meiner Streifzüge durch die Buchabteilung des Kaufhauses Hertie ein Taschenbuch, auf dessen Einband Turm und Springer abgebildet sind. Mit Hilfe der Anleitungen im Buch sei der Leser in der Lage, sich in kurzer Zeit die Kunst des Schachspielens anzueignen, entnehme ich dem Klappentext, und schon habe ich das Buch erworben.

Mein Weg führt mich sogleich zur Spielwarenhandlung, ich erstehe ein preiswertes Schachspiel, und daheim angekommen, beginne ich mit dem Selbststudium.

Jeden Abend sitze ich nun auf meinem Bett, lerne die anfängliche Anordnung der Schachfiguren auf dem Spielbrett und deren Namen, sowie die ihnen jeweils zugeordneten Bewegungen. Allmählich begreife ich das Regelwerk und beginne, erste Spielzüge zu proben. Ich erzähle niemandem von meiner neuen Leidenschaft, aber Oma Lena wird vermutlich Buch und Spiel beim Aufräumen gesehen und Tante Hilde davon erzählt haben.

Ich habe meine Hausaufgaben erledigt und darf noch zum Abendessen bei Tante Hilde und Onkel Bruno bleiben. Tante Hilde gießt heißes Wasser in die Kanne mit den Teebeuteln.

„Andreas bringt sich jetzt selbst das Schachspielen bei", sagt sie unvermittelt, ich zucke etwas zusammen. Onkel Bruno legt sich eine Brotscheibe auf das Holzbrettchen.

„Ja? Wie geht das denn?"

„Mit einem Buch", antworte ich.

„Onkel Bruno kann sehr gut Schach spielen, wusstest du das?", fragt mich Tante Hilde. Ich schüttele den Kopf.

„Dann spielen wir nachher eine Partie", meint Onkel Bruno freudig, und mir wird ungemütlich.

Nach dem Abendessen holt Onkel Bruno aus dem Wohnzimmerschrank ein großes Schachbrett und eine Kiste mit alten hölzernen Spielfiguren hervor. Er legt das Brett auf den freigeräumten Küchentisch, dessen Oberfläche geschützt wird durch eine Plastikdecke mit orangefarbenem Prilblumenmuster.

Onkel Bruno setzt sich, mit raschen und offensichtlich sehr geübten Bewegungen baut er die Figuren auf.

Ich setze mich auch.

Ich habe schwarz.

Wir beginnen die Partie, zaghaft setze ich meine Figuren in Bewegung, bei jedem meiner Züge atmet Onkel Bruno schwer und wiegt den Kopf.

Nach vier Minuten bin ich schachmatt.

„Tja", sagt Onkel Bruno und räumt die schön geschnitzten Figuren zurück in die Holzkiste. Er sieht mich an und hebt das Kinn.

„Das ist nicht so einfach", fügt er hinzu und bringt dann Brett und Figurenkiste zurück in den Wohnzimmerschrank.

Am Abend lege ich mein Buch zum Selbststudium und mein Schachspiel in die untere Schublade meines Kinderzimmerschranks und rühre beides nie wieder an. Das Buch werfe ich irgendwann fort, das Schachspiel verkauft Mutter einige Jahre später auf einem Wohltätigkeitsflohmarkt der katholischen Kirchengemeinde. Das Spiel bringt drei Mark und hilft hungernden Kindern mit aufgeblähten Bäuchen in Afrika.

Fünfundzwanzig Jahre später verliebe ich mich in Katharina, die in Österreich aufwuchs. Sie erzählt, sie habe als Jugendliche in einem Verein Schach gespielt, Turniere bestritten und in zwei aufeinanderfolgenden Jahren den Titel *Kärntner Schachmeisterin* in ihrer Altersklasse errungen. Nun, erklärt Katharina und schmiegt sich an mich, wolle sie auch mit mir Schach spielen.

Ich lehne ab.

Doch während der nächsten Wochen bringt Katharina in beeindruckender Stetigkeit ihren Wunsch zum Ausdruck, so gebe ich auf, und wir beginnen regelmäßig Schach zu spielen. Fünf Monate lang verliere ich ausnahmslos jede Partie.

Dann gewinne ich.

1971.

Ich bin 10 Jahre alt. 5. Schuljahr.

Tieren gegenüber legt Onkel Bruno eine rührende Fürsorglichkeit an den Tag. So spielt er Stunde um Stunde mit Jocko, dem blau gefiederten Wellensittich, dessen silberner Metallkäfig in der Küche an einem mannshohen Ständer hängt. Onkel Bruno öffnet das Türchen des Käfigs, sofort hüpft Jocko herbei, springt auf die Hand, Onkel Bruno führt die Hand mit dem Vogel ganz nah an sein Gesicht, zärtlich und liebevoll schnäbeln die beiden miteinander. Jocko flattert auf, dreht eine Runde an der Küchendecke und landet auf Onkel Brunos Schulter.

Onkel Bruno hat Jocko auch das Sprechen beigebracht.

„Jocko Ahrweiler, Uferstr. 17, so ein Quatsch!“, ruft der Sittich, und Onkel Bruno freut sich.

Mit großer Liebe spricht Onkel Bruno auch von Micki, dem quirligen Foxterrier, den er und Tante Hilde zu Beginn der 50er Jahre als Welpen geschenkt bekamen. Über zehn Jahre lebte das kinderlose Paar mit dem Hündchen. Als ich zur Welt kam, gab es Micki noch. In einer Schachtel verwahre ich Fotos, die meinen Kinderwagen zeigen, Micki sitzt daneben und hält Wache, bald jedoch wurde er krank und musste eingeschläfert werden. Wenn Onkel Bruno sich an Micki erinnert, atmet er schwer und seine Augen werden feucht.

„Das war ein treues Tierchen! Ach, unser Micki ...", sagt er, und seine Stimme schwankt.

Dann betont Onkel Bruno aber auch, dass er Micki sehr streng erzogen habe, sehr streng, wiederholt er stolz. Voller Verachtung spricht er von Hundebesitzern, die ihre Köter nicht zu erziehen wussten. Häufig sei er auf Spaziergängen im Wald hilflosen Herrchen begegnet, die hinter ihren Hunden herliefen. So etwas habe es bei ihm nicht gegeben. Wenn er, Bruno, auch nur kurz gepfiffen habe, kam Micki angelaufen. Aber wie!

„Das kannst du mir glauben", sagt Onkel Bruno, sein Gesicht wird streng, drohend hebt er sein Kinn, und ich glaube ihm jedes Wort.

Wenn Onkel Bruno von der Arbeit kommt, geht er in die Küche, schenkt sich ein Glas Sprudelwasser ein und trinkt es in einem Zug leer.

„So", sagt er dann, „jetzt kannst du mal nach drüben gehen."

Drüben, das ist für Onkel Bruno mein Elternhaus, das sind meine Eltern mit ihrem Geschäft, die ein Haus nach dem anderen bauen, während er als Chemielaborant seines über Jahre hart vom Munde absparen musste.

Ich räume die Stifte in mein Mäppchen. Heute ist Onkel Bruno ruhig und freundlich, aber oft ist er ungehalten, dann mache ich nichts richtig, dann ärgert er sich über mich, wird sehr wütend und brüllt mich an:

„Das kannst du drüben machen, wo du hingehörst!"

Dann packe ich mein Mäppchen in meine Tasche, und Tante Hilde bringt mich zur Tür.

1972.

Ich bin 11 Jahre alt. 6. Schuljahr.

Da ich so schlecht rechne, gibt mir Tante Hilde jetzt in den Sommerferien täglich eine Rechenaufgabe zur Übung, die ich zu lösen habe, bevor ich draußen spielen darf. Auch heute, am Samstag, sitze ich bei ihr am Küchentisch, vor dem Fenster scheint die Sonne. Ein Nachbar wäscht in der Einfahrt sein Auto, ein anderer schneidet die Hecken, welche die Grundstücksgrenzen markieren.

Zu meiner eigenen Überraschung löse ich die gestellte Aufgabe rasch, ich darf ins Freie. Ich gehe zu Onkel Bruno, der hinter dem Haus Rasen mäht, und frage, ob ich an der Baustelle spielen gehen darf. Am Ende der Straße, in der Tante Hilde und Onkel Bruno wohnen, wurde eine neue Baugrube ausgehoben. Ich liebe es, in solchen Gruben zu spielen, die verschiedenfarbigen Erdschichten zu untersuchen, Erdhügel herunterzurutschen oder mit Lehmklumpen Bierflaschen abzuwerfen, die ich am Rand der Grube aufgestellt habe.

Onkel Bruno ist mürrisch, er hat keinen guten Tag. Nein, sagt er, das verbiete er, ich würde meine Hose zu sehr verdrecken. Oma Lena oder Tante Hilde hätten dann die Arbeit. Mit einem kräftigen Ruck schiebt er den dröhnenden Rasenmäher weiter.

Traurig trotte ich nachhause.

Oma Lena sieht, dass ich bedrückt bin.

„Ich würde doch so gerne in der Baugrube spielen", sage ich und erzähle vom Verbot, welches Onkel Bruno ausgesprochen hat. Oma Lena hat einen guten Tag.

„Ach, komm", sagt sie, „ich gebe dir eine alte Hose, die kannst du anziehen, das ist nicht schlimm, wenn die dreckig wird."

Ich ziehe eine schüttere alte Hose an, laufe beschwingt die Treppe hinunter, setze mich in meinen Gokart und fahre zur Baugrube. Ich freue mich auf die Lehmklumpen und den satten Geruch der Erdschichten, aber ich habe auch ein mulmiges Gefühl. Oma Lena hat mir das Spielen in der Grube zwar erlaubt, dennoch missachte ich das Verbot von Onkel Bruno, das kann er überhaupt nicht vertragen, und ob er im Zweifelsfall die von Oma Lena ausgesprochene Erlaubnis anerkennt, ist ungewiss. Die Baugrube lockt zu sehr, ich will nicht weiter darüber nachdenken. Sicherheitshalber stelle ich meinen Gokart nicht auf dem Burgersteig ab, sondern ziehe ihn an den Rand der Baustelle.

Die Erdschichten haben nicht nur unterschiedliche Farbtöne, jede Schicht fühlt sich auch anders an. Diese helle Schicht hier ist nahezu cremig, während die darüber liegende dunkler ist und fest, mit braunen Kieseln durchsetzt.

Ich bin unruhig.

Ob Onkel Bruno noch hinter dem Haus den Rasen mäht?

Ich klettere aus der Grube und luge vorsichtig um die Ecke des Bauzauns, der die Baustelle abgrenzt, und schaue die Straße hinunter. Alles ist ruhig. Nichts bewegt sich. Es herrscht Windstille. Kein Nachbar ist mehr in einem der Vorgärten zu sehen. Doch plötzlich erkenne ich in der Ferne Onkel Bruno, der mit einem Eimer in der Hand die Straße überquert, gegenüber seinem Haus gibt es ein leeres, verwildertes Grundstück, dort werfen die Leute aus der Straße ihre Gartenabfälle ab, Onkel Bruno trägt in dem Eimer den abgemähten Rasen zu dem Misthaufen.

Vor Schreck weiche ich zurück. Der Gokart könnte mich verraten. Ich ziehe ihn hektisch noch weiter in die Baustelle hinein. Wieder luge ich ängstlich um die Ecke des Bauzauns. Onkel Bruno ist mitten auf der Straße stehengeblieben, seinen Eimer hält er in der Hand, er schaut in meine Richtung.

Onkel Bruno hat mich gesehen.

Einen Moment verbleiben wir beide in Erstarrung, ich hinter dem Bauzaun mit rasendem Herzen, Onkel Bruno regungslos auf der Straße stehend.

Onkel Bruno pfeift.

Ich komme hinter dem Bauzaun hervor.

Onkel Bruno pfeift noch einmal, ich weiß, was das zu bedeuten hat.

Langsam, mit schweren, kleinen Schritten gehe ich ihm entgegen, ich beginne zu weinen.

Unbeweglich steht Onkel Bruno auf der Straße.

„So. Jetzt komm mit."

Ich zittere und weine.

Wir gehen die Einfahrt hoch zur Garage. Onkel Bruno stellt seinen Eimer ab, dann geht er mit mir durch das schmiedeeiserne Tor auf die Terrasse hinter dem Haus. Er schließt das Tor und stellt sich vor mich hin, die Hände in die Hüften gestemmt. Er trägt eine kurze graue Hose und ein weißes Feinrippunterhemd. Ich sehe seine starken, behaarten Arme und seine kurzen, kräftigen Beine.

„Oma ... hat ..." Ich will erklären, dass Oma Lena mir das Spielen in der Baugrube erlaubt hat, doch ich komme nicht weit, schon trifft mich die erste Ohrfeige.

„Habe ich dir nicht verboten, dahin zu gehen?", brüllt Onkel Bruno mich an.

Ich kann nichts mehr erwidern, ich habe solche Angst vor diesem Mann und diesen behaarten, starken Armen, kein Wort bringe ich mehr heraus.

Noch einmal schlägt Onkel Bruno mir ins Gesicht. Ich taumele. Noch ein Schlag trifft mich und noch einer, ich stehe halb, halb liege ich auf dem Boden, ich schreie.

„Wenn … ich … dir … sage … dass … du … da … nicht … hingehen … darfst … dann … hast … du … da … nicht … hin … zu … gehen …!“, mit jedem seiner Worte versetzt mir Onkel Bruno einen neuen Schlag, alles an mir tut weh, ich weiß nicht, wo er mich trifft, ich bin nur noch Angst und Schmerz.

„Dir … werde … ich … beibringen … dass … du … spurst! … Das … wollen … wir … doch … mal … sehen …“ Immer weiter schlägt Onkel Bruno ein auf das Kind der Anderen, die mit ihrem Geschäft und den Häusern, die seine Frau jeden Tag die Einkäufe schleppen lassen und die ihnen die Dreckwäsche rüberbringen und die dann auch noch ihr Kind rüberschicken zur Versorgung, dabei konnten sie selbst keins bekommen, und dann pariert dieses Balg noch nicht einmal. Ich versuche mein Gesicht mit meinen Armen zu schützen, in völliger Raserei schlägt Onkel Bruno brüllend weiter zu, ich liege auf dem Boden, aus dem Augenwinkel sehe ich, dass Tante Hilde aus dem Haus kommt, sie nähert sich vorsichtig ihrem tobenden Mann, legt ihm besänftigend die Hand auf die Schulter.

„So, Bruno, komm, jetzt ist es genug …“, sagt Tante Hilde ganz ruhig, nun fasst sie Onkel Bruno mit beiden Händen am Oberarm und zieht ihn weg von mir.

„Du … dir … werde … ich …“, stößt Onkel Bruno hervor, Speichel rinnt sein Kinn hinunter, sein Gesicht ist zu einer Fratze verzerrt. Tante Hilde hat ihn anderthalb Meter von mir weggezogen, ich liege auf den Steinplatten der Terrasse und schreie, mein Gesicht ist nass vor Tränen und Rotz; da reißt sich Onkel Bruno von Tante Hilde los, stürzt auf mich zu und versetzt mir mit voller Wucht einen Tritt.

Achtzehn

1972.
Troisdorf
Ich bin 11 Jahre alt. 6. Schuljahr.

Etwa zwei Wochen nachdem er mich geschlagen hat, spricht mich Onkel Bruno an. Wir könnten doch einen Drachen zusammen basteln. Onkel Bruno hat noch nie mit mir gebastelt, ich bin verblüfft.

Tatsächlich bringt er am nächsten Tag aus der Stadt Holzleisten, farbiges Pergamentpapier und Kleber mit. Am Samstag breitet er alles auf dem Küchentisch aus und erläutert mir die Skizze, die er gezeichnet hat. Er sägt die Leisten zurecht und schnitzt in die längere Leiste etwas oberhalb der Mitte eine Kerbe, in die er die Querstrebe einpasst.

Ich stehe daneben und schaue ihm zu. Es ist, als stünde nur mein Körper neben Onkel Bruno am Küchentisch, nur eine Hülle, in deren Innern nichts ist als dunkle Leere. Ich freue mich nicht über den Drachen. Ich bin nicht wütend, und ich will Onkel Bruno auch nicht mit meiner Gleichgültigkeit strafen. In mir ist nur Leere.

Nachdem Onkel Bruno das Holzgerüst mit farbigem Pergamentpapier beklebt hat, lässt er den Drachen trocknen, dann bindet er eine lange Schnur an das untere Ende, und wir gehen aus dem Haus, eine Straßenecke entfernt zu einem Feld. Es weht ein leichter Wind. Onkel Bruno wirft den Drachen in die Luft, er schwebt, Onkel Bruno lässt Schnur nach, und der Drachen steigt hoch in den blauen Himmel, dabei wackelt er leicht hin und her, das bunte Pergamentpapier leuchtet im Sonnenlicht. Onkel Bruno lacht und freut sich.

„Schön, was?!“

Ich nicke stumm.

Einige Tage später meint Onkel Bruno, wir könnten doch einmal zusammen schwimmen gehen. Onkel Bruno ist noch nie mit mir schwimmen gegangen. Ich verstehe nicht, was vor sich geht.

So fahren wir am Sonntag ins Schwimmbad. Es ist mir etwas unangenehm, mich neben Onkel Bruno in der Umkleidekabine auszuziehen, aber das geht rasch, und schon sind wir im Wasser. Meine Hülle schwimmt hin und her, Onkel Bruno lobt, wie schnell ich eine Bahn ziehen kann. Ich weiß nicht, warum ich hier mit ihm im Schwimmbad bin.

Wieder in ihrem Haus angekommen, setze ich mich gleich an den Küchentisch, ich möchte etwas lesen. Onkel Bruno hängt seinen Mantel im Flur an die Garderobe. Aus dem Augenwinkel sehe ich, wie Tante Hilde zu ihm geht und nah an ihn herantritt. Sie flüstert Onkel Bruno etwas zu, was ich nicht verstehe. Onkel Bruno schüttelt nur leicht den Kopf und schaut zu Boden.

Neunzehn

1968.
Troisdorf
Ich bin 7 Jahre alt. 2. Schuljahr.

Tante Hilde hat sehr viel Arbeit. Am Vormittag besucht sie Oma Lena. Sie fragt, was sie einkaufen soll, und notiert sich alles auf einem Zettel. Dann macht sie ihre Runde durch die Geschäfte, immer zu Fuß. Sie erledigt alle Einkäufe für uns sechs Personen und schleppt täglich mehrere schwere Taschen durch die Stadt.

Den Haupteinkauf tätigt Tante Hilde in dem kleinen *Edeka* am Kreisverkehr. Als ich noch sehr klein war, glaubte ich, die Leute, die das Geschäft betreiben, hießen *Edeka*, weil Tante Hilde immer sagte, wir gehen jetzt zu *Edeka*. Eigentlich heißen sie Skladanowski, aber ich sage immer noch aus Spaß Herr und Frau Edeka zu ihnen.

Herr Edeka ist rundlich und quirlig, immer hat er einen flotten Spruch oder einen Witz parat. Frau Edeka ist groß, dünn, dunkelhaarig, sie ist ruhiger, aber ebenso freundlich wie ihr Mann. Wann immer es ihr möglich ist, bringt Frau Edeka das Gespräch auf ihr Lieblingsthema, die Wiedergeburt. Während sie die Preise für Kohlköpfe, Salatessig und Tomatenmark behände in die Kasse eintippt, berichtet sie von ihrem festen Glauben an die Reinkarnation und weiß zu berichten, dass sie im Mittelalter ein fesches Burgfräulein war.

Tante Hilde erledigt nicht nur alle Einkäufe für die Familie, sie sorgt auch für die gesamte Wäsche. Die Schmutzwäsche aller sechs Familienmitglieder versammelt sich in ihrem Keller, auch die oft sehr verdreckten Handtücher aus dem Geschäft meiner Eltern und besonders der Dunkelkammer gesellen sich hinzu. Mit der ihr eigenen Gelassenheit und Gewissenhaftigkeit arbeitet Tante Hilde die Wäscheberge ab, die sich vor ihrer Waschmaschine türmen.

Ist ein Schleudergang beendet, öffnet sie das Bullauge und füllt die nasse Wäsche in eine beige Plastikwanne, die sie in den ersten Stock trägt.

Von dort führt eine kleine Holztreppe auf den Dachboden. Die Treppe ist mit einem ausgeklügelten Klapp- und Federmechanismus versehen, so kann sie zusammengeschoben und in der Flurdecke versenkt werden, wenn sie nicht mehr benötigt wird. Dies ist zwar praktisch, doch die Treppe ist sehr schmal und steil gehalten, um überhaupt hochgefahren und eingeklappt werden zu können. Mit der rechten Hand hält sich Tante Hilde am Geländer gut fest, mit dem linken Arm umfasst sie die schwere Plastikwanne, und so wuchtet sie sich und die nasse Wäsche Stufe für Stufe hoch, ein halsbrecherischer Balanceakt. Oben angekommen, hängt sie dann die Textilien zum Trocknen auf.

Am nächsten Tag schleppt sie die Wannen mit der getrockneten Wäsche, wieder die schmale Holzleiter hinunter balancierend, in das Bügelzimmer, das sich im ersten Stock befindet. Dort erleichtert ihr eine Bügelmaschine etwas die Arbeit. Auf der rechten hinteren Ecke des Bügeltischs steht ein kleines Kofferradio, gern hört Tante Hilde klassische Musik oder Kultursendungen, während sie unsere Wäsche plättet.

1968.

Ich bin 7 Jahre alt. 2. Schuljahr.

Die neue Lehrerin gibt uns sehr viele Hausaufgaben auf. Oft sitze ich bei Tante Hilde am Küchentisch und kann vor Müdigkeit kaum mehr schreiben. Dann nimmt Tante Hilde einen Stuhl und setzt sich neben mich und schmunzelt.

„Komm, wir spielen ‚Du einen Satz, ich einen Satz'", sagt sie.

Ich schreibe einen Satz, dann schiebe ich das Heft zu Tante

Hilde. Nun schreibt sie einen Satz und ahmt dabei meine Schrift so nach, dass kein Unterschied erkennbar ist. Sie schiebt mir das Heft zu, ich schreibe wieder einen Satz, und so verfahren wir, bis die Aufgabe beendet ist.

1973.
Ich bin 12 Jahre alt. 7. Schuljahr.

Ich liege bei Tante Hilde im Wohnzimmer bäuchlings auf dem Teppich, den Kopf auf die Hände gestützt. Im Fernsehen läuft der Film *Der kleine Lord* über einen englischen Jungen aus adliger Familie, der seine Mama über alles liebt. Daher nennt er sie *Herzlieb.*

Ich mag den Jungen nicht. Er ist so brav und höflich zu den Erwachsenen wie der Friedrich in meiner Klasse, der immer so vornehm tut. Oma Lena würde diesen englischen Jungen mit der blöden Frisur und den völlig bescheuerten Klamotten vermutlich toll finden, ich finde dieses Kind einfach nur doof.

Aber dass der englische Junge seine Mama Herzlieb nennt, das rührt mich an.

Ich muss nicht überlegen, wer mein Herzlieb ist, nein, es gibt nichts zu überlegen, mich durchströmt auf der Stelle eine Gewissheit, eine abschließende Erkenntnis:

MEIN Herzlieb ist Tante Hilde!

Fortan ist Tante Hilde für mich Herzlieb.

Wenig später wird im Fernsehen eine neue Werbung gezeigt. Eine ältere Frau, bekleidet mit weißer Schürze nebst altmodischer Haube auf dem Kopf, preist eingelegte Gürkchen, Rote Bete und Silberzwiebeln in Gläsern an. Die Kaltmamsell serviere nur die Gürkchen von *Kühne*, erläutert der Sprecher.

Die *Kaltmamsell*??

Die Gürkchen interessieren mich nicht, aber das Wort Kaltmamsell ist spannend, es ist mir gänzlich neu. Tolles Wort. Kaltmamsell. Ich spreche es aus, es gefällt mir immer besser, es will mir nicht mehr aus dem Kopf.

Die Welt ist ein dorniges, undurchsichtiges Gestrüpp. Verzweifelt suche ich Übersicht zu gewinnen, so beginne ich zu sammeln, zu erfassen und zu ordnen. Ich lege eine Kladde an, taufe sie *Das kluge Heft* und trage Beobachtungen ein, Wörter, die mir gefallen oder erstaunliche Rekorde aus dem Tierreich. Auf den Bürgersteigen der Stadt finde ich bunte Papierschnipsel, fortgeworfene Einkaufszettel oder Fetzen von Briefen, die aus bedenklichen Gründen zerrissen wurden, und fertige Collagen daraus, die ich in mein Heft klebe.

Eines Tages fallen mir die Sprüche auf, mit denen unsere Schulbänke und Toilettenwände verziert wurden. Ich beginne auch diese zu sammeln, einem Forscher gleich durchstreife ich das Schulgebäude, notiere die Inschriften und übertrage die Sammelergebnisse in meine Kladde. Einer der Sprüche, die ich auf einer Bank im Physikraum entdecke, lautet:

„Ist Selbstbefriedigung gefährlich? Nein, nur wenn es zu zweit geschieht!“

Weder ist mir bekannt, was Selbstbefriedigung ist, noch dämmert mir, was an der fremdartigen Sache gefährlich sein könnte, aber fraglos gehören die Zeilen in meine Sammlung. Ich trage sie ein in meine Kladde unter der Rubrik *Schön gesagt.*

Oma Lena hat auf meinem Schreibtisch meine Kladde entdeckt und darin den lustigen Spruch gefunden. Ich ahnte, dass es eine unanständige Bedeutung gibt, bin aber doch überrascht, wie sehr Oma Lena sich aufregt. Ich sei ein verkommener Drecksack, brüllt sie durch die Wohnung, und als meine Eltern am Abend heimkommen, werden sie umgehend unterrichtet.

Während des Abendbrotes sitze ich Oma Lena und Mutter am

Tisch gegenüber. Wie üblich, wenn ich eines meiner abscheulichen Verbrechen begangen habe, strafen mich Oma und Mutter mit Eiseskälte. Sie sehen mich nicht an, sie sprechen kaum mit mir, wenn überhaupt, dann nur kurz und tonlos. Es ist offenbar, ich verschmutze mit meiner Anwesenheit Gottes Erdboden.

Ich sehe Oma Lena und Mutter an.

Sie sind die Kaltmamsellen.

Oma ist Kaltmamsell I, Mutter ist Kaltmamsell II.

Ich lege eine Scheibe Brot auf meinen Teller, verteile etwas Leberwurst darauf und sehe wieder die Kaltmamsellen an.

Was ist jetzt passiert?

Oma Lena und Mutter sitzen da mit offenstehenden Mündern, mit offenen Augen, ohne zu blinzeln, das Besteck halten sie regungslos in ihren Händen, so als befänden wir uns in einem Film, den der Vorführer angehalten hat.

Ich sehe zu Vater, aber er bemerkt nichts, liest er doch interessiert in einer Fotozeitschrift, die er sich neben den Teller gelegt hat.

Wieder betrachte ich erstaunt die reglosen Kaltmamsellen, langsam bildet sich feiner Raureif aus winzigen Eisblüten auf deren Wangen, der sich nun über die Gesichter und alsbald über beide Körper ausbreitet. Jetzt erst begreife ich, Oma Lena und Mutter sind eingefroren.

Ich beiße in mein Leberwurstbrot. Vater schenkt sich ein Glas Bier ein, ohne von seiner Zeitschrift aufzusehen. Zuerst ist ein ganz leises, kurzes Knistern zu hören, welches sich zu einem deutlich vernehmbaren Knacken steigert. Die ersten Risse zeigen sich bei Kaltmamsell I auf der Stirn, bei Kaltmamsell II am Hals in Höhe des Kehlkopfes.

Ich picke mit der kleinen Gabel Gürkchen aus dem Glas.

Während Mutter der Arm abfällt, kullern Oma Lenas Augen als frostige, blassblaue Murmeln aus dem Kopf, fallen auf den Küchenboden und zerplatzen.

Also, diese Gürkchen von *Kühne* sind wirklich lecker.

1971.
Ich bin 10 Jahre alt. 5. Schuljahr.

Ich sitze am Küchentisch und male einen Stegosaurus, dabei handelt es sich um einen Dinosaurier mit Stacheln. Tante Hilde steht mit dem Rücken zu mir an der Spüle und erledigt den Abwasch.

Mich beschäftigt seit einiger Zeit die Frage, warum Onkel Bruno und Tante Hilde keine eigenen Kinder haben. Alle Ehepaare in der Nachbarschaft haben mindestens ein Kind, meist mehrere. Bislang ist mir ein Rätsel, wie die Kinder zustande kommen, aber mitgehörten Gesprächen der Erwachsenen habe ich entnommen, dass Ehepaare beschließen können, Kinder zu bekommen. Allerdings habe ich auch verstanden, dass sich die Dinge nicht immer nach Wunsch entwickeln.

„Tante Hilde, wolltet ihr keine eigenen Kinder?“, frage ich.

Tante Hilde legt einen abgespülten Teller sorgsam auf das Ablaufbrett und hält einen Moment inne, ohne sich zu mir umzuwenden.

„Doch ... wollten wir schon ...“, sagt sie dann ruhig.

„Und, habt ihr das probiert?“

„Ja, haben wir probiert, aber es hat nicht geklappt. Aber jetzt haben wir ja dich!“, sagt Tante Hilde, wendet sich nun zu mir um und lächelt mich verschmitzt an.

Damit gebe ich mich zufrieden und beginne, die Stacheln meines Stegosaurus blau auszumalen.

1970.

Ich bin 9 Jahre alt. 4. Schuljahr.

Die Küche im Haus von Tante Hilde und Onkel Bruno hat zwei Fenster. Das große, an dem der Tisch steht, weist zur Straße, ein weiteres, kleines Küchenfenster befindet sich zur Einfahrt hin. Das kennen alle Kinder der Gegend sehr gut. Im Sommer laufen regelmäßig Kinderscharen die Einfahrt hoch und versammeln sich in Trauben vor dem stets geöffneten Küchenfenster.

Tante Hilde schaut hinaus.

„Na, was möchtet ihr denn?“, fragt sie spitzbübisch in die Runde, die Kinder lachen, handelt es sich doch um eine vielfach durchgespielte Übung.

„Bitte Schnäpschen, Frau Ahrweiler, Schnäpschen, bitte!“, ruft ein größeres, dunkelhaariges Mädchen mit einem riesigen Pflaster auf dem Knie.

„Soso, Schnäpschen wollt ihr. Da muss ich mal sehen, was ich habe ...“

Sie greift hinter sich eine Flasche Mineralwasser und beginnt, bereitstehende, achteckig geschliffene Schnapsgläschen mit Wasser zu füllen, die sie nach und nach den Kindern durchs Fenster reicht. Jedes Kind bekommt ein Schnäpschen, ob es nun ein bekanntes Kind ist aus der Nachbarschaft oder ein fremdes, nie gesehenes, das sich einfach der Meute angeschlossen hat.

Brav reichen die Kinder die leeren Gläschen zurück, rufen

„Danke schön, Frau Ahrweiler!“, winken und laufen zurück auf die Straße zu Gummitwist und Bonanzarädern, Tante Hilde freut sich und winkt lachend hinterher, dann wendet sie sich wieder ihrer Arbeit zu.

1971.
Ich bin 10 Jahre alt. 5. Schuljahr.

Regelmäßig gehe ich zur Hauptstraße und schaue mir das Schaufenster der großen Buchhandlung an. Die Auslagen der anderen Geschäfte interessieren mich nicht.

Doch heute fällt mein Blick zufällig in das Schaufenster des Juweliers, der sein Geschäft neben der Buchhandlung betreibt. Auf einem Samttuch dekoriert liegen glitzernde kleine Broschen in Tierform, es gibt Elefanten, Giraffen und Seepferdchen. Auf einem Schild ist der Preis angegeben: Jede Brosche kostet 15 Mark. In meiner Spardose befinden sich 60 Mark. Ich könnte also Tante Hilde eine Brosche schenken!

Am nächsten Tag suche ich Tante Hilde in ihrem Bügelzimmer auf.

„Was findest du am besten, Elefanten, Giraffen oder Seepferdchen?“, frage ich.

Tante Hilde stutzt kurz und schiebt einen Kopfkissenbezug unter die große, weiße Walze der Bügelmaschine.

„Seepferdchen!“, sagt sie dann fest und entschlossen.

Sie schmunzelt.

Ich sehe ihr an, sie überlegt kurz zu fragen, warum ich das wissen will.

Sie fragt nicht.

Ich hätte es auch nicht gesagt.

Sie weiß, ich hätte es nicht gesagt.

Am nächsten Tag gehe ich in das Juweliergeschäft und kaufe die Seepferdchenbrosche.

Tante Hilde freut sich sehr.

„Wie komme ich denn dazu?“, fragt sie, denn bei uns in der Familie bekommt man eigentlich ein Geschenk nur zum Geburtstag oder zu Weihnachten.

„Einfach so“, sage ich.

Tante Hilde gibt mir einen Kuss auf die Backe. Dann geht sie zur Garderobe, sie holt ihren feinen Pelzmantel und befestigt die Seepferdchenbrosche am Kragen. Während der nächsten vierzig Jahre trägt sie die Brosche, bis ich das Seepferdchen vorsichtig vom Kragen ihres letzten, dunklen Wintermantels ablöse und einstecke, bevor ich den Mantel in den großen Pappkarton packe, der für die Kleiderkammer der Caritas bestimmt ist.

Archiv

Objekt:
Modeschmuck/Brosche in Form eines Seepferdchens

[Aus Nachlass Hilde Ahrweiler]

Kleine Brosche (Länge: 3 cm) in Form eines Seepferdchens. Korpus aus Metallspritzguss, silbern lackiert, Farbe größtenteils abgeplatzt. Der Korpus ist verziert mit zahlreichen hellen Glassteinchen, die Augen des Seepferdchens werden von zwei dunkelroten Steinchen gebildet.

Zwanzig

1966.
Troisdorf.
Ich bin 5 Jahre alt.

Ich liebe meine Tante Hilde und bin gern bei ihr. Jahrzehnte später denke ich zurück und wundere mich, dass ich nie bei Tante Hilde und Onkel Bruno übernachtet habe. Ich rufe Mutter an und frage, ob das stimmt.

Mutter atmet tief ein.

„Tja", meint sie dann schwer, „das hat ja nicht geklappt. Wir haben das versucht. Das wäre für Papa und mich ja ganz praktisch gewesen. Aber du hast einen Aufstand gemacht und wolltest partout in DEIN Bett. Da war nichts zu machen. Wenn du nicht wolltest, war nichts zu machen."

1968.
Ich bin 7 Jahre alt. 2. Schuljahr.

Am späten Vormittag bringt Tante Hilde die bestellten Lebensmittel zu Oma Lena, dann sitzen die beiden noch etwas in der Küche und halten ein Schwätzchen.

Im Winter trägt Tante Hilde einen Pelzmantel und eine Pelzkappe. Bevor sie sich zu Oma Lena in die Küche setzt, hängt sie ihren Mantel im Flur an den Garderobenhaken, die Pelzkappe jedoch behält sie auf.

Normalerweise bin ich in der Schule, wenn Tante Hilde Oma Lena die Lebensmittel bringt, doch wenn Ferien sind, freue ich mich auf den Besuch von Tante Hilde. Jeder Besuch von ihr ist für mich ein Fest. Dann geselle ich mich zu den beiden, doch wenn ich

Tante Hilde mit der Pelzkappe auf dem Kopf anschaue, ertrage ich den Anblick kaum. Sie nehme die Kappe nicht ab wegen der Haare, sagt Tante Hilde, wenn sie die Kappe abnehme und wieder aufsetze, leide die Frisur. Mit der Kappe auf dem Kopf sieht es aber so aus, als wollte sie nur ganz kurz bleiben, als ginge sie sofort wieder, als wäre sie eigentlich nicht hier, und dabei will ich doch so gerne, dass sie überhaupt nicht mehr geht, sie soll ihre Kappe abnehmen und bei mir bleiben.

1965.
Ich bin 4 Jahre alt.

Häufig kommt Tante Hilde am Abend auf einen Sprung vorbei, bevor ich schlafe. Dann muss sie mir vorlesen. Nur und einzig Tante Hilde darf mir vorlesen.

Sonst niemand.

Das Wipp-Wupp-Auto ist ein feuerroter Lastwagen mit offener Ladefläche, die gekippt werden kann. Der Laster ist neu, es funkelt die Stoßstange aus Chrom, und der rote Lack blitzt in der Sonne. Den ganzen Tag transportiert das Wipp-Wupp-Auto schwere Lasten durch die Stadt, eine Ladung schwarzer Kohle, eine Ladung Kies und schließlich einen großen Haufen Sand, mit dem der Sandkasten auf dem Spielplatz aufgefüllt wird. Die Kinder freuen sich und sind dankbar, froh winken sie dem davonfahrenden Lastauto hinterher.

Nach einem langen Tag schwerer Arbeit rattert das Wipp-Wupp-Auto heim in seine Garage. Die Garage ist sein Zuhause. Das rote Wipp-Wupp-Auto weiß, wo sein Zuhause ist.

Teddy gehört einem kleinen Jungen, der heute mit seiner Mutter einen Waldspaziergang macht. Der Junge nimmt Teddy mit.

Junge und Mutter setzen sich zur Rast auf eine Parkbank, dann gehen sie weiter, der Junge ist unachtsam, er vergisst Teddy auf der Bank. Voller Schreck sieht Teddy den Jungen und dessen Mutter den Waldweg entlanggehen und in der Ferne verschwinden. Ganz allein bleibt Teddy auf der Bank zurück. Weit und breit ist kein Mensch und kein Bär zu sehen.

Es wird dunkel.

Teddy hat Angst.

Sonderbare Geräusche lassen ihn schaudern, ein Piepsen, Knurren und Heulen schallt aus dem nächtlichen Wald, Teddys Bärenherz schlägt bis zum Halse. Er rutscht von der Bank und versucht nachhause zu finden, doch er irrt nur tiefer hinein in den unheimlichen Wald. Spät in der Nacht schläft Teddy völlig entkräftet am Fuße eines großen Baumes ein.

Als Teddy erwacht, blickt vom Ast eines Baumes eine Eule auf ihn herab, ein Reh, ein Eichhörnchen und andere Tiere des Waldes stehen neugierig um ihn herum. Teddy schließt Freundschaft mit den Tieren, und sie nehmen den neuen Waldbewohner froh in ihre Mitte.

Dann trifft Teddy auf eine Teddydame. Die beiden verlieben sich ineinander und heiraten. Im Wald wird große Hochzeit gefeiert, Teddy und Teddyline schmücken ihre Häupter mit Kränzen aus Blumen, und alle Tiere des Waldes tanzen vor Freude.

Teddy hat ein neues Zuhause gefunden.

Archiv

Objekt:
Kinderbuch

Titel: TEDDYS ABENTEUER.
Autorin: Helene Weilen.
Erschienen 1965, Verlagsbuchhandlung Julius Breitschopf jun., Wien.
Größe 23,5 × 21,5 cm, kartoniert, 67 Seiten.
Leichte Stockflecken, sonst sehr guter Zustand.
Auf der Innenseite des rückseitigen Einbanddeckels findet sich der Bleistiftvermerk: 3,50 DM
Der Einband zeigt ein Teddymädchen (ausgewiesen durch ein blaues Kleidchen mit weißen Punkten) und einen Teddyjungen (ausgewiesen durch ein Hemdchen mit roten Streifen). Das Teddypärchen sitzt gutgelaunt unter einem Baum und isst Äpfel.

1969.
Troisdorf
Ich bin 8 Jahre alt. 3. Schuljahr

Ich sitze bei Tante Hilde in der Küche am Tisch und sehe aus dem Fenster. Heute fallen mir die Hausaufgaben wieder sehr schwer. Meine Augen brennen, und mein Kopf fühlt sich heiß an. Tante Hilde bügelt im ersten Stock und wartet darauf, dass ich fertig werde.

Auf der Straße sehe ich Frau Werthmannsdorf mit ihrem riesigen Hirtenhund. Widerwillig wende ich mich meinem Schulheft und der Rechenaufgabe zu. Ich will das Ergebnis in mein Heft schreiben, doch nun streikt der Füller. Vielleicht ist die Tinte in der Spitze eingetrocknet, weil ich zu lange aus dem Fenster gesehen habe. Oder aber die Patrone ist leer. Ich will nachsehen, schraube den Füller auseinander, tatsächlich, die Patrone ist leer, ich entnehme meinem Mäppchen eine neue, will sie auf das untere Füllerstück drücken, bis es klickt. Sie klemmt, ich drücke fester, da fliegen mir Füllerteil und Patrone aus den Fingern, die Patrone schießt an meinem Gesicht vorbei und klatscht rechts neben mir an die Wand.

Ich erstarre vor Schreck. Die Tinte der Patrone wurde durch den Aufprall quer über die Küchentapete mit dem braunen Kaffeemühlenmuster gespritzt.

Wenn das Onkel Bruno sieht!

Zunächst weiß ich nicht, was ich tun soll. Dann suche ich die Einzelteile des Füllers zusammen, setze äußerst vorsichtig eine neue Patrone ein und bemühe mich, die Hausaufgaben so gut wie möglich fertigzustellen. Das fällt mir schwer, mein Herz rast vor Angst, und in meinem Kopf ist es heiß und ganz wirr.

Ich höre Tante Hilde die Treppe herunterkommen. Ich drehe den Stuhl etwas, so sitze ich schräg und verdecke mit meiner Schulter die Tintenkleckse auf der Kaffeemühlentapete.

Tante Hilde betritt die Küche.

„Bist du fertig mit den Hausaufgaben?"

Ich nicke.

Sie beugt sich über das Schulheft, ich rücke ganz nah an die Wand, damit sie nur ja keinen Klecks entdeckt.

Bald wird Onkel Bruno von der Arbeit kommen. Ich packe meine Schulsachen ein, Tante Hilde hat noch nichts bemerkt, ich gehe nachhause. Meine Schritte sind langsam, eine schwere, schwarze Wolke lastet auf meinem Herzen, sie drückt so sehr, dass ich kaum Luft bekomme.

Am nächsten Tag fürchte ich mich vor dem Ende der letzten Schulstunde, denn ich will nicht nachhause. Doch ich habe keine Wahl.

Ich betrete die Küche. Oma Lena erwartet mich. Steif und stumm, mit kaltem Blick sitzt sie auf ihrem Stuhl. Einen Moment bleibt sie völlig regungslos, nimmt nicht die geringste Notiz von mir. Entsetzt starre ich Oma Lena an.

Sie haben es entdeckt.

„So. Du darfst nicht mehr zu Tante Hilde", sagt Oma Lena.

Ich schweige.

Sie wendet den Blick von mir ab und schaut aus dem Fenster.

„Du weißt ja wohl warum."

Ja.

Ich weiß warum.

Ich habe Tintenkleckse an die Tapete mit dem Kaffeemühlenmuster gespritzt, und ein Kind, das Kaffeemühlenmustertapeten mit Tintenklecksen bespritzt, ist ein fieses, ekelhaftes Kind, welches verdammt gehört in Ewigkeit, mit dem man nicht mehr spricht, ein Kind, das einem nicht mehr unter die Augen treten darf, aus den Augen, aus dem Sinn.

Die nächsten Tage sitze ich nach der Schule allein in meinem Kinderzimmer. Ich darf nicht mehr zu Tante Hilde. Ich hatte ein Donnerwetter, lautes Geschimpfe und eine Ohrfeige erwartet, aber dass ich nicht mehr zu Tante Hilde darf, hinterlässt mich völlig fassungslos. Die schwere, schwarze Wolke füllt mein ganzes Kinderzimmer und drückt mich zu Boden, so ziehen die Tage finster dahin.

Eine Woche später esse ich mit Oma Lena zu Mittag. Es gibt Spiegeleier mit Bratkartoffeln.

„Du darfst jetzt wieder zu Tante Hilde", sagt Oma Lena beiläufig.

Nach dem Essen schultere ich meinen Schulranzen und gehe zu Tante Hilde. Sie hat mich durch das Küchenfenster kommen sehen und wartet an der Haustür auf mich, sie sieht mich kühl und streng an.

„Dann komm rein", sagt sie, ich gehe durch den Flur in die Küche.

Etwas ist anders. Die Küche ist so hell. Ich begreife zunächst nicht, was sich verändert hat. Nun sehe ich, die Küche ist neu tapeziert, die braune Kaffeemühlentapete wurde durch eine helle mit feinem, blauem Blümchenmuster ersetzt. In dieser Woche, in der ich nicht herkommen durfte, hat Onkel Bruno die gesamte Küche neu tapeziert, und ich bin schuld, weil ich die Kaffeemühlentapete mit Tintenklecksen bespritzt und damit die Küche unbewohnbar gemacht habe.

Vierzig Jahre später sitze ich mit Tante Hilde in ihrer Küche und trinke Kaffee. Mein Blick fällt auf die angegraute Tapete mit dem blauen Blümchenmuster.

„Die Tapete hast du auch schon ganz schön lange", sage ich.

Tante Hilde schmunzelt.

„Jaja, das weißt du doch".

„Ich weiß. War das denn damals wirklich nötig, die gesamte Küche neu zu tapezieren? Ein bisschen übertrieben, oder?"

„Och, das hatten wir sowieso vor", sagt Tante Hilde.

Einundzwanzig

Sommer 1922.
Gelsenkirchen.
Lena ist 28 Jahre alt.

Es ist spät. Lena sitzt noch in der Küche am Tisch und schält Möhren. Die Kinder, die dreijährige Hilde und der einjährige Günther, schlafen schon lange.

Lena wirft einen prüfenden Blick auf die Schale mit den geschälten Möhren vor sich auf dem Tisch. Das wird reichen. Morgen gibt es Suppe.

Die Zeiten sind schlecht. Mit dem Malerbetrieb kann Paul die Familie gerade so über Wasser halten. Wenn die Leute kein Brot kaufen können, lassen sie nicht ihre Wohnungen tapezieren.

Paul bleibt lange in der Werkstatt. Es ist nicht so viel zu tun, aber er ist gerne dort, und etwas zu räumen und zu richten gibt es immer. Von der Werkstatt aus geht er in seine Eckkneipe, an seinem Stammtisch trifft er andere Männer aus dem Viertel. Paul raucht eine Zigarre und trinkt zwei Bier, dann macht er sich auf den Heimweg.

„Du bist ja noch wach, Lena", sagt Paul, hängt seine Jacke an die Garderobe und setzt sich zu ihr an den Küchentisch.

„Ich hab gewartet."

Oft ist Lena ungehalten, wenn ihr Paul lange in der Kneipe bleibt, aber nun ist sie ganz ruhig und ohne Vorwurf.

„Ich wollte noch mit dir sprechen."

Sie stellt die Schale mit den Möhren zur Seite und wischt sich die Hände mit dem Küchenhandtuch ab. Paul ist nicht ganz wohl.

Lena verschränkt die Arme und sieht zur Decke.

„Wir bekommen noch ein Kind."

Paul sitzt ganz steif vor Schreck auf seinem Stuhl. Jetzt schaut ihn Lena an.

„Bist du sicher?“ fragt Paul.

Lena nickt.

Hilde, ihr erstes Kind, kam neun Monate nach der Hochzeit, sie war die Frucht der frischen Liebe. Dann, zwei Jahre später, der kleine Günther, der Stammhalter, Pauls ganzer Stolz. Damit hatten sie es eigentlich gut sein lassen wollen.

Paul atmet tief ein und aus. Mit drei Kindern wird das Leben noch schwieriger. Noch ein Maul zu stopfen, denkt Paul, dann schiebt er den Gedanken fort, das gehört sich nicht.

„Ach, Lena“, seufzt Paul.

„Als ob das meine Schuld wäre. Ich werd ja schon schwanger wenn du nur deine Hose über den Stuhl hängst.“

Paul knibbelt betreten an der Tischkante herum.

Den Tisch könnte er auch mal wieder streichen.

Lena stellt die Schale mit den Möhren vor sich hin, nimmt das kleine Messer zur Hand und beginnt, die geschälten Stangen in dünne Scheiben zu schneiden. Vielleicht kann sie morgen ein kleines Stück Speck kaufen für die Suppe.

1931.

Gelsenkirchen.

Hilde ist 12 Jahre, Günther 10 Jahre, Ilse 8 Jahre alt.

Wieder sind die Zeiten schlecht, und Paul bekommt kaum Aufträge. Lena schafft es nur mit großer Mühe, genug Lebensmittel für die drei Kinder zu beschaffen, manchmal gelingt es auch nicht. Darüber hinaus hat sie jetzt auch noch ihren verzweifelten, unleidlichen Paul in der Küche sitzen.

Paul erinnert sich an einige Dosen restlicher Farbe, die er im Keller gelagert hat.

„Lena, räum den Küchenschrank aus. Ich streiche den Schrank an“, sagt er zu Lena, und den Rest des Tages ist er damit beschäftigt, den Küchenschrank zu streichen, der aussah wie neu.

In den nächsten Tagen streicht er die Stühle, den hölzernen Rahmen des Brotkastens und eine Truhe. Dann kommt Paul zu dem Ergebnis, der Küchenschrank könne doch einen helleren Ton vertragen, aber dann gehen ihm die Farbreste aus. Die Kinder sind froh, denn wenn sie aus Versehen die in der Wohnung herumstehenden, frisch gestrichenen Möbel berühren und die trocknende Farbe verschmieren würden, wäre Vater sehr böse, und dann setzte es ordentlich Prügel, das ist gewiss.

Wenn Paul in jenen Monaten überhaupt einen Auftrag erhält, dann kommt er von *Grillo Funke*, einem großen Stahl- und Blechwerk in Gelsenkirchen. Dort hat man noch zu tun, und wenn die Kapazitäten der hauseigenen Malerwerkstatt nicht ausreichen, hat Paul Arbeit. Bei *Grillo Funke* schätzt man die Fertigkeiten des jungen Meisters ebenso wie seine Zuverlässigkeit und sein korrektes Auftreten.

Paul hat die Nachricht erhalten, er solle bei Dr. Wohlfahrt vorsprechen, dem Personalchef von *Grillo Funke*, er findet sich pünktlich in dessen Büro ein.

Dr. Wohlfahrt ist ein kleiner, rundlicher Mann, eine rheinische Frohnatur, die es ins Ruhrgebiet verschlagen hat. Wenn er munter erzählt und gestikuliert, fällt überhaupt nicht auf, dass der rechte Jackenärmel, sorgsam zusammengefaltet und von einer Klammer gehalten, in der Luft baumelt.

Dr. Wohlfahrt begrüßt seinen Besucher herzlich.

„Kommen Sie, Kundrus, kommen Sie! Setzen Sie sich!“

Die Männer könnten unterschiedlicher nicht sein. Dr. Wohlfahrt muss aufsehen zu dem hochgewachsenen, schlanken Malermeister. Im Gegensatz zu Dr. Wohlfahrt ist Paul ein eher ernster, zurückhaltender Ostpreuße. Doch die Männer schätzen sich. Über

Kriegserlebnisse wird unter den Veteranen kaum gesprochen, hier und da fällt eine Andeutung, ein Nebensatz. Paul weiß, der Arm des Dr. Wohlfahrt verrottete am Ufer der Marne, und Dr. Wohlfahrt weiß, dass die linke Hand des Malermeisters von einer russischen Kugel getroffen wurde.

„Also, Kundrus, ich habe da was für Sie", hebt Dr. Wohlfahrt an.

„In zwei Monaten geht unser Malermeister Berg in Rente. Halten Sie sich fest! Sie können die Stelle haben!"

Dr. Wohlfahrt haut mit der verbliebenen Hand auf den Tisch, lehnt sich in seinem Stuhl zurück, lacht sein Gegenüber voller Freude an und ist gespannt, wie Kundrus auf die Überraschung reagiert.

Doch Paul ist nicht überrascht. Er ahnte bereits, dass ihm dieses Angebot unterbreitet werden würde, und er hat sich die Sache überlegt. Sehr aufrecht sitzt Paul auf dem Bürostuhl.

„Ich ... danke Ihnen sehr für das Angebot, Herr Dr. Wohlfahrt. Aber ich möchte selbständig bleiben."

Die Männer sitzen einen Moment regungslos da. Dr. Wohlfahrt wischt jetzt mit der Hand auf dem Schreibtisch hin und her.

„Kundrus. Mit Verlaub. Da draußen geht gerade das ganze Land vor die Hunde. Ich biete Ihnen hier eine feste Meisterstelle bei *Grillo Funke* an! Kundrus!"

Paul sieht in das fassungslose Gesicht des Personalchefs.

„Herr Dr. Wohlfahrt. Bitte verstehen Sie mich nicht falsch. Ihr Angebot ehrt mich. Aber angestellt ... Ich möchte lieber selbständig bleiben."

Der Personalchef schaut zur Decke, wo sein Blick verharrt.

„Kundrus, Sie haben Kinder ... Kundrus ... „

Am nächsten Tag geht Lena einkaufen, Hilde begleitet ihre Mutter. Im Kolonialwarenladen sind bescheidene Einkäufe zu tätigen. Frau Kundrus ist im Viertel bekannt als kräftige, resolute und sehr unerschrocken wirkende Frau.

„Guten Tag, Frau Kundrus! Wie geht's denn so?", wird sie freundlich von der Verkäuferin im Laden begrüßt.

Stumm nimmt Lena die Hilde an die Hand, verlässt mit ihr das Geschäft, bleibt auf dem Bürgersteig stehen und bricht vor den Bretterkisten mit dem Gemüse in Tränen aus.

Hilde wird ihre Mutter erst zehn Jahre später wieder in Tränen sehen. Dann wird Krieg sein.

Neunundsiebzig Jahre später erzählt mir Tante Hilde die Geschichte, wie ihr Vater in der tiefsten Wirtschaftskrise das Angebot von *Grillo Funke* ausschlug.

Sie sieht mich ernst und traurig an.

„Aber warum? Ich verstehe nicht, warum er das abgelehnt hat!", sage ich.

„Der Stolz, Andreas! Der war zu stolz, um Angestellter zu werden! Da sollten wir lieber hungern!"

Wut blitzt in den Augen meiner neunzigjährigen Tante auf.

„Andreas. Eine Meisterstelle bei *Grillo Funke*! In dieser Zeit! Wir hätten alle studieren können. Wir alle. Der Günther auch. Wenn er wiedergekommen wäre."

Mit ihren faltigen Händen zupft Tante Hilde ihre blaue Schürze zurecht.

„Ach Andreas. Alles beschissen", sagt sie dann.

1937.
Gelsenkirchen.
Ilse ist 14 Jahre alt.

Die Ilse benötigt Passfotos, so geht Lena mit ihr zu einem namhaften Fotografen, der sein Geschäft in der Stadtmitte betreibt. Sie betreten das Atelier Arnold, und Ilse ist begeistert. Das Personal begrüßt sie höflich, an den Wänden hängen große, gerahmte Porträtaufnahmen, und als der Fotograf seine junge Kundin in das Atelier führt, in dem die Aufnahmen gemacht werden, zeigt sich Ilse beeindruckt vom kunstvoll gesetzten Licht und der Technik. Nach der Aufnahme tritt Ilse an den dürren, freundlichen Fotografen heran.

„Ich bin bald fertig mit der Schule. Suchen Sie noch Lehrmädchen?“

Herr Arnold schmunzelt, die direkte Art der jungen Dame gefällt ihm. Sie ist hübsch, gut gekleidet und macht einen sehr gepflegten Eindruck.

„Wenn du fertig bist mit der Schule, kommst du mit deinem Zeugnis vorbei, und wir unterhalten uns darüber“, antwortet der Fotograf, und beschwingt verlässt Ilse mit ihrer Mutter das Atelier.

Einige Wochen später sitzt Ilse mit ihren Eltern beim Abendbrot in der Küche.

„Ich war dort, Paul, das ist ein gut geführtes Geschäft. Ilse wäre gut aufgehoben“, erklärt Lena.

Paul starrt mit finsterem Gesicht auf sein Brot. Die Sache gefällt ihm nicht. Er hat nicht grundsätzlich etwas dagegen, dass Ilse eine Ausbildung beginnt. Immerhin ist Lena gelernte Kauffrau und führt die Finanzen seines Betriebes. Aber eine Fotografenlehre? Fotografie ist für Paul, den stolzen Malermeister, keine Kunst und kein richtiges Handwerk. Nichts Halbes und nichts Ganzes ist das. Dabei hat er so gute Verbindungen zu *Grillo Funke.*

„Ich kann bei *Grillo Funke* fragen. Da finden wir bestimmt einen vernünftigen Beruf."

„Fotografin ist ein vernünftiger Beruf!", zischt Ilse zurück und müht sich, dem Vater gegenüber nicht laut zu werden.

„Wenn Ilse das doch so gerne will, Paul", wendet Lena ein. Paul legt sein Besteck aus der Hand und verschränkt die Arme vor der Brust in Erwartung, was nun kommen mag.

Lena holt Luft.

„Ich gehe morgen mit Ilse hin, und wir unterschreiben den Vertrag."

Da ist sie wieder, diese Bestimmtheit, die Paul einst so gefiel, als er bei der jungen Dame im Kolonialwarenladen Klümpchen kaufte.

„Das hast du alles schon mit dem Mann abgesprochen?"

Lena schweigt.

Paul springt auf.

„Wenn ich hier überhaupt nichts mehr zu sagen habe, kann ich ja gehen!"

Paul stürzt aus der Wohnung, in seiner Wut greift er nicht einmal die Jacke von der Garderobe, jetzt isst er lieber eine Wurst in der Kneipe auf der Ecke und hebt einen mit seinen Kumpeln, als noch länger bei diesen Weibern zu bleiben.

Archiv

Objekt:
Poesiealbum
14 × 17 × 1,5 cm
Gebundenes Büchlein, dunkelbrauner Ledereinband mit Prägung „POESIE" auf der Vorderseite.
150 Seiten, davon 36 mit Einträgen.
Auf der Innenseite des Einbandes findet sich der handschriftliche Namenszug „Ilse Kundrus".
Aus dem ersten Eintrag geht hervor, dass es sich bei dem Poesiealbum um ein Geschenk von Paul Kundrus an seine Tochter Ilse zu deren 13. Geburtstag am 16. Februar 1936 handelt.

Auf Seite 34 findet sich folgender Eintrag:
[Handschrift, schwarze Tinte, Sütterlin]

Ob früh oder spät das Glück von Dir geht,
Deine Mutter bleibt immer bei Dir,
Es teilet ihr Herz mit Dir jeden Schmerz
Und will keinen Dank dafür,
Und schließt sie zur Ruh ihre Augen einst zu,
Ihre Sorge, die Letzte bist Du.

Meiner lieben Ilse
zum steten Gedenken
an ihre Mutter.
8. Oktober 1938

1937.
Gelsenkirchen.
Ilse ist 14 Jahre alt.

Kurz bevor ihre Lehre beginnt, erkrankt Ilse an einer schweren Halsentzündung, so betritt sie mit einigen Wochen Verspätung das Klassenzimmer in der Berufsschule. Drogisten, Optiker und Fotografen werden hier gemeinsam in den Grundlagen der Optik, der Chemie und des kaufmännischen Handelns unterrichtet.

Ilse setzt sich neben ein Mädchen an einen Tisch. Bis auf einen einzigen jungen Mann, den achtzehnjährigen Reinhold, gibt es nur Mädchen in der Klasse. Was, fragt Ilse ihre Tischnachbarin, könne sie denn tun, wenn sie etwas nicht verstünde?

„Da fragst du Reinhold. Der weiß alles!"

Ilse sieht zu Reinhold hinüber, ihr fallen seine wohlfrisierten, gewellten dunkelbraunen Haare auf. Reinhold macht einen ruhigen, in sich gekehrten Eindruck, etwas Trauriges geht von ihm aus.

Wenig später erfährt Ilse von ihm, dass vor zwei Jahren sein Vater starb und das Verhältnis zum älteren Bruder Herbert angespannt ist. Dieser meine seit dem Tod des Vaters, seinen zwei Jahre jüngeren Bruder herumkommandieren zu müssen, erzählt Reinhold.

Reinhold begeistert sich für Optik, Fotografie und Astronomie. Da sein Lehrherr schwer an der Lunge erkrankt ist, führt er, der Lehrling, den Betrieb so gut wie allein, eine sehr schwere Arbeit, müssen doch alle Brillengläser vom Optiker einzeln per Hand geschliffen werden. Damit nicht genug, besucht Reinhold abends die Berlitz Sprachschule, dort lernt er Englisch und Französisch. Ilse ist beeindruckt, und bald entwickelt sich eine zärtliche Freundschaft.

6. September 1939.
Gelsenkirchen.
Ilse ist 16 Jahre alt.

Seit einigen Tagen ist Krieg. Gestern erst legte Reinhold die Gesellenprüfung im Optikerhandwerk ab, heute erreichte ihn per Post der Einberufungsbescheid. Reinhold zog seinen guten Anzug an, kämmte sorgfältig seine Haare und machte sich auf den Weg zu Ilse.

Nun sitzen Reinhold und Ilse im Wohnzimmer, vor wenigen Minuten hat Reinhold um ihre Hand angehalten. Ilse ist verblüfft und verschreckt, sie mag Reinhold, aber sie fühlt sich mit ihren sechzehn Jahren zu jung für eine Heirat. Darüber hinaus will sie nicht Gefahr laufen, mit siebzehn Witwe zu sein.

„Nein, Reinhold, jetzt warten wir erst einmal ab, wie das mit dem Krieg weitergeht“, sagt Ilse.

Reinhold nickt, steht auf und verabschiedet sich bedrückt, aber gefasst.

Am Abend sitzt Ilse mit ihren Eltern beim Abendbrot in der Küche. Paul schaut düster vor sich hin.

„Der Junge ist doch in Ordnung“, sagt Paul, „und jetzt zieht er mit so einer Enttäuschung im Gepäck für sein Vaterland in den Krieg. Das ist nicht richtig. Wir hätten ihn stärken müssen.“

Lena sieht ihren Mann fest an.

„Paul! Ilse ist sechzehn! Und wissen wir, wie das mit dem Krieg weitergeht? Im August vierzehn hat man uns auch erzählt, die Männer sind Weihnachten alle wieder zuhause. Was kann dem Reinhold alles passieren!“

Paul schiebt den Teller mit dem Brot auf dem Tisch hin und her. Er kann Lena nicht widersprechen, ja, er selbst hatte im August vierzehn geglaubt, der Krieg werde rasch gewonnen sein. Zwei

Jahre lang lag er dann entweder an der Front oder im Lazarett, wo sie ihn immer wieder zusammenflickten, drei Mal wurde er von den Russen zerschossen, bis es nicht mehr ging.

„Eine Heirat jetzt kommt nicht in Frage. Nur über meine Leiche!“, sagt Lena.

„Ihr macht sowieso was ihr wollt“, sagt Paul, ohne seine Frau und seine Tochter anzusehen.

10. Juli 1943.
Gelsenkirchen.
Ilse ist 20 Jahre alt.

Das Grollen und Wummern der Bombenexplosionen dringt leicht gedämpft bis in den Keller, in dem Ilse mit ihrer Mutter und zwanzig anderen Leuten sitzt. Lena rückt noch etwas näher an ihre Tochter heran. Mit beiden Händen umklammert Ilse den kleinen Koffer, der auf ihrem Schoß liegt, er beherbergt die wichtigsten Papiere und Fotos der Familie. Die Leute sind stumm und starren vor sich hin. Ilse und Lena können nicht mehr zählen, wie oft sie in den letzten Monaten hier gesessen haben.

Ilse denkt darüber nach, auf welche Weise sie im Keller zu Tode kommen kann. Stürzt das Haus durch einen Volltreffer über ihr zusammen, kann sie ersticken. Oder sie wird von einer herabstürzenden Decke erschlagen. Das wäre immer noch besser, als lebendig verschüttet zu werden. Zu Beginn eines Angriffs auf eine Fabrik in Essen haben fünfzig Arbeiter in einem Keller Schutz gesucht, dann barst ein riesiger Heißwassertank und verbrühte alle. In einem angrenzenden Stadtteil wohnte ein Schlossermeister, der als Soldat im Ersten Weltkrieg tagelang verschüttet gewesen war. Er besaß ein großes Haus mit geräumigem Keller. Über viele Monate hinweg organisierte er sich dicke Metallplatten, mit denen er die Decken, Wände und Böden des Kellers komplett verkleidete, sodass ein nahezu luftdicht abgeschlossener, einsturzsicherer Raum entstand. Der Schlosser führte dünne Stahlrohre durch das Erdreich in den Garten, welche die Schutzsuchenden mit Frischluft versorgen sollten. Nach dem nächsten Angriff öffneten Bergungskräfte den Raum und fanden vierunddreißig Personen äußerlich völlig unversehrt auf ihren Bänken sitzend vor. Die Druckwelle eines Treffers in der Nachbarschaft hatte die Luft in dem Metallkubus zusammengedrückt, der Druck konnte aufgrund der Verkleidung nicht in Mauerwerk und Erdreich abgehen, die dünnen Lüftungsrohre reichten dafür auch nicht aus, so waren allen dort ausharrenden Menschen die Lungen geplatzt.

Ilse gegenüber sitzt ein junger Soldat in Uniform, vermutlich auf Fronturlaub, denkt sie sich. Wie alt er wohl sein mag. Manche Jungs ziehen als halbe Kinder in den Krieg und kommen mit Greisengesichtern zurück. Er könnte so alt sein wie Günther, der vor fast zwei Jahren in der Ukraine fiel, da war er zwanzig. Jetzt ist Ilse zwanzig.

Der junge Soldat schwitzt stark, nun sieht er Ilse direkt an. Er hat schöne, braune Augen, denkt Ilse. Völlig unvermittelt brüllt der Soldat in den Raum.

„So eine Scheiße! So eine Scheiße! Das ist die Hölle hier! Ich will wieder an die Front! Da kann ich wenigstens zurückschießen!"

Alle starren den jungen Soldaten stumm an. Dieser sackt in sich zusammen, offenbar selbst erschrocken über sich und voller Scham über seinen Ausbruch schaut er zu Boden. Die Einschläge scheinen jetzt näherzukommen. Putz bröckelt von der Decke und fängt sich an manchen Stellen in Spinnweben.

1978
Troisdorf
Ilse ist 55 Jahre alt.

Ilse hat sich auf die Kante der Behandlungsliege gesetzt und wartet auf den Arzt mit den Röntgenbildern. Sie ärgert sich. Sie hätte es wissen müssen. Die Stufen der kleinen Treppe, die vom Hausflur in den Hof führt, sind riskant, mehrmals schon stolperte sie genau dort, konnte sich aber immer noch abfangen. Nun war der Laden voll, die Kunden standen bis zur Eingangstür, der Mülleimer quoll über, was für ein Anblick, so wollte sie nur kurz in den Hof den Eimer zu leeren, verlor auf der Treppe das Gleichgewicht, prallte mit dem Kopf auf die Kante des angrenzenden Mäuerchens und blieb benommen auf dem Betonboden des Hofes liegen.

Nun sitzt sie hier im Krankenhaus, das Knie schmerzt, aber sie kann es bewegen, heftiger ist der Schmerz im Gesicht. Die Tür des Behandlungszimmers wird geöffnet, federnden Schrittes tritt der Arzt zu dem Leuchtkasten an der Wand und schiebt die Röntgenbilder in die Klemmleiste, während er seiner Patientin ein aufmunterndes „So, dann wollen wir mal, Frau Fischer!“ zuruft.

„Das Knie ist nur geprellt. Glück gehabt. Aber die Nase ist wieder gebrochen.“

Ilse zuckt zusammen. Gebrochen? Noch nie hatte sie etwas gebrochen, das hört sich gefährlich an.

„Ist das schlimm?“

Der Arzt schüttelt den Kopf.

„Nein, ein Bruch, aber glatt, das wird eine Weile wehtun, wächst aber wieder von allein zusammen.“

Ilse hält inne.

„Wieso ‚wieder‘ gebrochen? Haben Sie ‚wieder‘ gebrochen gesagt?“

„Ja, natürlich, hier“. Der Arzt fährt mit dem Finger auf dem Röntgenbild oberhalb der gut sichtbaren frischen Bruchlinie an einer zweiten, feineren Linie entlang, „die Nase war hier schon einmal gebrochen. Muss aber lange her sein. Waren sie da noch ein Kind?"

Ilse schweigt. Sie wusste nicht, dass die Nase schon einmal gebrochen war. Ja, sie war ein wildes Kind, immer unterwegs, raufte sich auch, nicht ohne Grund erhielt sie von den Nachbarn den Spitznamen „Der Schrecken vom Westfalenkaufhaus", rannte sie doch mit Vorliebe in diesem Einkaufspalast herum, lief leidenschaftlich die modernen Rolltreppen hinunter und mit noch größerer Begeisterung entgegen der Fahrtrichtung wieder hinauf, ständig waren Knie und Ellbogen aufgeschürft, aber am Kopf verletzte sie sich nie.

Ilse, die etwas zusammengesunken auf der Kante der Behandlungsliege gesessen hat, drückt den Rücken durch und atmet tief ein. Jetzt sieht sie den Arzt an, aber sie spricht mehr zu sich.

„Dann war die Nase gebrochen ... ich weiß, wann das passiert ist ... da war ich kein Kind mehr ... da war ich zweiundzwanzig. Kurz vor Kriegsende."

Februar 1945.
Gelsenkirchen.
Ilse ist 22 Jahre alt.

Lena und Ilse sind allein. Hilde lebt nun schon seit Jahren im rheinischen Troisdorf, verheiratet mit ihrem Bruno. Paul ist seit Monaten kaserniert. Zu alt, um noch Soldat zu werden, wurde er zur Feuerwehr dienstverpflichtet. Nach den Bombenangriffen müssen die Feuer gelöscht und aus den Kellern die Toten geborgen werden. Darüber spricht Paul nicht, wenn er gelegentlich nachhause kommt. Nun war er schon seit zwei Wochen nicht mehr da.

Es ist Sonntag. Es ist kalt. Lena und Ilse waren in der Früh im Gottesdienst, mein Gott, was haben sie gefroren, was hat es durch die Löcher in den Mauern gezogen. Wenigstens gab es keinen Angriff.

Jetzt sitzen Lena und Ilse in ihren Mänteln am Küchentisch, sie haben nichts zu heizen, und die wenigen Kartoffeln wollen sie für den Abend aufheben, damit sie nicht ganz so hungrig ins Bett gehen müssen. So sitzen sie stumm am Küchentisch und nähen, so gut es geht stopfen sie löchrige Blusen und Strümpfe.

Lena und Ilse horchen auf, sie sind überrascht, die Wohnungstür wird aufgeschlossen, das kann ja nur Paul sein. Paul tritt durch die Tür in die Küche, Lena legt die Strümpfe beiseite und schaut ihn nur an. In den letzten zwei Wochen ist Paul noch schmaler geworden, er ist bleich, hat große, dunkle Ringe unter den Augen, und in den Augen ist Paul fremd und ganz weit weg.

„Vater ...“, sagt Ilse nur, doch Paul scheint sie nicht zu hören.

„Habt ihr was zu essen?“, fragt Paul, er schaut seine Frau und seine Tochter nicht an, er spricht in den Raum, und schon steht er am Küchenschrank, reißt die Türen auf und die Schubladen, wühlt darin herum.

„Ihr habt doch was. Ihr versteckt doch was.“

Lena steht langsam auf.

„Paul“, flüstert sie, „wir haben vier Kartoffeln. Sonst haben wir nichts.“

Paul kniet jetzt vor dem Schrank und schiebt im Unterteil die Töpfe hin und her, auch hinter dem Kochgeschirr findet er keine Vorräte. Ilse steht auf und stellt sich hinter ihre Mutter.

„Paul, wir haben doch nichts“, sagt Lena, jetzt etwas lauter und fester. Paul soll doch aufhören in dem Schrank zu wühlen, er soll sich an den Tisch setzen, und dann essen sie die vier Kartoffeln.

Ilse nimmt ihren ganzen Mut zusammen und tritt an den knienden Vater heran.

„Mutter hat recht. Wir haben nichts“, sagt sie.

Natürlich, natürlich halten die Weiber zusammen, sie halten immer zusammen, und jetzt wird die Ilse auch noch frech, Paul springt hoch, holt noch in der Bewegung mit dem Arm zum Schlag aus, seine Faust trifft die Ilse mitten im Gesicht, Ilse stößt mit dem Kopf heftig gegen die Kante des Küchenschranks, sie sackt zusammen, hält sich beide Hände vors Gesicht, liegt auf dem Boden, gibt einen stöhnenden Laut von sich, krümmt sich auf dem Boden, zwischen den Fingern rinnt Blut hervor. Paul sieht Lena nur kurz an, dann läuft er schon in den Flur und aus dem Haus.

Lena zieht den Mantel aus, wirft ihn über den Küchenstuhl und kniet sich neben Ilse auf den Boden, aus der Schublade des Buffets zieht sie ein Küchentuch und gibt es Ilse, die es sich fest auf die blutende Nase drückt. Lena streicht Ilse über den Kopf.

„Der Hunger macht alle plemplem", weiß Lena nur zu sagen.

Ilse beginnt am ganzen Leib zu zittern.

1968.
Troisdorf.
Ich bin 7 Jahre alt. 2. Schuljahr.

Nur an den Sonntagen können meine Eltern gemeinsam mit Oma Lena und mir zu Mittag essen. Zu viert sitzen wir in der kleinen Küche. Der Tisch ist so klein, dass er gerade Platz bietet für unsere Teller, das Besteck und Gläser. Die Töpfe bleiben auf dem Herd, will man noch einen Nachschlag, muss man aufstehen. Im Wohnzimmer nebenan steht ein großer Esstisch, dort werden aber nur Mahlzeiten eingenommen, wenn Besuch da ist.

Sonntags gibt es Braten. Mutter mag eigentlich kein Fleisch. Sie nimmt sich kleine Stücke.

„Ilse, iss mehr Fleisch", sagt Oma Lena zu Mutter, und Mutter nimmt sich noch ein Stück Fleisch.

2013.
Troisdorf.
Ilse ist 90 Jahre alt.

Seit Jahren erhält Ilse einmal wöchentlich Besuch von Edeltraut. Sie fahren zu *Hit* einkaufen, und anschließend putzen sie gemeinsam die Wohnung. Ilse ist jetzt neunzig Jahre alt, Edeltraut zweiundsiebzig, sie könnte Ilses Tochter sein.

Drei Ehemänner hat Edeltraut geliebt, drei Schwiegermütter überlebt und vier Kinder geboren. Das will etwas heißen.

Im Grunde mag Ilse Edeltraut nicht. Die Kölnerin hat ein munteres, frohes Wesen, kann aber auch forsch und direkt sein, all das ist Ilse befremdlich. Doch Edeltraut arbeitet zügig und gründlich, und sie verfügt über ein Auto für die Einkaufsfahrten. Daher hat Ilse beschlossen, sich auf den letzten Metern nicht mehr von Edeltraut zu trennen.

Ilse und Edeltraut betreten den Supermarkt, Edeltraut schiebt den leeren Einkaufswagen. Ilse steuert zielgerichtet auf eine Kühltheke zu, es gelüstet sie nach Heringssalat. Sie greift ein Plastikschälchen aus dem Regal, hält inne und betrachtet es versonnen.

„Stimmt etwas nicht, Frau Fischer?", fragt Edeltraut besorgt.

„Ach", sagt Ilse, „ich musste nur gerade an die Kommunion von Andreas denken. Da haben wir uns so viel Arbeit gemacht mit dem Heringssalat für die Gäste, das können Sie sich nicht vorstellen."

Ilse legt das Schälchen mit dem Fertigsalat in den Einkaufswagen, die Damen gehen weiter.

„Sie haben die ganze Nachbarschaft zuhause bewirtet?", fragt Edeltraut.

Ilse bleibt stehen.

„Ich wollte ja in eine Gaststätte!", ruft sie aufgeregt aus.

Anfang der siebziger Jahre hatte ja der Wohlstand bei den Leuten deutlich Einzug gehalten, erklärt Ilse. So entschieden sich viele Eltern von Kommunionkindern, die üblichen Feierlichkeiten in einer Gaststätte mit guter Küche auszurichten. Die Nachbarschaft wurde hochwertig bewirtet, das hatte seinen Preis, aber man vermied den ganzen Stress. So erschien ihr dieses Konzept ausgesprochen verlockend.

Die Damen erreichen das Gemüse.

Ilse unterzieht die Möhren einer genauen Prüfung.

„Dann aber hat meine Mutter gesagt, das gehöre sich nicht, das komme nicht in Frage. Wenn ich die Feier in einer Gaststätte ausrichte, werde sie nicht kommen."

„Was?"

Edeltraut kann ihre Empörung kaum zurückhalten.

„So hat sich Ihre Mutter eingemischt? Sie hat Ihnen verboten, die Kommunion IHRES Kindes in einer Gaststätte zu feiern?"

„Ja", sagt Ilse leise.

Edeltraut legt die geprüften Möhren in den Einkaufswagen.

Die Damen gehen weiter zum Fleisch.

Die Damen erreichen die Schnitzel.

Jetzt platzt der forschen Kölnerin der Kragen.

„Ja wissen Sie, Frau Fischer, der hätte ich aber was erzählt. Da hätte ich gesagt, das ist MEINE Familie, das ist MEIN Sohn, und ICH richte die Feier aus, und das ist MEINE Entscheidung, und ICH entscheide mich für die Gaststätte, und du, liebe Mutter, bist herzlich eingeladen, aber, wenn du fernbleiben willst von der Kommunionfeier deines einzigen Enkels, dann ist das DEINE Entscheidung, die ich natürlich respektieren werde."

Edeltraut ist laut geworden.

Mehrere Kundinnen haben ihre Einkaufswagen gestoppt und folgen höchst aufmerksam der Unterhaltung.

Ilse steht steif vor der Wurst, zittert ein wenig, starrt Edeltraut böse an.

„Ja sind Sie denn verrückt?“, gibt Ilse lautstark zurück.

Eine der aufmerksamen Zuhörerinnen umklammert ihre Handtasche.

„Das war doch meine MUTTER!!“, brüllt Ilse, verzichtet auf Schnitzel und Wurst und stampft davon.

Die Damen erreichen den Essig.

Zweiundzwanzig

21. Juli 1969.
Troisdorf/Mond.
Ich bin 8 Jahre alt. 3. Schuljahr.

Seit Tagen herrscht große Aufregung in der Welt. Die Astronauten, die auf dem Mond spazieren gehen sollen, befinden sich im Anflug auf das Gestirn. Heute nun werden sie landen, und in der Nacht aus der Raumfähre steigen und den Mond betreten.

Die Sache ist ein historisches Ereignis, sagt Vater, da darf ich aufbleiben, zumal ich aufgrund der Sommerferien am nächsten Tag nicht in die Schule muss. Dennoch findet Mutter nicht gut, dass ich bis mitten in der Nacht aufbleiben will. Meine Eltern einigen sich. Ich muss ins Bett, sobald der erste Astronaut den Mond betreten hat.

Der Adler ist gelandet. Seit Stunden steht die Landefähre auf dem Mond. Es ist tief in der Nacht. Meine Eltern sitzen im Wohnzimmer in ihren Sesseln vor dem Fernseher, ich lümmele mich auf dem Schoß meiner Mutter, nun bin ich doch schon reichlich müde, aber selbstredend will ich den Astronauten nicht verpassen.

Das grisselige, unscharfe Schwarzweißbild auf unserem Fernseher zeigt noch keine besondere Bewegung. Die gesamte Menschheit wartet darauf, dass eine Luke geöffnet wird und der erste Mensch den Mond betritt. Mutter greift eine Handvoll Lakritzkatzen aus der Tüte, Vater zündet eine neue Zigarette an. Vater schimpft auch nicht über die Amerikaner, sonst lässt er ja keine Gelegenheit aus, möglicherweise hat Vaters Milde mit dem Chef der Mission zu tun. Im Kontrollzentrum in Houston thront etwas erhöht in einem riesigen futuristischen Sessel der deutschstämmige Leiter der ganzen Operation, Wernher von Braun, ehemaliger SS-Sturmbannführer, der schon für Hitler Raketen baute, allerdings nicht um edel für die Wissenschaft die Planetenräume zu erforschen, da ging es eher um den Endsieg, aber davon ist jetzt keine Rede mehr. Davon abgesehen, ist auch die Mutter von Neil Armstrong deutscher Herkunft, eine geborene *Engel*, so stand es in der Zeitung, das ist ja wohl ein Zeichen. Jedenfalls haben wir in der ganzen Sache zumindest über Umwege die Finger mit drin, aber all das begreife ich erst Jahre später.

Jetzt bin ich müde.

Aber es tut sich etwas. Es heißt, Armstrong steige nun aus. Die verschwommenen Bilder zeigen ein Bein der Landefähre und eine Leiter, die vom Rumpf der Fähre zur Mondoberfläche führt. Der Stiefel Armstrongs schaut nun aus der Luke heraus, Armstrong sucht die Sprosse, wie in Zeitlupe klettert der unscharfe Schatten langsam, Stufe für Stufe die Leiter hinab. Zwar kämpfe ich gegen die entsetzliche Müdigkeit, aber ich halte tapfer durch. Armstrong hat das Ende der Leiter erreicht. Wie Puder, sagt er, so fein wie Puder sei der Sand auf der Mondoberfläche, er scheint vorsichtig die Tragfähigkeit testen zu wollen. Nun lässt er die Leiter los.

Armstrong steht auf dem Mond.

Mutter packt mich.

„So!", sagt sie mit aller Entschlossenheit.

„Ab ins Bett. Jetzt ist er ja oben."

Ich bin so müde, ich kann nicht mehr laufen. Vater steht auf und hebt mich hoch, trägt mich, auf Vaters starken Armen schwebe ich in mein Kinderzimmer, ich bin glücklich, ich habe ihn gesehen, den Astronauten auf dem Mond, ich habe ihn gesehen.

Dreiundzwanzig

1916.
Essen.

Der Bierbrauer Carl Fischer aus Essen, zurzeit Soldat an der Westfront, will Martha heiraten, seine große Liebe. Die Leidenschaft für Martha stößt in Carls Familie auf gehöriges Unverständnis. Eher eine herbe Schönheit, legt Martha auch im Umgang ein schroffes Wesen an den Tag, man würde der Ostpreußin zutrauen, die Bewirtschaftung eines großen Gutes in Masuren mit straffer Hand zu führen, als liebevolle Ehefrau und Mutter kann sich Carls Verwandtschaft die Martha zunächst nicht recht vorstellen. Doch Carl hat die Zartheit hinter der Kühle entdeckt, und nun will er nur noch Martha, sie will auch ihn, und letztlich ist Carls Familie ganz froh, ihn unter der Haube zu wissen, immerhin zählt Carl schon 34 Jahre.

Carl erhält einen kurzen Urlaub von der Front zum Zwecke der Eheschließung. Nach wenigen Tagen muss er zurück in den Schützengraben, jedoch bietet ihm der kurze Aufenthalt in der Heimat nicht nur die Möglichkeit, seine Martha in einer bescheidenen Zeremonie zu ehelichen, sondern auch seiner jungen Gattin angenehm beizuwohnen. So kommt im Sommer 1917 die muntere Frucht des Fronturlaubs zur Welt, Herbert, der erste Sohn.

Kurz vor Kriegsende kehrt Carl heim zu Martha und dem Kind, er kann seine Arbeit als Bierbrauer wieder aufnehmen, ein großes Glück in dieser Zeit. Weihnachten 1919 wird Reinhold geboren, der zweite Sohn.

Carl erhält regelmäßig Briefe seines Bruders Andreas, ebenfalls Bierbrauer, der zur Jahrhundertwende in die USA ausgewandert ist. Fast zwanzig Jahre hat Andreas hart gearbeitet, er lebt mit seiner Familie in Wisconsin, dort haben zahlreiche ausgewanderte deutsche Bierbrauer kleine Brauereien gegründet, das Wasser ist so gut in Wisconsin. Und nun hat Andreas eine Brauerei gekauft und ist Besitzer der *Fischer Beverage & Brewery Corporation.* Andreas schreibt, es sei so wunderschön in Wisconsin, er könnte Unterstützung gebrauchen, Carl solle das kriegsversehrte Deutschland verlassen und mit Frau und Kindern zu ihm kommen. Monatelang beraten sich Carl und Martha immer wieder, wägen ab, beschließen, die Unwägbarkeiten seien ihnen zu mächtig, beraten erneut. Dann fassen sie den Entschluss, das Angebot von Andreas anzunehmen und auch in die USA auszuwandern. Carl und Martha beginnen ihren Hausrat zu verkaufen und die notwendigen Schritte einzuleiten.

Doch an einem Dienstag im Mai 1921 geht Carl morgens zur Arbeit in die Brauerei, er betritt eine Lagerhalle, ein Stapel riesiger Bierfässer gerät in diesem Augenblick ins Rutschen, begleitet von gewaltigem Getöse schießen die Fässer, die so schwer sind wie Pferde, durch die Halle, einige Arbeiter können sich durch beherzte Sprünge retten, andere jedoch werden getroffen, bevor sie überhaupt begriffen haben, was geschieht. Einem jungen Hilfsarbeiter wird der Schädel zertrümmert, einem anderen das Rückgrat gebrochen, und ein Fass trifft Carls rechtes Bein, das Bein wird zerquetscht. Jetzt überlebe ich die Westfront und verliere in Essen mein Bein, denkt Carl im Krankenhaus, als er nach der Amputation aus der Narkose erwacht.

Die USA lassen nur gesunde Leute ins Land, mit nur einem Bein kann Carl nicht mehr auswandern. Er und Martha kaufen den verscherbelten Hausrat zurück, und Carl nimmt nach einiger Zeit die Arbeit in der Brauerei in Essen wieder auf.

1921 ist das Land voller Männer, deren Arme und Beine von Kugeln und Granatsplittern zerfetzt wurden, so haben die Betriebe, die Prothesen fertigen, viel zu tun; Carl muss ein paar Monate auf sein Holzbein warten, dann kann er es abholen, und es ist ihm eine große Hilfe.

Doch Carl leidet ständig unter den Folgen des Unfalls, oft wacht er auf in der Nacht, weil der Stumpf schmerzt, furchtbar ist auch, wenn das davongegangene Bein juckt, dann kratzt Carl wie wild am Holz der Prothese.

Den Jungs ist Carl ein zärtlicher Vater. Martha liebt ihre Söhne ohne Zweifel über alles, doch sie zärtlich in den Arm zu nehmen oder ihnen über die Haare zu streichen, das entspricht nicht ihrem Wesen. Für die Jungs ist der Vater die Wärmequelle. Gelegentlich lagert Carl die Prothese mit der Ferse auf einem Schemel und bedeutet dem kleinen Reinhold, er möge sich daraufsetzen, Reinhold liebt es, so auf dem Holzbein zu balancieren und mit dem Vater zu sprechen, ihm beim Rauchen zuzuschauen, und wenn das Bein wieder juckt, darf er tüchtig kratzen, vor allem unterhalb des Kniegelenks, da gibt es so eine Stelle, da ist das Holz schon angeschubbert vom vielen Kratzen.

Immer wieder entzündet sich der Stumpf, lange liegt Carl dann mit Fieber im Bett und stöhnt vor Schmerzen. Im Herbst 1935 will das Fiebern und Stöhnen kein Ende nehmen, und der Stumpf sieht immer übler aus. Carl stirbt am 10. November. Reinhold ist sechzehn Jahre, sein großer Bruder Herbert ist achtzehn Jahre alt. Die Brüder Carl und Andreas haben sich nie wiedergesehen, und die Brüder Reinhold und Herbert ahnen zu diesem Zeitpunkt nicht, wie wenig Zeit ihnen noch bleibt.

In den ersten Jahren nach dem Tod des Vaters kommt es zu heftigen Spannungen zwischen den Brüdern. Herbert, der Ältere, fühlt sich berufen, als Stellvertreter des Vaters den Jüngeren bezüglich unterschiedlicher Belange zurechtzuweisen, das nimmt Reinhold ihm sehr übel. Doch nach Kriegsausbruch sehen sie sich ohnehin nur noch selten.

Herbert, der seine Pilotenausbildung abgeschlossen hat, wird in der *Erprobungsstelle der Luftwaffe Rechlin* bei Waren an der Müritz stationiert, Reinhold findet sich an immer wieder neuen

Frontabschnitten wieder. Doch sie schreiben sich, und nach dem Angriff auf die Sowjetunion im Sommer 1941 haben sie eine Idee, die sie in ihren Briefen immer genauer ausarbeiten.

Im September 1941 gelingt Herbert ein Kunststück, er hat ein Flugzeug zu überführen und schafft es, eine Genehmigung für eine Zwischenlandung genau auf jenem Flughafen zu erhalten, auf dem die Einheit seines jüngeren Bruders stationiert ist. Nun treten die Brüder im Aufenthaltsraum für die Piloten an einen freien Tisch heran. Herbert greift in seine Tasche und zieht eine Karte heraus, die er auffaltet und auf dem Tisch ausbreitet. Es handelt sich um eine Karte der Sowjetunion, Herbert hat zahlreiche Orte markiert und mit Anmerkungen versehen. Reinhold und Herbert stehen ernsthaft und konzentriert über die Karte gebeugt am Tisch wie zwei Generäle, welche die entscheidenden Truppenbewegungen zur Herbeiführung des Endsieges planen. So fragen die anderen Kameraden, was es denn mit der Besprechung auf sich habe.

Herbert schiebt die Karte auf dem Tisch zurecht. Es sei ja absehbar, erklärt er, dass in Kürze die Sowjetunion militärisch niedergeworfen sei und besetzt werde wie zuvor Polen, Norwegen, Dänemark, Belgien, die Niederlande, Luxemburg und der Erbfeind Frankreich. Nach dem Endsieg werden dann, gemäß den Visionen des Führers, die riesigen neuen Ostgebiete deutsch besiedelt, und all diese Menschen werden fotografieren wollen. Herbert tupft mit dem Finger auf den rot umrandeten Namen der Stadt Dnjepropetrowsk in der Ukraine, ein bedeutendes Handelszentrum. Hier will er mit seinem Bruder ein gewaltiges Großfotolabor aufbauen, das werde Reinhold leiten, und er, der Pilot, werde Sammelstationen im riesigen Ostreich anfliegen, fertige Fotoarbeiten ausliefern und neue Aufträge einsammeln. Reinhold ergänzt, er habe mit seinem Bruder bereits gründlich überlegt, welche Ortschaften im neuen Lebensraum günstig gelegen sind für die Errichtung von Sammelstationen, und er weist auf die blau gekennzeichneten Orte. Auch einen klangvollen Namen für das Unternehmen haben sie schon:

Die umstehenden jungen Soldaten zeigen sich beeindruckt von der weitreichenden Gedankenwelt der Fischer-Brüder, dann setzt man sich zusammen und trinkt einen heißen Kaffee, man hebt die Tassen auf den baldigen Endsieg, der sich bereits in deutlichen Konturen abzeichnet, im Grunde gelte es ja nur noch England auszuschalten, und wie es um die Kräfte der Briten bestellt sei, das habe man ja letztes Jahr in Dünkirchen gesehen.

Das unbekannte Maß an Zuverlässigkeit liegt im Wesen der unerprobten Dinge, so lebt ein Testpilot bei einer Flugerprobungsstelle, der ständig mit neuen Motoren und Flugzeugen fliegen muss, recht risikoreich. Wenige Wochen nach dem Besuch bei seinem Bruder Reinhold wird Herbert beauftragt, mit einem neu konstruierten Flugzeugmodell einen Jungfernflug durchzuführen. Der Motor versagt, Herbert gelingt es knapp, die Maschine auf einem Acker zu landen, die herbeigelaufenen Bauern zeigen sich fassungslos, als der junge Pilot, soeben dem Tode entronnen, dem Wrack entsteigt und als erste Maßnahme einen Kamm hervorzieht, sich das wallende braune Haar zu kämmen.

Der Endsieg lässt auf sich warten.

Am 13. März 1944 hat Herbert ein Transportflugzeug zu überführen, keine Neukonstruktion brillanten deutschen Ingenieurgeistes, sondern eine betagte Frachtmaschine, es findet auch keine Feindberührung statt, kein Luftkampf. Der Motor fängt Feuer, das Fluggerät fällt vom Himmel, diesmal gelingt es Herbert nicht, seine Maschine abzufangen, er stirbt in den Trümmern, die später in einem Wäldchen gefunden werden, zwei Wochen vor seinem siebenundzwanzigsten Geburtstag.

Vierundzwanzig

1973.
Troisdorf.
Ich bin 12 Jahre alt. 7. Schuljahr.

Vater ist lieber allein in der Dunkelkammer oder in seiner Werkstatt als in der Gesellschaft von Menschen. Natürlich bedient er im Geschäft auch Kunden, und wenn er gute Laune hat, kann er sogar freundlich und charmant sein, besonders zu den Damen, doch oft hat er auch keine gute Laune. Es gibt Stammkunden, die lassen sich grundsätzlich nur von Mutter bedienen. Sie betreten den Laden, und wenn sie meine Mutter nicht sehen, weil diese kurz einen Einkauf tätigt, gehen sie und kommen später wieder.

Anders verhält es sich mit den Gastarbeitern. Griechische und türkische Gastarbeiter, die einen wichtigen Teil der Kundschaft ausmachen, bringen Vater großen Respekt entgegen, der gelegentlich an Verehrung grenzt. Dies verstärkt sich, als Vater älter wird, sie schätzen seine direkte Art, und es hat sich herumgesprochen, dass er für jedes Anliegen ein offenes Ohr hat. Von allen Kunden werden es die Gastarbeiter sein, die in knapp zehn Jahren die Geschäftsaufgabe meiner Eltern am meisten bedauern.

Vater geht nur selten in andere Geschäfte, Einkaufen ist ihm zuwider. Den Großteil der Lebensmittel kauft Tante Hilde ein, fehlt es zwischendurch an einem Brötchen oder einer Wurst, geht Mutter kurz zum Bäcker oder zum Metzger auf die andere Straßenseite.

Schwierig wird es, wenn Vater neue Kleidung benötigt. Dies kommt nicht sehr häufig vor, denn Vater trägt alle Kleidungsstücke so lange, bis Mutter die weitere Verwendung aufgrund deutlich sichtbarer Auflösungserscheinungen strikt untersagt. Mutter kauft dann Hosen oder Hemden in Vaters Größe.

Benötigt Vater neue Schuhe, sucht Mutter das große Schuhgeschäft auf, das sich fünf Häuser neben dem Fotoatelier befindet. Unter dem Vorwand, ihr Mann könne das Geschäft nicht für eine Anprobe verlassen, es sei zu viel Betrieb, leiht sie vier oder fünf Paar in Vaters Größe aus. Im Atelier setzt sich Vater auf einen Stuhl und probiert die mitgebrachten Schuhe, wenn er sich für ein Paar entschieden hat, bringt Mutter die anderen zurück.

1968.
Ich bin 7 Jahre alt. 2. Schuljahr.

Die anderen Kinder erzählen, auf dem Festplatz am Stadtrand sei Kirmes, natürlich will ich hin. Ich weiß, Vater mag keine Kirmes, die sinnlosen Vergnügungen, die Menschenmengen, die Fahrgeschäfte, all das gilt es zu meiden.

Aber am Sonntag quengele ich so lange, bis meine Eltern doch mit mir zu der Kirmes fahren. Vater lenkt unser Auto auf einen ungepflasterten Parkplatz, es ist heiß und staubig.

Mutter geht eine halbe Stunde mit mir über den Platz, Vater bleibt im Auto sitzen und raucht.

Ich finde die vielen Fahrgeschäfte spannend, heute ist es mir hier auch nicht zu laut. Mir ist es oft zu laut.

Ein Stand zieht meine Aufmerksamkeit auf sich. In einem aufgeklappten Wohnwagen sehe ich eine Treppe, auf den Stufen stehen verschiedene Gläser, besonders kleine Trinkgläser mit Goldrand finde ich sehr hübsch. Für eine Mark erhält man fünf Bälle und darf werfen. Wenn ein Ball in eines der Gläser kullert, hat man es gewonnen. Ich will unbedingt solch ein Glas mit Goldrand gewinnen.

Mutter erlaubt mir zu werfen, sie gibt dem freundlichen, großen Mann mit Hut eine Mark. Die ersten Würfe gehen daneben, die

Gläser sind ganz schön weit weg. Man darf natürlich nicht direkt vor dem Wagen stehen, sondern muss von einem markierten Platz aus werfen, der sich in einiger Entfernung zum Wagen befindet. Doch mit dem vierten Ball klappt es, er landet in einem der Trinkgläser mit Goldrand! Es fühlt sich ein wenig an wie Weihnachten, als der Mann mit Hut mir das Glas feierlich überreicht.

Mutter meint, es sei jetzt genug, wir sollten wieder heim. Mir ist es recht, ich bin glücklich mit meinem Gewinn.

Zum Auto zurückgekehrt zeige ich Vater mein Glas mit Goldrand.

„Wo habt ihr das her?“, fragt Vater mürrisch.

Ich erkläre, ich habe mit Bällen geworfen und gewonnen.

„Und was hat das gekostet?“

„Eine Mark“, sagt Mutter, setzt sich auf den Beifahrersitz und schließt die Tür.

„Eine Mark für so ein Nippes. Alles Betrug“, brummt Vater und lässt den Motor an. Ich sitze auf dem Rücksitz und halte mein Glas mit Goldrand ganz fest.

Ich finde es sehr schön.

1971.

Ich bin 10 Jahre alt. 5. Schuljahr.

Noch gut erinnere ich Vaters Verstimmung, als Mutter mich für eine Mark nach den Gläsern werfen ließ. Dennoch wünsche ich mir heiß, mit Vater über die Kirmes zu schlendern, die auf dem neuen Festplatz unweit von unserem Haus die Zelte aufgeschlagen hat.

Natürlich lehnt Vater ab, aber Mutter legt ein Wort für mich ein.

„Nun geh doch mit ihm dahin, wenn er so unbedingt will.“

Brummig zieht Vater seine Jacke an und macht sich mit mir auf den Weg.

Auf dem Platz angekommen, schauen wir uns etwas um. Meine Freude, Vater an meiner Seite zu haben, ist stark eingetrübt, denn nichts kann ihn interessieren, nicht die gebrannten Mandeln, nicht die Zuckerwatte, die Wurfbuden schon gar nicht. Wir gehen an einer Schießbude vorbei.

„Die Gewehre hier, die sind alle kaputt. Die Läufe sind verzogen. Das sehe ich von hier aus. Alles Betrug.“

Dagegen ist nichts einzuwenden, Vater war ja Soldat, das weiß ich, daher versteht er etwas von Waffen.

Nun fesselt der Autoscooter meine Aufmerksamkeit. Zahlreiche bunte Scooter fahren auf der Fläche herum, aus den Lautsprechern tönt Popmusik, kreischende Teenager machen sich einen Spaß daraus, ihre Fahrzeuge mit voller Wucht aufeinanderprallen zu lassen. Ich möchte auch fahren. Wir gehen zu der Ecke, in der die verfügbaren Scooter bereitstehen, ich suche mir ein strahlend blaues Gefährt aus und setze mich hinein. Vater steckt ein Markstück in den Einwurfschlitz auf der Oberseite der stilisierten Motorhaube, mit einem Klack fällt die Münze ins Innere. Aber der Scooter bewegt sich nicht. Keinen Millimeter. Vater klopft auf die Motorhaube, vielleicht hat sich die Münze verklemmt. Nichts. Ein junger Mann mit Schnauzbart und oberarmfreiem Shirt, welches das Spiel seiner Muskeln gut zur Geltung bringt, kommt herangesprungen und sieht Vater grimmig an.

„Was gibt's denn?“

„Wir haben eine Mark eingeworfen, aber das Ding fährt nicht“, erklärt Vater.

„Das kann ja jeder sagen“, raunzt der Typ Vater an.

Vater macht einen Schritt zurück, einen Augenblick lang sehen sich die Männer fest an, ich fürchte, sie prügeln sich gleich.

Doch dann dreht sich Vater auf der Stelle um und marschiert

mit strammen schnellen Schritten davon. Ich springe aus dem Scooter und laufe Vater hinterher.

„Alles Betrug! Ich hab's dir gleich gesagt! Alles Betrug!", schimpft Vater, als ich ihn eingeholt habe.

Zuhause angekommen, wirft er keuchend seine Jacke in den Flur auf den Boden, in der Küche reißt er die Kühlschranktür auf, holt sich eine Flasche Bier heraus und setzt sich an den Küchentisch.

Ich gehe in mein Zimmer.

1974.

Ich bin 13 Jahre alt. 8. Schuljahr.

Meine Eltern richten das Wohnzimmer neu ein, in Eiche rustikal. Eine aufregende Angelegenheit. Neben der neuen Polstersitzgruppe wird auch eine Schrankwand geliefert, ein gewaltiges Möbel, es reicht bis zur Decke und nimmt die gesamte Rückwand des Wohnzimmers ein.

Die Schrankwand verfügt auf Vaters Wunsch über ein Barmodul. Das Innere dieses Fachs ist mit Spiegelfliesen und Glasböden ausgekleidet, wenn Vater die Klappe öffnet, wird automatisch eine Lampe eingeschaltet, und das Barfach strahlt und blinkt ihm entgegen. Es bietet viel Platz für Schnaps- und Likörflaschen sowie eine Sammlung feiner Gläser. Die Klappe des Barmoduls wurde auf der Innenseite ebenfalls mit Spiegelfliesen versehen, sie rastet waagerecht ein und dient als Ablage, wenn Vater eine Flasche und ein Schnapsglas hervorholt.

Meine Eltern sind sehr stolz auf ihre neue Wohnzimmereinrichtung, und ich überlege, ihnen etwas zu schenken. Eine dekorative

Kleinigkeit schwebt mir vor, ein kleiner, hübscher Gegenstand, den sie sich in eines der Regalfächer stellen können.

Die Nostalgiewelle hat das Land erreicht, und so hat nun auch in unserer Stadt ein kleines Geschäft für Antiquitäten aller Art eröffnet; ich denke, dort könnte ich fündig werden.

Ich betrete den Laden, hinter der Theke steht ein junger Mann von drahtiger Statur, er trägt ein weißes Sakko und ein blaues, gemustertes Halstuch, das von einer goldenen Spange gehalten wird. Derartig gekleidete Menschen habe ich bislang nur im Fernsehen gesehen.

Der Laden ist vollgestopft mit Gemälden, Möbeln und Haushaltsgegenständen aus alten Zeiten. Ich erläutere mein Anliegen, und der Mann denkt nach.

„Für eine Schrankwand ...“ Er greift in ein Regal mit Gläsern und Vasen und stellt ein kleines, blaues Tintenfässchen auf die Theke.

„Schau mal, das würde sehr gut in eine rustikale Schrankwand passen.“

Das finde ich auch. Die dunkelblaue Farbe des Glases gefällt mir sehr, und ich denke mir, Mutter könnte vielleicht eine kleine Blume hineinstecken, das nähme sich recht gut aus in einem Regalfach.

Ich frage nach dem Preis für das Fässchen. Der Mann wiegt den Kopf hin und her und nestelt ein wenig an seinem Halstuch.

„Also, weil du es bist, acht Mark. Aber nur, weil du es bist!“

Ich freue mich, dass er mir offenbar einen besonders guten Preis macht, und kaufe das Fässchen für acht Mark.

Ich esse mit meinen Eltern und Oma Lena zu Abend. Nach einer Weile stehe ich auf und hole das Geschenk aus dem Kinderzimmer, ich stelle das Tintenfässchen auf den Tisch.

„Das schenke ich euch. Das ist für eure neue Schrankwand.“

Mutter schaut das Fässchen kurz an.

„Danke“, sagt sie und isst weiter ihr Käsebrot.

Vater nimmt wortlos mein Geschenk in die Hand, setzt seine Brille ab und betrachtet es aus der Nähe. Er dreht und wendet das Tintenfässchen dicht vor seinen Augen und stellt es dann wieder auf den Tisch.

„Was hast du dafür bezahlt?“, fragt er kühl.

„Ist doch egal“, entgegne ich, „das ist mein Geschenk.“

„Ich will wissen, was du dafür bezahlt hast!“

Widerstrebend nenne ich den Preis.

„Acht Mark.“

Vater sieht mich ernst an, er ist wütend.

„Das ist kein geblasenes Glas. Das ist industrielles Pressglas.“

Vater greift das Fässchen und hält es mir hin.

„Hier, siehst du die Naht? Daran erkennt man Industrieglas. Das ist nichts wert. Das war Betrug.“

Vater stellt das Fässchen auf die Fensterbank und gibt ihm noch einen verächtlichen Stoß, dass es fast zu Boden fällt.

1968.

Ich bin 7 Jahre alt. 2. Schuljahr.

Seit einigen Tagen hüte ich mit einer Halsentzündung das Bett. Es geht schon besser, das Fieber ist gesunken. Heute ist Sonntag, meine Eltern, Oma Lena und ich sitzen gemeinsam am Küchentisch und essen zu Mittag.

Hastig wie immer verzehrt Vater den letzten Bissen seines Bratens, dann erklärt er, ins Geschäft fahren zu müssen.

Ich habe eine Idee. Auf dem Parkplatz hinter unserem Geschäft steht ein Kastanienbaum. Wenn Vater mir später Kastanien mitbringen würde, könnte ich daraus Männchen basteln! Tante Hilde hat mir letztes Jahr gezeigt, wie man die braunen Kugeln mit Streichhölzern verbindet, das hat Spaß gemacht.

Vater steht auf und beginnt missmutig seinen Schlüsselbund zu suchen. Er hat heute nicht so gute Laune.

„Papa, bringst du mir Kastanien mit?"

Vater hat seinen Schlüsselbund gefunden, antwortet mir aber nicht.

„Papa! Bringst du mir Kastanien mit?? Ich will Männchen basteln!"

Auf dem Weg zur Wohnungstür brummt Vater nur ein kaum vernehmbares „Jaja", dann ist er davon.

Den ganzen Nachmittag liege ich im Bett und freue mich auf die Kastanien. Mein Hals schmerzt. Ich stelle mir vor, welche Figuren ich basteln werde, und lausche, ob ich unser Auto vorfahren höre. Am späteren Nachmittag gibt es Bewegung vor dem Haus, aber es ist nur der Mieter aus dem Erdgeschoss, der zur Kaffeezeit Kuchen vom Konditor holt.

Vater kommt spät, es ist schon dunkel. Er ist immer noch übel gelaunt, ich höre es an seinen Schritten, aber das interessiert mich wenig, immerhin habe ich den ganzen Tag schmerzlich auf meine Kastanien gewartet.

Vater schließt die Wohnungstür auf, ich laufe ihm entgegen.

„Papa! Hast du mir Kastanien mitgebracht?"

Vater wirft ungehalten seine Tasche in eine Ecke des Flurs.

„Nein. Jetzt lass mich in Ruhe!"

Mir schießen die Tränen in die Augen, ich könnte nicht sagen, ob es wegen der Kastanien ist, auf die ich mich so gefreut habe, oder weil Vater mich so anschnauzt.

„Das fehlt mir noch!", brüllt er mich an, dreht sich um, läuft aus der Wohnung. Mutter, die gerade gespült hat, steht nun mit einem Küchentuch in der Hand im Flur und sieht mich böse an. Sie läuft in mein Kinderzimmer, reißt die Gardine zur Seite und schaut hinunter auf den Parkplatz, ich höre, wie Vater die Tür unseres Autos zuschlägt und mit quietschenden Reifen davonfährt.

Mutter steht immer noch am Fenster, mit beiden Händen auf die Fensterbank gestützt. Sie atmet schwer.

„Wenn dem Papa jetzt was passiert, dann bist DU schuld!“

Ich werfe mich auf mein Bett und ziehe die Decke über den Kopf.

Fünfundzwanzig

1932.
Essen.
Reinhold ist 13 Jahre alt.

Reinhold ist sehr an Waffentechnik interessiert. Er organisiert sich über fragwürdige Kanäle Fachbücher und studiert Aufbau und Funktionsweisen der verschiedensten Schusswaffen.

Dann beschließt er, sich selbst eine Pistole zu basteln. Wie der Dreizehnjährige in den Besitz entsprechender Materialien und Werkzeuge gelangte, bleibt sein Geheimnis, auf spätere Befragung hin gibt er nur ausweichend Antwort. Gesichert ist, dass Reinhold nach langer Tüftelei mit einfachen Mitteln eine Pistole anfertigt, sogar die Kugeln stellt er selber her. Über einem Bunsenbrenner erhitzt er Blei und gießt es in kleine Förmchen aus Stanniolpapier, nach der Abkühlphase umwickelt er die unförmigen Bleiklümpchen mit dem Stanniol und erhält so brauchbare Kugeln.

Um die selbstgebaute, geladene Schusswaffe zu testen, begibt sich Reinhold zu einer leerstehenden Lagerhalle, die den Kindern der Gegend als Spielplatz dient. Jetzt sind aber keine anderen Kinder in der Nähe. Reinhold nimmt die Pistole in die rechte Hand, richtet sie auf seine linke Hand und drückt ab.

Blutend rennt er heim zu seiner Mutter, die tüchtig erschrickt und mit ihrem Sohn umgehend einen Arzt aufsucht.

Von der Geschichte mit der selbstgefertigten Pistole glaubt der Arzt kein Wort, er hält den Jungen für reichlich überspannt und mit etwas zu viel Fantasie begabt, da habe man sich doch eher im Zuge einer Rauferei an einem Nagel verletzt. Dann desinfiziert und vernäht er die Wunde.

1969.
Troisdorf.
Reinhold ist 50 Jahre alt.

Dr. Oberländer betritt das Besprechungszimmer, in dem Reinhold wartet, und klemmt die Röntgenbilder der linken Hand an den Leuchtkasten.

„Das sieht ja sehr nach Kriegsverletzung aus", sagt der Arzt und weist auf die Röntgenaufnahme.

Die letzten Wochen waren sehr anstrengend für meine Eltern. Bislang betrieben sie ihr Geschäft in einem gemieteten Ladenlokal, doch dann kauften sie ein Haus auf der Hauptstraße, ließen rückseitig ein Atelier anbauen und zogen nun in die eigenen Räumlichkeiten um, ein großer Schritt für meine Eltern.

Wenige Tage nach Abschluss des Umzugs erwachte Reinhold und konnte den Mittelfinger seiner linken Hand nicht mehr bewegen. Er vermutete, da er in den letzten Wochen ständig viel und schwer getragen hatte, die Hand sei überanstrengt, doch als die Lähmung nicht wich, ging er zum Arzt.

Dr. Oberländer tippt mit dem Kuli auf einen weißen Punkt auf dem Röntgenbild, recht genau in der Mitte der Handfläche.

„Herr Fischer, das ist eine Kugel!"

Vater schweigt einen Moment. Nein, den gesamten Krieg und auch die Gefangenschaft hat er, zumindest körperlich, unbeschadet überstanden. Vater schmunzelt.

„Nein, das ist keine Kriegsverletzung. Es ist eine Kugel, aber die ist älter."

Vater erzählt, wie er sich als Kind vor knapp vierzig Jahren mit einer selbstgebauten Pistole in die Hand geschossen hatte.

Dr. Oberländer zeigt sich verblüfft. Dann erklärt er, das

Geschoss sei vermutlich in der Hand eingekapselt, weiterhin sei anzunehmen, dass bedingt durch die Überanstrengung während des Umzugs die Kugel im Gewebe zu wandern begann und gegen eine Sehne drückte, dies führte dann zur Lähmung des Mittelfingers.

Wenige Tage später wird Vater operiert. Er kommt mit dick verbundener Hand nachhause und legt eine Streichholzschachtel auf den Tisch. Darin liegt die Kugel, immer noch umwickelt mit Stanniolpapier.

Sechsundzwanzig

1961.
Troisdorf.
Das Jahr meiner Geburt.

Ich komme im März 1961 zur Welt. Was davor geschah, wird mir ein großes Rätsel bleiben.

Mein Vater kommt 1946 zurück aus Krieg und Gefangenschaft, meine Eltern heiraten 1947, Reinhold ist 28, Ilse 24 Jahre alt. Was ist in den dreizehn Jahren zwischen Hochzeit und meiner Zeugung geschehen? Warum haben Reinhold und Ilse nicht früher ein Kind bekommen?

Es heißt, die meisten Menschen können sich ihre Eltern nicht beim Sex vorstellen. Ich gehöre dazu. Aber davon abgesehen, drängen sich bei Betrachtung der Sachlage Fragen auf. Fotos aus der Zeit zeigen attraktive junge Leute, soweit ich weiß, waren Reinhold und Ilse körperlich gesund.

Die Familienlegende besagt, in der Hochzeitsnacht sei Reinhold mit Ilse Prüfungsaufgaben im Fotografenhandwerk durchgegangen, stand Ilse doch kurz vor der Meisterprüfung. Später, heißt es, habe Vater erst für eine wirtschaftliche Sicherheit sorgen wollen. Fast vierzigjährig habe meine Mutter ihn auf den letzten Drücker zum Kinde gedrängt.

Stimmt das? Oder hat es vor mir mit dem Kind nicht geklappt, und die Scham war zu groß, davon zu sprechen?

Ich kann niemanden mehr fragen.

Die Familienlegende besagt, Ilse habe sich überaus gefreut, als unser Hausarzt ihr bestätigte, dass sie ein Kind erwarte. Sie habe die Arztpraxis verlassen, umgehend ein Textilgeschäft aufgesucht und vor Freude einen Waschlappen mit aufgesticktem Meckimotiv erworben, den sie bis zu ihrem Ableben in ihrem Kleiderschrank verwahrt.

Ich war ein ersehntes Wunschkind.

Ich war das späte Glück.

Warum habe ich nichts davon gespürt?

1973.
Ich bin 12 Jahre alt. 7. Schuljahr.

Vater und Mutter geben sich nie ein Küsschen, auch tauschen sie keine anderweitigen Zärtlichkeiten aus. Nie umarmt Vater meine Mutter, nie streicht meine Mutter meinem Vater über die Wange. Ich frage mich, ob diese beiden Menschen sich überhaupt noch mögen.

Besonders morgens ist es schlimm. Meine Eltern sind immer spät dran, hastig und mürrisch trinkt Vater in der Küche im Unterhemd seinen *Nescafé*, Mutter sitzt auf der Bank und trinkt ihren *Nescafé* und isst ein Brötchen mit Butter dazu. Undenkbar, die beiden am Morgen in Ruhe frühstücken zu sehen. Filterkaffee gibt es, wenn Pastor Fleischmann zu Besuch kommt oder Fräulein Meyerlinck.

Meine Eltern haben ihr karges Frühstück eingenommen. Nun suchen sie die dicke Tasche. Es handelt sich hierbei um eine äußerst abgewetzte, hellbraune Reisetasche, in der allerhand Krimskrams und vor allem die Kassette mit der Tageskasse täglich von zuhause ins Geschäft und zurück transportiert wird. Es ist nicht möglich, ohne die dicke Tasche das Haus zu verlassen.

„Hast du die dicke Tasche?“, raunzt Vater.

„Du hast doch die dicke Tasche gehabt!“, schnauzt Mutter zurück.

Irgendwann finden sie die dicke Tasche und brechen auf.

An einem Tag will ich meine Eltern im Geschäft besuchen. Es ist kurz vor Ostern. Hochbetrieb. Als ich die Ladentür öffne, kommen mir mehrere Leute mit betretenen Gesichtern entgegen und verlassen das Geschäft. Der Verkaufsraum ist voll, die Kunden stehen so dicht, dass ich meine Eltern hinter der Theke nicht sehen kann. Aber ich kann sie hören, meine Eltern brüllen sich an, offenbar ist ein Auftrag unauffindbar, und jeder bezichtigt den Anderen bodenloser Schlamperei. Wieder drehen sich einige der wartenden Kunden kopfschüttelnd um und verlassen unverrichteter Dinge das Geschäft.

1974.
Ich bin 13 Jahre alt. 8. Schuljahr.

Anfang der 1970er Jahre schwappt die Nostalgiewelle übers Land. Gründerzeitmöbel, die wenige Jahre zuvor mit Wonne dem Sperrmüll überantwortet wurden, sind jetzt modern, ebenso wie Kleidungsstücke der Großeltern, oder auch Urgroßeltern.

Vater geht mit der Zeit und nimmt den Nostalgietrend auf. Das Spitzenprodukt des Fotoateliers meiner Eltern wird die großformatige Porträtaufnahme im blattgoldüberzogenen Barockrahmen.

Der Großhandel bietet fertige Rahmen an, die meine Eltern mit Aufschlag weiterverkaufen könnten, auf diese Weise wäre jedoch die Gewinnmarge nicht nennenswert. Erst ab dem Zeitpunkt, da Vater die Fertigung der Rahmen selbst in die Hand nimmt, wirft das Produkt stattliche Gewinne ab.

In unserem Keller lagern meterlange Rahmenleisten in verschiedenen Ausführungen, und Vater eignet sich die Kunst des Bilderrahmenbaus an. Er kauft eine Spezialsäge, um die Leisten schräg abschneiden zu können, die Stücke mit den schrägen Enden fügt er zu Rahmen in der gewünschten Größe zusammen und verstärkt die geklebten Kanten, indem er auf die Rückseite dünne Holzplättchen nagelt.

Doch noch aufwändiger als der Rahmenbau gestaltet sich die Anfertigung der großen Abzüge.

Ein fotografischer Abzug, das Papierbild, besteht aus einer dicken Trägerschicht, auf der sich eine sehr dünne Folie mit dem eigentlichen Foto befindet. Nach einer chemischen Vorbehandlung trennt Vater sehr vorsichtig mit den Fingern die Bildschicht vom Träger; dieser Arbeitsschritt ist heikel, wendet Vater zu wenig Kraft an, löst sich die Folie nicht, geht er zu kraftvoll vor, reißt sie, und er muss von vorn beginnen.

Die abgenommene dünne Folie klebt Vater sorgsam auf ein Stück grobes Leinen und legt dann dieses Materialsandwich in eine Hochdruckpresse, ein gewaltiges Ungetüm. Unter sehr hohem Druck und großer Hitze werden Bildfolie und Leinen nahezu verschmolzen.

Die Hochdruckpresse wurde ebenfalls nicht gekauft. Zu den Kunden meiner Eltern gehört ein freundlicher rundlicher Spanier, Herr Sanchez, ein Feinmechaniker. Ich mag Herrn Sanchez und liebe es, wie spitz er das „s" ausspricht. Vater und Herr Sanchez haben gemeinsam die Hochdruckpresse gebaut.

Durch den Pressvorgang hat nun die Bildfolie die Struktur des Leinengewebes angenommen, ähnlich der eines Ölbilds. Um diesen nostalgischen Effekt zu verstärken, trägt Vater auf das Bild eine dicke Schicht Reißlack auf. Wenn dieser Lack trocknet, bilden sich zahlreiche kleine Risse, so erhält das Foto mit der Leinenstruktur und dem Reißlack die Anmutung eines alten, meisterlichen Gemäldes; ganz wunderbar passt nun der von Vater mühsam gebaute blattvergoldete Barockrahmen dazu, in den das Bild abschließend eingefügt wird.

Derart veredelte und gerahmte Hochzeitsfotos verkaufen sich hervorragend, auch wenn die Bilder ihren Preis haben. Doch der finanzielle Gewinn steht für Vater nicht im Zentrum seines Interesses, er ist stolz auf den Erfolg und die Wertschätzung, die seine Arbeit erfährt.

Ich weiß nicht, ob bereits ein Streit zwischen meinen Eltern vorausgegangen war, möglicherweise haben sie bestehende Spannungen vor mir verborgen. Ich sitze an diesem Sonntagabend mit meiner Mutter fernsehend im Wohnzimmer, *Die Feuerzangenbowle* mit Heinz Rühmann wird gezeigt, Vater hat wie so häufig das ganze Wochenende im Geschäft verbracht und gearbeitet. Nun höre ich Vater heimkommen, ich höre, wie er die Wohnungstür öffnet, er betritt das Wohnzimmer, in Händen hält er ein riesiges Hochzeitsfoto im Barockrahmen, ich staune, ich meine, ein Bild in derartiger Größe aus Vaters Werkstatt noch nicht gesehen zu haben.

„Ilse, schau mal", sagt Vater und hält seiner Frau das Werk zur Betrachtung hin.

Mutter wendet den Blick nicht ab vom Fernseher.

„Jaja, jetzt lass mich weiter gucken", sagt Mutter nur.

Vater steht, das gewaltige Hochzeitsfoto mit beiden Händen haltend, einen Augenblick wie eingefroren da, nun macht er zwei Schritte Richtung Esstisch, hebt das Bild an, es beschreibt einen Bogen in der Luft, dann schlägt es auf dem Esstisch auf, Teile des zerberstenden Barockrahmens fliegen durch die Luft, das Bild hängt in Fetzen, Vater wirft die lose zusammenhängenden Reste auf den Boden und stürzt aus der Wohnung, ich laufe ihm hinterher bis in den Flur, Vater läuft aus dem Haus.

Mutter sitzt regungslos in ihrem Sessel und sieht weiter Herrn Pfeiffer zu, Herrn Pfeiffer mit drei f.

1977.

Ich bin 16 Jahre alt. 11. Schuljahr.

In einer kleinen Wohnung im Mietshaus meiner Eltern zieht eine neue Mieterin ein. Fräulein Müller, eine hochgewachsene junge Frau mit langen blonden Haaren, studiere in Bonn, so heißt es.

An einem Tag begegne ich ihr im Hausflur, Vater hat mich gebeten, einem anderen Mieter im Haus ein geliehenes Gerät zurückzubringen. Fräulein Müller bleibt unerwartet stehen, als ich mit einem freundlichen „Hallo" an ihr vorbeihuschen will.

„Du bist ja ein ganz Gefährlicher", sagt sie und lacht mich an. Durch das Flurfenster fällt ein Sonnenstrahl auf ihre hellblauen Murmelaugen, die zu leuchten beginnen. Einige Sekunden stehe ich ratlos auf der Treppenstufe, ich habe eine Ahnung, was sie meint, doch ihre Worte wollen so gar nicht zu meinen bisherigen Erfahrungen mit Mädchen passen und überhaupt. Verlegen lache ich Fräulein Müller an und laufe aus dem Haus.

Nicht lange nach ihrem Einzug beginnt Fräulein Müller meinen Vater in gewisser Regelmäßigkeit um kleine Hilfeleistungen zu bitten. Es gilt, ein schweres Möbelstück zu verrücken, einen Heizkörper zu entlüften oder nach einem undichten Wasserhahn zu schauen, und ich gewinne den Eindruck, Vater seien die Anfragen der jungen Dame nicht unangenehm.

Bald geht ein Getuschel in der Stadt um über Fräulein Müller. Die hübsche Blondine, so wird geraunt, trete abends in Bonn in einem Herrenetablissement auf, dort räkele sie sich vor Publikum an einer Metallstange und habe bei diesem Vorgang recht wenig an. Sie trage den Künstlernamen „Susi Saratoga" und habe es in Kennerkreisen mit ihren Darbietungen zu beträchtlicher Bekanntheit gebracht.

Ich betrete nach der Schule das Geschäft meiner Eltern, es ist wenig Betrieb. Mutter sortiert auf der Theke Amateurtüten, Vater rückt die in der großen Vitrine ausgestellten Kameramodelle zurecht.

Etwas stimmt nicht. Meine Eltern schweigen sich an. Das ist nicht ungewöhnlich.

Neu ist die Farbe des Schweigens.

Unter einem Vorwand locke ich Vater in eine hintere Ecke des Ateliers. Vater steht mit gesenktem Kopf da.

„Was ist denn hier los?", frage ich ihn.

Vater sieht nicht auf. In seinen Händen dreht und wendet er eine Zigarettenpackung, nun zieht er die Cellophanhülle von der Pappschachtel und knistert mit der Folie herum.

Vater flüstert.

„Ich darf nicht mehr zu Fräulein Müller."

„Warum das denn?"

Vater beginnt mit dem rechten Bein zu wippen.

„Mutti ist eifersüchtig."

Ich bin fassungslos. Dieser Mann und diese Frau, die meine Eltern sind, haben nie ein zärtliches Wort füreinander, nie durfte ich eine zugewandte Geste oder den warmen Blick zweier Herzen im Gleichklang beobachten, hinter der Theke schnauzen sie sich gelegentlich so an, dass Kunden entrüstet den Laden verlassen; ich wäre daher nie auf den Gedanken gekommen, im Verhältnis dieser beiden Menschen könnte ein Eifersuchtsgefühl Raum und Nahrung finden.

Vater findet sich mit dem Machtwort seiner Frau ab.

Die Besuche bei Fräulein Müller hören auf.

Späteren polizeilichen Ermittlungen zufolge unterhält Fräulein Müller zu diesem Zeitpunkt zärtliche Bande sowohl zu Herrn C., dem Inhaber eines türkischen Restaurants auf der Hauptstraße, als auch zu Herrn S., dem Inhaber eines ebenfalls in der Nachbarschaft gelegenen griechischen Gastronomiebetriebes. In weiser Voraussicht jedoch informiert sie keinen der beiden Liebhaber über das Gesamtgeflecht ihrer Beziehungen.

Erst als ein Landsmann des C. an einem Abend zufällig am griechischen Restaurant des S. vorbeiflaniert und durch die Scheibe Fräulein Müller erblickt, die verhängnisvollerweise gerade in dieser Sekunde dem S. flüchtig – und für die anderen Gäste nicht sichtbar – zart über den Unterarm streichelt, beginnt die Müllersche Geheimhaltung zu bröseln.

Durch den Landsmann über die Beobachtung informiert, begibt sich C. am nächsten Abend mit einem Messer bewaffnet zum Restaurant des S., während sich Fräulein Müller zur gleichen Zeit, nur mit ihrem Künstlernamen bekleidet, um eine blanke Bonner Metallstange windet; C. stürmt in das griechische Lokal, soeben noch munter plaudernde und speisende Gäste sehen erschreckt von ihrem Gyros, Souvlaki und Moussaka auf und verstummen; S. begreift sofort die Sachlage, nimmt seinerseits das Gyrosmesser zur Hand, Susi Saratoga umschlingt mit kraftvoller Grazie in luftiger Höhe die Metallstange, dreht sich mit gekonnter Bewegung, gleitet so mit dem Kopf nach unten die Stange hinab; mit den Messern gehen C. und S. aufeinander los, Gäste flüchten aus dem Lokal, Tische stürzen um, Pansensuppe spritzt an die Wand mit der weißen Silhouette der Akropolis auf himmelblauem Grund, und C. sticht S. ein Auge aus.

Fräulein Müller verlässt die Stadt. Nur der Polizei und der Staatsanwaltschaft ist ihr neuer Aufenthaltsort bekannt. Vater verzichtet auf die übliche Kündigungsfrist, Fräulein Müller zahlt aber noch freiwillig die volle Miete für den Folgemonat. Sie wird nie wieder in der Stadt gesehen.

Lieber Papa,

Lieber Papa im Himmel,

möglicherweise hat Susi Saratoga gegen eine geringe Gebühr, oder auch ohne eine solche, vor dir ihren Körper entblößt und zärtliche Handlungen an dir oder sich selbst vorgenommen.

Ich hoffe es für dich.

Allerdings fürchte ich, es galt lediglich, schwere Möbelstücke zu verrücken, Heizkörper zu entlüften und nach Wasserhahndichtungen zu sehen.

Siebenundzwanzig

1969.
Troisdorf.
Ich bin 8 Jahre alt. 3. Schuljahr.

Unsere Lehrerin erklärt uns, Albert Schweitzer sei ein bedeutender christlicher Mann gewesen, dessen Todestag sich jähre, und da wir eine katholische Grundschule sind, werden wir aus diesem Anlass am nächsten Tag ins Kino gehen und einen Film über Herrn Schweitzer anschauen.

Geschlossen geht unsere Schülergruppe den Hügel hinauf Richtung Kino. Ich bin aufgeregt, denn ich war noch nie in einem Kino. Der Saal ist gigantisch, es herrscht Getümmel; die Kinder anderer Schulen sind offenbar schon früher gekommen, so sind die meisten Plätze bereits besetzt. Ich sitze in der ersten Reihe, direkt vor dem Samtvorhang.

Die Saalbeleuchtung wird heruntergefahren, das Geplapper und Geschrei der Kinderschar ebbt ab, ein Gong ertönt, jetzt sind alle still, der mächtige Samtvorhang wird zur Seite gezogen und gibt den Blick auf die Leinwand frei. Der Film beginnt, haushohe Schwarzweißbilder tanzen vor meinen Augen, ich muss den Kopf verrenken, um etwas zu erkennen, so nah sitze ich vor der Leinwand, das macht mir nichts, ich bin des Atems beraubt. Wir sehen Albert als Kind auf dem Lande, der alte Herr Schweitzer erzählt dazu mit tiefer, ruhiger Stimme, sehr väterlich, ich mag Herrn Schweitzer sofort. Die Spielkameraden des jungen Albert im Film machen sich einen Spaß daraus, mit Steinschleudern Vögel zu töten, wir sehen, wie sich Jungs in kurzen Hosen an Bäume heranschleichen, in denen die gefiederten Tierchen arglos auf Zweigen dösen. Mit einem von Bösartigkeit verzerrten Gesichtsausdruck spannt ein Junge seine Schleuder, schießt einen Kiesel ab, und prompt fällt das unschuldige Vögelchen tot zu Boden. Ich bin geschockt von der niederträchtigen Tat der Landjugend, wieder stockt mir der Atem, Herr Schweitzer erzählt, es sei ihm genauso gegangen!

Während die fiesen Landjungs triumphierend um den grundlos seines Lebens beraubten Spatzen herumstehen, setzt sich der junge Albert abseits auf einen Baumstamm und weint angesichts des üblen Abgrunds der menschlichen Seele, in den er soeben hat blicken müssen. Ich weine mit Albert Schweitzer, ich weine weniger um den Vogel, ich weine vor Ehrfurcht, ich weine, weil Albert ein so guter, edler Mensch ist, ich weine, weil ich so unvollkommen und so weit weg bin von Herrn Schweitzer. Ich schwöre lautlos, nie wieder Schnecken ins Feuer zu werfen oder auf dem Schulhof Ameisen zu zertreten. Ich werde auch ein guter Mensch. Aber zunächst fehlt mir ein Taschentuch, meine Nase läuft vom Weinen, ich wische mir den Rotz mit dem Ärmel meines Pullovers ab.

Achtundzwanzig

1968.
Troisdorf.
Ich bin 7 Jahre alt. 2. Schuljahr.

Der liebe Gott hat einen langen Bart, wohnt auf einer Wolke im Himmel und sieht alles.

Sagt Oma Lena.

Mein Schutzengel sitzt auf meiner linken Schulter und passt auf mich auf. Ich gehe aus dem Haus, streife den Schulranzen ab und wende meinen Kopf nach links so gut ich kann. Aber ich sehe keinen Schutzengel.

Ich bin enttäuscht.

1966.
Ich bin 5 Jahre alt.

Meine kleine *Steiff*-Eule hat schon lange ihren roten Schnabel verloren, ein Umstand, der meine Liebe zu dem Stofftier nicht mindert. Die Eule ist mein Kirchentier. Jeden Sonntag gehe ich mit Mutter und Oma Lena in die Messe, die Sache ist gleichermaßen selbstverständlich wie langweilig. So nehme ich die Eule mit und lasse sie auf der Kirchenbank spazieren, während die Erwachsenen singen und beten. So lange ich ruhig bin, lässt man mich gewähren.

1968.

Ich bin 7 Jahre alt. 2. Schuljahr.

Als ich älter werde und zur Schule gehen muss, möchte ich sonntags lieber lange schlafen, doch Widerstand ist zwecklos. Am Kirchgang ist nicht zu rütteln. Dabei haben Mutter und Oma Lena nicht mein Seelenheil im Auge. Sie unternehmen nicht einmal den Versuch, mir jenes höhere Wesen, das wir verehren, nahezubringen oder später etwa spirituelle Grundfragen des menschlichen Daseins mit mir zu erörtern.

Es geht um die Nachbarn.

Die Nachbarn und die anderen Leute des Ortsteils sollen sehen, wir sind eine ordentliche Familie, das Kind ist brav und folgsam, es besucht vorbildlich den Gottesdienst. Darüber hinaus ist der Kirchgang der Gradmesser für meinen Gehorsam. Mutter und Oma Lena stellen ihre Befehlsgewalt unter Beweis.

Ich habe zu gehorchen, nur ein gehorsames Kind ist ein gutes Kind. Ich habe nichts zu wollen und schon überhaupt nicht etwas nicht zu wollen. Ein Infragestellen der Befehlsgewalt bedeutet für Hindenburg und Ludendorff Hochverrat, eine Gefährdung der Herrschaftsstruktur an und für sich, und an dieser Stelle kennt die Oberste Heeresleitung kein Pardon.

Schlimm genug, dass Vater und Onkel Bruno nichts mit der Kirche im Sinn haben. Sie bleiben zuhause. Während Vater einfach kein Interesse an Kirche und Religion hat, erweist sich Onkel Bruno mit der Zeit als besessener Antikleriker. Er liest zahlreiche Bücher von Deschner und Küng, vertieft sich in die Kriminalgeschichte der katholischen Kirche und ihre Machenschaften über Jahrhunderte hinweg. Zu Beginn des nächsten Jahrtausends werde ich von ihm achtundvierzig Kilogramm antiklerikaler Literatur erben. Allerdings werden weder Vater noch Onkel Bruno je aus der katholischen Kirche austreten.

So hoffe ich, bei meinen ersten zaghaften Versuchen des Aufbegehrens gegen den Kirchgang seitens der notorischen Verweigerer Unterstützung zu finden, doch ich scheitere kläglich. Obgleich sie mir nicht schlüssig erklären können, was an diesem Kirchgang so sinnvoll sein soll, wenn ich mit Gebeten, Gesängen und Gottesverehrung nichts anzufangen weiß, rühren Vater und Onkel Bruno keinen Finger.

Hier verläuft eine rote Linie. Würden die beiden mich in meinem Aufbegehren unterstützen, gefährdeten sie den Familienfrieden. Vater sagt, ich solle den Frauen den Gefallen tun. Onkel Bruno sagt, ich solle eine Faust in der Tasche machen.

Die Stunden in der Kirche sind mir ein langes Elend. Ich füge mich in mein Schicksal und zähle jeden Sonntag die Minuten, bis die Gemeinde mit den Worten „Nun gehet hin in Frieden“ entlassen wird. Die Sachlage entspannt sich ein wenig, als ein zweiter Gottesdienst am Samstagabend eingeführt wird, damit gläubige Werktätige am Sonntag länger schlafen können. So freue ich mich, künftig am Tag des Herrn frei zu haben, nicht ahnend, dass diese Regelung neues Ungemach mit sich bringen wird.

1969.

Ich bin 8 Jahre alt. 3. Schuljahr.

An einem Samstag treffe ich Kiki auf der Straße.

„Guckst du auch heute Abend Fernsehen?“, fragt sie.

„Weiß nicht. Warum?“

„Da gibt’s eine neue Serie. Mit Löwen und Affen im Urwald. Die soll ganz toll sein!“

Selbstredend will ich die Löwen und Affen im Urwald sehen und setze mich am frühen Abend vor den Fernseher. Die Serie heißt

Daktari und handelt von einem netten Tierarzt und seiner erwachsenen Tochter Paula, die in Afrika auf einer Farm leben, zusammen mit einem schielenden Löwen und einem lustigen Äffchen.

Der nette Doktor fährt einen schicken Jeep mit Zebrastreifenlackierung. Weitab von der Farm saust er mit dem Auto in einen Graben und überschlägt sich. Verletzt und völlig allein liegt er unter dem zebragestreiften Blech seines Jeeps, allmählich wird es Nacht, und die wilden Tiere legen sich in Vorfreude auf Frischfleisch auf die Lauer. Ich kann die Spannung kaum ertragen.

Die Kirchenglocken läuten. Mutter steht in der Küche und spült. Immer wieder ruft sie hinüber ins Wohnzimmer und ermahnt mich, es sei Zeit, in die Kirche zu gehen. Ich zögere und zögere, doch dann wird Mutter böse, kommt aus der Küche angelaufen, schimpft und packt mich, zieht mich in den Flur, drückt mir die Jacke in die Hand, und ich laufe los.

Erst von Kiki werde ich erfahren, dass der Tierarzt gerade noch rechtzeitig von seiner Tochter gerettet wurde, bevor die wilden Tiere an ihm knabbern konnten.

1972.

Ich bin 11 Jahre alt. 6. Schuljahr.

Vater hat am 25. Dezember Geburtstag. Doch er feiert nie. Er will nicht einmal darauf angesprochen werden. Wenn ich ihm gratuliere, raunzt er mich an.

„Lass mich damit in Ruhe!"

Er wendet sich ab, macht sein grimmiges Gesicht und zieht an der Zigarette. Geburtstag zu haben scheint Vater eine schwere Last zu sein, dass es sich dabei um den ersten Weihnachtsfeiertag handelt, empfindet er als eine zusätzliche, ausgesucht hinterhältige Gemeinheit des Lebens, denn Weihnachten hasst er ebenfalls aus ganzem Herzen. Es geht in der Tiefe jedoch weder um seinen Geburtstag und auch nicht um Weihnachten, Vater und das Leben selbst sind verfeindet, das verstehe ich jedoch erst nach Jahrzehnten.

Auch Oma Lena, Mutter und Tante Hilde mögen Weihnachten nicht, daher gibt es bei uns keinen Weihnachtsbaum und wenig anderweitige Dekoration. Wie es an den Festtagen in anderen Familien zugeht, entnehme ich den Erzählungen meiner Klassenkameraden. So berichtet mir Anton, die Familie komme an Heiligabend zusammen, es werde musiziert, dann würden feierlich unter dem aufwändig geschmückten Weihnachtsbaum Geschenke überreicht, und der Abend münde in einem Festessen, für das sich die gesamte Familie um einen großen Tisch versammele. Auch weiß ich aus Fernsehsendungen, dass der Heiligabend sich im übrigen Universum so oder ähnlich gestaltet.

Ich muss Heiligabend mit Oma Lena, Mutter und Tante Hilde in die Kirche gehen. Selbstredend gehen Vater und Onkel Bruno nicht mit. Völlig unvorstellbar, die beiden in einer Kirche anzutreffen.

Nach dem Kirchgang versammelt sich die Familie im Wohnzimmer meiner Eltern. Onkel Bruno und Vater bleiben stehen, Tante Hilde setzt sich auf einen Stuhl, behält aber die Pelzkappe auf, Oma Lena sitzt im Sessel. Nun überreicht Oma Lena ihren beiden Töchtern Hilde und Ilse jeweils eine große Schachtel *Mon Cherie* mit einem unter die Cellophanhülle geschobenen Hundertmarkschein. Mutter und Tante Hilde nehmen die Pralinenschachteln ohne sonderliche Regung entgegen.

„Danke Mutter", sagen sie und legen die Schachteln beiseite.

Dann werde ich von meinen Eltern und Oma Lena beschenkt, für mich der erste Höhepunkt des Tages. Nun steht Tante Hilde auf und rückt ein wenig ihre Pelzkappe zurecht.

„So, Bruno, wir gehen rüber“, sagt sie und wendet sich mir zu. „Du kannst ja in einer halben Stunde zu uns kommen“.

Tante Hilde und Onkel Bruno gehen nachhause.

Mutter und Oma Lena setzen sich vor den Fernseher.

Vater zieht sich mit der Schnapsflasche und seinen Zigaretten in die Küche zurück.

Ich spiele ein wenig mit meinen Geschenken und gehe dann zu Tante Hilde und Onkel Bruno, dort erwartet mich die zweite Bescherung. Anschließend kehre ich zu meinen Eltern zurück.

Leonardo, ein mexikanischer Junge in meinem Alter, nimmt sich eines verwaisten Stierkindes an, er nennt das Tier Gitano und zieht es über Jahre hinweg groß. Kind und Tier lieben sich innig. Doch nun werden die Freunde durch böse Wendungen des Schicksals getrennt, dem Jungen wird sein geliebter Stier fortgenommen, es zerreißt dem Kind das Herz. Der Junge muss dann erfahren, Gitano werde in Kürze als Kampfstier in die Arena geführt, um dort wie üblich vor einer johlenden Menschenmenge abgeschlachtet zu werden. Völlig fassungslos starre ich auf den Fernseher ob der Gefahr, in der Gitano schwebt. Ich höre Mutters Ermahnungen, mich für den weihnachtlichen Kirchgang anzuziehen, doch ich höre sie auch nicht.

Leonardo hat herausgefunden, wann Gitano getötet werden soll, schreiend und tränenüberströmt kämpft sich der Junge auf den Zuschauerrängen der Arena durch die Massen, bis er sich endlich einen Platz erobert, der eine freie Sicht auf das Geschehen bietet. Gitano wird soeben auf den Kampfplatz gejagt. Schon springt der dürre, in seine blinkende Tracht gekleidete Torero herbei und zielt mit seinen tödlichen Lanzen auf das brave Tier.

Mutter hat mich mehrmals ermahnt, ich habe nicht gehört, jetzt bekommt sie einen gewaltigen Wutanfall. Schnaubend und schimpfend stürzt sie auf mich zu, verpasst mir eine Ohrfeige, mit zwei Schritten ist sie beim Fernseher, schaltet das Gerät ab, mit weiteren zwei Schritten ist sie wieder bei mir, ich bekomme noch einen Schlag, nun packt sie mich an den Haaren und zerrt mich, völlig in Rage, in den Flur zur Garderobe, ich schreie, Vater, der in der Küche gesessen und schon einige Schnäpse getrunken hat, wankt mit rotem Kopf heran und will wissen, was für ein Geschrei hier sei, Mutter zerrt weiter an meinen Haaren.

„Ich habe ihm schon tausendmal gesagt, dass er in die Kirche muss!“, presst Mutter hervor.

Jetzt packt auch Vater die Wut.

„Dann lass ihn doch einfach mit deiner Scheißkirche in Ruhe!“, brüllt Vater, er steht jetzt direkt neben uns, ich weiß nicht mehr wohin mit meiner Angst, Mutter ist schon außer sich, und Vater zittert und verliert die Fassung, mit der geballten Faust boxt er Mutter auf den Oberarm.

Plötzlich ist es ruhig.

Ich kann vor Tränen kaum etwas erkennen, ich höre meine Eltern schwer atmen, jetzt lässt Mutter meine Haare los, einen Augenblick stehen wir drei im Flur, regungslos, dann rennen wir voreinander davon, Vater wankt in mein Kinderzimmer und reißt mit wenigen Handbewegungen die quer durch den Raum gespannte Schnur mit meiner Weihnachtsdekoration herunter, dann taumelt er in die Küche und knallt die Tür hinter sich zu, Mutter dreht sich um und läuft aus der Wohnung, in den Hausflur, die Treppe hoch zu Oma Lena, ich laufe aus der Wohnung die Treppe hinunter, renne aus dem Haus auf die Straße.

Ich renne und weiß nicht wohin. Mir begegnen Leute, die auf dem Weg zur Kirche sind, sie wundern sich über das verwirrte Kind, das bei Frost ohne Jacke und in Hausschuhen durch die Gegend läuft, aber niemand hält mich an. Ich will zu meinem Freund Armin, ich laufe am Haus von Tante Hilde und Onkel Bruno vorbei zu Seebers und klingele.

Seebers stellen keine Fragen. Sie verstehen auch so.

Natürlich darf ich hereinkommen.

Seebers haben mit der Kirche nichts am Hut, die Bescherung hat auch schon stattgefunden. Armin spielt im Wohnzimmer mit seiner neuen, riesigen Eisenbahn, deren Waggons rot und schwarz lackiert sind. Ich setze mich neben ihn und sehe ihm zu, wie er beseelt die Waggons zu immer neuen Zügen zusammensetzt. Ich sitze nur da und schaue ihm zu.

Frau Seeber kniet sich neben mich und fragt, ob ich etwas essen möchte. Ich schüttele nur den Kopf. Sie wirft ihrem Mann, der am Tisch sitzt, einen fragenden Blick zu, dieser bedeutet ihr mit einer Handbewegung, mich einfach in Ruhe zu lassen.

Das ist meine letzte Erinnerung an diesen Tag. Ob Seebers mit meinen Eltern telefoniert haben, weiß ich nicht, ob Mutter mich abgeholt hat oder Tante Hilde, ich weiß es nicht.

Mutter hat einen gewaltigen Bluterguss auf dem Oberarm, der von Tag zu Tag die Farben wechselt. Sie zeigt ihn mir stumm, denn ich bin schuld, darum sprechen Mutter und Oma Lena auch die nächsten Wochen nicht mehr mit mir, sie sehen mich auch kaum an und wenn, dann nur voller Verachtung, habe ich doch nun endgültig bewiesen, dass ich ein Dreckstück bin, ein verkommenes Dreckstück.

Neunundzwanzig

Archiv

Objekt:
Brief/Feldpost

[Günther ist 19 Jahre alt]

Papierqualität:
liniertes Schreibpapier DIN-A-4, sorgfältig aus einem Block gerissen
Briefumschlag in einfacher Papierqualität, leicht grünlich

[Da von Günthers Korrespondenz nur die von ihm verfassten Briefe erhalten sind, nicht aber die Schreiben, die er empfangen hat, muss gelegentlich aus Günthers Briefen herausgelesen werden, um welche Angelegenheiten es in dem Schriftwechsel ging.
Juni 1940. Günthers Mutter Lena war mit Sicherheit sehr beruhigt, als sie erfuhr, dass ihr Sohn nach der militärischen Grundausbildung selbst Ausbilder werden würde. Als Ausbilder hätte er sich in Sicherheit befunden, zumindest gemessen an der Situation eines Frontsoldaten.
Doch nun hat sich Günther zu den Fallschirmjägern beworben mit dem Ziel, an der Front eingesetzt zu werden. Diese Nachricht hat seine Mutter Lena offenbar in Panik versetzt.
Günther schreibt umgehend an seine Mutter, findet aber wenig beruhigende Worte.
Zu diesem Zeitpunkt ist Frankreich besiegt, die Sowjetunion noch nicht angegriffen, und die USA befinden sich bislang nicht im Kriegszustand mit Deutschland. Vielfach wird davon ausgegangen, dass nur der letzte verbliebene, ernstzunehmende Gegner England besiegt werden muss, dann wird der Krieg vorbei sein. Dies will Günther nicht verpassen.]

Poststempel:
Bromberg, 4.VI.40
Zusatzstempel: 2. Kompanie, Flieger-Ausbildungs-Regiment 52

Text: *[Handschrift, schwarze Tinte, Sütterlin]*

Bromberg, den 3.VI.40

Liebe Mutter!
Da dieser Brief wichtig ist, schreibe ich ihn sofort nach Erhalt Deines Briefes. Du schreibst, daß Du annimmst, meine Bewerbung zur Fallschirmtruppe sei Phantasie. Nein, liebe Mutter, es ist heiliger Ernst. Allerdings dauert es noch mindestens 4 Wochen, bis ich dort eingestellt werde. Ich habe es mir vorher genau überlegt und auch daran gedacht, was ich von Dir, herzliebe Mutter, verlange. Es ist nicht zu ändern, es muß sein. Es ist ja noch nicht bestimmt, ob ich noch dorthin komme, mein Kompanie-Chef muß mein Gesuch noch genehmigen. Wenn es beim 1. Mal nicht genehmigt wird reiche ich ein 2. Mal ein und so fort. Einmal werde ich bestimmt dorthin kommen. Hoffentlich noch so früh, daß ich den Großeinsatz in England noch mitmachen kann. Es zwingt mich, bei der gefährlichsten Waffengattung der Welt zu kämpfen. Mein Wunsch muß erfüllt werden, koste es was es wolle. Dieser Entschluß ist unabänderlich. Ihr dürft nie vergessen, es ist Krieg und ich bin Soldat. Macht mir keine Schwierigkeiten, ich bitte Euch darum.
So, liebe Mutter, nun habe ich Dir klar und nüchtern geschrieben, wie es steht.
[...]
Heute erhielt ein Stubenkamerad von mir die Nachricht, daß sein Bruder gefallen ist. Es kommt hier oft vor.

Euer Päckchen habe ich noch nicht erhalten. Wird wohl noch kommen.

Dann noch etwas. Unser Dienst hat die größte Strenge erreicht. Wir stehen vor der Besichtigung. Ihr müßt Verständnis dafür haben, daß ich nicht mehr oft schreiben kann. Bisher habe ich oft unter größten Schwierigkeiten geschrieben, doch jetzt geht es nicht mehr. Ich werde versuchen, zwischendurch eine Karte zu schreiben. Schreibt Ihr bitte wie bisher. Das macht mir manches leichter.

So, jetzt muß ich schließen. Schreibt bitte bald wieder.

Mit recht herzlichen Grüßen und Heil Hitler!

Euer Günther

Archiv

Objekt:
Brief/Feldpost

Papierqualität:
Briefpapier mittlerer Qualität, leicht chamois, mit passendem, grau gefüttertem Briefumschlag

[Günther ist wieder in Königsberg stationiert und beginnt seinen Dienst als Ausbilder.]

Poststempel:
Königsberg (Pr.) 9, 16.7.40
Zusatzstempel: Fliegerausbildungsregiment 33, 1. Komp.

Text: *[Handschrift, schwarze Tinte, Sütterlin]*

Königsberg, den 16.7.40
Hufenkaserne

Liebe Eltern!
[...]
Heute sitze ich auf Wache. Morgen trete ich zum ersten Male als Ausbilder offiziell in Erscheinung. Der Dienst wird schwer sein, allerdings nicht so wie in Polen.
[...]
Nun muß ich Euch noch etwas gestehen. Seitdem ich in Polen, also Bromberg, war hatte ich wahnsinnige Schmerzen durch meine Bindehautentzündung und durch den Heuschnupfen. Außerdem hatte ich mir im Dienst eine Zehenquetschung zugezogen. Daß ich dadurch in der Ausübung des Dienstes stark behindert war, ist klar. Jetzt ist alles überstanden. Ich schrieb das nicht eher, um Euch nicht zu beunruhigen.

Sonntag war ich wieder an der See. Es regnete in Strömen. Der Wind heulte, die Brandung war wild und tosend. Ich wagte mich mit einem Kameraden 300m in die See. Die Wellen warfen uns einige Meter hoch. Es war schön, aber gefährlich. Wir waren die einzigsten an der Küste, kein Mensch war zu sehen. Nach einem halbstündigen Kampfe mit den Wellen ließ ich mich erschöpft an Land spülen. Es war ein sehr gefährliches Spiel, doch unaussprechlich schön.
[...]
Liebe Mutter! Was wünschst Du Dir zu Deinem Geburtstage? Ich frage schon früh an, damit alles in Ordnung geht. Dein bisheriges Leben war nur schwerste Arbeit für uns Kinder unter bringen von größten Opfern. Dabei bliebst Du immer bescheiden und hast nie etwas von uns verlangt. Jetzt mußt Du aber unbedingt einen Wunsch äußern, sonst ist Dein Junge, der so viel an Dich denkt, beleidigt. Möchtest Du gerne reisen, ein neues Kleid haben oder Schuhe? Es ist gleich, was Du Dir wünschst, nur muß es für Dich ganz alleine sein. Das versprichst Du mir, ja liebe Mutter?

Und nun muß ich schließen, der Dienst geht weiter.

Allerherzlichst

Euer Junge

Gruß an Ilse

Januar 2015.
Berlin.
Ich bin 54 Jahre alt.

Einige Monate nach Mutters Tod breite ich die geerbten Familienfotos auf meinem Bett aus. Lagerten die Fotografien bislang völlig ungeordnet in Schuhkartons, will ich sie nun sortieren, denke aber noch über ein sinnvolles Ordnungsprinzip nach. Ich nehme einen kleinen Abzug zur Hand, das Bild ist bestenfalls so groß wie zwei Briefmarken, schwarzweiss, mit Büttenrand. Leicht braungetönt, zeigt es Opa Paul und Oma Lena, aus ihrem Alter und dem verwendeten Fotopapier schließe ich, die Aufnahme wird zu Beginn der 1940er Jahre entstanden sein.

Die beiden wurden in einem Zimmer aufgenommen. Paul, auf einem Stuhl sitzend, schaut Lena an, die lachend neben ihm steht, ihre rechte Hand ruht auf seiner Schulter. Der Raum ist nur spärlich beleuchtet, lediglich auf Paul und Lena fällt das Licht einer Lampe, daher war der Fotograf gezwungen, eine längere Belichtungszeit zu wählen. Lena bewegte sich während der Aufnahme, ich sehe sie nur als unscharfen Schatten. Paul hingegen, der seine Frau ruhig und schmunzelnd betrachtet, ist klar zu erkennen, selbst die Falten in seinem Gesicht sind auszumachen und auch seine Augen, ich meine, in ihnen eine Bewunderung oder gar ein Begehren lesen zu können.

Ich halte den Abzug dicht vor meine Augen. Die beiden hellen Figuren heben sich deutlich ab vom Hintergrund, der ein gleichförmiges Dunkel zu sein scheint. Nach längerer Betrachtung jedoch glaube ich, hinter Paul und Lena etwas zu erkennen, ein Muster, möglicherweise ein Symbol. Oder sucht mein Hirn eine Struktur zu finden, die nicht vorhanden ist?

Meine Neugier ist geweckt. In meinem Arbeitszimmer scanne ich das Foto und fahre am Computer mein Bildbearbeitungsprogramm hoch; alsbald erscheinen Paul und Lena in zwanzigfacher Vergrößerung. Noch ist der Hintergrund des Bildes im Dunkel versunken, doch nun hebe ich Helligkeit und Kontrast an.

Ich starre auf den Monitor.

Deutlich mache ich zwei Bilder aus, die hinter Paul und Lena an der Wand hängen. Linker Hand zeichnen sich die Konturen eines gerahmten Bildes ab, ich erkenne es sofort, Mutter hat es noch lange nach Opas Tod auf unserem Dachboden gelagert. Es handelt sich um Pauls Meisterbrief. Das bedeutet, Paul und Lena wurden zuhause in ihrem Wohnzimmer fotografiert, sie sind nicht bei anderen Leuten zu Besuch. Rechts neben dem Meisterbrief ist ein gewaltiges Gemälde zu sehen, ein Porträt. Es besteht kein Zweifel, wen es darstellt: Adolf Hitler. Geradezu den Raum beherrschend, prangt das Porträt des Führers hinter meinen Großeltern. Hitler trägt um den linken Arm eine Binde mit Hakenkreuzemblem, dieses Muster hatte ich auf der winzigen Fotografie im Dunkel des Hintergrundes wahrgenommen.

Einige Jahre nach Vaters Tod hatte ich bei dem für *NSDAP*-Mitgliedschaften zuständigen Archiv angefragt, ob Vater oder Opa Paul Mitglieder der Partei waren. Zu meiner Überraschung erhielt ich die Antwort, beide Namen seien weder in der Datei für Parteimitglieder noch in den Verzeichnissen anderer NS-Organisationen zu finden. Aber was bedeutet das? Im Fall von Paul fand ich eine schlüssige Erklärung. Paul wird dem Regime nicht abgeneigt gewesen sein, immerhin machte sein Sohn Günther Karriere in der Hitlerjugend, vielleicht gab es aber doch zu viel Abstoßendes für ihn, sodass er nie in die Partei eintrat und auch dem Führer nicht leidenschaftlich anhing. Diese Vorstellung ist nach der Entdeckung des Führergemäldes im Wohnzimmer meiner Großeltern zerstoben.

Über die politische Einstellung von Paul und Lena während des Faschismus wurde in der Familie nie gesprochen, zumindest nicht in meinem Beisein. Wenn ich als Teenager Fragen stellte, erhielt ich keine oder ausweichende Antworten. Mutter fuhr mich brüsk an, ich solle mit der Fragerei aufhören; wenn man etwas gegen Hitler gesagt hätte, wäre man ja sofort erschossen worden. Aber hätten Paul und Lena etwas gegen Hitler sagen wollen?

Paul, 1892 im Kaiserreich geboren, Ostpreuße aus Tilsit, hochdekorierter Veteran des Ersten Weltkrieges, wird mit ganzem Herzen deutscher Patriot gewesen sein. Nach der Kapitulation 1918 wurden dem Deutschen Reich die Bedingungen des Versailler Vertrages diktiert, es folgte die Abtretung großer Teile Westpreußens an Polen, Elsass-Lothringens an Frankreich und 1923 die Besetzung des Ruhrgebietes durch die Franzosen. All dies muss Paul als Demütigungen und Katastrophen erlebt haben. So fiel die aggressive nationalsozialistische Politik auf fruchtbaren Boden, und Paul wird das Wiedererstarken des Vaterlandes mit Genugtuung erfüllt haben.

Doch was dachten Paul und Lena, als zunehmend die jüdischen Nachbarn aus dem öffentlichen Leben verbannt wurden? Was dachten sie, als am 9. November 1938 wenige Straßenzüge von ihrer Wohnung entfernt die jüdische Synagoge in Gelsenkirchen-Buer brannte? Was dachten sie, als die jüdischen Nachbarn abgeholt wurden und nie wiederkamen? Waren Paul und Lena Antisemiten, die das Vorgehen gegen die Juden begrüßten? Wenn nicht, warum haben sie sich dann ein riesiges Führergemälde ins Wohnzimmer gehängt? Wenn Paul ein in der Wolle gefärbter Nazi war, warum hat er dann den roten Bruno als Schwiegersohn hingenommen? Soweit Onkel Bruno es mir erzählte, hatte er ein sehr gutes Verhältnis zu Paul. Wann haben Paul und Lena von Auschwitz und den Gaskammern erfahren? Haben sie sich jemals für ihre Führerverehrung geschämt?

Meine Fragen werden ohne Antwort bleiben, denn heute lebt niemand mehr, der dazu Auskunft geben könnte. Ich habe es versäumt, die richtigen Fragen zur richtigen Zeit zu stellen. So bleibt mir nur die Fantasie.

Juli 1940.
Gelsenkirchen.
Paul ist 48 Jahre alt.

Seit den frühen Morgenstunden hat Paul in seinem Atelier Fensterrahmen für *Grillo Funke* lackiert, diese müssen jetzt trocknen, so hat er Zeit, sich dem Gemälde zu widmen. Auf der Staffelei steht die größte Leinwand, die Paul hat auftreiben können. Er rückt den Schemel zurecht, sein prüfender Blick schweift über das Bild. Der Kopf des Führers ist schon weit ausgearbeitet, Paul findet, er hat den entschlossenen Blick Hitlers gut getroffen. Auch mit der Uniformjacke ist er zufrieden, der Faltenwurf des Stoffs ist ihm gelungen.

Lange nicht mehr hat Paul solche Hochgefühle erlebt. Wenige Wochen nach Kriegsbeginn war Polen niedergeworfen und alle Gebiete Westpreußens zurückerobert, die von den Siegern in Versailles Polen zugeschlagen worden waren. 20 Jahre hat Paul unter der Zerstückelung des Vaterlandes gelitten, nun wird er nie wieder einen polnischen Korridor durchfahren müssen, wenn er seine Verwandten in Tilsit besuchen will.

Paul greift zu einem mittleren Pinsel und nimmt hellbraune Farbe auf. Er will heute noch ein gutes Stück mit der Uniformjacke vorankommen.

Das große Bild hat der Führer jetzt verdient. Ein kleines Konterfei Hitlers hängt schon seit Jahren im Flur, aber dieses Gemälde hat Paul für die gute Stube vorgesehen. Hitler hat Westpreußen zurückgeholt, das wird er ihm nie vergessen, und nicht nur das. Vor wenigen Wochen die Kapitulation Frankreichs. Vier Jahre lang haben Pauls Kameraden an der Westfront 14/18 versucht, den Erbfeind niederzuringen, vergeblich. Nun siegt die Wehrmacht nahezu handstreichartig. Der Versailler Vertrag in wenigen Monaten zerfetzt und zertreten!

Dieser Tage war Paul im Kino und sah die Wochenschaubilder von der Unterzeichnung der Waffenstillstandsurkunde durch die Franzosen. Im November 1918 hatten die Deutschen ihre Kapitulation in einem Eisenbahnwaggon bei Compiègne unterschreiben müssen, das Bild des Waggons auf der Waldlichtung konnte Paul nie vergessen. Hitler habe, so hieß es in der Wochenschau, die Mauern des Museumsbaus aufbrechen lassen, in dem die Franzosen den Waggon von 1918 als nationale Reliquie ausgestellt hatten. Er ließ den Waggon wieder zur Waldlichtung bei Compiègne schaffen, eben dort hatten die Franzosen vor drei Wochen ihrerseits die Kapitulation zu unterschreiben. Das nennt man Revanche!

Beschwingt arbeitet Paul nun an der Armbinde mit dem Hakenkreuz. 1918, was für ein Jahr. Der Krieg ging verloren, aber er konnte Lena heiraten. Sonderbar, wie die Dinge sich gelegentlich fügen, und sonderbar, wie manches wiederkehrt mit den Jahren, so wie dieser Eisenbahnwaggon auf der französischen Waldlichtung. Oder Versailles. Paul kommt sein Großvater Hans in den Sinn. 1871 stand dieser vor Paris an einer der Kanonen, mit denen die deutschen Truppen die Stadt beschossen, während im Spiegelsaal von Versailles das Deutsche Reich mit Wilhelm I. als Kaiser ausgerufen wurden. Eine bittere Sache für die Feinde. So war es den Franzosen eine Genugtuung sondergleichen, 48 Jahre danach die Deutschen in eben jenem Spiegelsaal von Versailles die Verträge mit den demütigenden Bedingungen unterschreiben zu lassen.

Paul atmet tief durch. Wie lange das alles zurückreicht. Aber dank Hitler ist Deutschland nun wieder stark. Bald wird der Krieg gewonnen sein, und ein neues Leben kann beginnen.

Unzufrieden betrachtet Paul die Lichtreflexe auf dem dunklen Haar des Führers. Mit einem kleinen Pinsel nimmt er weiße Farbe auf.

Dreißig

Archiv

Objekt:
Brief/Feldpost

Poststempel:
Umschlag fehlt

Text: *[Handschrift, blaue Tinte, Sütterlin]*

Königsberg, den 28.9.1940

Liebe Eltern!

[...]
Vor einigen Tagen war Besichtigung. Daß ein Ausbilder da Arbeit hat, wird Vater wohl wissen. Meine Rekruten haben ganz gut abgeschnitten. Nach der allgemeinen Besichtigung mußte die Kompanie im Einzel-Exerzier-Marsch am Regt.-Kdr. vorbeimarschieren. Auch die Ausbilder. Mein Marsch wurde vom Kommandeur gelobt. Ich war sehr stolz. Bei der Sportbesichtigung fiel ich ebenfalls angenehm auf. Mein Chef war sehr zufrieden.
[...]
Gestern habe ich noch einmal alles versucht, um versetzt zu werden. Man sagte mir ich hätte einwandfrei bewiesen, daß ich ein guter Ausbilder sei und die könnte man auf keinen Fall entbehren, ob ich Lust dazu hätte, würde nicht gefragt. Mutter kann nun ganz beruhigt sein, zur Fallschirmtruppe komme ich erst, wenn der Krieg zu Ende ist, und dann will ich nicht mehr hin, da es ja zwecklos ist. Bis Kriegsschluß bin ich hier unabkömmlich. Für mich keine erfreuliche Nachricht.
[...]
Es grüßt Euch nun herzlichst

Euer Günther

Archiv

Objekt:
Brief/Feldpost

Papierqualität:
unliniertes Schreibpapier DIN-A-4, einfache Qualität, leicht chamois
Briefumschlag nicht erhalten

Text: *[Handschrift, schwarze Tinte, Sütterlin]*

Königsberg, den 3.11.40

Liebe Eltern!

Herzliche Sonntagsgrüße sendet Euch allen Euer Günter. In den letzten Tagen war es für mich mit Post nicht toll. Von Euch erhielt ich auch keine Nachricht.

Nun möchte ich Euch etwas mitteilen, was ich in meiner letzten Karte schon ansagte: Vor einiger Zeit reichte ich erneut ein Versetzungsgesuch ein zum fliegenden Verband. Die großen Erfolge unserer Luftwaffe nehmen mich so gefangen, daß ich unmöglich meinen Dienst als Ausbilder weitermache. Das Verlangen auch kämpfen zu dürfen, wird immer stärker und muß bald Erfüllung finden. Meine Prüfung auf Fliegertauglichkeit fiel gut aus. Bei der sportlichen Prüfung stand ich weit über dem Durchschnitt. Ihr werdet sicher staunen, daß ich auch fliegertauglich bin. Mir wurde zugesagt, daß ich auf eine Fliegerschule komme. Unser Spieß ist nun in Fahrt. Es haben sich noch mehrere Ausbilder gemeldet. Da er nun einen Teil seiner fähigsten Ausbilder verliert, wird er gemein. Des abends nach

Dienstschluß ist Nachexerzieren für Ausbilder unter seiner Regie.
[...]
Ich schließe nun und sende Euch die herzlichsten Grüße.

Heil Hitler!

Euer Junge

Archiv

Objekt:
Brief/Feldpost

Papierqualität:
unliniertes Briefpapier DIN-A-4, leicht chamois mit passendem Briefumschlag

Poststempel:
Königsberg (Pr.) 9, 9.11.40
Zusatzstempel: Fliegerausbildungsregiment 33, 1. Komp.

Text: *[Handschrift, schwarze Tinte, Sütterlin]*

Königsberg, den 8.11.40

Liebe gute Mutter!

Dein Päckchen, die Briefe und Karte erhalten. Besten Dank dafür. Aus meinem ersten Briefe entnahmst Du, daß es mir nicht besonders gut geht. Du sorgtest Dich schon, schlechte Mädchen hätten Schuld daran. In meinem letzten Briefe schrieb ich Dir schon, was der wahre Grund dazu ist. Heute möchte ich Dir noch einmal versichern, daß ich mich *nie* mit schlechten Mädchen abgeben werde. Schlecht sein könnte ich nie. Wenn die Gelegenheit und die Versuchung auch noch so groß und so stark ist, noch so verlockend, ich brauche nur an Dich zu denken, dann ist es mir schon unmöglich. Seit einiger Zeit kenne ich hier ein sehr ordentliches, sauberes und vor allem reines Mädchen. Die Zusammenkünfte mit diesem Mädchen sind für mich eine wahre Erholung. Uns verbindet eine aufrichtige Freundschaft. Oft schon hat sie mir einen Gefallen erwiesen. Z.B. meine Tischdecken

hat sie mir genäht und herrliche Fransen angenäht. Als Dank schenkte ich ihr eine Flasche guten Parfums. Leider kann ich nicht oft damit zusammen sein. Augenblicklich ist mir der Ausgang gesperrt. Man erfindet immer neue Schikanen für mich.
[...]
Ihr seht also, daß man mit allen Mitteln versucht, uns zu halten. Ich will aber weg. Jetzt versucht man, durch fortgesetzte Schikanen, mich zu einer Unbedachtsamkeit hinzureißen, um mich einsperren zu können und dadurch eine Versetzung unmöglich gemacht wird. Ich werde aber die Zähne zusammenbeißen und auf der Hut sein. Zwingen lasse ich mich nie, das weißt Du selbst, liebe Mutter. Mein Stolz und mein Dickschädel setzen mich über alles hinweg. Ich gebe die Hoffnung nicht auf, doch noch einmal versetzt zu werden.
[...]
Für heute will ich schließen. Liebste Mutter, sorge Dich nicht. Dein Junge enttäuscht Dich nie.

Mit vielen lieben und herzlichen Grüßen

Dein

Junge

Archiv

Objekt:
Brief/Feldpost

[Günther ist 20 Jahre alt]

Papierqualität:
einfaches liniertes Schreibpapier DIN-A-4
Briefumschlag in einfacher Papierqualität, innen blau gemustert

Poststempel:
Detmold 2, 31.3.41
Zusatzstempel: 1. Fliegerausbildungsregiment 33, Briefstempel

Text: *[Handschrift, schwarze Tinte, Sütterlin]*

Detmold, den 31.III.41

Liebe Mutter!

Aus Detmold herzliche Grüße. Vater ist gestern Abend wieder abgereist. Es war wunderschön. Näheres erfährst Du ja alles durch Vater.

Nun zu etwas anderem. Wie Vater mir erzählt, warst Du darüber verbittert, daß ich Dich nicht eingeladen habe. In etwa kann ich das verstehen, auf der anderen Seite jedoch ist mir das völlig unverständlich. Du weißt genau wie gern ich Dich habe und daß ich nichts mehr liebe auf der Welt als Dich. Aber Du weißt doch selbst, wie anstrengend eine Bahnfahrt für Dich ist, wie Du Dich vorher immer schon aufregst. Denke doch an Deine Fahrten nach Tante Dorle, dann hast Du Tage vorher schon nichts mehr gegessen. Und jetzt in Kriegszeit, wo alle Züge überfüllt sind, konnte ich Dir eine Fahrt nach Detmold nicht zumuten. Vater oder Ilse finden sich eher durch. Wenn Du jedoch gern einmal kommen möchtest, so bist Du selbstverständlich ohne die geringste Einladung immer mein liebster Besuch. Als ich Dich nicht besonders einlud, ging ich nur vom praktischen Standpunkt aus und Du kennst Deinen Jungen schlecht, wenn Du meinst, ich wollte Dich nicht hier haben.

Schreibe mir bitte bald, ob Du das entschuldigen kannst.

Es grüßt Dich ganz lieb

Dein Junge

Gruß an Ilse

Archiv

Objekt:
Brief/Feldpost

Poststempel:
12.05.41 *[Ort des Poststempels unleserlich]*
zusätzlicher Stempel: *[vermutl. Dienststelle L 36003]*
Gauluftpostamt München, Briefstempel

[Im Mai 1941 hat Günther nach zahlreichen Versuchen und Widerständen sein Ziel erreicht. Er konnte seinen Posten als Ausbilder verlassen und befindet sich nun in der Ausbildung zum Fallschirmjäger. Vermutlich darf er aus Sicherheitsgründen seinen Standort nicht mitteilen.]

Text: *[Handschrift, schwarze Tinte, Sütterlin]*

den 10.V.1941

Liebe Eltern!

Aus ... sende ich Euch die herzlichsten Grüße. Meinen letzten Brief aus Detmold werdet Ihr wohl schon erhalten haben, auch die verschiedenen Kartengrüße. Erst heute kann ich Euch einen Brief schreiben; denn bisher war für unsere Einheit Postsperre verhängt. Ich kann mir vorstellen, daß Ihr Euch um mich sorgt. Aber ich bitte Euch, macht Euch nicht zuviel Sorgen um mich. Mir geht es gut, das Essen ist ausgezeichnet. Die Gegend, in der wir z.Zt. liegen, prima. Sicher werden sich nun ungeheuer viel Fragen auf Eure Lippen drängen, die Ihr gerne durch mich beantwortet hättet. Ich werde versuchen, Euch nachfolgend ein kleines Bild von dem zu machen, was wir hier treiben.
[...]

Über den Gang der Ausbildung darf ich verständlicher Weise nichts schreiben. Aber glaubt mir: Jede Minute am Tage ist 100%tig ausgefüllt und ich habe schon manchen Tropfen Schweiß vergossen. Ich bin oft genug von meinen Vorgesetzten hier aufmerksam gemacht worden, daß ich, wenn es mir zuviel sei sofort wieder gehen könnte ohne daß mir dadurch Nachteile entstehen würden. Unsere Einheit setzt sich nämlich nur aus Freiwilligen zusammen, die auf Leben und Tod verschworen sind. Es sind fast alles Unteroffiziere. Aber ich gehe Nie, nie!! Und wenn es mir noch so dreckig geht. Ein von mir einmal ins Auge gefasstes Ziel habe ich bisher immer noch erreicht und so werde ich auch hier meinen Mann stehen und zum Ziel kommen. Die Krönung wird dann mein Einsatz gegen Engeland sein. Dieses ist zur Zeit mein einzigstes Ziel. Seid bitte nicht traurig, macht mir bitte auch keine Vorwürfe. Ich darf solche Dinge jetzt nicht hören. Gönnt mir dieses Glück, mich bewähren zu dürfen. Eure ganze Liebe brauche ich. Ich muß ja soviel hier entbehren, haltet mich mit Euren lieben Grüßen hoch, damit ich immer frisch und frei an meine Aufgabe herantreten kann.

Ihr müßt auch verstehen, daß ich nicht viel schreiben kann. In jeder Woche vielleicht einen Brief. Es wird sich noch des öfteren Gelegenheit bieten, eine Karte zu schreiben. Euch möchte ich bitten, mir viel zu schreiben. Doch nun muß ich schließen. Es grüßt Euch ganz innig und lieb

Euer Junge

Habt Ihr meinen Koffer schon erhalten? Meine Briefe bitte alle im Geldschrank verwahren. Nichts wegwerfen. – Gebt Hilde bitte Nachricht, wo ich bin. Sie soll mir auch schreiben. Ich komme nicht dazu.

Archiv

Objekt:
Ansichtskarte 10 × 15 cm/Feldpost

Motiv Bildseite: Stilisierte Landkarte Großbritanniens und Irlands einschließlich der französischen Nordküste. Ein stilisiertes Kampfflugzeug wirft eine überdimensionale Bombe auf England ab, die im Flug zu sehen ist.

In die Abbildung einkopierter Text:
[Sütterlin]

Den Steuerknüppel in der
Hand, wir fliegen gegen
Engeland mit viel Mut und
voller Kraft vernichten
wir des Tommys
Macht. Drum gib
als Dank aus Dir allein
ein Opfer fürs Soldatenheim.

[August 1941. Günther schreibt eine Mitteilungskarte an seine Schwester Hilde. Der Text ist ohne weitere Bedeutung, aber bemerkenswert ist das Bildmotiv der Postkarte. Über viele Monate hinweg, als das Ende des Krieges in greifbarer Nähe schien, lebte Günther in der Sorge, er könnte den Einsatz der Wehrmacht gegen England verpassen, es könnte Frieden geben, und er hätte nicht aktiv als Soldat kämpfend am Sieg mitgewirkt. In der Zwischenzeit hat sich die militärische Lage jedoch vollkommen verändert. Die „Luftschlacht um England" haben die Briten längst für sich entschieden, Görings Luftwaffe war nicht in der Lage, die Lufthoheit zu gewinnen. Die Invasion Englands findet nicht statt.

Die Lufthoheit wäre Voraussetzung für eine erfolgversprechende Landeoperation gewesen.
Zudem hat die deutsche Wehrmacht am 22.6.1941 in einer der gewaltigsten Militäroperationen der Weltgeschichte die Sowjetunion angegriffen.]

Poststempel:
Quedlinburg, 9.8.41
Zusatzstempel: Einheit der Feldpostnummer L 36003

Text: *[Handschrift, schwarze Tinte, Sütterlin]*

Liebes Schwesterchen!
Ich bin wieder hier und sende Dir die herzlichsten Grüße. In Bösingfeld verlebte ich noch drei herrliche Tage. Wie geht es Dir? Achte bitte auf meine neue Feldpostnummer.

Herzlichst

Dein Günther

Einunddreißig

1967.
Troisdorf.
Ich bin 6 Jahre alt. 1. Schuljahr.

Ich sitze am Abend mit Oma Lena und Mutter in der Küche. Die beiden schälen Kartoffeln. Oma Lena schält besonders sorgsam, sie ist sehr darauf bedacht, die Schalen so dünn wie nur möglich zu halten. Mutter schneidet die geschälten Kartoffeln in Viertel und legt diese in einen großen Topf mit kaltem Wasser.

Oma Lena erzählt Mutter, später am Abend werde im Fernsehen der alte Film *Emil und die Detektive* gezeigt, der Film sei von 1931. In der Zeitung habe gestanden, der Junge, der im Film den Emil spielte, sei 1942 gefallen.

Oma Lena legt eine Kartoffel beiseite und hält inne.

Der Junge sei nur fünfundzwanzig Jahre alt geworden. Die Zeitung berichtete weiterhin, der Vater des Jungen habe den Tod seines Sohnes nie verwunden. Er könne den Film nicht ansehen, habe er den Zeitungsleuten gesagt.

Mutter schweigt.

Ich verstehe nichts.

Zweiunddreißig

Archiv

Objekt:
Brief/Feldpost

Papierqualität:
einfaches, kariertes Schreibpapier DIN-A-4, mit Bleistift beschriftet
Einfacher Briefumschlag.

Poststempel:
[keine Ortsangabe] 2.12.41
Zusatzstempel: Dienststelle Feldpost-Nummer L 45167

[Nach dem Überfall auf die Sowjetunion im Juni 1941 feierte die Wehrmacht zunächst spektakuläre Erfolge. Doch inzwischen hat sich die Rote Armee gefangen, leistet erbitterten Widerstand und fügt der Wehrmacht enorme Verluste zu.
Günther hat die Ausbildung zum Fallschirmjäger abgeschlossen. Nach einigen freien Tagen, die er in Berlin bei Verwandten verbrachte, wird seine Einheit an die Ostfront verlegt, Ziel des Transports ist ein Frontabschnitt in der Ukraine.]

Text: *[Handschrift, Bleistift, Sütterlin]*

Den 1.12.41

Meine heißgeliebten Eltern u. liebes Schwesterchen!

Die letzten Grüße aus Berlin sendet Euch Euer Junge.

Ich bin ja sooo glücklich!

Lange Zeit werdet Ihr nun nichts von mir hören. Sorgt Euch bitte nicht zuviel um mich. Es wird alles gut.

Getragen von Euren Gebeten und Wünschen werde ich meine Pflicht tun.

Lebt wohl!

Es grüßt Euch nochmals ganz heiß u. lieb

Euer Junge

„Heil unserem herrlichen Führer!“

Wenn meine Sachen kommen, bitte äußerst gut zu behandeln. Meine Briefsachen bitte in meinen Geldschrank.

Archiv

Objekt:
Brief/Feldpost

Papierqualität:
Der Verfasser verwendete 2 vorgefertigte Formulare „Feldpostbrief", die aus größeren Bögen ausgeschnitten wurden, wie gestrichelte Linien an den Rändern vermuten lassen.

Die Formulare weisen den Aufdruck „Feldpostbrief" auf, sowie Linien für die Absender- und Empfängerangaben.
Die beiden Feldpostbriefe wurden vom Verfasser mit „1" und „2" gekennzeichnet und getrennt versandt.

Poststempel:
[ohne Ortsangabe] 1.1.42

Text Feldpostbrief „1": *[Handschrift, Bleistift, Sütterlin]*

Ostfront, Den 22.12.41

Liebste Eltern und liebes Schwesterchen!

[...]
Wenn dieser Brief Euch erreicht, habe ich meine Feuertaufe hinter mir.
Die Zustände sind hier wahnsinnig. Ihr könnt Euch das nicht vorstellen. Das Wetter ist schlecht, feucht und saukalt. Unsere Ausrüstung ist gut. Wir haben warme Sachen. Pelzstiefel u. Pelzwesten u. Mäntel. 3 Paar Handschuhe jeder. Schöne Unterwäsche. In dieser Hinsicht braucht Ihr Euch also keine Sorgen zu machen. –

Übermorgen ist Heiligabend. Wir werden in unserem Eisenbahnabteil, das z.Zt. unsere Unterkunft darstellt, mit

Text Feldpostbrief „2“:

einigen Kameraden feiern.
Vielleicht läßt sich irgendwie ein Weihnachtsbäumchen besorgen. In dieser Zeit muß ich viel an die schönen Nikolaustage bei unserem lieben Opa denken. War das eine schöne Zeit. Heute kann ich es erst voll erfassen, wie unvergeßlich schön es da war.

Wie feiert Ihr Weihnachten? Hilde und Bruno sind wohl da? Ich wäre gern bei Euch, hatte mich schon sooo darauf gefreut. Doch als Soldat muß ich meine Pflicht tun und ich tue es gern. Habe ich mir doch immer gewünscht, mich bewähren zu dürfen. Es ist verdammt schwer, aber ich halte aus. Darum macht Euch meinetwegen nicht zuviel Sorgen, ich komme schon wieder. Ich freue mich jetzt schon auf meinen nächsten Urlaub. – Karl ist immer bei mir. Wir halten fest zusammen. So grüße ich Euch ganz herzlich und lieb und bleibe immer

Euer lieber
Junge

Archiv

Objekt:
Brief/Feldpost

Papierqualität:
Der Verfasser verwendete ein vorgefertigtes Formular „Feldpostbrief".

Poststempel:
Feldpost 31.12.41

Text: *[Handschrift, Bleistift, Sütterlin]*

Ostfront, den 29.12.41

Liebste Eltern!

Empfangt von Eurem Jungen die herzlichsten Grüße. – Mir geht es gut. Ich sitze mit Karl in einem russischen Bauernhaus, für heute Nacht haben wir Ruhe. Es ist saumäßig kalt. Viele von uns haben erfrorene Glieder. Die Verwundeten leiden besonders unter der Kälte. Vorgestern haben wir unseren ersten Kameraden begraben. Er war ein feiner Kerl. Heute sah ich eine Leiche, ohne Beine, von einem 18jährigen Kameraden. Ich war erschüttert. Viele Menschen- und Pferdeleichen liegen herum, erfroren. Das Ganze hier ist grauenhaft. Ich könnte noch so vieles schreiben, doch ich weiß ja nicht, ob die Post überkommt. Solange ich im Osten bin habe ich noch keine Post, keine Zeitung, also nichts erhalten. – Soeben warfen feindliche Flieger wieder Bomben. – Wie geht es zuhause?
Euch Allen alles Gute u. viele Grüße u. Küsse
Euer
Junge

[in anderer Handschrift, ebenfalls Sütterlin]
Viele Grüße sendet
Karl

Dreiunddreißig

Archiv

Objekt:
Brief/Feldpost, Einschreiben

Papierqualität:
einfach

Poststempel:
Feldpost 662
05.1.42

Einschreibeaufkleber

Zusatzstempel/Rundstempel:
Dienststelle 40786
Luftgaupostamt Münster/Westf.
Mit stilisiertem Adler, der einen Kranz mit Hakenkreuz in den Fängen hält

Text: *[Handschrift, schwarze Tinte, Sütterlin]*

Orts-Unterkunft,1.1.42

Sehr geehrter Herr Kundrus!

Eine traurige Pflicht zwingt mich, Ihnen mitzuteilen, daß Ihr lieber Sohn am 31.12. während einer Gefechtspause gegen 19:30 Uhr in soldatischer Pflichterfüllung, getreu seinem Fahneneide, durch eine heimtückische Fliegerbombe gefallen ist.

Ich spreche Ihnen, zugleich im Namen der gesamten 5. Kompanie, meine wärmste Anteilnahme aus. Die Kompanie, und vor allem auch ich, haben in ihm einen unserer liebsten und besten Kameraden verloren. Seine jugendliche Frische und seine immer einsatzbereite Pflichtauffassung werden ihm bei der Kompanie stets ein ehrendes Andenken bewahren.

Möge die Gewissheit, daß Ihr Sohn sein Leben für die Größe und den Bestand von Volk und Vaterland hingegeben hat, Ihnen ein Trost in dem schweren Leid sein, das Sie betroffen hat.

Als tapferer Soldat ist er an der Stätte seines Heldentodes in Orlowo-Iwanovka ca. 70 km. südostwärts Stalino würdig beigesetzt worden. Ein Bild seines Grabes und die Privatsachen gehen Ihnen nach Rückkehr der Kompanie vom Einsatz umgehend zu.

Ich grüße Sie in aufrichtigem Mitgefühl

Carnitske

Hauptmann u. Kp. Chef

Vierunddreißig

Januar 1942.
Gelsenkirchen.

Nach Erhalt des Briefs hat Lena die Ilse sofort in die Werkstatt geschickt, den Vater zu holen. Nun sitzen Lena und Paul mit ihrer achtzehnjährigen Tochter stumm am Küchentisch.

Vor wenigen Tagen erst haben Lena und Paul einen Brief von Günther erhalten, geschrieben kurz nach Weihnachten in einem ukrainischen Bauernhaus. Er und seine Kameraden ständen unter russischem Beschuss.

Lenas dunkelbraune Augen sind geschwollen, sie kann nicht aufhören zu weinen. Sie steht auf, geht einige Schritte in der Küche herum, setzt sich wieder.

Ilse schaut hilflos ihre Eltern an. Sie würde so gerne etwas tun, etwas sagen, sie weiß aber nicht, was. Wenn doch nur die Hilde hier wäre, denkt Ilse. Doch Hilde lebt nun schon seit Jahren im Rheinland.

Paul sitzt regungslos auf seinem Stuhl. Nun nimmt er den Brief in die Hand, faltet das Schreiben langsam auf. Er liest noch einmal die Zeilen, vor denen sie solche Angst hatten, seit Günther Weihnachten zu seinem ersten Fronteinsatz in die Ukraine verlegt worden war.

„Da stimmt was nicht", sagt Paul leise.

Lena nestelt an ihrem Taschentuch.

„Aber Paul, was soll da nicht stimmen?"

Auch Ilse versteht nicht, was der Vater meint.

„Da stimmt was nicht", sagt Paul erneut, jetzt noch fester. Er steckt das Schreiben zurück in den Umschlag und steht auf.

„Ich gehe zu Thaler. Der soll das prüfen."

Paul geht in den Flur, streift seinen Mantel über, setzt den Hut auf und verlässt die Wohnung. Lena sieht ihre Tochter an, mit den Händen verreibt sie die Tränen in ihrem Gesicht.

„Er kann das nicht glauben, Ilse, er kann das nicht glauben ..."

Lena schließt die Augen.

Thaler ist ein Bekannter von Paul. Die Männer begegneten sich zufällig auf der Geburtstagsfeier eines Nachbarn, mit dem Thaler weitläufig verwandt ist. Im lockeren Gespräch waren sie rasch auf den Versailler Vertrag und die Folgen für das Vaterland zu sprechen gekommen, die Unterhaltung wurde ernster, und bald stellten die Veteranen fest, dass sie beide 1914 unter Hindenburg in der Schlacht bei Tannenberg gegen die Russen gekämpft hatten.

Thaler ist ein hohes Tier bei der Stadt, ein Mann mit besten Verbindungen. Paul weiß das, aber es wäre ihm nie eingefallen, diesen Umstand etwa für geschäftliche Angelegenheiten zu nutzen. Aber nun liegen die Dinge anders.

Paul sitzt in Thalers Büro, er ist sofort vorgelassen worden, den Mantel hat er nicht abgelegt.

Thaler liest den Brief, den Paul ihm gereicht hat.

„Herr Kundrus, ich kann in dem Schreiben keine Auffälligkeiten entdecken. Auch dass Sie letzte Woche noch einen Brief ihres Sohnes erhalten haben, hat nichts zu bedeuten. Aber ich werde das umgehend prüfen. Überlassen Sie mir den Brief für einen Tag, und kommen Sie morgen Nachmittag wieder zu mir."

Paul steht auf. Wortlos geben sich die Männer die Hand, Paul verlässt das Büro. Thaler betrachtet beklommen den Brief, der auf seinem Schreibtisch liegt, hat er doch selbst einen Sohn, der im Felde steht.

In der Nacht finden weder Lena noch Paul in den Schlaf. Nach Mitternacht zieht sich Paul den Malerkittel an, breitet auf dem Küchentisch Zeitungspapier aus, stellt eine Dose weißer Farbe darauf, legt Pinsel zurecht und wischt mit einem Lappen den leicht verschrammten Brotkasten ab. Nun setzt er sich und beginnt den Kasten anzustreichen.

Blass sitzt Paul am nächsten Tag wieder in Thalers Büro. Wie ein Mensch nur in so kurzer Zeit in sich zusammenfallen kann, denkt Thaler, als er Paul vor sich sitzen sieht.

Thaler zögert, es fällt ihm schwer, diesem Mann, den er schätzt, diesem Vater, das Ergebnis seiner Nachfrage mitzuteilen.

„Es tut mir sehr leid, Herr Kundrus. Es hat alles seine Richtigkeit. Wir haben von höchster Stelle die Bestätigung erhalten. Ich wünschte, es verhielte sich anders."

Mit einer angemessen ruhigen Geste reicht Thaler den Brief mit der Todesnachricht zurück.

Paul sieht zu Boden.

Die Männer stehen auf. Thaler begleitet Kundrus zur Tür.

„Sie haben noch zwei Töchter und eine Frau. Für die müssen Sie jetzt stark sein."

Paul nickt.

„Danke", sagt er und tritt in den Flur, langsam schließt er die Bürotür hinter sich.

Anton, der Sohn Thalers, wird wenige Tage vor Kriegsende während der letzten Straßenkämpfe in Berlin tödlich von Granatsplittern getroffen. Thaler selbst wird sich 1947 in einem Waldstück bei Heidelberg erschießen.

Langsam schließt Paul die Wohnungstür auf. Im Flur kommt ihm Lena entgegen, ihre Blicke treffen sich, Paul macht nur eine sachte Kopfbewegung, die besagt, es gibt keine Hoffnung mehr. Lena dreht sich um und läuft zurück in die Küche, in die Arme ihrer Tochter Ilse.

Eine halbe Stunde später gibt Lena der Ilse den Auftrag, allen Nachbarn in der Straße Bescheid zu geben. Hier wohnen Arbeiter und Handwerker, man kennt sich gut, lebt eng beieinander, und die Familie des Malermeister Kundrus ist beliebt und geachtet.

Ilse zieht ihren Mantel an und geht hinaus in die Kälte und den Schnee.

Wie die Mutter es sie geheißen hat, geht die achtzehnjährige Ilse von Haus zu Haus, von Nachbar zu Nachbar, drei Stunden lang, allen zu sagen, dass ihr Bruder Günther gefallen ist.

Fünfunddreißig

Archiv

Objekt:
Brief, DIN A, u. Aufstellung über Privatsachen, DIN A4

Papierqualität:
einfache Papierqualität

Poststempel:
[Der Brief und die Aufstellung lagen einem Päckchen mit den Privatgegenständen des Gefallenen bei, das den Eltern seitens der Wehrmacht zugesandt wurde.]

Text/Brief: *[Schreibmaschine]*

Dienststelle Feldpostnummer 40786 Den 6. Januar 1942

Betr.: Privatsachen Ihres Sohnes Günter

Familie
Paul Kundrus
Gelsenkirchen
Landsbergstr. 52

Beiliegend übersendet Ihnen die Kompanie die Privatsachen Ihres gefallenen Sohnes Günter lt. beiliegender Aufstellung.

Anlagen.

i.V.
[Unterschrift unleserlich]
Hauptfeldwebel

Text: Aufstellung *[Schreibmaschine]*

Dienststelle Feldpostnummer 40786 Den 6. Januar 1942

Aufstellung über die Privatsachen des Gefr. Kundrus

5 Postkartenphotos
2 Bücher
1 Kasten Nähzeug
1 Umschlag mit
Briefumschlägen
Feldpostkarten
Tempo-Taschentücher
1 Taschenmesser
4 Bleistifte
1 F.-Karte
1 Zigarrenkiste mit:
1 Taschentuch
1 Rasierapparat
1 Rasierpinsel
2 Stück Seife
1 Stück Rasierseife
2 Filme
1 Paar Schuhbänder
1 gebr. Kerze
1 Umschlag Briefpapier
1 Beutel Schuhputzzeug

aufgestellt am 5. Januar 1942 durch:
Gefr. Sittig

f.d.R. Den 6. Januar 1942

[Unterschrift unleserlich]
Hauptfeldwebel

Sechsunddreißig

10. Mai 1945.
Rheinwiesenlager.
[Kriegsgefangenenlager der US-Armee
für deutsche Soldaten
an den Ufern des Rheins]
Paul ist 53 Jahre alt.

Paul sitzt im Schlamm. Tagelang hat es geregnet. Wer von den Gefangenen sich noch auf den Beinen halten kann, steht im Schlamm. Paul kann nicht mehr. Krause steht neben ihm, schwankt aber vor Schwäche.

Neben der Kleidung, die Paul am Leib trägt, ist eine leere Konservendose sein wertvollster Besitz. Mit der Dose haben Paul und Krause ein Erdloch gegraben, um sich wenigstens ein wenig Schutz zu verschaffen. Doch jetzt füllt sich das Loch mit Wasser und Schlamm. Die anderen Gefangenen haben sich auch Löcher gegraben, das ganze Gelände sieht aus wie ein Acker nach einem Flächenbombardement. Soweit das Auge reicht, sieht Paul nur gefangene Soldaten, die im Schlamm stehen oder liegen. Hunderttausende müssen es sein, schätzt Paul. Es gibt keine Zelte, keine Baracken. Immer wieder wird einer, der es nicht geschafft hat, an den Stacheldrahtzaun getragen. Jeden Morgen sammeln die Wachposten die Leichen auf und transportieren sie ab mit einem Lastwagen.

Die Konservendose, eine große Milchpulverdose, hat Paul bei der Essensausgabe ergattert. Es gibt nicht viel zu essen, für jeden etwas Milchpulver und eine winzige Portion Bohnen oder Gemüseeintopf pro Tag. Aber immerhin. Auch gibt es Wasser, an einer Stelle wird gechlortes Rheinwasser ausgegeben. Es schmeckt brechreizerregend, aber sowohl die Amerikaner als auch die Gefangenen fürchten sich vor Seuchen, etwa der Ruhr.

Toiletten gibt es nicht, im Freien wurden tiefe Gräben ausgehoben und Holzbalken darübergelegt, das sind die Anlagen. Paul und Krause sehen, wie in der Ferne einer der geschwächten Soldaten auf dem glitschigen Donnerbalken sitzend das Gleichgewicht verliert, hintenüber vom Balken kippt und in die Scheiße fällt.

„So sieht's jetzt aus mit unseren Herrenmenschen", sagt Krause trocken.

Einen, mit dem sich Krause kurz nach seiner Ankunft unterhalten hatte, konnten sie nicht mehr rechtzeitig herausziehen. Die Panzerschlacht bei Kursk überlebt und dann in der Scheiße am Rhein verreckt.

Krause ist ein Nachbar aus der Landsbergstraße in Gelsenkirchen, ein Wunder, dass Paul ihn hier getroffen hat. Krause heißt Robert mit Vornamen, aber aus unerfindlichen Gründen wurde er bereits zu Friedenszeiten überall im Viertel nur Krause genannt.

Plötzlich stand Krause hier vor Paul, wo hunderttausende dunkle, abgerissene Gestalten ein Zwischenreich bevölkern. Krause war gegen die Nazis, das war im Stadtteil bekannt, ein Wunder auch, dass ihm nicht mehr passiert ist. In eine Strafkompanie haben sie ihn gesteckt, die Reste davon gerieten in amerikanische Gefangenschaft, und so landete Krause in diesem Lager.

„Wie kommst du denn hierher?", hatte Krause gefragt.

„Was hat Silber im Haar, Gold in den Zähnen und Blei in den Knochen?", antwortete Paul.

Natürlich kannte Krause das Rätsel, das sich die Leute erzählen.

„Der Volkssturmmann! Der Volkssturmmann!"

„Aber das Blei in meinen Knochen stammt vom letzten Krieg, hat wohl gereicht", sagt Paul und macht eine wegwerfende Handbewegung.

Zum Volkssturm hatten sie ihn eingezogen, Paul hatte es für seine Pflicht gehalten gegenüber dem Vaterland, machte keinen Versuch, sich freistellen zu lassen, obwohl er als hochdekorierter Weltkriegsveteran die Möglichkeit gehabt hätte. Jetzt schämt er sich, dass er seine Lena und die Ilse in Gelsenkirchen alleingelassen hat, und sitzt im Schlamm und denkt an all die Jahre mit Lena und den Kindern. Wie oft war er ungehalten und ruppig, wie oft hat er die Kinder geschlagen. Die Ilse hat er noch geschlagen, kurz bevor sie ihn zum Volkssturm holten. Und Günther. Da ist dieser eine Gedanke, der Paul quält, seit Günther in der Ukraine fiel, Paul will nicht hindenken, doch jetzt ist er zu schwach, den Gedanken fortzuschieben. Mit neunzehn Jahren war Günther bereits Ausbilder. Ganz hingerissen waren die Vorgesetzten von ihm. Mit seiner Arbeit als Ausbilder hätte er dem Vaterland im Krieg hervorragende Dienste leisten können und wäre selbst in Sicherheit gewesen. Wollte Günther unbedingt an die Front um ihm, dem Vater, zu beweisen, dass er ein richtiger Mann ist? Hat Günther deshalb sogar das Flehen und Betteln seiner Mutter nicht hören wollen? Hatte sich Günther von ihm, Paul, seinem Vater, so geringgeschätzt gefühlt, dass er glaubte, nur sich selbst der Lebensgefahr aussetzend sei er in der Lage, die Achtung des Vaters zu erringen?

Paul dreht an seinem Ehering. Siebenundzwanzig Jahre ist er jetzt mit Lena verheiratet. Wie kurz ihm das jetzt vorkommt. Andere Gefangene gehen zum Stacheldrahtzaun und tauschen ihre Eheringe bei den amerikanischen Wachsoldaten gegen Zigaretten. Der Umtauschkurs vom Tage sieht zwei Schachteln Zigaretten für einen Ehering vor. Das kommt für Paul nicht in Frage. Nie will er sich von diesem Ring trennen.

Krause kann nicht mehr stehen, er hockt sich neben Paul. Mit einer Kopfbewegung deutet er in die Weite des graubraunen Gefangenenlagers.

„Was denkst du? Ist das Absicht? Wollen die uns alle umbringen, oder kriegen die das nicht besser hin?"

Paul zuckt mit den Schultern.

„Keine Ahnung, Krause. Ich weiß nur, ich muss das überleben hier. Ich hab so vieles wieder gutzumachen."

Krause schaut Paul verwundert an. So kennt er den stolzen Malermeister nicht. Wenn Paul früher in seinem eleganten langen

Mantel und mit Hut festen Schrittes die Landsbergstraße in Gelsenkirchen entlangging, sagten die Nachbarn:

„Da kommt Paul Kundrus, der einzige wirkliche Herr hier in der Straße!“

Paul greift sich die Konservendose und beginnt, Schlamm aus seinem Erdloch zu schaufeln, das lässt er aber bald wieder, er hat keine Kraft mehr.

Juli 1945.
Rheinwiesenlager.

Paul und seinen Kameraden im Gefangenenlager geht es besser. Es hat aufgehört zu regnen. Nicht nur das, ein schwarzer amerikanischer Soldat hat ihm auch noch ein Stück Pappe unter dem Stacheldrahtzaun hindurch zugeschoben, so hat Paul eine Unterlage und muss nicht mehr auf dem blanken Boden sitzen. Hier hat er zum ersten Mal in seinem Leben einen Schwarzen gesehen, ein befremdlicher und furchteinflößender Anblick, doch es hat sich gezeigt, die Schwarzen sind die freundlichsten und mitfühlendsten unter den Wachsoldaten.

„Die wissen, wie das ist, wenn du nichts hast und in der Scheiße sitzt“, hatte Krause angemerkt, kurz bevor er entlassen wurde.

Nach den vielen Tagen im Schlamm macht nun die Sonne den Lagerinsassen zu schaffen. Paul zieht seine Jacke über den Kopf so gut es geht, in diesem Moment wird nur wenige Meter von ihm entfernt ein bewusstloser Gefangener von drei anderen an Schultern und Beinen davongetragen. Der bewusstlose, oder möglicherweise auch tote, Mitgefangene, hat feuerrote Haare, die in der Sonne zu leuchten scheinen.

Paul sieht der kleinen Gruppe nach, bis der rot leuchtende

Punkt in der grauen Ferne verschwunden ist, und rückt die Pappe unter seinem Hintern zurecht. Er stellt fest, er ist nicht erschrocken. Warum auch, es war seine Pflicht, im August 1914 den rothaarigen Russen zu erschießen, zweifelsohne hätte dieser nicht gezögert, ihn, Paul, den Soldaten des deutschen Kaisers, zu erschießen oder mit dem Bajonett niederzumachen, wäre Paul ihm nicht zuvorgekommen. Paul ist nicht erschrocken, bemerkt aber, wie der Anblick des davongetragenen Rothaarigen die Gedanken in seinem Kopf in Bewegung setzen.

Paul rechnet. Einunddreißig Jahre ist das jetzt her. Immer wieder in all der Zeit tauchte der Rothaarige in seinen Gedanken auf, ganz plötzlich. An einem Tag, kurz nach Ilses Geburt, da malte er in seinem Atelier schon Stunden an einem Werbeschild für *Grillo Funke*, und völlig aus dem Nichts heraus sah er den Rothaarigen auf der Erde liegen. Jahre später, es war schon Hitlerzeit, da machten Paul und seine Freunde einen Ausflug aufs Land, sie rasteten am Rand einer Wiese. Paul rauchte eine Zigarre, die Sonne schien. Vielleicht, denkt Paul, hat es etwas damit zu tun, dass der Rothaarige der Erste war. Viele hat er danach noch erwischt, besonders vor Tannenberg, aber der Erste bleibt ja möglicherweise besonders haften.

Ein Gedanke kommt Paul immer wieder seit Günthers Tod, aber er will nicht hindenken, immer wenn dieser Gedanke ihn heimsuchte, stand er auf und brasselte herum oder ging in die Kneipe. Aber nun sitzt er hier auf einem Stück Pappe und kann nicht weg.

Paul rechnet. Angenommen, der Rothaarige wäre im August 1914 Vater eines dreijährigen Sohnes gewesen. Dann wäre dieser Sohn Jahrgang 1911 und somit 1941 dreißig Jahre alt gewesen. Angenommen, der Junge wäre Pilot geworden, das ist ja denkbar, dann hat vielleicht der Sohn des Rothaarigen, der Pilot, mit seinem Flugzeug jene Bombe abgeworfen, die Günther Silvester 1941 getroffen hat, dann hätte der Sohn des Rothaarigen, natürlich ohne es zu wissen, woher sollte er es auch wissen, dann hätte der Sohn des Rothaarigen mit seiner Bombe den Sohn des Mannes getötet, der im August 1914, also siebenundzwanzig Jahre zuvor, seinem Vater ins russische Herz geschossen hatte.

Paul wird etwas schwindelig. Jeden Tag bekommen sie zu essen, aber es sind nach wie vor winzige Rationen. Die Kleidung schlottert an seinem Körper. Paul steht auf und geht einige Schritte umher, seine Pappe behält er im Blick. Ein Gerücht ging um die vergangenen Tage. Die ganz Jungen, etwa die Milchbubis von den Flakgeschützen, und die Alten vom Volkssturm kämen bald frei, so hieß es.

Paul setzt sich wieder auf sein Stück Pappe.

Siebenunddreißig

1968.

Troisdorf.

Ich bin 7 Jahre alt. 2. Schuljahr.

Oma Lena, meine Mutter und ich sehen in Omas Wohnung unter dem Dach fern. Oma Lena sitzt mit hochgelegten Beinen im Sessel, Mutter hat auf einem Stuhl neben ihr Platz genommen, ich lümmele mich auf dem kleinen Sofa.

Es läuft ein alter italienischer Film, er spielt auf dem Lande, die Menschen dort sind furchtbar arm, aber sehr fromm. Der Sohn eines Bauernpaares, etwas älter als ich, trägt zerlumpte, bestenfalls notdürftig geflickte Kleidung, Schuhe besitzt er nicht, ein Umstand, der mich sehr anrührt.

Der Junge ist so fromm wie seine Eltern.

Eines Tages entdeckt er auf dem riesigen Dachboden des Bauernhauses ein geschnitztes Kreuz mit der Figur des leidenden Jesus. Der Junge kniet vor dem Erlöser nieder und beginnt inbrünstig zu beten, so bemerkt er die giftige Spinne nicht, die den Dachboden bewohnt.

Oma Lena und Mutter stockt der Atem.

Die giftige Spinne beißt den betenden Jungen in den nackten Fuß, der Junge schleppt sich hinunter zu seinen Eltern und bricht dort zusammen.

Wochenlang ringt der Sohn der Familie mit dem Tod. Die untröstliche Mutter muss dem im Fieberwahn fantasierenden Buben ständig die schweißnasse Stirn abtupfen, in den Leinentüchern vereinen sich die Tränen der Mutter mit dem Schweiß ihres todgeweihten Kindes.

Mutter und Oma Lena sehe ich regungslos und stumm.

Doch der fromme Junge erholt sich, keiner hat daran geglaubt, dank vieler Gebete und guter Kraftbrühe der Großmutter bleibt die Kinderstirn nun trocken, und der Junge kann wieder aufstehen.

Die anderen Kinder des Dorfes kommen zum Haus und fordern den Genesenen auf, mit ihnen Fußball zu spielen, aber der fromme Junge lehnt ab. Sein einsamer Weg führt ihn wieder die Holzleiter hinauf auf den Dachboden zu Jesus, noch geschwächt erklimmt er die Sprossen.

Mutter ist erstarrt. Oma Lena ruft entsetzt:

„Der dumme Junge! Der dumme Junge!“

Der fromme Sohn kniet vor dem leidenden Jesus nieder, beginnt sein Gebet und wird erneut von der Spinne gebissen. Nun ist das Gift zu stark für den angegriffenen Körper.

Unter größter Anteilnahme der Dorfbewohner wird das Kind beigesetzt.

Mutter und Oma Lena können ihre Tränen nicht zurückhalten.

Achtunddreißig

1969.
Troisdorf.
Ich bin 8 Jahre alt. 3. Schuljahr.

Ich besuche Vater sehr gern in der Dunkelkammer unseres Geschäfts. Schaut man vom Eingangsbereich mit der Theke aus den schmalen Gang hinunter in Richtung Atelier, befindet sich die Dunkelkammer rechter Hand. Eine Tür ist nicht vorhanden, nur ein dicker, brauner Vorhang schirmt das Labor ab. Ich darf keinesfalls den Vorhang beiseiteschieben, ohne vorher zu rufen, falls Vater gerade unbelichtetes Fotopapier offen liegen hat.

Ich schließe sorgsam den Vorhang hinter mir, Vater räumt die Schachteln mit dem Fotopapier vom Sitz des hölzernen, verwitterten Bürostuhls, den er als Ablage benutzt, dann darf ich mich setzen.

Zunächst sehe ich kaum etwas, nur Vater als dunklen Schatten in rötlichem Schummerlicht. Jetzt gewöhnen sich die Augen an die spärliche Beleuchtung, bald kann ich alles im Raum erkennen: den mannshohen Vergrößerungsapparat, den Tisch mit den Entwicklerschalen, den überquellenden Aschenbecher. Es ist sehr ruhig, die Geräusche aus dem Laden erreichen die Dunkelkammer nur gedämpft, einzig das wiederkehrende leise Ticken der Zeitschaltuhr des Vergrößerers ist zu hören, und dann das scheppernde „Klack", wenn die voreingestellte Belichtungszeit abgelaufen ist.

Wir sprechen nicht.

Vater steht vor dem Vergrößerer und fertigt von einem schwarzweißen Negativ Abzüge an. Nun legt er ein neues Blatt Fotopapier in die Haltevorrichtung am Fuß des Geräts und drückt auf den Knopf der Zeitschaltuhr. Die Glühbirne im Kopf des Vergrößerers leuchtet auf, das von der Birne ausgehende Licht durchdringt das Negativ, wird vom Objektiv auf der Unterseite des Kopfes gebündelt und fällt auf das bereitliegende Blatt Fotopapier. Vater fährt ganz kurz mit seinen Fingern in den Lichtstrahl, lässt die Finger kreisen und zieht sie wieder weg.

Klack.

Das Licht geht aus.

Indem Vater während der Belichtung des Papiers mit den Fingern die Bewegungen im Lichtstrahl ausführt, kann er dunkle Stellen des Bildes etwas aufhellen, dort fällt dann weniger Licht auf das Papier als auf die anderen Partien. Obwohl Vater mir diese Technik des *Abwedelns* bereits vor geraumer Zeit erklärt hat, und ich verstehe, warum er die Finger im Licht kreisen lässt, hat der Vorgang etwas Geheimnisvolles, ja Magisches. Ich kann Vater sehr lange dabei zusehen.

Längst hat Vater mir die Sache mit den versauten Negativen verziehen. Ich hatte, ohne zu fragen, mehrere Rollfilmnegative von Passfotoaufnahmen an mich genommen und mit einem schwarzen Filzstift den Kunden Piratenhüte gemalt und die Gesichter mit Bärten verziert. Vater erwischte mich, es gab ein Donnerwetter, aber er wusste natürlich Rat. Mit einem feinen Lappen und einer Reinigungsflüssigkeit begann er vorsichtig, meine Filzstiftzeichnungen von den Negativen zu entfernen.

„Jungejungejunge …“, murmelte er.

Dann hielt er inne.

„Komm mal mit“, sagte Vater und ging mit mir in die Dunkelkammer. Er führte eines der von mir bearbeiteten Negative in die Bühne des Vergrößerers ein, legte ein Blatt Fotopapier auf den Sockel und drückte den Knopf der Zeitschaltuhr.

Ticktickticck.

Klack.

Vater tunkte das Blatt in den Entwickler. Es erschien ein ernst dreinblickender Herr, meine auf dem Negativ aufgebrachten Zeichnungsstriche hatten sich auf dem Positiv natürlich weiß abgebildet, also trug der Kunde nun einen weißen Piratenhut und einen weißen Schnurrbart. Vater betrachtete das im Entwickler schaukelnde Bild, nickte dann anerkennend.

„Moderne Kunst!“, sagte er und schmunzelte vor sich hin.

1972.

Ich bin 11 Jahre alt. 6. Schuljahr.

Vater ist erleichtert, er hat einen Sitzplatz ergattert. In dem Bereich der Messehalle, der für die Präsentation reserviert ist, drängeln sich die Besucher, alle Fachleute wollen die neue Technik sehen. Solche Menschenansammlungen sind nichts für Vater, aber wenn die *Photokina* stattfindet, die große Fachmesse für Fotografie- und Filmtechnik, dann fährt er natürlich hin. Dieses Jahr hat es sich gelohnt, es gibt viel Neues.

Scheinwerferkegel erleuchten die Bühne, die Frontprojektionsanlage wird präsentiert. Diese besteht aus einem Projektor für Großdias im Format 6 × 6 cm, einer riesigen, silbrig beschichteten Leinwand sowie einem komplizierten Spiegelsystem. Wird ein Dia in den Projektor eingelegt und das Bild mittels des ausgeklügelten Spiegelsystems auf die Leinwand projiziert, erlaubt diese Technik, Personen mit dem Motiv des Dias als Hintergrund vor der Leinwand zu fotografieren, ohne dass das Bild auf der Kleidung und dem Gesicht der fotografierten Personen erscheint und ohne dass die Personen ihrerseits Schatten werfen. Lange bereits ist die Hintergrundprojektion bekannt, sie wird in Filmstudios seit Jahrzehnten verwendet. Dabei wird eine halbtransparente Leinwand gespannt, von der einen Seite wird ein Film oder ein Bild darauf projiziert, von der anderen Seite die handelnde Person vor der Leinwand gefilmt. Das funktioniert recht gut, nur Kenner sehen einen deutlichen Schärfeunterschied zwischen Person und Hintergrundprojektion. Das Verfahren hat aber einen gravierenden Nachteil: Es benötigt sehr viel Platz, da, von der Leinwand aus gesehen, zu jeder Seite hin ein Abstand zum Projektor beziehungsweise zur Kamera erforderlich ist.

Normale kleine Fotoateliers wie das meiner Eltern haben nicht die Ausmaße eines Filmstudios in Hollywood.

Gebannt folgen die anwesenden Fotografen der Präsentation der Frontprojektionsanlage. Auch Vater ist elektrisiert. Stünde eine solche Anlage in unserem Atelier, könnten die Kunden praktisch vor jedem erdenklichen Hintergrund fotografiert werden, Vater müsste nur ein entsprechendes Großdia anfertigen. Vater überlegt. Er könnte schöne Kirchenportale fotografieren und dann Hochzeitspaare davor ablichten.

Die Frontprojektionsanlage kostet ein Vermögen. Noch in der Messehalle unterzeichnet Vater das Bestellformular und leistet eine Anzahlung.

Einige Wochen nach der Messe wird die Anlage geliefert, Vater baut sie im Atelier auf. Die Studiokamera und das Spiegelsystem der Projektionsanlage müssen eingespielt miteinander harmonieren. Die Komponenten aufeinander abzustimmen, erweist sich als schwierige Aufgabe. Obwohl Berater der Herstellerfirma anreisen und Vater technische Belange betreffend ein seltenes Geschick an den Tag legt, verbringt er mehrere Monate lang jedes Wochenende im Atelier, um zu lernen, die Anlage zu beherrschen. Trotz mannigfacher Fehlversuche und elender Tüftelei höre ich Vater nie fluchen oder wütend seine Kaufentscheidung bereuen. Er tüftelt so lange, bis er die Anlage beherrscht und die gewünschten Ergebnisse erzielt.

Da die Frontprojektionsanlage nun funktioniert, will Vater für einen Bestand an Bildern sorgen, die auf den Hintergrund projiziert werden können. Ihm schweben verwitterte Scheunentore, altes Mauerwerk und Portale kleiner Kapellen vor. Vater will Landausflüge unternehmen und fotografieren; er fragt mich, ob ich mitkommen mag.

Wir fahren in die Eifel. Die Landstraßen sind leer, hauptsächlich Motorradfahrer sind unterwegs. Wir reden nicht viel. Hin und wieder legt Vater eine Pause ein und raucht eine Zigarette. Dort, wo wir interessante Motive entdecken, halten wir an. Vater fotografiert Mauern, Tore, Portale, Brunnen, ich assistiere ihm so gut ich kann, Vater erklärt mir die technischen Feinheiten seiner verschiedenen Kameras.

Am Eingang eines größeren Dorfes, das durch die Vielzahl seiner Keramikwerkstätten weithin bekannt ist, steht ein in die Erde eingelassener, überdimensionaler Tonkrug. Er ist größer als ich, ich posiere neben dem Krug, der mich überragt, Vater macht eine Aufnahme, und wir müssen beide lachen.

Im nächsten Dorf legen wir eine Pause ein und setzen uns in eine Gaststätte, Vater bestellt eine Suppe, und ich bekomme einen Kakao. In den sechsundvierzig Jahren, die seitdem verstrichen sind, habe ich nie wieder einen solch köstlichen Kakao getrunken.

1976.

Ich bin 15 Jahre alt. 10. Schuljahr.

In den fünfziger und sechziger Jahren fotografieren meine Eltern ihre Kunden in einem strengen, sachlichen Stil, schwarzweiß, vor schwarzem oder grauem Hintergrund, geschickt ausgeleuchtet. Unter den Amateuren hat sich die Farbfotografie längst verbreitet, Filme und Abzüge wurden mit der Zeit immer preiswerter, doch in den professionellen Porträtstudios hält die Farbfotografie breitflächig erst zu Beginn der siebziger Jahre Einzug. Der Stil der Porträtfotografie verändert sich aufgrund dieser Entwicklung dramatisch.

Vater besucht ein Seminar, auf dem die Teilnehmer lernen, wie sie die Farbe im Atelier einsetzen können. Als Folge beleben bald farbenfrohe Dekorationselemente wie Bauernmöbel, Gitter und bunte Barhocker unser Studio. In Fachzeitschriften wird von Verfechtern der klassischen reduzierten Sachlichkeit vehement gegen die Verkitschung angeschrieben, Fotografen wie mein Vater grüben den künstlerischen Standards in der professionellen Porträtfotografie ein tiefes Grab. Vater regt sich über diese Artikel auf.

„Kunst ist, wenn ich was verkaufe!“, erklärt er trotzig, und die Arbeiten meiner Eltern verkaufen sich hervorragend. Dazu trägt bei, dass der farbenprächtige und in allen Richtungen zu Übertreibungen neigende Stil der siebziger Jahre Vaters Humor und Sinn für Skurrilitäten entgegenkommt, die Siebziger sind für Vater eine wunderbare Spielweise, es ist sein Jahrzehnt.

Auf einer Kirmes entdecke ich an einem Stand ein Gerät, das mich begeistert. Am Boden einer runden, aufrechtstehenden Trommel befindet sich eine quadratische Holzplatte, die von einem unterhalb des Bodens angebrachten Motor in heftige Rotation versetzt werden kann. Der Standinhaber pinnt passend zugeschnittene Blätter aus weißem Papier auf das Holzbrett, wirft den Motor an, und die Kirmesbesucher können nun für eine Mark pro Stück aus bereitstehenden Kunststoffflaschen Farbe auf das rotierende Papier tropfen lassen, die Farbtropfen werden durch die Einwirkung massiver Fliehkräfte über das Blatt geschleudert, so entstehen Bilder mit Farbexplosionen; manche der umstehenden Kirmesbesucher murmeln etwas von ihrem letzten LSD-Trip, ich investiere eine Mark und schleudere mir auch solch ein psychedelisches Bild.

Vater ist von meinem Werk hingerissen und beschließt umgehend, das Gerät nachzubauen. Eine Trommel ist rasch gefunden, die Entwicklerchemikalien für unser Fotolabor werden in großen, runden Behältern geliefert und gelagert. Vater verstärkt den Boden eines solchen Behälters und baut einen Waschmaschinenmotor an, den er vor Jahren zufällig in die Hände bekam und seitdem in einem Winkel seiner Werkstatt aufbewahrt. Ein Holzbrett wird am Motor befestigt, Vater improvisiert noch vier Standfüße, die er von einer alten Kommode abschraubt, und schon ist unsere Farbschleudermaschine betriebsbereit. Wir schneiden Papier zurecht, pinnen das erste Blatt mit Heftzwecken auf die Brettunterlage und beginnen mit unseren eigenen Farbexplosionen. Stundenlang produzieren wir derartige optische Schleudertraumen.

Später fotografiert Vater unsere besten Bilder und projiziert sie im Studio auf den Hintergrund, vorzugsweise, wenn er junge Leute in Schlaghosen lässig auf Barhockern sitzend oder im dynamischen Ausfallschritt posieren lässt. Nachdem meine Eltern eine dieser Aufnahmen ins Schaufenster stellen, kommen junge Leute in Scharen und wollen auch eine Porträtaufnahme vor Farbexplosion.

Neununddreißig

1974.
Troisdorf
Ich bin 13 Jahre alt. 8. Schuljahr.

Obwohl in der Wohnzimmerschrankwand meiner Eltern nicht viele Bücher zu finden sind, verfügt Vater über eine reiche Allgemeinbildung. Sein Vater kaufte mit Vorliebe populärwissenschaftliche Werke, wenn es die Mittel zuließen, und in diese Bücher vertiefte sich mein Vater als Kind. Mein Großvater erwarb auch eine Volksausgabe der *Brockhaus Enzyklopädie*, alle Bücher verbrannten später während des Krieges.

Mein Freund Armin hat etwas Neues. Stolz zeigt er mir ein Jugendlexikon, fünf großformatige Bände. In einfacher Sprache werden für Heranwachsende Themen aus den Bereichen Geschichte, Wissenschaft und Technik behandelt, viele Fotos und farbige Abbildungen ergänzen die Texte. Umgehend keimt in mir der Wunsch, auch ein derartiges Lexikon zu besitzen, schon sehe ich mich tagelang in meinem Zimmer am Tisch darin lesen.

Ich leihe mir von Armin einen der Bände und zeige ihn Vater. Er blättert ruhig und aufmerksam das Buch durch.

„Was sollen die fünf Bände denn kosten?“

Ich nenne ihm den Preis, es handelt sich um fast fünfhundert Mark.

„Nein“, sagt Vater, „das ist Quatsch. Das findest du jetzt gut. Aber du bist schon dreizehn. In zwei Jahren ist das Kinderkram für dich. Wenn wir ein Lexikon kaufen, kaufen wir einen *Brockhaus.*“

Ich weiß nicht, was das ist. Gehört habe ich das schon, aber noch nie hielt ich ein *Brockhaus*-Lexikon in Händen. Es interessiert mich auch nicht. Ich will solch ein Jugendlexikon haben, genauso eins wie Armin es hat!

Vater bleibt fest in seiner Ansicht und meint, wir sollten uns gemeinsam ein Brockhaus-Lexikon ansehen. Damit bin ich einverstanden, so suchen wir am nächsten Tag die große Buchhandlung auf.

In einem Regal stehen die zwanzig Bände des Lexikons, von diesem Anblick bin ich tief beeindruckt. Vater erklärt, ein derart umfangreiches Lexikon nenne man Enzyklopädie. Ein tolles Wort. So steht es auch auf den Umschlägen:

BROCKHAUS ENZYKLOPÄDIE

„Du interessierst dich doch für Dinosaurier. Dann schlag einen Dinosaurier nach."

Ich überlege. Brontosaurus. Ich werde unter Brontosaurus nachsehen.

Die zarte Buchhändlerin greift den Band für Einträge Blit-Choc aus dem Regal und legt ihn mit Bedacht, nahezu feierlich, auf den Tisch. Vater hat mir beigebracht, achtsam mit Büchern umzugehen, so schlage ich den Band vorsichtig auf und habe rasch den Eintrag für Brontosaurus gefunden, ein langes Kapitel, mit Abbildung. Ich kann es nicht fassen. In keinem meiner Bücher habe ich je so viel über den Brontosaurus gelesen.

„Wenn wir das kaufen, hast du dein ganzes Leben etwas davon", sagt Vater.

Ich bin einverstanden. Vater setzt sich mit der zarten Buchhändlerin an einen Tisch und gibt die Bestellung auf. Eine Woche später liefert uns der Inhaber der Buchhandlung persönlich die zwanzig Bände der Enzyklopädie ins Haus.

Vater hatte recht. Der *Brockhaus* wird mich die Schulzeit und das Studium hindurch begleiten, mir bei unzähligen Hausaufgaben und Referaten hilfreich sein. Ich habe den *Brockhaus* heute noch, im Zeitalter von *Google* und *Wikipedia*, ich bin zwölf Mal mit ihm umgezogen, die blauen Schutzumschläge habe ich nie entfernt, alle Bände befinden sich noch in ihren Pappschubern, das sieht nicht so gut aus, aber so wertvoll sind sie mir.

1973.
Ich bin 12 Jahre alt. 7. Schuljahr.

Vor Jahren lernte ich durch die Vorführung bei Familie Seeber das Tonbandgerät zu lieben, heute besuche ich Sebastian aus meiner Klasse, und dessen Vater, Herr Schüfftan, zeigt uns seine neue Stereoanlage.

Stereoanlagen sind der letzte Schrei. Herr Schüfftan erklärt, es handele sich um Geräte der Marke *Wega*, das sei eine edle Firma aus dem Schwarzwald. Er legt abscheuliche Volksmusik auf, aber die Anlage fasziniert mich.

Von den eleganten, leicht geschwungenen Linien des in mattem Schwarz gehaltenen Chassis vermag ich kaum den Blick abzuwenden, ebenso gefällt mir die klare Anordnung der Knöpfe und Schalter. Herr Schüfftan erlaubt mir, einen der Schalter umzulegen, das fühlt sich großartig an, fest und dennoch weich, nicht so plastikpappig wie bei den billigen Geräten. Von der Anlage geht ein Zauber aus. Selbstredend bin ich ebenso hingerissen vom Klang, den die Lautsprecher im Raum erzeugen.

„*Wega* ist eben der *Rolls Royce* unter den Stereoanlagen!“, erläutert Herr Schüfftan.

Ich eröffne Vater, dass ich mir eine Stereoanlage von *Wega* zu Weihnachten wünsche, Vater zuckt zusammen, denn die deutsche

Qualitätsarbeit aus dem Schwarzwald hat ihren Preis. Dennoch, zu meinem großen Glück beschenken mich meine Eltern zu Weihnachten mit einer *Wega*-Anlage, beseelt baue ich Receiver, Plattenspieler und Kassettendeck in meinem Zimmer auf und schließe die Lautsprecher an. Die nächsten Wochen probiere ich alle Funktionen aus und erforsche den Äther. Mein Taschengeld investiere ich in Schallplatten der *Beatles* und der *Les Humphries Singers.*

Das Kassettendeck ist wesentlich unkomplizierter zu bedienen als mein Tonbandgerät. Ich nehme vom Radio Musik auf und entwickele beim Mitschneiden der Charts eine gewisse Virtuosität. Da es keine Möglichkeit gibt, die aufgenommenen Musikstücke hinterher zu bearbeiten, ist während des Mitschneidens entscheidend, genau zum richtigen Zeitpunkt die Aufnahme zu starten und zu beenden. Die Herausforderung besteht darin, das Gequatsche der Radiomoderatoren nicht mitzuschneiden.

An einem Abend bringt Vater mir ein Geschenk mit, er überreicht mir eine Schallplatte, deren Cover anders aussieht als die Hüllen meiner Platten. Vater erklärt, es handele sich um eine Aufnahme des *Bolero*, es sei sein Lieblingsstück, ein großartiges Meisterwerk der Musik des Komponisten Maurice Ravel.

Nach dem Abendessen setzt sich Vater zu mir, ich lege den *Bolero* auf. Ich drücke den Hauptschalter des Plattenspielers ein wenig nach links, bis es klackt, der Teller beginnt lautlos zu rotieren, wie von Geisterhand hebt sich nun der Tonabnehmerarm in die Höhe, schwenkt zum Plattenteller, schwebt einen Augenblick lang über der Stelle, an der die Rille der Platte beginnt, es klackt erneut, kaum hörbar, der Arm senkt sich zeitlupenartig herab, die Nadel setzt sanft auf, es knistert kurz, dann hören wir Musik!

Klassische Werke sind mir bislang fremd, und ebenso fremd ist für mich zu beobachten, wie Vater still wird, nahezu regungslos sitzt er auf meinem Schreibtischstuhl, ein wenig schwingt er im Takt der Musik mit und schließt immer wieder für einen Moment die Augen.

Vater erklärt mir den Aufbau des Stücks. Es beginnt langsam, mit wenigen Instrumenten, das Tempo nimmt zu, weitere Instrumente erklingen, das Tempo steigert sich, Vater erklärt, nun kommen die Dissonanzen, jetzt hört sich alles schrecklich durcheinander und verstört an, doch alle Instrumente beruhigen sich wieder, das Stück geht melodisch weiter und klingt schließlich aus.

Ich liebe es, wenn ich mit Vater allein in meinem Zimmer bin, aber dafür gibt es selten einen Grund, und ohne Grund kommt er nicht. So erweist sich die *Bolero*-Platte als doppeltes Geschenk, von nun an gelingt es mir regelmäßig, Vater am Abend durch das Angebot, sein Lieblingsstück aufzulegen, in mein Zimmer zu locken.

Wenn er nur wenige Schnäpse getrunken hat, zeigt Vater recht gute Laune und kann der Musik noch aufmerksam folgen.

Biete ich Vater aber an, den *Bolero* aufzulegen, wenn er schon betrunken ist, kann er sich nur mühsam vom Küchenstuhl erheben und schwankt, muss sich, um nicht umzufallen, mit den Händen an der Wand abstützen, er kann nicht mehr richtig sprechen, und auch seine Stimmung ist sehr schlecht; nicht, dass er mich dann schlagen würde, er ist nach innen wütend, schimpft Unverständliches vor sich hin. Während ich dann den *Bolero* spiele, schließt Vater die Augen, aber nicht, weil die Musik so schön ist, er ist zu betrunken, die Augen offen zu halten, auch atmet er dann schwer. Das macht mir alles Angst, aber ganz besonders unheimlich ist mir, wenn Vater die Augen wieder öffnet und hastig um sich blickt, als wisse er nicht mehr, wer und wo er ist.

Es ist nicht so schön, wenn Vater derart betrunken in meinem Zimmer sitzt und ich Angst habe. Aber ich nehme es in Kauf. Ich nehme alles in Kauf, wenn Vater nur bei mir ist.

Vierzig

1966.

Ich bin 5 Jahre alt.

Mein Schnibbel tut weh. Der Schnibbel heißt eigentlich Penis, aber wir nennen ihn Schnibbel.

Zunächst hatte ich nur gelegentlich Schmerzen am Schnibbel, doch nun tut er ständig weh. Oft kann ich kaum sitzen, weil es so zieht und brennt.

Besonders schlimm ist es in der Nacht, häufig kann ich nicht schlafen, weil der Schnibbel so schmerzt, dass ich weinen muss. Dann kommt Mutter, holt eine blaue Schale mit warmem Wasser und tropft Kamillenlösung aus der Hausapotheke hinein. Der Schnibbel wird in das warme Kamillenbad getunkt, durchaus ein interessantes Gefühl, welches mich aber nur unzulänglich tröstet, denn die Schmerzen werden nicht besser.

An einem Samstag, als meine Eltern zuhause sind und in der Küche sitzen, habe ich wieder Schmerzen. Ich winde mich unruhig auf der Küchenbank.

Onkel Bruno kommt zu Besuch, Tante Hilde hat gebacken, er bringt einen Kuchen. Er bemerkt, dass es mir nicht gut geht.

„Was hast du denn? Bist du krank?"

Ich krümme mich.

„Mein Schnibbel tut so weh ..."

Mutter blättert in einer Zeitschrift.

„Hat er in letzter Zeit öfters ...", sagt sie.

Onkel Bruno schaut mich an, dann wendet er sich meinen Eltern zu.

„Habt ihr ihm denn beigebracht, wie man sich richtig wäscht? Habt ihr ihm gezeigt, wie man die Vorhaut zurückzieht beim Waschen?"

Mutter sieht nur kurz betreten von der Zeitschrift auf. Vater zieht an seiner Zigarette und schaut aus dem Fenster.

Mich wundert das nicht, denn immer, wenn etwas mit dem Schnibbel oder überhaupt mit Untenrum zu tun hat, werden Vater und Mutter sonderbar.

Onkel Bruno sieht meine Eltern fassungslos an, dann klatscht er in die Hände.

„So, Ilse, dann lass dem Jungen mal Wasser in die Badewanne ein."

Die Badewanne ist vorbereitet, Mutter zieht mich aus, und ich setze mich in das warme Wasser, das tut gut. Ich nehme mein rotes Plastikschiff und lasse es auf den Wellen schaukeln.

„Onkel Bruno kommt gleich und zeigt dir, wie man den Schnibbel richtig wäscht", sagt Mutter, legt ein Handtuch über die Stuhllehne und geht aus dem Bad.

Mir ist nicht ganz wohl. Außer meiner Mutter und unserem Hausarzt hat mich niemand nackt gesehen und erst recht nicht berührt. Mir wäre lieber, Vater würde mir das zeigen, doch schon kommt Onkel Bruno ins Badezimmer, stellt sich neben die Wanne und beugt sich zu mir herunter.

„Weißt du, das muss man nämlich richtig machen. Wenn man sich nicht richtig wäscht, entzündet sich das, und dann hat man Schmerzen. Es gibt einen einfachen Trick, den zeige ich dir jetzt."

Onkel Bruno nimmt ein Seifenstück, rührt es in der rechten, hohlen Hand mit etwas Wasser, bis Schaum entstanden ist, dann hält er mit der linken Hand meinen Schnibbel, zieht vorsichtig die Vorhaut zurück, die Haut darunter ist rot und brennt; nun nimmt er die rechte Hand mit der Seife, umschließt den Schnibbel, massiert etwas hin und her, wäscht ihn dann ab, und als er loslässt, flutscht die Vorhaut wieder zurück.

Onkel Bruno wäscht sich am Waschbecken die Hände.

„Wenn du das jetzt immer so machst, entzündet sich nichts mehr, und dann tut auch nichts mehr weh."

Ich nicke. Gut, dass Onkel Bruno mir gezeigt hat, wie man den

Schnibbel richtig wäscht. Die Schmerzen lassen schon nach. Es wäre mir trotzdem lieber gewesen, Vater hätte es mir gezeigt. Das rote Schiff schaukelt auf den Wellen.

1969.
Ich bin 8 Jahre alt. 3. Schuljahr.

Schwimmen lernen steht auf dem Stundenplan. Ein kleiner Bus holt uns von der Schule ab und fährt zum städtischen Hallenbad, wo das Nichtschwimmerbecken auf uns wartet.

Noch nie habe ich ein Schwimmbad von innen gesehen. Die ganze Sache ist mir unangenehm, man muss sich ausziehen, fast nackt mit den anderen Kindern herumlaufen. Die Geruchsmischung aus Chlor und Schweißfüßen, der laute Widerhall des Kindergeschreis, die kalten Kacheln und nicht zuletzt das Wasser, alles flößt mir Furcht ein. Aber ich will schwimmen lernen!

Wir planschen zunächst im Wasser herum, dann wird jedem Schüler ein weißes Styroporbrett gereicht. Dieses kann nicht untergehen, wird uns erklärt, selbst wenn ich alle Kraft aufwende, vermag ich es nur wenige Zentimeter unter Wasser zu drücken.

Jeder nimmt nun sein Brett zwischen die Hände und strampelt mit den Beinen wie ein Frosch. Anna kann schon schwimmen, daher darf sie mir bei der Übung helfen. Während ich mit den Beinen die Froschbewegung ausführe, steht sie neben mir und stützt mich, indem sie die eine Hand von unten auf meine Brust drückt und die andere auf meinen Bauch, es ist ein sonderbares Gefühl, so berührt zu werden, fremd, sehr fremd, es kribbelt unter der Haut, und ich bedauere es sehr, als die Übung beendet wird und Anna ihre Hände von mir nimmt.

Während der nächsten Wochen erlernen wir die Ruderbewegungen der Arme, und dann naht der entscheidende Moment, wir sollen gleichzeitig mit den Armen rudern und mit den Beinen die Froschstrampelbewegung ausführen.

Ich bin aufgeregt, sehr aufgeregt, ich strampele und rudere zu hektisch, ich schlucke ekliges Chlorwasser, doch nach kurzer Zeit bekomme ich die Bewegungen in den Griff, es geht, ich halte mich über Wasser, ich schwimme vorwärts, ich kann schwimmen!

Am Abend erzähle ich meinen Eltern beglückt, ich könne jetzt schwimmen. Ich will es ihnen zeigen. Vater und Mutter sollen mich schwimmen sehen.

„Ja, später, wenn Sommer ist“, sagt Mutter, Vater sagt nichts und schneidet sein Corned Beef in Scheiben.

Es ist Sonntag. Meine Eltern sollen endlich sehen, wie toll ich schwimmen kann. Es ist Nachmittag. Ich quengele. Es gibt eine seichte Stelle, da fließt die Agger recht ruhig, ich habe dort schon Familien im Wasser gesehen. Meine Eltern müssen mit mir hinfahren, ich werde schwimmen, und meine Eltern sollen es sehen.

Meine Eltern haben keine Lust. Vater will in der Küche sitzen und rauchen, Mutter will in Zeitschriften blättern. Ich quengele weiter, bis sie missmutig mit mir zu der seichten Stelle fahren. Es ist kalt und windig, kein anderer Mensch ist unterwegs. Ich ziehe mich schnell aus und die Badehose an, ich habe Gänsehaut. Vater bleibt im Auto sitzen. Es hat keinen Zweck zu betteln, dass er mitkommt, das weiß ich, wenn Vater im Auto sitzen bleiben will, dann bleibt er im Auto sitzen.

Mutter nimmt mich an die Hand, vorsichtig gehen wir über die Kieselsteine ans Wasser. Ich zittere, ich tunke einen Fuß ins Wasser, es ist eiskalt. Man muss nur etwas warten, dann fühlt sich kaltes Wasser viel wärmer an, habe ich gehört.

„Komm“, sagt Mutter jetzt ungehalten und zieht mich vom Ufer weg, „das hat keinen Zweck. Ich glaub’ dir ja, dass du schwimmen kannst.“

Wir fahren wieder nachhause. Vater setzt sich in die Küche und raucht. Mutter setzt sich ins Wohnzimmer und blättert in Zeitschriften.

Ich gehe in mein Zimmer.

Meine Eltern sehen mich nie in ihrem Leben schwimmen.

1974.
Ich bin 13 Jahre alt. 8. Schuljahr.

Mit dem Kassettendeck meiner Stereoanlage kann ich Musik vom Radio aufnehmen, aber ich kann damit nicht vor die Tür gehen und Töne aufnehmen. Auch mein Tonbandgerät ist dafür zu schwer, so habe ich eine Weile mein Taschengeld gespart und meiner Sammlung an technischen Geräten noch einen leichten Kassettenrekorder mit den Abmessungen einer Zigarrenkiste hinzugefügt. Da er sowohl am Stromnetz als auch mit Batterien betrieben werden kann, ist es mir jetzt möglich, überall draußen in der Welt Töne aufzunehmen.

Zum Lieferumfang gehört neben dem Mikrofon eine schwarze Ledertasche mit Riemen, ich schiebe das Gerät in die Tasche, hänge mir den Rekorder um und ziehe los in die Stadt.

An der Hauptstraße nehme ich Verkehrsgeräusche auf, im Park halte ich das Mikrofon in Richtung verschiedener Tiere, später am Tag banne ich den Klang einer Kirchenglocke auf Kassette. Auf die Idee, Gespräche mit Menschen aufzuzeichnen, komme ich nicht.

Im Biologieunterricht nehmen wir den menschlichen Körper durch, den Blutkreislauf, den Darm, die Atemorgane. Dies bringt mich auf einen Gedanken.

Am Nachmittag setze ich mich in meinem Zimmer auf das Bett, schalte das Radio ab, das normalerweise immer läuft, ziehe mir Hemd und T-Shirt aus. Ich nehme den Kassettenrecorder zur Hand, drücke Vorlauf- und Aufnahmetaste gleichzeitig, um die Aufnahme zu starten, und presse nun das Mikrofon gegen meinen Bauch. Nach einigen Minuten drücke ich die Stop-Taste, spule zurück und höre mir die Aufnahme an. Aus dem schwarzen Plastikgehäuse des Rekorders ertönt ein kräftiges Grummeln, Glucksen und Blubbern. Wie großartig, ich höre in mich hinein!

Nun drücke ich das Mikrofon in Höhe des Herzens gegen meinen entblößten Oberkörper und starte die Aufnahme. Ich versuche flach zu atmen, ich bin gespannt auf die neuen Töne aus meinem Innenleben. Doch ein Krachen zerreißt die Stille, Oma Lena hat die Tür aufgerissen und stürzt in mein Zimmer, vermutlich erregte das abgestellte Radio ihren Argwohn. Nun steht sie da, die Hände in die Hüften gestemmt, ihr strenger Blick durchmisst mein Zimmer, dann sieht sie mich angewidert an.

„Warum sitzt du nackend da?“

Nackend.

Das ist es.

Ihre Mundwinkel verziehen sich.

„Ich nehme meinen Herzschlag auf. Mit dem Kassettenrekorder“, antworte ich so ruhig ich kann.

„Dafür muss man nackend sein?“

Oma Lena wirft mir noch einen angeekelten Blick zu, dann verlässt sie mein Zimmer und knallt die Tür hinter sich zu.

1974.
Ich bin 13 Jahre alt. 8. Schuljahr.

Mutter ist eine harte Geschäftsfrau. Von den Rechnungen der Lieferanten zieht sie grundsätzlich Skonto ab, ob die Lieferanten Skonto anbieten oder nicht. Nur selten gibt es Beschwerden, so spart Mutter über die Jahre ein Vermögen.

Gegen Werbeeinflüsterungen ist Mutter immun. Sie kauft, was sie will, Versuche, ihr etwas aufzuschwatzen, prallen an ihr ab.

An einem sonnigen Frühlingstag des Jahres 1973 jedoch betritt eine freundliche Dame ihres Alters das Geschäft meiner Eltern. Die Dame verwickelt Mutter in ein angeregtes Gespräch, es wird gelacht und in manchen Belangen ein wundersames Einverständnis bemerkt, und als die Dame das Geschäft verlässt, hat Mutter den Abonnementvertrag für den Bezug der populären Zeitschrift *Quick* unterschrieben, die fortan wöchentlich von einem Boten in den Laden geliefert wird.

Im Geschäft findet Mutter kaum Zeit, die *Quick* zu lesen, so bringt sie das Blatt mit nachhause. Dort sorgt das Presserzeugnis für helle Aufregung. Die *Quick* ist Oma Lena ein mächtiger Dorn im anständigen Auge, ziert doch jedes Cover, ganz im freizügigen Stil der Zeit, eine barbusige oder gar völlig unbekleidete junge Dame.

Gerät ein neues Exemplar in Oma Lenas Hände, reißt sie das Cover der Zeitschrift ab und ruft wütend aus:

„Bah, wieder so ein nacktes Fraumensch!“

Daher liegen immer einige Ausgaben der *Quick* ohne Cover in der Wohnung herum, doch glücklicherweise inspiziert Oma Lena das Innenleben der Publikationen nicht. So verschleppe ich gelegentlich ein Exemplar in mein Zimmer und studiere es abends heimlich unter der Bettdecke beim Licht meines großen Leuchtglobus, den ich zur ersten heiligen Kommunion geschenkt bekommen habe. Da die Erde bekanntlich zu weiten Teilen von Wasser bedeckt ist, studiere ich die *Quick* bei blauem Licht, und da der Globus die knappe Luft unter der Bettdecke tüchtig erhitzt, tropft mir der Schweiß von der Stirn, das nehme ich aber gern in Kauf, entdecke ich doch zahlreiche interessante Abbildungen, obgleich mich einige auch verstören. So findet sich zu einem Artikel über die Pubertät das Foto eines Mädchens, etwa in meinem Alter, es ist nur leicht bekleidet mit einem Nachthemd, unter dem sich obenrum knospende Wölbungen abzeichnen, das leichte Gewand ist hochgezogen bis über die Hüften, und zwischen den gespreizten jugendlichen Schenkeln hält das Mädchen einen Teddybären. Das Mädchen schaut voller Staunen auf den Teddybären, worüber sie nur so staunen mag, ich verstehe die Sache mit dem Bären nicht, irritiert blättere ich weiter.

1974.
Ich bin 13 Jahre alt. 8. Schuljahr.

Wir stehen vor dem Physikraum, unser Lehrer lässt auf sich warten, es ist uns nicht unangenehm. Ich plaudere mit Marcel, wir setzen uns abseits in eine erhöhte Fensternische und lassen die Beine baumeln.

„Sag mal ... mhhh ..." Marcel will offenbar Bedeutendes mit mir besprechen. Nun wendet er sich mir zu und wird leiser. „Machst du auch Selbstbefriedigung?"

Marcel schaut mich erwartungsvoll an. Ich schüttele wahrheitsgemäß den Kopf, der Begriff ist mir unbekannt.

„Das musst du probieren", flüstert Marcel mir beschwörend zu, „unbedingt! Das ist ganz toll! Du schiebst die Vorhaut immer hin und her", dabei demonstriert er mit seinen Fingern die Bewegung, „und dann kommt ein super schönes Gefühl!"

Ich winke ab.

„Ach so“, sage ich, „das meinst du. Das mache ich schon lange.“

Marcel stutzt.

„Und wer hat dir das gezeigt?“

Ich bin reichlich verwundert über die Frage. Ich erläutere Marcel, dass ich selbst darauf gekommen bin.

Marcel lacht.

„Willst du mich verarschen? Da kommt man doch nicht selber drauf!“

„Und ob“, entgegne ich, „so gespielt eben ... und ... naja.“

Marcel schaut mich ungläubig an.

„Also, mir hat das Sören gezeigt.“

Der Lehrer kommt, wir rutschen von der Fensterbank, gleich werden wir es mit kommunizierenden Röhren zu tun bekommen.

1976.

Ich bin 15 Jahre alt. 10. Schuljahr

Ich besuche meine Eltern im Geschäft, es herrscht viel Betrieb. Nun betritt eine hübsche, junge Frau mit langen braunen Haaren den Laden. Ich sehe, die Blicke der Dame und meines Vaters treffen sich, Vater nickt ihr zu und winkt sie in den kleinen Korridor, der den Eingangsbereich unseres Geschäfts mit dem hinten gelegenen Atelier verbindet. Ich habe den Eindruck, Vater vergewissert sich durch einen prüfenden Blick, dass Mutter nicht in der Nähe ist, dann zieht er aus der Schublade des Telefonschränkchens ein Pergamintütchen mit Fotos hervor, die er der Dame überreicht. Sie schaut sich die Fotos an und ist offenbar zufrieden, sie lacht und freut sich.

„Gut so?“, höre ich Vater fragen.

„Ja, sehr, sehr schön, vielen Dank!“, sagt die Dame erfreut.

Ich bin irritiert. Was geht hier vor? Warum diese Geheimnistuerei?

Nachdem im Geschäft etwas Ruhe eingekehrt ist, nehme ich Vater beiseite und spreche ihn bezüglich der jungen Dame an. Vater schmunzelt.

Er greift wieder in die Schublade des Telefonschränkchens, zieht erneut ein Päckchen Fotos hervor und geht mit mir nach hinten ins Atelier. Vater reicht mir die Aufnahmen, es handelt sich um Aktfotos der jungen Dame, in rotes Licht getaucht kommen ihre weiblichen Rundungen sehr angenehm zur Geltung, sanft fallen ihre langen Haare über die bloßen Schultern und den prallen Busen.

„Sie wollte ihrem Freund etwas Besonderes zum Geburtstag schenken“, erklärt Vater, „aber nix Mutti sagen.“

Jetzt verbindet Vater und mich ein Männergeheimnis.

2012.

Ich bin 51 Jahre alt

Im Sommer 1940, nach dem Sieg der deutschen Wehrmacht über Frankreich, wird Reinhold in der Nähe von Paris stationiert. Die zeitgenössischen Fotos zeigen einen ernsten, aber sehr attraktiven jungen Mann, zudem spricht er fließend Französisch und kann bei Bedarf sehr charmant zu Frauen sein. Leider erst nach seinem Tod keimt in mir der Gedanke, er könnte zu jener Zeit in Frankreich eine Freundin gehabt haben. Heute kann ich ihn nicht mehr fragen. Hat er dort sogar ein Kind gezeugt? Habe ich möglicherweise ein französisches Halbgeschwister?

Es gibt nie einen Hinweis, keine randläufige Bemerkung in der

Familie oder merkwürdige Briefe, auf die sich keiner einen Reim machen kann. Nichts dergleichen. Auch während der letzten Monate seines Lebens, als Vater und ich viel Zeit allein miteinander verbringen, gibt es keinerlei Andeutung.

Und doch spukt mir das Szenario im Kopf herum.

Ich besuche Mutter, und wir schauen Familienfotos an. Nun liegt eine Fotografie auf dem Tisch, die mir vertraut ist, die mich jedoch schon immer sehr befremdete. Meine Mutter sitzt als junge Frau auf der Kante eines Sofas, sie trägt einen eleganten dunklen Seidenmorgenmantel, floral gemustert, in der Hand hält sie leicht lasziv eine Zigarette, Pantoffel mit überdimensionierten, hellen Püscheln runden das eigentümliche Bild ab. Ich habe nie ein anderes Foto von meiner Mutter gesehen, auf dem sie in ähnlicher Kleidung und Pose abgelichtet worden wäre.

„Ich wusste gar nicht, dass du geraucht hast!“, sage ich.

Mutter lacht auf.

„Nein, hab ich auch nicht. Das war so. Der Papa kam auf Urlaub aus Frankreich und hat mir den Morgenmantel als Geschenk mitgebracht. Ein tolles Ding. Dann meinte er, jetzt mach ich schöne Fotos von dir. Ich sollte den Mantel anziehen, dann hat er mir noch eine Zigarette von sich in die Hand gedrückt und die Pantoffel angezogen. Die waren von seiner Mutter, ich hatte ihn bei seiner Mutter in Essen besucht.“

„Aha“, sage ich, „dann hat er in dem Moment mit dir seine französische Freundin nachinszeniert!“

Mutter sieht mich scharf an.

Einundvierzig

1937.
Essen.
Reinhold ist 18 Jahre alt.

Martha Fischer ist besorgt. Ihre Söhne sind fleißig und strebsam, das ist gut so, doch sie befürchtet, ihr jüngerer Sohn Reinhold übertreibe es. Wenn der Optikerlehrling vom harten Arbeitstag in seinem Lehrbetrieb heimkommt, isst er eine Kleinigkeit und bricht sogleich wieder auf. In der nahegelegenen Berlitz School lernt er Englisch und Französisch. Finden am Abend keine Unterrichtsstunden statt, sitzt er am Küchentisch und lernt Vokabeln. Hat dieser Lerneifer etwas damit zu tun, dass der Junge gerade vor zwei Jahren seinen Vater verloren hat? Martha Fischer macht sich keinen Reim darauf, und da Reinhold sich, abgesehen von ständiger Blässe, guter Gesundheit erfreut, lässt sie ihn gewähren.

Wenige Jahre später zahlt sich die Strebsamkeit des jungen Mannes in einer Weise aus, die er selbst nicht erahnte. Im September 1939 besteht er die Gesellenprüfung im Optikerhandwerk. Als er von der bestandenen Prüfung heimkommt, liegt der Einberufungsbescheid auf dem Küchentisch, seine Mutter Martha sitzt auf dem Stuhl stumm daneben. Inzwischen spricht Reinhold fließend Englisch und Französisch.

Reinhold wird im Sommer 1940 nahe Paris stationiert, nun erweisen sich seine Sprachkenntnisse als ausgesprochen hilfreich. Hier geht es ihm gut als Soldat der siegreichen Armee im besiegten Land, er kommt mit den Franzosen zurecht, er spricht ihre Sprache und ist von freundlicher, zurückhaltender Art, da gibt es Andere. Bei den Kameraden ist er beliebt. Wenn gefeiert wird und Reinhold bei entsprechender Laune ist, trägt er zur Erheiterung der Gesellschaft Witze in ostpreußischem Dialekt vor, auch hier zeigt sich sein Sprachtalent.

Der Gefreite Reinhold Fischer wird an verschiedensten Kriegsschauplätzen eingesetzt; in mobilen Einheiten hinter einer Front werden Luftaufnahmen der Aufklärer entwickelt, hier steht er manchmal mehrere Tage ohne Schlaf an den Entwicklungsgeräten, es helfen nur noch starke Zigaretten, um ihn wachzuhalten, in solch einem Laborwagen beginnt Reinhold zu rauchen.

Am Ende einer Kreisbewegung des Wahnsinns wird Reinhold Ende 1944 in der Ardennenoffensive eingesetzt, erneut findet er sich in den belgischen Wäldern wieder, die er vier Jahre zuvor bereits einmal durchquert hatte. Hitler versucht mit dieser letzten großen Offensive seiner in schwere Bedrängnis geratenen Wehrmacht eine Wende herbeizuführen, doch die verbliebenen Kräfte erweisen sich nach Anfangserfolgen überfordert und den alliierten Kräften unterlegen. Reinhold gerät am 22. Januar 1945 in dem kleinen, schwer umkämpften belgischen Grenzort St. Vith in amerikanische Kriegsgefangenschaft und wird in ein Lager der US-Army auf französischem Boden verbracht. Bei der Erstbefragung gibt er seine Sprachkenntnisse an, die Amerikaner horchen auf, denn sie haben ein Problem. Sie können sich kaum mit der französischen Bevölkerung in den umliegenden Gebieten verständigen, und auch mit den deutschen Kriegsgefangenen ist es schwierig, so ist ein deutscher Kriegsgefangener, der sowohl die englische als auch die französische Sprache beherrscht, Gold wert. Die Amerikaner stellen Reinhold als Dolmetscher an und bezahlen ihn ordentlich.

Fast zwei Jahre bleibt Reinhold in diesem Kriegsgefangenenlager, es geht ihm den Umständen entsprechend gut. Die GIs mögen ihn. Wenn ihre Dienstzeit sich dem Ende nähert und sie kurz vor der Heimreise in die USA stehen, fahren sie in die nahegelegene Stadt, Präsente für die schmachtenden Bräute in Übersee zu erwerben. Auf der Shoppingtour ist ein Dolmetscher vonnöten, so nehmen sie Reinhold mit. Dieser spricht nicht nur die Sprache der Einheimischen, er versteht auch noch, charmant, aber knüppelhart zu verhandeln, und so geizen die GIs auch nicht mit Trinkgeldern für den wertvollen Begleiter.

Als Reinhold aus der Kriegsgefangenschaft entlassen wird, hat er 423 US-Dollar als Dolmetscher verdient, so steht es in seinen Akten, die Höhe der zugesteckten Trinkgelder bleibt für immer sein Geheimnis. Reinhold Fischer kehrt mit einem Vermögen in die zerstörte Heimat zurück.

Seit 1949 betreiben meine Eltern ihr Fotoatelier in Troisdorf, einer Industriestadt. Die ansässigen, teils sehr großen Werke haben internationale Geschäftsbeziehungen, und so suchen oft durchreisende oder zeitweilig in Troisdorf arbeitende Ausländer aus aller Welt das Geschäft meiner Eltern auf. Wenn ich sie nach der Schule im Geschäft besuche, treffe ich häufig Vater an, der sich soeben mit fremdländischen Kunden munter in deren Sprache unterhält.

Ich selbst erhalte in der Schule Englischunterricht von der 5. bis zur 13. Klasse. In der Oberstufe wähle ich Englisch als Abiturfach. Französisch lerne ich von der 7. bis zur 10. Klasse auf der Realschule.

Nie hat mein Vater meine Hausaufgaben in Englisch oder Französisch nachgesehen. Nie hat er mich Vokabeln abgefragt oder gesagt, komm, lies mir diesen Text vor, ich korrigiere deine Aussprache. Nie hat er gesagt, lass uns eine Stunde englisch miteinander sprechen. Jeden Abend sitzt er, wenige Meter von mir entfernt, mit seinem Schnaps in der verrauchten Küche, der Bewohner eines fremden Universums.

1987 ziehe ich nach Berlin, meine Eltern haben sich mittlerweile im Rentnerdasein gut eingerichtet. An einem Tag besuche ich sie in Troisdorf und muss von dort ein dringendes Telefonat führen. In Berlin lebe ich in einer Wohngemeinschaft, wir wollen die

Küche neu tapezieren, und ich muss mit Umberto, unserem italienischen Mitbewohner, geplante Arbeiten absprechen. Da Umberto des Deutschen nicht mächtig ist, kommunizieren wir in englischer Sprache.

Ich stehe im Flur der Wohnung meiner Eltern, seit Jahrzehnten hängt das graue Wählscheibentelefon hier an der Wand, ich spreche mit Umberto über unseren Zeitplan. Vater schlurft mit der Zigarette in der Hand durch den Flur, bleibt stehen, sieht mich verblüfft an, schlurft dann weiter in die Küche.

Mein Telefonat ist beendet, ich setze mich zu Vater an den Küchentisch.

„Woher kannst du denn so gut Englisch?“, fragt er mich.

Ich hole tief Luft.

„Hör mal, ich hatte Englisch in der Schule! Englisch war eines meiner Abiturfächer!“

Vater sieht mich grimmig an.

„Woher soll ich das wissen?“, raunzt er mich an und sieht aus dem Fenster.

Zweiundvierzig

1971.
Troisdorf.
Ich bin 10 Jahre alt. 5. Schuljahr.

Die Lehrer meiner Grundschule haben mich begutachtet und befunden, ich sei für das Gymnasium geeignet. Noch nie gab es einen Gymnasiasten in der Familie, meine Vorfahren waren Landarbeiter und Handwerker. So sind meine Eltern sehr stolz.

Doch es geht mir nicht gut auf dem Gymnasium. Zu dieser Zeit werden dort nur Jungen unterrichtet, der Umgang untereinander ist rau, es wird viel gerauft und geknufft. Das ist mir fremd und macht mir Angst.

Die Lehrer sind streng, und auch vor ihnen fürchte ich mich, besonders ängstige ich mich vor unserem Klassenlehrer, Herrn Manteuffel. Oft hebt er sein Kinn, eine Eigenart, die ich von Onkel Bruno kenne, und die auf mich sehr bedrohlich wirkt. In der Tat zeigt sich, Herr Manteuffel zieht gerne an Ohren oder gibt Klapse auf den Hinterkopf.

Ich kann dem Unterricht nicht folgen, meine Noten sind schlecht, und jeden Morgen, wenn meine Eltern mich zur Schule fahren, ist mir übel.

Es ist Sommer. Ich sitze im heißen Klassenzimmer wie unter einer Glocke, weder bekomme ich etwas vom Vortrag des Lehrers mit noch von meinen Klassenkameraden.

Ich sitze am Tisch, und mein Blick fällt auf meinen linken Unterarm, der wie abgetrennt vor mir auf dem Tisch liegt. Ich zupfe an der Haut, knete hier und da und beobachte, wie die gereizten Stellen sich langsam röten. Dann beginne ich mit den Fingernägeln die Oberseite des Armes zu kratzen. Ich kratze beständig und rhythmisch, rasch wird die Haut rot, es zeigen sich lange Streifen, ich kratze weiter, bis rohes Fleisch kommt und Blut austritt. Es schmerzt, aber das stört mich nicht, interessiert betrachte ich die kleinen Blutströpfchen. Das Blut verfestigt sich, es bilden sich kleine Knubbel, ich kratze weiter, bis neue Tröpfchen austreten. Nun beginne ich, den rechten Arm mit den Fingernägeln der linken Hand aufzukratzen.

Ein Mitschüler am Nebentisch sieht angewidert zu mir herüber.

„Du bist ja so bescheuert", raunzt er mir zu.

Beim Mittagessen fragt mich Oma Lena mit strengem Blick, was denn mit meinen Armen sei. Ich gebe an, mit dem Fahrrad gestürzt zu sein.

„Du lügst! Du hast dich gekratzt!"

In ihrer Stimme schwingt das kalte Glück, mich ertappt zu haben.

Ich sage nichts.

Tage verbringe ich damit, den Schorf, der sich gebildet hat, immer wieder neu aufzuknibbeln, bis die Stellen bluten.

Faul bin ich nicht, ich versuche die Hausaufgaben zu machen. Aber ich verstehe die Sprachen nicht, ich verstehe die Berechnungen nicht.

Nach zwei Jahren bitten die Lehrer Tante Hilde zu sich, Schulgespräche führt Tante Hilde, meine Eltern können ja das Geschäft nicht verlassen. Die Lehrer erklären Tante Hilde, ich sei geistig leicht zurückgeblieben, und niemand im Kollegium verstehe, warum die Kollegen von der Grundschule mich auf das Gymnasium empfohlen hätten. Auf einer Sonderschule sei ich vermutlich gut aufgehoben, da werde mir die gebotene besondere Aufmerksamkeit zuteil. Wenn die Familie der Empfehlung nicht folgen wolle, könne sie es ja zunächst mit einer Hauptschule probieren.

Ich bin ein sonderbares Kind, das steht für meine Eltern außer Frage, aber meine Auffassungsgabe schätzen sie ein wenig optimistischer ein als das Lehrpersonal. Sie melden mich auf der Realschule an.

Nun besuche ich die siebente Klasse der Realschule, und mir ist viel wohler. Hier werden Jungs und Mädchen gemeinsam unterrichtet, körperliche Züchtigungen finden nicht statt. In den meisten Fächern unterrichten junge Lehrerinnen, sie sind freundlicher als die Lehrer, und ich fürchte mich nicht vor ihnen.

Einige Wochen nach Beginn des neuen Schuljahrs erwähne ich beiläufig während des Abendessens, es sei ganz gut auf der neuen Schule, nur verstünde ich nicht, dass die anderen Kinder lesen könnten, was der Lehrer an die Tafel schreibt, das sei doch so weit weg.

Vater, gelernter Optiker, sieht auf. Am nächsten Tag geht er mit mir zum Augenarzt. Dieser diagnostiziert eine starke Kurzsichtigkeit. Vater verschränkt die Arme.

„Das erklärt einiges“, sagt er dann.

Ich will keine Brille. Brillen sind hässlich. Kindern mit Brillen wird „Brillenschlange!“ hinterhergerufen. Ich will nicht hässlich sein. Mutter sucht beim Optiker ein scheußliches Horngestell für mich aus, das mein Antlitz hochgradig verunstaltet.

Einige Tage später suchen wir wieder den Optiker auf, die neue Brille abzuholen. Es ist bereits dunkel, kurz vor Geschäftsschluss. Mir wird die neue Brille aufgesetzt, ich heule Rotz und Wasser, ich bin so furchtbar entstellt. Wir verlassen das Geschäft, ich kann kaum etwas sehen, denn die Tränen verschleiern meinen Blick.

Der Optiker befindet sich in einer kleinen Nebenstraße, wir biegen um die Ecke und gehen nun die Hauptstraße entlang. Ich bleibe stehen. Mit dem Ärmel wische ich mir die Tränen aus den Augen und rücke meine neue Brille zurecht. Ich kann es nicht fassen. Bis ans Ende der Straße kann ich sehen, in munteren Farben leuchten die Neonschriftzüge der Geschäfte, ich kann sie alle lesen, auch die weit entfernten. Wohin ich auch blicke, ich kann alles scharf sehen, alles erkennen, jedes Detail, jeden Buchstaben.

Ein brillanter Schüler werde ich nie, doch nach kurzer Zeit bringe ich passable Noten heim, und manche Fächer bereiten mir sogar Freude. Nach vier Jahren Realschule reichen meine Leistungen für die so genannte „Qualifikation", dies bedeutet, ich darf mich auf einem Gymnasium anmelden. An dem ehemaligen Mädchengymnasium werden nun, nach Reformen im Schulsystem, auch Jungs angenommen.

1976.
Urnäsch (Schweiz).
Ich bin 15 Jahre alt. 10. Schuljahr.

Ich esse nur noch sehr wenig. Hunger verspüre ich schon, werde aber von der Vorstellung heimgesucht, nach einer Mahlzeit könnte mir furchtbar übel werden. An das Hungergefühl gewöhne ich mich rasch.

Besonders am Abend esse ich fast nichts mehr, denn ich bin mir sicher, sobald ich mich waagerecht ins Bett lege, wird mir schlecht werden. So sitze ich spät in der Dunkelheit aufrecht im Bett, mit dem Rücken an die Zimmerwand gelehnt, das Kopfkissen zur Polsterung zwischen Rücken und Wand platziert. Diese Position verhindert, dass mir übel wird. So schlafe ich ein. Morgens erwache ich liegend, zugedeckt, mein Kopf ruht auf dem Kopfkissen, an die Positionsveränderung kann ich mich nicht erinnern.

Ich nehme ab. War ich zu meinem vierzehnten Geburtstag etwas pummelig, bin ich ein Jahr später deutlich verschlankt, ein Umstand, von dem niemand Notiz nimmt.

Im Sommer wird eine neue Ferienfreizeit der katholischen Jugend angeboten, das Ziel ist ein Ort in der Schweiz am Fuß des Säntis. Die Gruppe ist groß, fünfzig Jugendliche mit sechs Betreuerinnen und Betreuern ziehen in das Gästehaus ein. Selbstredend werden die Mahlzeiten in der Gruppe eingenommen, jeweils acht Jugendliche sitzen an einem Tisch und freuen sich über die dampfenden Schüsseln mit Kartoffeln, Gemüse und Fleisch.

Ich esse nichts.

Wenn mir jetzt schlecht würde? Hier inmitten der Gruppe? Nein, ich esse lieber nichts.

Ein Betreuer nimmt mich beiseite und fragt mit einer Besorgnis, die mich anrührt, ob ich krank sei. Ich verneine, es gehe mir gut. Ich habe nur keinen Appetit. Die anderen Jugendlichen frotzeln, der Fischer will sich nur wichtig machen. Nach wenigen Tagen haben sie sich an meine Abstinenz gewöhnt und kümmern sich nicht mehr darum.

Am späten Abend schleiche ich mich in die Küche und esse ein Marmeladenbrot, hier bin ich alleine, in Ruhe, jetzt kann ich essen. Aber ich esse nur ein Brot, mehr nicht, denn ich schlafe in einem Saal mit anderen, jetzt kann ich ja nicht im Sitzen einschlafen wie daheim; nein, nur ein Brot, ich gehe kein Risiko ein.

Ab und zu werde ich eingeteilt, den beiden freundlichen Köchinnen in der Küche zu helfen, ich unterhalte mich gern mit ihnen. Sie zeigen sich bedrückt, da sie annehmen, die von ihnen liebevoll zubereiteten Speisen schmeckten mir nicht. Später erfahre ich, sie haben sich von der Reiseleitung die Telefonnummer des Geschäfts meiner Eltern geben lassen und dort angerufen. Sie fragten meine Mutter, was denn nur sein könne; „Ach", sagte meine Mutter, „unser kleiner Spinner hat mal wieder Anwandlungen, der wird schon irgendwann wieder essen."

Vater allerdings erschrickt, als ich dünn aus dem Ferienlager zurückkehre, und schickt mich zum Arzt. Dieser zapft Blut ab, befragt mich eingehend, kann keine Krankheit finden, so bleibt alles, wie es ist.

Nach einer Zeit entdecke ich bei *Edeka* das neue Tiefkühlregal. Gefrorene Mahlzeiten, die man zuhause nur noch im Ofen erhitzt, kommen in Mode. Exotisches liegt in diesem Regal, italienische Gerichte wie Cannelloni oder Lasagne gibt es zu entdecken. Die Sache ist nicht billig, doch ich bekomme gutes Taschengeld, so entwickele ich ein Ritual.

Nach der Schule kaufe ich eine Packung Cannelloni, fahre heim und schiebe das Aluschälchen in den Ofen. Oma Lena ist erschüttert, dass ich den *Frampf*, wie sie minderwertiges Essen schimpft, ihren Gerichten vorziehe. Auch protestiert sie lautstark, weil ich an ihrem Herd herumfuhrwerke, aber das hält mich nicht ab.

Ich richte die fertigen Cannelloni auf einem Teller an, gehe in mein Zimmer, schließe die Tür, lege meine Lieblingsplatte auf, *The Promised Land* von den *Les Humphries Singers*, und genieße in Ruhe die Röllchen aus einer fremden Welt, Tore öffnen sich, Verheißungen auf ein anderes Universum tanzen durch mein Kinderzimmer in Troisdorf.

Ich esse wieder.

Dreiundvierzig

1968.
Troisdorf.
Ich bin 7 Jahre alt. 2. Schuljahr.

Tante Hilde erlaubt mir, am Nachmittag eine Stunde fernzusehen. Ein japanischer Kinderfilm wird gesendet. Es geht um zwei Jungs in meinem Alter, Geschwister, sie sehen allerdings anders aus als wir Kinder hierzulande, sie haben sonderbare Augen und tragen Schuluniformen. Das scheint ein seltsames Land zu sein, dieses Japan.

Die Jungs sind freundlich und fröhlich, frohgemut gehen sie jeden Morgen zu Fuß einen langen Weg zur Schule, dieser führt an einem Tümpel vorbei. Eines Tages spazieren die Brüder wieder in der Nähe des Kleingewässers, da sehen sie zu ihrer Überraschung eine plätschernde Bewegung auf der Wasseroberfläche, sie treten näher, und zu ihrer Überraschung entdecken sie einen großen Fisch, der seine Kreise zieht. Die Jungs knien am Ufer nieder, der Fisch schwimmt heran und legt große Zutraulichkeit an den Tag, doch dann müssen sie weiter, die Schule ruft.

Fortan treten die Brüder jeden Morgen zur gleichen Zeit an das Tümpelufer, sie werden von ihrem schuppigen Freund bereits erwartet. Sie sprechen ein wenig zu dem Fisch, der seine Freude über den Besuch mit kreisförmigen Schwimmbewegungen zum Ausdruck bringt, dann gehen die Kinder zur Schule. Wochenlang wiederholt sich das Ritual, Kinder und Fisch sind nun richtig gute Freunde.

Da steht eine Trennung an.

Ferien.

Die Jungs treten bedrückt an das Ufer und erklären ihrem Freund im Wasser, dass nun Ferien seien und sie einige Wochen mit ihren Eltern Urlaub machen bei Oma und Opa auf einer vorgelagerten Insel. Aber, so versprechen es die Brüder hoch und heilig, nach ihrer Reise werde ihr erster Weg hierher zum Tümpel führen. Der schuppige Kamerad schaut still und traurig durch das Wasser auf die verschwommenen Silhouetten seiner menschlichen Freunde, die sich nun umdrehen und fortgehen.

Die Brüder haben Spaß im Urlaub, doch sie freuen sich auch unbändig, ihren Fischfreund wiederzusehen. Kaum hat der Vater am Ende der Rückreise den Familienkombi in der Einfahrt geparkt, stürzen sie regelrecht aus dem Auto.

Die Kinder laufen Richtung Tümpel. Sie rennen und rennen, es ist ein längerer Weg, dann bleiben sie abrupt stehen, ihr Blick wird starr, sie atmen schwer. Bekommen sie keine Luft, weil sie so schnell gelaufen sind, oder ist es der Schrecken? Die Brüder stehen auf einer Anhöhe und blicken hinunter in das Tal, wo sich Wäldchen und Tümpel befanden. Doch soweit der Blick der Brüder reicht, sehen sie nur eine riesige Baustelle. Das gesamte Gelände ist eine einzige planierte Fläche, vom Wäldchen, vom Tümpel, von Wiesen und Büschen keine Spur mehr. Auf der planierten Schotterpiste fahren Laster und Planierraupen hin und her und erzeugen große, weiße Staubwolken.

Ein dicker Bauarbeiter mit Helm tritt an die stumm dastehenden Brüder heran.

„Kinder, was macht ihr denn hier?"

Die Jungs können kaum sprechen.

„Wo ist denn der Fisch in dem Tümpel hin?", schafft es dann der Ältere zu fragen.

„Hier gibt es keine Fische mehr. Hier gibt es bald eine Autobahn. Und jetzt verschwindet. Das ist gefährlich hier für Kinder!", sagt der Bauarbeiter barsch. Er macht eine scheuchende Armbewegung, und die Kinder trotten bedrückt davon. Nach einer Weile drehen sie sich noch einmal um.

Die planierte, leere Fläche ist zu sehen, ein Betonmischer fährt durch das Bild.

Ich gehe zu Tante Hilde in die Küche und bitte sie, den Fernseher abzuschalten. Ich bin so tieftraurig und schweigsam für Tage, dass Vater meint, er müsse bei mir Fieber messen, aber ich habe normale Temperatur.

1970.
Ich bin 9 Jahre alt. 4. Schuljahr.

„Miro" sei eine Abkürzung für „Miroslav", erklärt unser Lehrer. Die Familie komme aus Jugoslawien, da trügen die Leute solch fremde Namen. Miro, unser neuer Mitschüler, steht mit dem Lehrer vorne vor der Klasse und schaut verschüchtert. Er ist sitzengeblieben, somit älter und damit größer als wir alle, sehr dünn und schlaksig steht er da. Das ginge ja alles noch, doch was ihn wirklich lächerlich macht, ist seine Kleidung. Miro trägt einen grauen Anzug, Hemd und dunkle Krawatte. So lachen wir ihn aus, den Miro, und später in der Pause sehe ich ihn von anderen Jungs umzingelt in einer Ecke des Hofes, sie schubsen ihn herum, Miro steht gekrümmt und hält sich die Hände schützend vor den Bauch.

„Was soll das denn? Was soll das denn?", jammert er immer wieder. Ich laufe dazu, gebe Miro einen kräftigen Schubs, er stürzt und fällt auf sein Knie.

Am nächsten Tag ist alles wie üblich, das Knie von Miro scheint nicht schlimm verletzt, er schaut uns nur sauer an, wir schauen weg, nichts weiter geschieht.

Doch als ich aus der Schule komme, gibt es Ärger. Oma Lena steht in der Küche und stellt mich zur Rede. Da habe am Vormittag eine fremde Frau geklingelt, eine Ausländerin, sie sei in den Hausflur gestürmt, habe mit einer dunklen Hose herumgefuchtelt und lautstark behauptet, ich hätte etwas mit dem Loch in Kniehöhe zu tun, welches das Kleidungsstück für alle Zeiten unbrauchbar mache.

Ich gebe kleinlaut zu, es habe eine Rangelei gegeben, ich habe Miro geschubst, und zu meiner Überraschung gibt sich Oma Lena damit schon zufrieden und stellt mir mein Mittagessen auf den Tisch.

„Der hab ich aber Kontra gegeben, das kannst du mir glauben!"

Das glaube ich Oma Lena aber sowas von sofort.

Bevor Oma Lena und Opa Paul zu uns hier nach Troisdorf zogen, lebten sie in Gelsenkirchen. Davon erzählt Oma Lena oft. Sie wohnten in einer Arbeitergegend, hatten dort viele Freunde, und alle hielten zusammen, aber wenn es Ärger gab, dann auch richtig. Meine Oma Lena ist trainiert, und gegen meine Oma hatte diese Jugo-Mami keine Chance.

Einige Zeit später fehlt Miro in der Schule. Unser Lehrer erklärt, seine Mutter habe angerufen, Miro sei krank, schlimm erkältet, jemand solle ihm einen Zettel mit den Hausaufgaben vorbeibringen. Der Lehrer sitzt am Pult und raschelt mit den Papieren.

„Andreas, Nordkapstraße, das ist doch bei euch um die Ecke!"

Ich zucke zusammen. Der Lehrer steht auf, kommt zu mir und legt einen Briefumschlag auf meinen Tisch.

„Bring dem Miro bitte die Hausaufgaben."

Da ist nichts zu machen.

Mir ist flau.

Sehr flau.

Ich wusste nicht, dass Miro in der Nähe wohnt. In der Tat befindet sich die Nordkapstraße nur wenige Ecken von unserem Haus entfernt, und doch ist es eine andere Welt. In den Reihenhäusern wohnen arme Leute, Familien mit vielen Kindern, die oft sehr frech sind, sodass wir anderen Kinder uns fernhalten. Auch wohnen dort viele Ausländer, diese sind fremd und unheimlich, wir haben nichts mit ihnen zu tun.

Der Weg ist nicht weit, aber meine Schritte sind schwer, und mit pochendem Herzen stehe ich vor der blauen Wohnungstür und klingele, Kindergeschrei und Geschimpfe in fremder Sprache schallen mir durch die Tür entgegen. Dann öffnet ein Mädchen, etwa in meinem Alter, es schaut mich böse an. Hinter ihr sehe ich eine dunkelhaarige, rundliche Frau in geblümter Schürze am Herd stehen, sie ruft nun unverständlich etwas in den Raum, ein kleiner Junge in Windeln läuft brüllend hin und her, und etwas weiter hinten in der Wohnung steht ein kräftiger Mann in weißem Feinrippunterhemd, raucht und schweigt.

Ich erkläre nur kurz meinen Besuch, drücke dem Mädchen den Umschlag in die Hand, sie nickt nur, rasch laufe ich davon.

Den Rest des Schuljahres habe ich mit Miro nichts mehr zu tun.

Sommerferien. Mir ist langweilig. Viele der anderen Kinder sind fort, mit den Eltern in Urlaub, sie fahren ans Meer oder in die Berge und einige sogar in fremde Länder.

Meine Eltern verreisen nicht.

Ich überlege und erinnere mich an den Blick in die Wohnung von Miros Familie. Das sind arme Leute, ich vermute, die verreisen auch nicht. Miro ist zwar reichlich seltsam, aber wenn ich es so bedenke, finde ich das Fremde an ihm auch anziehend, und ich weiß, wo er wohnt.

Wieder stehe ich vor der blauen Wohnungstür und klingele, wieder öffnet das Mädchen. Doch heute sehe ich Miro neben seiner Mutter in der Küche stehen, er trocknet Geschirr ab. Miro ist völlig verblüfft, legt das Handtuch zur Seite und kommt zur Tür.

„Ich wollte fragen, was du so machst", sage ich.

„Och, ich wollte gerade ein bisschen raus", antwortet Miro, spricht kurz mit seiner Mutter, und schon streifen wir in der

Gegend herum, laufen über Felder und machen einen Schlenker über die Hauptstraße.

Miro erzählt, seine Mutter habe einen neuen Mann geheiratet, den schweigenden Mann im weißen Feinrippunterhemd. Der kleine Windelbruder und die Schwester seien von diesem Vater, zu seinem echten habe er keine Verbindung. Deshalb heiße er Orlović mit Nachnamen und die Geschwister Mlakar. Mir ist das alles ausgesprochen sonderbar, solche Verhältnisse sind mir bislang nicht begegnet, und dass es dort einen neuen Vater gibt, ist mir sehr befremdlich. Die Vorstellung, mein Vater könne verschwinden und ein fremder Mann an dessen Stelle bei uns wohnen ... nein ... das will ich mir nicht vorstellen.

Miro tut mir leid.

Zu allem Überfluss ist der Stiefvater Elvis-Presley-Fan, darum heißt der kleine Bruder Elvis.

Alles sehr wunderlich.

Ich überlege. Mein Vater ist ja Adolf-Hitler-Fan, so viel weiß ich ja, meine Eltern hätten auf die Idee kommen können, mich Adolf zu nennen. Adolf Fischer. Ich finde Andreas ja nicht gerade toll, es gibt so viele von uns, aber immer noch besser als Adolf.

Hab ich Glück gehabt.

Lange streifen wir in der Stadt herum. Miro will nicht heim. Es sei dort immer so laut wegen der Geschwister.

„Dann kommst du morgen zu mir!“, sage ich.

Fortan verbringen wir viel Zeit miteinander. Bei schönem Wetter erkunden wir die Gegend, ich komme in Gelände, die ich noch nie gesehen habe, so weit laufen wir. Bei Regen spielen wir in meinem Zimmer. Beide lieben wir Tiere, Miro die heutigen, ich die ausgestorbenen, vornehmlich Dinosaurier. Miro zeichnet gern, so sitzen wir am Tisch, ich forme Dinosaurier aus Knetgummi anhand der Abbildungen in meinen Büchern, Miro zeichnet Tiere aus dem Kopf.

Mutter und Oma Lena sind hingerissen von Miro. Er kommt stets gut gekleidet, ist immer höflich und bescheiden. Obwohl seine Familie wenig Geld hat, schickt ihn seine Mutter wöchentlich zum Frisör, so sind seine Haare immer fein geschnitten. So wünschten sich Mutter und Oma Lena ihren Andreas.

Ich weiß schon lange, Mutter und Oma Lena wären mich gerne los. Glücklich wären sie, ein anderes Kind zuhause zu haben. Wenn die beiden aus der Kirche kommen, wird ohne Unterlass von den Messdienern geschwärmt, besonders Anselm aus meiner Klasse hat es ihnen angetan. Noch während des Mittagessens begeistern sie sich über seine sorgsam frisierten Haare. Oma Lena lässt die Gabel sinken und ruft aus:

„Ach, was für ein hübsches Köpfchen der Junge doch hat!"

Wenn sie könnten, würden mich Mutter und Oma Lena entsorgen und vermutlich Vater gleich mit, sie würden sich einen anderen Mann und ein anderes Kind ins Haus holen, beide mit hübschen Köpfchen und nett und höflich. Solch einen Austausch soll es ja geben, ich hörte davon. Oder sie blieben allein, nur Mutter und Oma Lena, das würde beiden gewiss zusagen.

Meistens hole ich Miro von zuhause ab. Die Mutter ist inzwischen freundlich zu mir, der Windelbruder lacht sogar, wenn er mich sieht, nur die Schwester, Dana, mag mich weiterhin nicht.

An einem Tag will ich Miro abholen, er benötigt noch einen Moment, so werde ich in die Küche gebeten. Dana steht am Herd und rührt in einem großen Topf, erst auf den zweiten Blick erkenne ich, welche Bewandtnis es mit den braunen Klümpchen auf sich hat, die im sprudelnden Wasser tanzen. Sie kocht die Windeln des kleinen Bruders aus und auf dem Wasser schwimmt die Kacke. Dana schaut mich an und sieht, wie ich mich ekle, und spätestens in diesem Augenblick beschließt sie, mich für alle Zukunft, die der Herr noch erschaffen wird, blöde zu finden.

So finde ich Dana auch blöde, aber sonst ist die Familie in Ordnung. Nur der Stiefvater bleibt mir unheimlich, er besitzt offenbar ausschließlich weiße Feinrippunterwäsche, nie sehe ich ihn ein Hemd tragen, und nie erlebe ich, dass er spricht. Noch etwas ist mir nicht geheuer an ihm.

Er sieht aus wie Robert Mitchum.

Wirklich.

Eins A.

Genau so, auch mit diesem Grübchen am Kinn.

Sehr merkwürdig. Wie kann das sein? Kann Robert Mitchum einen Zwillingsbruder in Troisdorf haben, der nur weiße Feinrippunterhemden trägt und nie spricht?

Es ist Herbst geworden. Miro geht jetzt zur Hauptschule. Fast alle Kinder von Gastarbeiterfamilien gehen zur Hauptschule. Ich darf das Gymnasium besuchen, so sehen wir uns seltener, meist nur noch an Wochenenden.

An einem Sonntag kommt Miro zu Besuch, wieder trägt er seinen dunklen Anzug mit Krawatte. Oma Lena begrüßt ihn schon aufgeregt an der Tür, Mutter kommt hinzu, lacht und freut sich. Miro ist ob der überschwänglichen Begrüßung sehr gerührt. Mutter und Oma Lena strahlen Miro an, ich stehe in der Tür zu meinem Kinderzimmer und bin unsichtbar. Dann huscht Mutter kurz ins Schlafzimmer, sie kommt zurück in den Flur mit einem riesigen, länglichen Paket, etwas ist eingewickelt in buntes Geschenkpapier, verziert mit einer großen, blauen Schleife.

Mutter reicht Miro das Paket.

„Wir haben ein Geschenk für dich“, sagt Mutter und kann den Blick nicht abwenden von diesem wunderbaren Jungen.

Miro ist erstaunt, zutiefst verblüfft, es entweicht ihm lediglich ein schüchternes

„Oh ... danke ...“

Dann wickelt er noch im Flur sein Geschenk aus.

Es handelt sich um den Bausatz für ein Segelflugzeugmodell.

Ein großes Geschenk. Mutter und Oma Lena schenken Miro einen Segelflugzeugmodellbausatz, dabei hat er nicht mal Geburtstag, und Weihnachten ist auch noch lange hin. ICH bekomme Geschenke zu Weihnachten und zum Geburtstag, und zum Namenstag darf ich mir eine Kleinigkeit wünschen, aber dieser Wunsch wird nur erfüllt, wenn ich am Nachmittag in die Kirche gehe und den Kindergottesdienst besuche, und jetzt bekommt Miro einfach so einen Segelflugzeugmodellbausatz.

„Ich weiß nicht, was ich sagen soll …", murmelt Miro.

Mutter und Oma Lena freuen sich, dass Miro so glücklich ist.

In dem Pappkarton mit dem Bausatz beginnt es zu rappeln und zu rumoren, jetzt durchbrechen die Balsaholzbauteile die Pappe von innen, schießen hinaus in den Flur, beschreiben einige Runden in der Luft, fügen sich dabei zu einem riesigen Segelflugzeugmodell zusammen, das Flugzeug beginnt, sich in der Luft zu drehen, es dreht sich immer schneller, Mutter und Oma Lena stehen vor Schreck erstarrt im Flur, nun saust das rotierende Flugzeug herab, die scharfkantigen Flügel reißen Mutter und Oma Lena die Köpfe ab, aus den durchtrennten Hälsen schießen Blutfontänen in die Höhe, die abgeschlagenen Köpfe kullern mit offenen Mündern und schreckgeweiteten Augen zu Boden, die kopflosen Rümpfe sacken lautlos in sich zusammen, das Flugzeug prallt gegen eine der blutbespritzten Flurwände und zerspringt in Trillionen Splitter.

Einige Tage später will sich Miro wieder mit mir treffen.

Ich sage, ich habe keine Zeit.

Wir sehen uns nie wieder.

1973.
Ich bin 12 Jahre alt. 7. Schuljahr.

Auf der Realschule geht es mir besser als auf dem Gymnasium, aber richtigen Anschluss habe ich in der Klasse noch nicht gefunden. So freue ich mich sehr, dass Marcel mich in der Pause anspricht und zu sich nachhause einlädt. Marcel ist freundlich und ruhig. Verhältnismäßig klein von Statur, macht er auf den ersten Blick keinen sonderlich trainierten Eindruck, doch unter der Kleidung steckt ein Kraftpaket. Marcel ist Leistungsschwimmer. Jedes Wochenende fährt er mit seinen Eltern zu einem Wettbewerb und bringt Medaillen heim, was ihm die höchste Achtung in der Klasse einbringt.

Ich fahre mit dem Rad zu Marcel, seine Familie bewohnt ein gepflegtes Einfamilienhaus in einer gehobenen Gegend der Stadt. Als ich das Haus erreiche, sitzt Marcel mit einem anderen Jungen vor dem Haus auf einer Treppe.

Marcel nimmt mich mit ins Haus. Ich werde von seiner Mutter herzlich begrüßt, die in blau geblümter Schürze in der Küche wirtschaftet, der kleine Bruder gibt mir höflich die Hand.

Die Mutter legt die Schürze ab und führt uns in das Wohnzimmer, auf dem runden Tisch in der Mitte des Raums sehe ich Kuchen und Kakao vorbereitet. Über dem Wohnzimmertisch schwebt ein mit Ketten an der Decke befestigtes, gewaltiges Wagenrad, wie man es auf einem verfallenen Bauernhof vermuten würde, doch das Rad ist mehr zu erahnen als zu sehen, denn von seinen Speichen herab hängen all die Medaillen, die Marcel bei Schwimmwettbewerben gewonnen hat. Gülden, silbern und bronzen blinken sie zu hunderten in der Sonne, die durch das Wohnzimmerfenster einfällt, zumeist blinken Goldmedaillen. Beeindruckt betrachte ich die blitzenden Auszeichnungen.

„Das ist ja der Hammer!“, sage ich.

Dann sehe ich zu Marcels Mutter, die neben ihm steht, Bewunderung und Glück durchströmen die kleine Frau, ihr stolzes Lächeln und die glänzenden Augen sprechen für sich. Dieses Bild wird sich mir einbrennen, das Bild einer Mutter, die derart stolz ist auf ihren Sohn, ich stehe da, und mir ist alles ganz befremdlich, und ich spüre einen Schmerz, denn ich bin nichts, und ich kann nichts, auf das meine Mutter auch nur ansatzweise stolz sein könnte, wie sie mir täglich zu verstehen gibt.

Vierundvierzig

1972.
Troisdorf.
Ich bin 11 Jahre alt. 6. Schuljahr.

An einem Abend kommt Vater in mein Zimmer und erzählt, auf der Hauptstraße habe ein griechisches Restaurant eröffnet. Man könne Speisen auch mitnehmen. Kunden haben berichtet, dort sei ein sehr schmackhaftes Gericht erhältlich, welches auf sonderbare Weise zubereitet werde. Oma Lena brät ja Fleisch in der Pfanne oder in ihrem kleinen schwarzen Brattopf. Die Griechen jedoch spießen Fleisch auf einen Stab, fügen diesen dann senkrecht in eine Vorrichtung ein, in der sich der Stab mit dem Fleisch beständig dreht, während es von umlaufenden Heizstäben gegrillt wird. Dann schabt der Grieche nur das Leckerste, die knusprig gegrillte oberste Schicht des Drehfleischs mit einem Messer ab, und dazu isst man Pommes. Die Griechen nennen es *Gyros.*

Vater meint, ich könne doch rasch mit dem Fahrrad zur Hauptstraße fahren und solch ein Gyros holen, dann könnten wir es zusammen probieren. Selbstredend sitze ich Minuten später auf meinem Rad.

Das neue Lokal ist mir etwas unheimlich. Aus Lautsprechern ertönt eigentümliche Musik, und der Wirt, ein großer, kräftiger Mann mit Schnauzbart und dunklem, lockigem Wuschelkopf, ist etwas muffelig. Schon entdecke ich hinter ihm die von Vater beschriebene Vorrichtung mit dem sich drehenden Fleischspieß. Ich bin begeistert. Welch großartige Idee!

Wieder zuhause stelle ich das mitgebrachte Päckchen auf den Küchentisch. Vorsichtig entfernt Vater die Alufolie, und wir beugen uns neugierig über das fremdländische Gericht, dann kosten wir das Krustenfleisch. Die Explosion der Röstaromen im Mund in Kombination mit den exotischen Gewürzen ist eine Offenbarung! Nicht nur wird Gyros auf geniale Art zubereitet, es schmeckt auch noch so wunderbar!

Ich will ganz oft dieses Gyros essen!

Mutter und Oma Lena sehen uns zu und verziehen angewidert die Gesichter. Schlimm genug, dass der fremde Frampf den Weg in unsere Wohnung bis auf den Küchentisch geschafft hat, davon auch noch zu probieren, lehnen sie entrüstet ab.

Mutter hat im Geschäft jeden Tag mit Ausländern zu tun, die vielen Gastarbeiter in unserer Stadt sind sehr gute Kunden. Aber das ist die Arbeit, das Geschäft folgt eigenen Regeln, und im Laden ist man von dem Fremden durch die Theke getrennt und geschützt. Davon abgesehen, ist für Mutter und Oma Lena alles Fremde verdächtig, eklig, bedrohlich. Vor dem Fremden muss man sich in Sicherheit bringen, das Fremde gehört bekämpft.

Ebenso verhält es sich mit dem Männlichen. Für Oma Lena und Mutter ist alles Männliche ebenso verdächtig und eklig wie griechisches Krustenfleisch am Spieß und gehört bekämpft.

Vor Onkel Bruno haben sie allerdings Respekt. Wie ich fürchten sie sich vor seiner Wut, vor den Pupillen, die sich zu stecknadelkopfgroßen Punkten zusammenziehen, wenn er böse wird.

Neben Onkel Bruno werden nur wenige Männer aus der Kirchengemeinde und Geistliche geachtet. Zu Geistlichen sehen Oma Lena und Mutter auf, Geistliche werden regelrecht verehrt, über diese Männer geraten sie ins Schwärmen, dass es kein Ende findet.

1978, im Alter von 84 Jahren, entbrennt Oma Lena tief und leidenschaftlich für einen Italiener namens Albino Luciani, der in Rom zum Oberhaupt der katholischen Kirche gewählt wurde und den die Welt den „lächelnden Papst" nennt. Als dieser nach nur vierwöchiger Amtszeit Ende September 1978 vom obersten aller Herren abberufen wird, weint Oma Lena zehn Tage und Nächte ohne Unterlass.

Besonders schlimm wird es, wenn das Fremde und das Männliche gemeinsam auftreten. Für Oma Lena ist der fremde Mann mit dunklen Haaren und Schnauzbart die fleischgewordene Bedrohung. Später, als Abiturient, begleitet mich an einem Tag mein Freund Julio, etwas älter als ich und, da von einem spanischen Torero gezeugt, mit üppigem dunklem Haar- und Bartwuchs gesegnet. Mit verkrampften Händen und keiner Regung fähig sitzt Oma Lena auf der Küchenbank und starrt wie gebannt das dunkle Monstrum an, welches sich zu ihr an den Tisch gesellt hat. Der Teufel lebt in einer Höhle im Wald, hat Klauen sowie giftig grüne Augen, und aus seinem Maul sprüht Feuer. Kollegen von ihm schaffen es zuweilen bis in unsere Küche. Oma Lena atmet erst wieder auf, als Julio sich auf den Weg macht zurück in den Wald.

Oma Lena spricht nie darüber, wie und wann ihre Angst vor Männern mit Schnauzbärten ihren Anfang nahm. Erst nach ihrem Tod lese ich ein Buch über die Ruhrbesetzung. 1923 leben Oma Lena und Opa Paul in Gelsenkirchen, im Herzen des Ruhrgebietes. Vier Wochen vor der Geburt ihres dritten Kindes Ilse stellt Frankreich fest, dass sich Deutschland mit der Zahlung einiger im Versailler Vertrag festgeschriebenen Reparationsleistungen im Rückstand befindet. Zur Bestrafung marschieren die Franzosen in das Ruhrgebiet ein und besetzen damit die wichtigste Wirtschaftsregion des Reiches. Die Besetzung endet erst knapp zwei Jahre später. Hat Lena, junge Mutter von drei kleinen Kindern, zu dieser Zeit unangenehme Erfahrungen mit dunklen Schnauzbärten machen müssen?

Vater und ich verspeisen mit größtem Genuss den Gyrosteller. Immer noch bin ich tief beeindruckt von der Grillvorrichtung, die ich in dem Restaurant gesehen habe. Da hat ein heller Geist in einem fernen Land zu unbekannter Zeit eine Idee gehabt, die ähnlich gelagert ist wie jene, die ich kürzlich hatte, als ich über eine Verbesserung von Omas Sauerbraten nachsann.

Zur Vorbereitung eines Sauerbratens legt Oma Lena ein großes Stück Fleisch in einen mit Essig gefüllten Topf, fügt noch Lorbeerblätter und Senfkörner hinzu, der Topf wird verschlossen, und das

Fleisch zieht eine Woche lang in der Marinade. Jedoch vermag der gewürzte Essig nur einige Zentimeter tief unter den Rand des Fleisches vorzudringen, bis in den Kern schafft er es nicht. Nach dem Braten ist es eben jene vollständig von der Marinade durchzogene Randzone, die das zarteste und würzigste Fleisch bietet.

So stelle ich eine Überlegung an.

Würde Oma Lena das Fleisch vor dem Marinieren in Würfel schneiden, könnte wesentlich mehr, möglicherweise sogar das gesamte Fleisch vom Würzessig vollständig durchdrungen werden. Beglückt von meiner revolutionären Rezeptidee gehe ich zu Oma Lena und schlage ihr vor, auf die beschriebene Weise sozusagen ein Sauerbratengulasch zuzubereiten.

Spöttisch sieht Oma Lena auf mich herab und verzieht die Mundwinkel. Jetzt will dieser Bengel ihr auch noch ins Küchenhandwerk dreinreden. Den Braten in Stücke schneiden. Selten hatte ein Kind auf Gottes Erdenrund eine dämlichere Idee. Einen Braten in Stücke schneiden. Sauerbraten in Würfeln. Auf so einen Blödsinn können nur Männer kommen. Oder Jungs.

„Geh in dein Zimmer, und kümmere dich um deine Sachen!“, fährt mich Oma Lena an.

Ich gehe in mein Zimmer und kümmere mich um meine Sachen.

Heute bin ich mir sicher. Der fremdländische Erfinder des Grillfleisches am Drehspieß kann nur ein Mann gewesen sein.

1975.
Ich bin 14 Jahre alt. 9. Schuljahr.

Zur übergroßen Freude von Oma Lena und Mutter besucht uns an diesem Sonntag Pastor Fleischmann. Nun ist es Abend, und wir sitzen nach Spargelröllchen und Eierlikör noch im Wohnzimmer beisammen, Pastor Fleischmann wird bald aufbrechen.

Oma Lena steht auf, geht kurz hoch in ihre Wohnung und kommt zurück ins Wohnzimmer mit einer Flasche Wein in der Hand.

Ich bemerke, Vater schaut die Weinflasche an und zuckt zusammen, jetzt fixiert er die Flasche regelrecht, verfolgt sie mit seinem Blick.

Oma Lena tritt an Pastor Fleischmann heran.

„Ich habe noch ein Geschenk für sie“, sagt Oma Lena, „das ist etwas Besonderes.“

Vaters Blick ist immer noch starr auf die Flasche gerichtet, ich meine, in seinen Augen eine ungläubige Fassungslosigkeit wahrzunehmen, der Wein wandert nun in die Hände unseres Pastors. Dieser nimmt seine Brille ab und prüft das Etikett aus der Nähe, seine Augenbrauen heben sich.

„Oh, Frau Kundrus, das ist aber wirklich etwas Besonderes! Ganz herzlichen Dank.“

Vater sieht nun zu Boden, er ist in wenigen Sekunden sichtbar zusammengesackt.

Was geht hier vor?

Am nächsten Abend gehe ich zu Vater in die Küche, ich schließe die Tür hinter mir und setze mich zu ihm an den Tisch. Wir sind allein. Ich spreche leise.

„Was war da gestern los? Ich meine die Sache mit der Weinflasche ...“

Vater, der noch ein Brot gegessen hat, schiebt seinen Teller von sich und zündet eine Zigarette an. Er schweigt einen Moment, ich sehe ihm an, ich habe einen wunden Punkt getroffen. Dann beugt er sich zu mir vor und erklärt mir, ebenfalls flüsternd, diese Flasche Wein sei ein Weihnachtspräsent der Firma *Fuji* für ihn gewesen, ein besonders guter und teurer Wein. Er hatte die Flasche im Vorratskeller versteckt, wollte sie aufheben für einen künftigen, besonderen Anlass. Oma Lena habe die Flasche wohl zufällig gefunden, an sich genommen und, ohne etwas zu sagen, gestern unserem Pastor geschenkt.

Die Sachlage ist für mich sonnenklar. Oma Lena ist helle, selbstredend wusste sie sofort, wem die Flasche gehörte. Mutter trinkt keinen Wein, wer sonst außer Vater sollte sie dort versteckt haben.

Oma Lena hätte fragen müssen.

Ebenso klar ist mir, Vater wird Oma Lena nicht zur Rede stellen, nicht einmal eine beiläufige Andeutung über seinen Unmut wird er fallen lassen.

Vater drückt die Zigarette im Aschenbecher aus.

„Ich muss noch ein Ding drehen", sagt er und steht auf, damit meint er, er will noch runter in seine Werkstatt an die Drehbank, es gibt einen Zwischenring zu fertigen oder einen Adapter.

Fünfundvierzig

1971.
Troisdorf.
Ich bin 10 Jahre alt. 5. Schuljahr.

Ich gehe in die 5. Klasse des Jungengymnasiums. Es geht mir nicht gut. Ich habe Angst vor den Mitschülern und Angst vor den meisten Lehrern.

Doch einen Lehrer mag ich, Herrn Prinz-Horn, unseren Kunstlehrer. Obwohl er der älteste unserer Lehrer ist, hat er einen drahtigen Körper und ist stets braun gebrannt, als sei er soeben von einem Südseeurlaub heimgekehrt. Er trägt eine Lederjacke und wenn er federnd durch den Klassenraum läuft, wirkt er wie ein junger Mann.

Ich sitze vor einem weißen Blatt, wir sollen ein Bild malen. Herr Prinz-Horn tritt an meinen Tisch.

„Was willst du malen?"

„Ich will einen Dinosaurier malen!", sage ich.

Herr Prinz-Horn strahlt. Er weiß, ich liebe Dinosaurier.

„Dann mal mir einen Dinosaurier", sagt Herr Prinz-Horn.

Ich male für Herrn Prinz-Horn, und nur für ihn, einen blauen Brontosaurus.

Mein Taschengeld lege ich in Dinosaurierbüchern an. Ich habe bereits eine stattliche Sammlung. Die in den Büchern abgebildeten Urzeitriesen male ich ab, sie sind meine Freunde.

Dann mache ich eine Entdeckung. Bestimmte Angaben zu den jeweiligen Sauriern wie Größe, vermutliches Gewicht oder Lebensraum stehen verstreut in den verschiedenen Büchern, aber es gibt kein Buch, in dem sich alle Angaben gesammelt finden.

Ich beschließe, das fehlende Buch zu schreiben.

Ich schreibe ein Dinosaurierlexikon.

Zunächst lege ich eine Mappe an. Jeder Dinosaurier, der mir bekannt ist, erhält ein Blatt mit seinem Namen. Brontosaurus, Tyrannosaurus Rex, Brachiosaurus und so fort.

Ich ordne die Namen alphabetisch. Sorgfältig trage ich die in meinen Büchern verstreut zu findenden Informationen zusammen.

Es dauert.

Dann werde ich auch noch Nutzer der Stadtbücherei, dadurch habe ich nahezu unübersehbar viel Arbeit.

Es dauert Jahre.

In einem Schrank entdecke ich zufällig eine alte Schreibmaschine, sie ist schwarz und furchtbar schwer.

Sie ist schön.

Vater sagt, die Maschine sei noch aus dem Geschäft von Opa Paul.

„Die funktioniert noch. Etwas Öl und ein neues Farbband, dann kannst du damit schreiben."

Ich putze die Schreibmaschine sorgsam. Vater gibt Öl an die richtigen Stellen und fädelt ein neues Farbband ein.

Ich muss die Buchstaben suchen. Es ist mühselig.

Aber sind die Hausaufgaben erledigt, sitze ich vor meiner Schreibmaschine. Ich mag die Geräusche. Wenn ich das Papier einziehe und die Walze drehe, rattert es ganz fein, wenn ich den Walzenschlitten hin und her schiebe, surrt es, und ich liebe das Klacken, wenn der Typenhebel mit dem Buchstaben auf Papier und Walze schlägt. Mit dem Mittelfinger der linken Hand drücke ich die Taste für die Großschreibung, mit dem Mittelfinger der rechten Hand suche ich die Buchstaben. Ich komme in Übung.

Es ist an der Zeit. Ich gehe zu *Hertie* und kaufe eine große Packung Schreibmaschinenpapier guter Qualität. Das bislang handgeschriebene Dinosaurierlexikon wird jetzt in eine andere Form gebracht.

Wochenlang tippe ich die Blätter zu den jeweiligen Dinosauriern ab, ich vertippe mich oft, dann muss ich mit der Seite von vorn beginnen. Man kann zwar vertippte Stellen mit einem bestimmten weißen Lack überpinseln und dann überschreiben, aber das mag ich nicht.

Zwei Jahre lang habe ich die Angaben zu den Dinosauriern zusammengetragen und viele Wochen nun das handgeschriebene Lexikon abgetippt. Ich kaufe einen schönen Ordner, alle Blätter werden gelocht, nach und nach lege ich sie ein, dann kann ich den Metallbügel zuschnappen lassen.

Auf der Stirnseite des Ordners befindet sich eine durchsichtige Plastiktasche, dahinter steckt ein Streifen kartonstarkes Papier, dieser lässt sich herausziehen und beschriften. Aber weil der Streifen nicht in die Schreibmaschine passt, muss ich das Schild mit der Hand beschriften, das ärgert mich, sonst ist alles so schön getippt.

Ich schiebe das beschriftete Schild in die Tasche auf der Stirnseite des Ordners.

DINOSAURIERLEXIKON

Die Sache mit meinem Dinosaurierlexikon sei ja recht nett, sagen meine Eltern, aber ich solle mich besser mehr auf die Schule konzentrieren.

1974.
Ich bin 13 Jahre alt. 8. Schuljahr.

Nach der Schule besuche ich meine Eltern im Geschäft. Vater nimmt mich beiseite, er hat einen Auftrag für mich. Eine alte Dame, die nicht mehr gut auf den Beinen sei, habe ihm das Foto ihres verstorbenen Sohnes geschickt mit der Bitte, eine Vergrößerung anzufertigen. Ich möge nun der Kundin die Tüte mit Original und Vergrößerung bringen. Natürlich, das mache ich gern. Vater zeigt mir das besagte Foto, es ist das Porträt eines fröhlichen, jungen Mannes mit blonden Haaren, es könnte sich um die Autogrammkarte eines Schauspielers handeln.

Am Nachmittag setze ich mich auf mein Fahrrad und mache mich auf den Weg zu Frau Murnau, sie wohnt in einer Siedlung aus zweistöckigen Reihenhäusern der örtlichen Wohnungsbaugenossenschaft, dort wurden alle Straßen nach Widerstandskämpfern benannt. Frau Murnau wohnt im ersten Stock, sie öffnet die Wohnungstür, schaut mich skeptisch an. Sie trägt ein geblümtes Kleid in Blautönen und ein ebensolch gemustertes Kopftuch. Nachdem ich erläutert habe, dass ich die Vergrößerung bringe, zeigt sie sich erfreut und bittet mich in die Wohnung.

Die Dame ist in Oma Lenas Alter und ihr auch von Statur her ähnlich, klein und rundlich, doch von gänzlich anderem Wesen, wie sich zeigen wird. Sie bittet mich, in ihrem Wohnzimmer auf einem Stuhl am Tisch Platz zu nehmen. Dieser einfache Küchentisch steht mittig im Raum, ich sehe noch eine alte Couch, an der dem Fenster gegenüberliegenden Wand steht ein deckenhohes Regal, lückenlos bestückt mit Büchern, ein Anblick, der mich sofort begeistert. Auf dem Tisch stapelt sich ebenfalls Literatur, aus den zum Teil dickleibigen Bänden schauen Lesezeichen und kleine Zettel heraus. Die Bücherstapel umringen eine Schreibmaschine, ein Modell mit weißem Gehäuse und roten Seitenteilen. Wenn ich mir vorstelle, ich betrachtete das Zimmer von der Decke aus, befindet sich die Schreibmaschine genau im Zentrum des Raums.

Frau Murnau nimmt an der Seite des Tisches Platz, an der die Schreibmaschine steht. Ich nehme an, dort sitzend und tippend verbringt sie ihre Zeit. An der Wand hinter Frau Murnau hängen unzählige Bilder berühmter Persönlichkeiten, fein gerahmt, dicht an dicht, kein einziger kluger Kopf hätte noch Platz. Ich erkenne Goethe und Einstein, viele andere sind mir unbekannt. Frau Murnau bemerkt, dass ich die Bilder betrachte, und lacht laut auf. Sie dreht sich auf dem Stuhl etwas um, wirft beide Arme hoch in die Luft in Richtung der großen Geister und ruft:

„Das sind alles meine Freunde!!“, dabei betont sie besonders das Wort „Freunde“. Sie lacht noch einmal und wendet sich wieder ihrem jungen Besucher zu.

Frau Murnau erläutert mir, sie sei Chefsekretärin beim *Brockhaus*-Verlag gewesen, ihr Leben habe immer der Literatur und ihrem Sohn gehört, und nach dessen Tod vor einigen Jahren sei die Freude an den Büchern die einzig ihr verbliebene. Die alte Dame schaut liebevoll auf die Bücherstapel auf dem Tisch und tupft dann mit dem rechten Zeigefinger auf einige der zuoberst liegenden Werke.

Da Frau Murnau ihren Sohn erwähnte, reiche ich ihr die Auftragstüte mit den Fotos. Andächtig nimmt sie diese in die Hände, zieht langsam die Vergrößerung heraus und betrachtet sie eine Weile regungslos.

„Ja, das war mein Martin ...“

Frau Murnau bezahlt die Vergrößerung und legt ein reichlich bemessenes Trinkgeld von fünf Mark dazu. Dann haut sie mit der flachen Hand auf den Tisch.

Ich zucke zusammen.

„So! Und wofür interessiert sich denn der Andreas?“

Nun, antworte ich vorsichtig, denn bei diesen Dingen ist mit hochgezogenen Augenbrauen zu rechnen, ich lese gern, und derzeit habe es mir das Regal in der Bücherei mit der parapsychologischen Literatur angetan.

Frau Murnau zupft an ihrem Kopftuch ohne den Blick von mir abzuwenden.

„Wirklich?"

Ich nicke.

Wieder lacht Frau Murnau laut auf, greift einen der vor ihr liegenden Bände, den sie in eine besonders schöne, mit Ornamenten verzierte Schutzhülle eingeschlagen hat. Mit beiden Händen hält sie das Buch nun hoch wie unser Pastor Fleischmann den heiligen Kelch in der Messe.

„Mein Passian! Mein Passian!"

Dabei betont sie das Wort „mein" und zieht es in die Länge.

„Meiiiiiiiin Passian!"

„Ah, Rudolf Passian. *Abschied ohne Wiederkehr*!", sage ich kenntnisreich, nicke und bin froh, unter Beweis stellen zu können, dass meine Selbstauskunft kein hohles Geschwätz war.

Frau Murnau legt das Buch zurück und streckt mir über dem Tisch die Hand entgegen, ich schlage ein.

Wir sind Freunde.

Frau Murnau lehnt sich zurück und betrachtet mich mit Staunen und Freude.

„So. Und was will der Andreas mal werden?"

Ich führe aus, dass ich seit einiger Zeit Kurzgeschichten schreibe, die ich an Zeitungen sende, und dass ich bereits zahlreiche Veröffentlichungen vorzuweisen habe.

„Ich will Schriftsteller werden. Später will ich Romane ..."

Nun bricht die Begeisterung für mich alle Dämme und Schranken, Frau Murnau gibt jodelartige Laute von sich, sie wedelt mit den Händen.

„Ein Schriftsteller! Ein Schriftsteller in meiner Wohnung! Ist das zu fassen!"

Frau Murnau beruhigt sich und beugt sich zu mir vor.

„Sag, würdest du für mich einkaufen? Ich kann ja nicht mehr gut laufen. Es soll dein Schaden nicht sein!“

Ich willige ein, und Frau Murnau ringt mir noch das Versprechen ab, bei meinem nächsten Besuch einige Kurzgeschichten aus meiner Feder mitzubringen.

Jeden Donnerstag, wenn ich die Nachhilfestunde in Mathematik überstanden habe, fahre ich nun zu Frau Murnau. Die Einkäufe sind einfach zu erledigen. Ich bekomme einen Zettel und fahre zu *Edeka*, Herr Skladanowski nimmt den Einkaufszettel entgegen, er weiß besser als ich, welche Ware in welchem Regal zu finden ist. Er packt die Tüten, ich zahle, hänge den Einkauf an den Lenker meines Rades und bringe die Lebensmittel zu Frau Murnau.

Wesentlich schwieriger gestalten sich für mich die Gänge zur Post. Seit vielen Jahren ist Frau Murnau mit ihrer Flurnachbarin, Frau Balkenhorst, auf Tod und Teufel zerstritten. Die entsetzlich kurzsichtige Frau Balkenhorst trägt eine gewaltige Brille mit den dicksten Gläsern, welche ihre Augäpfel optisch grotesk vergrößern. Begegnet sie mir auf der Treppe, sieht sie aus wie eine riesige Eule, die mich aus monströsen Augen anstarrt. Frau Murnau bezichtigt Frau Balkenhorst, diese würde regelmäßig in den Keller gehen und ihr, der leidenden Gehbehinderten, den Strom abdrehen. Weiterhin rücke die Nachbarin absichtlich in der Nacht Möbel, um der ohnehin geschwächten Greisin den Schlaf zu rauben.

Um sich zur Wehr zu setzen, schreibt Frau Murnau zahlreiche Briefe, die sie in regelmäßigen Abständen an ausgewählte Personen und Institutionen versendet, darin schildert sie die neuesten Attacken des eulenartigen Scheusals auf der gleichen Etage und bittet und fleht um drastische Gegenmaßnahmen. Zu den Empfängern ihrer Schreiben gehören der Geschäftsführer der Wohnungsbaugenossenschaft, bei der Frau Murnau ihre Wohnung gemietet hat, Herr Bundespräsident Walter Scheel, seine Gattin, Frau Dr. Mildred Scheel sowie der Petitionsausschuss des Bundestages. Hin und wieder kommen auch Prominente aus der Schlagerwelt hinzu.

Diese Briefe, so mein Auftrag, habe ich zur Post zu bringen und per Einschreiben aufzugeben. Ich trete an den Schalter und überreiche der griesgrämigen Postbediensteten hinter der Scheibe den Stapel. Sie kennt mich schon, wirft mir einen abfälligen Blick zu, es macht ihr eine dunkle Freude, die Empfängeradressen durchzusehen und laut vorzulesen.

„Aha. Bundespräsident Scheel mal wieder. Soso. Heute auch an seine Gattin. Oh. Heino. Sieh einer an!“

Ich stehe vor dem Schalter, wortlos, spüre, wie die Menschen in der Schlange hinter mir aufhorchen. Ich zahle, packe die kleinen Einlieferungsbelege ein und husche aus dem Schalterraum, möglichst ohne jemanden anzusehen.

Auch meine Eltern bekommen einen Brief von Frau Murnau. Meine Mutter liest ihn mir vor. Frau Murnau bedankt sich bei ihnen, dass sie die Besuche und Botengänge ihres Sohnes erlauben. Sie lobt mein höfliches Auftreten sowie mein ruhiges und hilfsbereites Wesen, um abschließend auf meine Kurzgeschichten einzugehen. Frau Murnau bescheinigt mir literarisches Talent, findet anerkennende Worte für meinen Stil und den durchdachten Aufbau der Geschichten, nicht ohne in einer Randbemerkung zu betonen, dass sie als ehemalige Chefsekretarin des namhaften *Brockhaus*-Verlages derartige Dinge zu beurteilen vermag.

Mutter legt den Brief amüsiert zur Seite; da habe ich doch diese Frau höchst geschickt über meinen wahren Charakter zu täuschen vermocht.

Für Oma Lena ist der Fall klar. Eine Person, die derart über mich schreibt, muss der geistigen Verwirrung anheimgefallen sein. Wenn ich mich nun am Donnerstag anziehe, um zu Frau Murnau aufzubrechen, stellt sich Oma Lena in den Flur.

„Fährst du wieder zu der Verrückten?“

Obgleich Oma Lena keine Gelegenheit auslässt, abschätzige Bemerkungen über mich fallenzulassen, wird sich doch in den kommenden Jahren der Eindruck verstärken, dass in einem sehr weit versteckt und hinten im Dunkel liegenden Winkel ihrer Seele ein wenig Eifersucht nistet auf die Verrückte, mit der ich mich so gut verstehe und zu der ich gerne fahre.

Frau Murnau hat weder Fernseher noch Telefon. Sie hört Radio, liest und schreibt unentwegt Briefe. Darüber hinaus pflegt sie noch eine Leidenschaft, sie tippt Artikel ab. Sie hat die Zeitschrift *Reader's Digest* abonniert, in den Heften finden sich zahlreiche Berichte aus Kultur und Wissenschaft. Das Kopiergerät ist zwar schon erfunden, diese Errungenschaft steht dem Normalbürger in Troisdorf zu jener Zeit aber noch nicht zur Verfügung. Befindet Frau Murnau einen Text für besonders gelungen und verbreitungswürdig, setzt sie sich an die Schreibmaschine und tippt ihn in einer Geschwindigkeit ab, die mich staunen lässt. Mit Vehemenz haut sie auf die Tasten, das ist auch nötig, denn sie fertigt zum abgetippten Text auf normalem Schreibmaschinenpapier stets noch zwei Durchschläge auf speziellem dünnerem Durchschlagpapier an; zwischen den Papierlagen befinden sich Blätter mit Kohlepapier, die Sekretärin a.D. muss beim Tippen Kraft aufwenden, damit die Buchstaben sich durch alle Lagen drücken und auch das letzte Blatt noch lesbar ist. Diese Durchschläge auf dünnem Papier eignen sich gut, um in Briefen versandt zu werden.

Obgleich ich jeden Donnerstag zu Frau Murnau fahre, schickt sie mir regelmäßig Briefe. Neben den abgetippten Artikeln, die mich bilden sollen, sendet sie gute Ratschläge, Aufmunterungen, und gelegentlich verfasst sie einen Brief, um Aspekte zur Sprache zu bringen, über die zu schreiben ihr vermutlich leichter fällt, als sie während eines Besuches anzusprechen. So äußere ich einmal Sorgen, da ich mich Mädchen gegenüber so schüchtern fühle.

Wenige Tage später erhalte ich einen aufmunternden Brief. Frau Murnau schreibt, diese Sorgen seien völlig gegenstandslos, sie prophezeie mir ein ausgefülltes Männerleben in der Zukunft, habe ich doch so schöne, blaue Augen und solch bemerkenswert sinnlich geschwungene Lippen.

Ich fühle mich weit entfernt von einer ersten Liebschaft mit einem Mädchen, habe nicht den Ansatz einer Vorstellung, wie dergleichen einzufädeln, geschweige denn handzuhaben sei, doch Frau Murnau denkt weiter. Nach meiner Rückkehr aus der sommerlichen Ferienfreizeit bemerkt sie, dass ich dünn geworden bin. Ich erhalte einen Brief.

„Lieber Rippchenbesitzer!“, hebt Frau Murnau in ihrem Schreiben an, stellt fest, dass ich offenbar zu wenig esse, und ermuntert mich zu gesteigerter Nahrungsaufnahme. Weiterhin empfiehlt sie mir, bei der Auswahl meiner ersten Freundin kein Mädchen in Betracht zu ziehen, das ebenso dünn sei wie ich selber, denn sonst, so die ihrem Rat zugrunde liegende Befürchtung, könne die bei der körperlichen Liebe entstehende Reibungshitze, wenn Knochen an Knochen schubberten, zur ungewollten Entflammung führen und mich und meine junge Geliebte verkohlen.

Das wolle ja niemand.

Auch lässt mich Frau Murnau hin und wieder an ihrer reichen Lebenserfahrung als Frau teilhaben. So erzählt sie, als junges Mädchen habe sie sich an einem Tag auf dem Lande in einer Scheune im Heu mit einem musikalisch gebildetem Bauernsohn vergnügt, und der junge Mann habe doch glatt, als er sich dem Höhepunkt näherte, Beethovens Fünfte zu trällern begonnen.

„Tatatataaaaaaaa!“

Bei all ihrer Offenheit, was die Berichte aus ihrem Leben angeht, über Martins Vater spricht Frau Murnau nie, und auch über die Umstände des frühen Todes ihres Sohnes erfahre ich lange Zeit nichts.

Einige Wochen nach Beginn unserer Bekanntschaft hängt Frau Murnau die Vergrößerung, die mein Vater angefertigt hat, fein gerahmt an eine Wand ihres Wohnzimmers neben ein anderes Bild, das einen älteren Herrn mit ausgeprägten Geheimratsecken zeigt. Ich nehme an, Frau Murnau habe die Bilder von Vater und Sohn nebeneinander gehängt, und interessiert weise ich auf das Porträt des älteren Herrn.

„Ist das denn ihr Mann?"

Frau Murnau zuckt merklich zusammen und entgegnet kühl:

„Nein. Das sind zwei Bilder von meinem Sohn."

In der Folge traue ich mich nie mehr, nach den früheren Familienverhältnissen zu fragen.

Völlig unvermutet erfahre ich eines Tages mehr über das Leben des Sohnes. Ich habe die Einkäufe erledigt und treffe bei meiner Rückkehr in der Wohnung von Frau Murnau einen Besucher an, Herrn Messter. Frau Murnau ist seit vielen Jahren mit dem alten Herrn befreundet. Herr Messter ist stark behindert an Armen und Beinen. 1915, so berichtet er mir, sei eine Granate unmittelbar vor ihm detoniert. Nach dem Gefecht hätten die Kameraden des Aufräumkommandos seinen zerfetzten Leib in einem Trichter gefunden, dem rohen Fleisch keinen Lebensfunken mehr zugetraut und ihn auf einen Leiterwagen geworfen, zu den vielen anderen blutigen Körpern, bestimmt für den Transport zu einem der neu angelegten großen Soldatenfriedhöfe. Doch dann habe jemand ein sachtes Heben und Senken seines Brustkorbs bemerkt, so Herr Messter. Bis heute trage er in seinem Körper noch 48 Splitter mit sich herum.

Herr Messter ist sehr freundlich und bittet mich, ihn ein wenig auf dem Heimweg zu begleiten. Er kann nur langsam gehen, so haben wir etwas Zeit, und er erzählt mir von Martin. Der Sohn von Frau Murnau sei ein armes Schwein gewesen, nie habe er sich von der Mutter lösen können. Bis zu seinem Tod habe er mit ihr in der

Wohnung gelebt. Noch jung an Jahren begann er zu saufen, schloss mit Mühe eine kaufmännische Ausbildung ab, blieb aber nie lange bei einer Arbeitsstelle. Schließlich habe seine Mutter ihm zahlreiche sündhaft teure Schiffskreuzfahrten bezahlt, diese Reisen endeten jedoch meist damit, dass Martin fürchterlich betrunken auf den Vergnügungsdampfern randalierte und mehrfach, mit einem Handgeld ausgestattet, vom Kapitän in einem Hafen an einem fernen Zipfel der Welt ausgesetzt wurde. Letztlich sei Martin erkrankt, die Ärzte wollten seine Leber punktieren, das Organ habe sich jedoch bereits in einem derartigen Auflösungsstadium befunden, dass Martin bei dem Eingriff verblutete. Er wurde nur 45 Jahre alt.

Ich danke Herrn Messter für das Vertrauen, wir verabschieden uns, ich behalte mein Wissen für mich.

Nach dem Tod ihres Sohnes verbleibt Frau Murnau an Verwandtschaft nur noch eine entfernte Cousine, die jedoch unglücklicherweise mit ihrer Familie als Gefangene des Kommunismus hinter dem Eisernen Vorhang in Torgau lebt. Es gilt, dieser Cousine regelmäßig große Pakete mit Westwaren zu senden. Mit größter Hingabe packt Frau Murnau ein, was „Drüben" begehrt ist. Neben Schokolade und verschiedenen Drogerieartikeln stehen neuerdings Kartuschen mit Sprühsahne oben auf der Wunschliste der DDR-Bürger, auch Kaffee ist besonders beliebt. In den Packungen mit den gerösteten Bohnen schmuggelt Frau Murnau Westgeld, vorsichtig öffnet sie eine Kaffeetüte, schiebt einen Hundertmarkschein hinein und verschließt sie wieder derart kunstfertig, dass kein Eingriff sichtbar ist.

In den Dankschreiben aus der Zone werden von der Cousine alle Waren benannt, die angekommen sind, und wenn das Wort ‚Kaffee' unterstrichen wurde, so der deutsch-deutsche Code der Familie, hat es die finanzielle Einlage auch bis nach Torgau geschafft. Fehlt die Unterstreichung, bedeutet dies, ein findiger Bediensteter des Arbeiter- und Bauernstaates ist der kapitalistischen Machenschaft der Murnau aus Troisdorf auf die Schliche gekommen, hat den Westmarkhunderter konfisziert und die DDR-Bürgerin so vor klassenfeindlicher Einflussnahme beschützt.

Jede Woche bringe ich Beschwerdebriefe für Frau Murnau zur Post, die, wie sich zeigt, durchaus gelesen werden. Regelmäßig erhält sie Besuch von Abgesandten des Bürgermeisters, des Sozialamts oder der Genossenschaft. Meistens kommen neue Mitarbeiter, die sich des Schwierigkeitsgrades ihrer Mission und der Sachlage noch nicht bewusst sind. Mit der Zeit erkenne ich, die Verläufe ähneln sich. Zunächst, nach dem ersten Besuch eines Abgesandten, zeigt sich Frau Murnau völlig hingerissen vom weltgewandten und respektvollen Auftreten und der edlen Persönlichkeit des hilfsbereiten Besuchers, beim zweiten Gespräch erlaubt sich der Abgesandte jedoch eine kritische Nachfrage oder zieht diesen oder jenen von Frau Murnau geschilderten Tatbestand vorsichtig in Zweifel, dann wird die irritierte Seele umgehend höflich zur Wohnungstür geleitet und erhält postwendend einen Brief, die scheinbar so feine Person habe sich als niederträchtig, verlogen und hinterhältig entpuppt, Frau Murnau kündige die junge Freundschaft und erteile Hausverbot für alle Zeiten.

An einem Dienstag des Jahres 1977 entdeckt Frau Murnau in einer esoterischen Zeitschrift, die sie bezieht, die Anzeige eines Mediums. Viola aus Bremen bietet an, Kontakt zu geliebten Verstorbenen herzustellen. Umgehend bucht Frau Murnau eine Séançe. Von Herrn Ali, dem netten, türkischen Taxifahrer, der sie zum Arzt fährt, wenn es denn sein muss, lässt sie sich nach Bremen chauffieren. Am Tag nach ihrer Rückkehr besuche ich Frau Murnau und treffe sie heiter und gelöst an. Beseelt von ihrem wunderbaren Erlebnis, drückt sie mir vertrauensvoll eine Kassette mit der Tonaufnahme der Sitzung in die Hand.

Daheim lege ich die Kassette in meinen Rekorder ein. Frau Murnau erzählt Viola zunächst von ihrem Sohn und von ihrem heutigen schweren Leben und den Attacken der bösartigen Nachbarin. Viola versetzt sich alsbald in Trance, geht auf die Reise, sucht in einer anderen Welt nach Martin, dann tritt dieser mit ihr in Kontakt. Er freue sich, dass seine Mutter an ihn denke, sie solle sich nicht grämen ob seines frühen Todes, es gehe ihm gut, er befinde sich auf der Venus und habe nun auch eine Freundin, diese sei sehr hübsch und habe lange blonde Haare. Martin bittet seine Mutter, sich nicht um ihn zu sorgen, doch er müsse gestehen, er sorge sich seinerseits um sie. Die Energie in der Wohnung, in der sie noch immer lebe, ja im ganzen Hause, sei düster und vergiftet, sie müsse unbedingt ausziehen, dieses Versprechen wolle er ihr abringen, sonst sei sein glückliches Dasein auf der Venus gefährdet. Auf der Tonaufnahme ist zu hören, wie Frau Murnau unter Tränen ihrem Sohn schwört, die Wohnung zu kündigen und ein neues Heim zu suchen. Das beruhige ihn, lässt Martin über das Medium wissen und verabschiedet sich, er wolle nun zurück zu seiner Freundin.

Natürlich hat Frau Murnau noch keine neue Wohnung in Sicht, dazu müssen erst Briefe an die Wohnungsbaugenossenschaft geschrieben und Anzeigen studiert werden. Doch Frau Murnau erklärt, wir sollten umgehend mit dem Einpacken beginnen, denn höchstens einige Wochen noch könne sie in der Wohnung verbleiben, komme, was da wolle.

Der nette Herr Skladanowski bringt auf meine Bitte hin eine Ladung Bananenkisten vorbei. An zwei Wochenenden packe ich mit Frau Murnau alle Bücher ein, alle Haushaltsgegenstände, die sie nicht täglich benötigt, wir hängen alle Bilder ab und wickeln sie in Handtücher, ich rolle die Teppiche auf, die, mit Kordeln verschnürt, an der Wand gestapelt werden. In der Wohnung mit den ausgeräumten Bücherregalen, den Bananenkartons, zusammengerollten Teppichen und leeren Wänden mit den beißenden, hellen Flecken auf den Tapeten wird Frau Murnau zweieinhalb Jahre lang leben.

In der erwähnten esoterischen Zeitschrift, die sich vorwiegend an betagte Damen richtet, inserieren häufig ländlich wohnende Familien mit Eigenheim. Sie bieten Einliegerwohnungen im Haus zur Miete mit Familienanschluss, also Betreuung jedweder Art und freundliche Gesellschaft, selbstredend gegen eine gewisse Gebühr. Mehrfach lässt sich Frau Murnau von Herrn Ali mit seinem Taxi in den Schwarzwald chauffieren, dort besucht sie Familien, die derartige Inserate aufgegeben haben. Nach ihrer Rückkehr berichtet sie stets voller Ehrfurcht und Glück von den einfachen, aber aufrichtigen Menschen auf dem Lande, dann aber, jeweils nach einem kurzen Briefwechsel, fallen diese nacheinander in Ungnade. Herr Ali jedoch verkauft seinen Mercedes, geht mit seiner fünfköpfigen Familie zurück in die Türkei, steigt mit dem bei Frau Murnau verdienten Vermögen in der Baufirma seines Schwagers ein und wird binnen zwölf Jahren der drittreichste Türke der Welt.

Frau Murnau jedoch will nun, enttäuscht von der Landbevölkerung, doch in Troisdorf bleiben und entscheidet sich für die siebzehnte Wohnung, die ihr von der Wohnungsbaugenossenschaft angeboten wird.

Frau Murnau zieht um.

Ein Gerücht besagt, Frau Balkenhorst habe sich in zahlreichen Schreiben an den Bürgermeister, den Bundespräsidenten und seine Gattin sowie an den Petitionsausschuss des Bundestages nahezu überschwänglich bedankt dafür, dass ihre vor einiger Zeit abgesandten, brieflichen Hilferufe erhört worden seien.

Frau Murnau kündigt mir nie. Frau Murnau schickt mir nie einen bösen Brief. Sechs Jahre lang kaufe ich für sie ein, erledige Botengänge und helfe, wenn es in meiner Macht steht. Sie nimmt Anteil an meinem Leben und ist mir eine Freundin mit jederzeit offenem Ohr. Doch dann, 1980, wird sie innerhalb weniger Monate sehr schwach, das Sozialamt und eine ehrenamtliche Pflegerin übernehmen die Betreuung. Wenn ich nun Frau Murnau besuche, sitzt sie teilnahmslos auf einem Küchenstuhl.

Sie tippt nicht mehr. Sie liest nicht mehr.

Dann erreicht mich die Nachricht, Frau Murnau sei ins Krankenhaus eingeliefert worden. Ich besuche meine Freundin ein letztes Mal. Sie liegt im sauberen, weißen Krankenhausbett und nimmt keine Notiz von meiner Anwesenheit. Ihr Blick ist auf die Fensterfront gerichtet, vor der Vögel hin und her segeln. Einige machen sich einen Spaß, sie fliegen aus weiter Ferne auf die große Scheibe des Krankenzimmers zu, biegen dann wenige Zentimeter vor Erreichen des Fensters scharf ab, flattern munter in den Himmel davon, drehen eine Runde durch die Lüfte und beginnen ihr Spiel von vorn.

Frau Murnau sieht den Vögeln nach.

„Piep. Piep", macht sie. Dann schließt sie die Augen.

Ich gehe.

Sechsundvierzig

1974.
Ich bin 13 Jahre alt. 8. Schuljahr.

Einige Monate, nachdem Mutter die *Quick* abonniert hat, betritt erneut ein Werber unser Geschäft, wendet sich an Vater und bietet zum Vorzugspreis ein Abo der *Deutsche Nachrichten* an, ein Blatt, das hauptsächlich von Anhängern des untergegangenen Naziregimes bezogen wird.

Vater unterschreibt sofort.

Nun liegen die Exemplare dieser Zeitung im Geschäft herum, auf der Theke oder auf dem Telefonschränkchen im Flur zum Atelier oder auf dem Stuhl, der Gebrechlichen angeboten wird. Die Schlagzeilen verkünden, Willy Brandt sei ein Vaterlandsverräter, Churchill habe den Zweiten Weltkrieg begonnen, und die Ostfront habe nur aufgrund der hinterhältigen Wühlarbeit jüdischer Spione nicht gehalten.

Die ganze Tragweite der Artikel verstehe ich zu jener Zeit nicht. Später jedoch werde ich mich jahrelang für das Naziblatt im Geschäft schämen und, wenn ich dort bin, die herumliegenden Exemplare einsammeln und wenigstens in das Kabuff bringen, wo kein Kunde sie mehr sehen kann.

Erst zu Beginn des neuen Jahrtausends, als Vater aufgrund von Parkinson und Kehlkopfkrebs ins Koma gefallen ist, bestelle ich mit Mutters Einverständnis nach fünfundzwanzig Jahren das Abo der *Deutsche Nachrichten* ab. Nie habe ich mit größerer Freude und Erleichterung einen Geschäftsbrief verfasst.

1972.

Ich bin 11 Jahre alt. 6. Schuljahr.

Wir haben für einige Tage einen Gastschüler in der Klasse. Marek kommt aus Polen, ist groß, sehr dünn und hat auffallend dunkle Haare. Ich habe nicht viel mit ihm zu tun, aber er scheint ein netter Kerl zu sein. Etwas scheu.

Marek ist ein Austauschschüler, wird uns erklärt. Er lebt jetzt zehn Tage in der Familie von Guido, dann wird Guido nach Polen reisen und zehn Tage dort in Mareks Familie leben.

Ich traf noch nie einen Polen und habe keine Vorstellung davon, wie man in Polen lebt und was dort anders ist als hier, so finde ich die Sache mit dem Schüleraustausch ausgesprochen interessant. Am Abend erzähle ich von Marek und frage meine Eltern, ob wir nicht auch einen Austauschschüler aus Polen aufnehmen könnten. Vater verschluckt sich fast, bekommt in Sekunden einen roten Kopf und schreit mich an.

„Nicht in hundert Jahren!"

Ich erschrecke.

„Reinhold ...", sagt Mutter beschwichtigend.

Ich lasse nicht locker.

„Warum denn nicht?"

Vater haut mit der Hand auf den Tisch, dass der Tee überschwappt und die Teller hüpfen.

„Vergiss es, habe ich gesagt!"

Ich frage nicht mehr.

Ich frage nie mehr.

Ich habe es mir schon gedacht, aber ich wollte es trotzdem versuchen. Natürlich weiß ich, dass Vater Leute aus vielen Ländern nicht leiden kann.

Die Amerikaner sind die Schlimmsten. Alles hinterhältige Schweine. Italiener sind Verräter. Spanier gehen so, nur feige.

Polen gehen gar nicht. Russen sind auch ganz schlimm, noch brutaler als die Amis, aber dafür nicht so hinterhältig und verlogen. Israelis sind ungefähr so schlimm wie Amis. Engländer findet Vater im Grunde ganz in Ordnung, nur ihre Regierung war so blöd, sich im Krieg nicht mit uns zu verbünden.

Sonst hätten wir gewonnen.

Überhaupt hat das alles mit dem Krieg zu tun.

Alle waren unsere Feinde.

Japaner sind in Ordnung.

Ich verstehe das alles nicht.

1976.

Ich bin 15 Jahre alt. 10. Schuljahr.

Vater kann der Bundesrepublik Deutschland als Staat nichts abgewinnen. Er ist der Ansicht, sämtliche Politiker, die heute die BRD regieren, seien Marionetten der Sieger, vor allem der Amis. Folgerichtig geht Vater auch nicht wählen.

Oma Lena und Mutter geben ihre Stimmen selbstredend der CDU, diese ist ja, durch den Namen ausgewiesen, die Partei der Christen.

Onkel Bruno und Tante Hilde fühlen sich der Arbeiterklasse zugehörig und geben ihre Stimmen der SPD.

Die Lehrer in der Schule geben sich alle Mühe, uns zu mündigen Staatsbürgern und Demokraten heranzubilden. Heute ist Bundestagswahl, Helmut Kohl von der CDU tritt gegen den amtierenden Bundeskanzler Helmut Schmidt von der SPD an. So sei gewiss, der nächste Bundeskanzler werde in jedem Fall ein Helmut sein, witzeln die Kommentatoren im Fernsehen.

An diesem Wahlsonntag sitzt Vater schon am frühen Nachmittag deutlich betrunken in der Küche. Er trägt eine kurze, graue Stoffhose, Sandalen und ein weißes Feinrippunterhemd, über dessen oberem Bündchen sein wucherndes Brusthaar hervorquillt. Vater hat schon einen roten Kopf, das Gebiss liegt auf der Fensterbank.

Ich finde, es ist meine Pflicht als demokratischer Staatsbürger, meinen Vater zumindest versuchsweise zum Wahlgang anzuhalten, wenn ich mir auch über die Erfolgsaussichten meines Unterfangens keine Illusionen mache. Vorsichtig beginne ich ein Gespräch.

„Du gehst nicht wählen?"

Vater hebt den Kopf und sieht mich mit glasigen Augen wütend an.

„Ich? Ich soll wählen gehen? Du meinst, ich soll wählen gehen?"

Ich erschrecke, das war ein Fehler, ich hätte ihn in Ruhe lassen sollen.

„Gut. Dann gehe ich wählen. Sollst'e mal sehen, wie ICH wählen gehe!"

Schnaubend und strauchelnd erhebt sich Vater vom Küchenstuhl, schwankt zur Wohnungstür, hinaus aus dem Haus. Ich laufe zum Fenster meines Zimmers, von hier kann ich die Straße gut überblicken, die Richtung Grundschule führt, dort befindet sich auch das Wahllokal für unsere Gegend. Ich sehe Vater in seiner kurzen Hose und dem Feinrippunterhemd die Straße hochmarschieren, der forsche Schritt steht in groteskem Kontrast zu der Schlangenlinie, die sein Weg beschreibt, bis er außer Sichtweite gerät.

Ängstlich starre ich auf die menschenleere Straße.

Etwa zwanzig Minuten später sehe ich Vater zurückkehren, er stapft auf unser Haus zu, außer Atem taumelt er in die Küche und lässt sich auf den Stuhl plumpsen, dessen Sitzfläche er aufgrund seiner trunkenen Aufgewühltheit fast verfehlt. Mit einer hastigen Handbewegung wischt er sich die Haare aus der schweißnassen Stirn.

„So, jetzt war ich wählen!“, schnauzt Vater mich an.

Ich wage nicht mehr, etwas zu sagen, und gehe in mein Zimmer.

Am Folgetag spricht mich Franz in der Pause an, dessen Eltern offenbar Zeugen des Besuchs meines Vaters im Wahllokal waren. Franz weiß zu berichten, mein Vater sei in das Wahllokal geplatzt, alle Umstehenden seien beim Anblick des Betrunkenen erstarrt, Vater habe dann wortlos einen Wahlzettel vom Stapel genommen, demonstrativ in kleine Fetzen gerissen und diese dann in die Wahlurne gestopft, um, verfolgt von fassungslosen Blicken der auf die Stimmabgabe wartenden Wähler, ebenso wortlos wieder aus dem Lokal zu stürmen.

1974.

Ich bin 13 Jahre alt. 8. Schuljahr.

Meine Hausaufgaben erledige ich allein oder mit meinen Nachhilfelehrern in Englisch und Mathematik, daher bekommen meine Eltern auch nicht mit, welche Themen wir in der Schule behandeln. Es interessiert sie auch nicht, sie sind beansprucht und erschöpft von ihrer Arbeit im Geschäft. Doch nun nehmen wir in Geschichte die Zeit des Nationalsozialismus, des Zweiten Weltkriegs und des Massenmords am jüdischen Volk durch. Im Deutschunterricht lesen wir das *Tagebuch* der Anne Frank. Ich bin aufgewühlt von den Verbrechen, über die wir erfahren, besonders berührt mich das Schicksal des Mädchens Anne, so erwähne ich die Lektüre während des Abendessens.

Vater hält inne und sieht mich grimmig an.

„So. Das habt ihre jetzt in der Schule? Alles Lüge! Das ganze Buch ist eine Fälschung!“

Ich bin verblüfft.

„Eine Fälschung? Wer hat das denn gefälscht?“

„Die Sieger natürlich! Die Amis! Alles ist gelogen!“

Ich bin hellhörig geworden. Was wir in der Schule lernen, ist gelogen? Aber mein Vater kennt die Wahrheit? Nun will ich mehr wissen.

Vater kommt in mein Zimmer, er hat eine Flasche Bier, Zigaretten und einen Aschenbecher mitgebracht.

Dann erfahre ich die Wahrheit.

Nach dem Ersten Weltkrieg haben die Sieger Deutschland die gesamte Schuld am Krieg zugeschoben. Durch die Bedingungen des Versailler Vertrages wurde Deutschland völlig ruiniert, die Wirtschaft lag am Boden, unser Land sollte sich nie wieder erholen. Doch dann kam Hitler und hat den Amis und den Engländern die Stirn geboten, das Land wieder hochgebracht. England und Amerika aber wollten kein starkes Deutschland, daher haben sie sich mit Frankreich, Polen und Russland verschworen und den Krieg angefangen, den wir leider erneut verloren.

Ich staune, die Vorträge unserer Lehrer in der Schule hören sich völlig anders an. Vater trinkt hastig ein Glas Bier, er ist jetzt richtig in Fahrt.

Die ganze Sache mit den ermordeten Juden sei eine Propagandalüge der Amis, so fährt er fort. Bei allen Filmen und Bildern handele es sich um Fälschungen, in Hollywood hergestellt, um Deutschlands Ruf in der Welt zu vernichten. Die anderen hätten den Krieg angefangen und gesiegt, und jetzt behaupteten sie, Hitler hätte den Krieg angefangen und die Juden ermordet. Wir sollen dastehen als die Schlechten und die Schuldigen, genau wie nach dem Ersten Weltkrieg.

Vater hat sein Bier ausgetrunken.

Ich mache mir fleißig Notizen, ich bin sehr aufgeregt. Welchem Lügengespinst bin ich da auf der Spur! Ob unsere Lehrer den hanebüchenen Mist selber glauben, den sie uns in der Schule erzählen?

Vater sieht zu Boden.

„Wir deutschen Soldaten haben unser Land verteidigt. Wir haben auf den Führer geschworen und sind unserem Eid treu geblieben. Und jetzt sagen die unseren Kindern, wir wären Verbrecher und der letzte Dreck. So ist das."

Vater zieht an seiner Zigarette, inhaliert tief und drückt wütend die Kippe im Aschenbecher aus. Dann geht er zurück in die Küche.

Das also ist die Wahrheit, und mein Vater kennt sie!

Mein großer, starker Vater kennt die Wahrheit!

Und jetzt kenne ich sie auch!

In mir breitet sich ein Triumphgefühl aus. Die Lehrer in der Schule werden staunen, wenn ich denen sage, dass ich die Wahrheit kenne. Denen werde ich es zeigen!

Zu Beginn der nächsten Deutschstunde melde ich mich und erkläre, ich hätte zum Thema Anne Frank etwas nachzutragen. Unsere Lehrerin, Frau Baumann, zeigt sich überrascht und lässt mich gewähren.

Ich hole tief Luft, und dann erzähle ich alles, was ich von Vater gelernt habe, wie die Sieger uns nach dem Ersten Weltkrieg drangsalierten, wie Hitler unser Land wieder großartig aufbaute, wie die anderen Länder den Krieg anfingen. Frau Baumann steht mit verschränkten Armen an der Seite des Klassenzimmers, folgt mir stumm, sieht mich nicht an.

Um die vollständige Wahrheit zu sagen, führe ich noch aus, die ganze Sache mit den ermordeten Juden und den Gaskammern sei eine Propagandalüge der Amis, das Tagebuch der Anne Frank eine Fälschung ebenso wie die angeblichen Dokumentarfilme aus den Konzentrationslagern, die in Hollywood getürkt worden seien.

Frau Baumann hat in den letzten Minuten nur noch zu Boden geschaut, unbeweglich steht sie vor der Klasse.

„Und woher weißt du das alles?", fragt sie mich dann.

„Von meinem Vater!", sage ich, und damit habe ich das entscheidende Argument genannt, denn wie sollte mein Vater etwas Falsches erzählen.

Frau Baumann richtet sich an die Klasse.

„Ich weiß, dass viele Leute so denken. Trotzdem ist es nicht wahr."

Dann fährt sie mit dem Unterricht fort.

Die Stunde ist vorüber, alle packen ihre Bücher und Hefte ein, Frau Baumann kommt langsam und ernst auf mich zu.

„Weißt du, Andreas, für mich ist sehr schlimm, was du hier erzählst. Mein Vater ist im Krieg gestorben. Er war ganz jung, ich habe ihn nie kennengelernt. Dieser Hitler hat meinen Vater umgebracht, verstehst du."

Frau Baumann bleibt dabei ruhig, steht vor mir mit ihren verschränkten Armen und festem Blick, aber sie ist nicht wütend. Sie ist so ruhig, während sie spricht, dass ich Angst bekomme. Und sie ist so traurig.

Ein schrecklicher, kaum fassbarer Gedanke kraucht in mir hoch, mir wird kalt und grau.

Was wäre, wenn das Undenkbare stimmt?

Was wäre, wenn Vater nicht die Wahrheit sagt?

Kann mein Vater mich anlügen?

Die Ansprache von Frau Baumann hinterlässt mich verwirrt und ratlos. Auf wen kann ich mich verlassen, wenn ich schon Vater zu misstrauen beginne?

Bücher. Ich vertraue Büchern. Unter dem Vorwand, ein Referat über den Massenmord an den Juden vorbereiten zu müssen, lasse ich mich von der netten Dame in der Stadtbücherei beraten. Ich nehme die wichtigsten Bücher mit Erlebnisberichten aus den Konzentrationslagern mit nachhause, ich verstecke sie im Schrank und lese sie heimlich am Abend. Ich vertiefe mich in die Berichte und sehe mir die Bilder genau an. All das soll gefälscht sein? Die Bücher rauben mir den Schlaf. Noch nie habe ich über solch furchtbare Dinge gelesen.

Ich sitze mit Pfarrer Hubrich in seinem Arbeitszimmer am Tisch. Pfarrer Hubrich erteilt uns Religionsunterricht, ich mag ihn sehr. Ich habe darum gebeten, ihn besuchen zu dürfen.

Hinter dem Arbeitstisch des Pfarrers steht ein dunkles Bücherregal voller katholischer Literatur. Das Zimmer duftet ein wenig nach Weihrauch. Pfarrer Hubrich ist groß und von schmaler Statur, sein Kopf hat eine ausgeprägt längliche Form, und auch seine Hände sind auffallend lang, mit diesen streicht er nun über die Tischplatte, während ich davon erzähle, was mich umtreibt.

„Also, Andreas, an den Morden besteht überhaupt kein Zweifel, und Hitler hat den Krieg angefangen. Wirklich, Andreas, da gibt es keinen Zweifel. Die Frage lautet, warum dein Vater das nicht wahrhaben will."

Pfarrer Hubrich spricht ganz ruhig. Ich nicke wortlos. Es fällt mir so schwer, der Tatsache ins Auge zu sehen, dass die Wahrheit meines Vaters nicht stimmt.

„Wie alt war dein Vater, als der Krieg ausbrach?"

„Ungefähr zwanzig. Er war dann die ganze Zeit im Krieg und dann noch in Gefangenschaft. Das hat er erzählt."

„Siehst du, dein Vater war noch ganz jung, als die Nazis kamen. Die meisten jungen Leute haben geglaubt, was ihnen erzählt wurde. Und dann sind sie betrogen worden um ihre Jugend und ihr Leben."

„Der Bruder meines Vaters ist mit dem Flugzeug abgestürzt im Krieg."

Pfarrer Hubrich nickt.

„Lebensjahre verloren. Den Bruder verloren. Völlig sinnlos. Weil sie einem Verbrecher auf den Leim gegangen sind. Wenn man anerkennt, dass man betrogen worden ist, muss man anerkennen, dass man sich hat betrügen lassen. Es gehört Kraft dazu, dem ins Auge zu sehen, und Größe.

Die hat leider nicht jeder."

Einige Tage später gehe ich am Abend zu Vater in die Küche, er sitzt mit seinem Schnaps und den Zigaretten am Tisch. Die runde Neonleuchte, welche die Küche mit beißender Helligkeit erfüllt, flackert ein wenig.

Ich bleibe an der Tür stehen.

„Ich glaube, Hitler hat den Krieg angefangen, und die Juden hat er auch umbringen lassen."

Vater sieht mich fest und regungslos an.

Er war sechzehn, als sein Vater starb. Er war fünfundzwanzig, als sein Bruder Herbert im Krieg mit dem Flugzeug abstürzte. Der Krieg, in dem er viele Jahre seines jungen Lebens gekämpft hatte, ging verloren. Die Mutter meines Vaters starb kurz nach dessen Rückkehr aus der Gefangenschaft an einem Herzinfarkt, an gebrochenem Herzen, wie es in der Familie heißt, weil sie Herberts Tod nicht verkraftet hat. Und nun, nun wendet sich sein einziger Sohn von ihm ab und wechselt die Seiten, wechselt auf die Seite der Gegner, der Sieger.

Wortlos kippt Vater einen Schnaps, zieht kräftig an der Zigarette und bläst den Rauch in den Raum.

Siebenundvierzig

1974.
Troisdorf.
Ich bin 13 Jahre alt. 8. Schuljahr.

Ende der fünfziger Jahre erfahren meine Eltern von einem Sonderprogramm, das die Bundesregierung aufgelegt hat. Bauherren werden besonders gefördert, wenn sie sich im Gegenzug verpflichten, die neu errichteten Wohnungen nur an Flüchtlingsfamilien aus den ehemaligen deutschen Ostgebieten zu vermieten. Meine Eltern unterschreiben einen entsprechenden Vertrag, erhalten günstige Kredite und bauen ein Mietshaus mit fünf Wohnungen.

Sie verstehen sich gut mit den Mietern, wenn Vater gelegentlich im Haus ist, gibt es eine Einladung auf ein Bier oder einen Schnaps. Die Mieter sind im Alter meiner Eltern, man teilt die Kriegserfahrung, und es mag sich günstig auswirken, dass sowohl Vater als auch Mutter selbst ostpreußische Wurzeln haben. Opa Paul, der Vater meiner Mutter, wuchs in Tilsit auf, Oma Martha, die Mutter meines Vaters, stammte aus dem einem kleinen Ort namens Maleszewn.

Bis Ende der sechziger Jahre fahren fast alle Arbeiter der Stadt mit dem Fahrrad zum Arbeitsplatz, Autos können sich noch nicht alle Einkommensschichten leisten. Die Werke stellen ihren Arbeitern schwarze Leihfahrräder zur Verfügung, überall sieht man sie in der Stadt, ein weißes Schild an der Stange zwischen Sitz und Lenker weist den Arbeitgeber aus.

Erst Ende der sechziger, Anfang der siebziger Jahre kaufen sich nun auch die Arbeiter Autos, dadurch werden die Parkplätze auf der Straße vor dem Mietshaus meiner Eltern bald knapp.

Um dem Zeitenwandel Rechnung zu tragen, lassen meine Eltern hinter dem Haus Garagen bauen, oder, genauer gesagt, aufstellen. Fertiggaragen sind groß in Mode. Die Baufirma gießt ein

Fundament, dann fahren Sattelschlepper vor, von einem Lastkran gehoben, schweben die fertigen Garagen durch die Luft und werden auf der vorbereiteten Betonfläche abgesetzt.

Die Sache ist spannend, und der rasche Baufortschritt verblüfft. Vater beobachtet den ganzen Tag die Arbeiten, am frühen Abend stehen alle fünf Garagen an ihrem Platz, und die stählernen Tore blitzen in der Abendsonne. Vater klingelt bei Herrn Böhm, einem der Mieter im ersten Stock.

„Sagen Sie, Böhm, darf ich mir meine Garagen von oben anschauen?“, fragt Vater höflich.

Herr Böhm hat keine Einwände, auch er ist froh über die Garagen, fährt er doch neuerdings einen Opel Kadett. Herr Böhm holt zwei Flaschen Bier aus der Küche, Zigaretten und ein Feuerzeug. Die Bierflaschen klacken aneinander, Herr Böhm gibt meinem Vater Feuer, so stehen sie auf dem Balkon, trinken Bier, betrachten rauchend die Garagen von oben und freuen sich.

1969.

Ich bin 8 Jahre alt. 3. Schuljahr.

Ich gehe auf eine katholische Grundschule, hier wird auch das Fach Katechismus unterrichtet, wir lernen wichtige Bibelstellen und was es damit auf sich hat. Heute erfahren wir, dass die Reichen nicht in den Himmel kommen:

„Eher gelangt ein Kamel durch ein Nadelöhr, als ein Reicher in den Himmel.“

Ich lasse traurig den Kopf sinken, weiß ich doch nun, ich werde nie in den Himmel kommen.

Keine Chance.

Wir sind reich.

Nun ja, nicht so reich wie die Leute, über die in Oma Lenas Frauenzeitschriften berichtet wird, wir haben keine Jacht und kein Privatflugzeug. Aber wir haben Häuser.

1958 bauen meine Eltern das Mietshaus, leben aber selbst zu dieser Zeit noch zur Miete. Hinter den Geschäftsräumen, in denen sie das Fotogeschäft betreiben, befindet sich ein kleiner Anbau mit einer winzigen Küche, einem Schlafraum und einer Toilette. Das ist ihre Wohnung.

Das Geschäft floriert, und nach meiner Geburt 1961 will Mutter nun auch eine Heimstatt für ihre junge Familie, so bauen meine Eltern noch ein Haus mit drei Wohnungen. Das Erdgeschoss wird vermietet, im ersten Stock wohnen wir, und in das ausgebaute Dachgeschoss ziehen Opa Paul und Oma Lena aus Gelsenkirchen ein.

Einige Jahre später kaufen meine Eltern auf der Hauptstraße einen Altbau, dieser wird renoviert, rückseitig wird ein Atelier angebaut, und fortan befindet sich das Fotogeschäft im eigenen Haus, und meine Eltern müssen keine Ladenmiete mehr zahlen.

So sind wir wohlhabend, aber das ist weder besonders sichtbar noch fühlbar. Wir leben sparsam. An Essen, Kleidung und Möbeln wird nicht gegeizt, aber es wird sehr preisbewusst gekauft. Luxus gibt es nicht, das gilt als übergeschnappt. Unvorstellbar, auf unserem Küchentisch Austern oder Hummer vorzufinden. Auch Limonade steht nicht in unserem Kühlschrank, bei uns gibt es *Tri Top*, einen in unterschiedlichen Geschmacksrichtungen erhältlichen Sirup, mein Favorit ist Mandarine. Verdünnt mit Leitungswasser, stelle ich mir so meine Limo selbst her. Natürlich kaufen meine Eltern auch keine Cola, die Vater verächtlich *Besatzerbrause* schimpft.

Wird eine Anschaffung nötig, entscheiden sich meine Eltern für gute Markenprodukte. Die Fernseher werden so lange von *Saba* gekauft, bis es die Firma nicht mehr gibt, die Waschmaschine ist stets eine *Miele.*

Während der gesamten 60er und 70er Jahre erinnere ich nur wenige herausragende Großanschaffungen meiner Eltern. 1966 kauft Vater einen weißen *Ford 20 M*, Sechszylinder, schneeweiß, wunderschön. Das nächste Auto wird erst acht Jahre später erworben, der völlig verrostete *Ford 20 M* wird durch einen *Ford Consul* in bronzemetallic ersetzt.

Gegen Ende der 70er Jahre gelüstet es Mutter nach neuen Wohnzimmermöbeln. Eine Sitzgruppe in rustikalem Landhausstil wird bestellt und dazu die passende, fünf Meter lange und bis zur Decke reichende Schrankwand, welche die gesamte Längsseite unseres Wohnzimmers beherrscht.

Bei den Häusern wird natürlich nicht gespart. Immer wieder erläutert mir Vater, kleine Schäden an einem Gebäude könnten sich rasch zu einer teuren Angelegenheit auswachsen, wenn sie nicht umgehend behoben werden. Beständig lassen meine Eltern die Substanz der Häuser verbessern, es werden neue Fenster eingebaut oder neue Heizungen, hierbei handelt es sich aber nicht um Ausgaben. Das sind Investitionen.

„Das Geld ist nicht weg, es hat jetzt nur eine andere Form", sagt Vater.

Das nicht investierte oder ausgegebene Geld wird angelegt. Aktien und Wertpapiere sind meinen Eltern nicht geheuer, die Schwankungen der Börsenkurse machen ihnen Angst. Die Familien meiner Eltern haben beide durch den Krieg nahezu die gesamte Habe verloren. Daher setzen Vater und Mutter auf Sicherheit. Das Ersparte wird in Festgeldern angelegt, die durch die Zinsen stetig anwachsen. Für jede angelegte Summe gibt es ein kleines Sparbuch, und diese ist für einen bestimmten Zeitraum, etwa 2 oder 4 Jahre, nicht verfügbar. Um aber immer für eventuell plötzlich notwendige Ausgaben gewappnet zu sein, hat mein Vater eine ganze Sammlung solcher Festgeldsparbücher. In Abständen von einigen Wochen wird eine der Festgeldanlagen frei, dann kann er kurzfristig entscheiden, ob Geld gebraucht wird oder neu angelegt werden kann.

Am ersten normalen Arbeitstag eines jeden Jahres, wenn die Geschäfte wieder geöffnet haben, holt Vater den Stapel mit den Festgeldsparbüchern aus dem Wohnzimmerschrank, packt ihn in eine Plastiktüte und geht zur Bank. Dort legt er die Bücher auf die Theke, und in einem langwierigen Vorgang trägt der Bankmitarbeiter in ein Büchlein nach dem anderen die jeweils angefallenen Zinsen ein, während hinter Vater die anderen Bankkunden eine Schlange bilden.

Dieser Moment ist für Vater schöner als Weihnachten, Ostern und Geburtstag zusammen. Er genießt, wie die anderen Kunden staunen über die Vielzahl der Sparbücher auf der Theke, und die Zinsen erfreuen ihn selbstredend auch.

„Geld zu bekommen, ohne was dafür tun zu müssen, ist doch wunderbar!“ sagt Vater.

Besonders im Alter hat Vater Freude, wenn er unterschätzt wird, da ihm sein Wohlstand nicht anzusehen ist. Nach der Geschäftsaufgabe 1982 findet er für sich verschiedene Hobbies. Er geht nun gerne einkaufen und vergleicht in Geschäften die Preise, vornehmlich von Joghurtbechern. Mit einer abgewetzten Kunstledertasche ausgerüstet, bekleidet mit einer ausgebeulten Jeans und einer entsetzlich unmodischen, beigefarbenen Freizeitkurzjacke, marschiert er los. Passanten schätzen, es handele sich bei dem Herrn um einen Sozialhilfeempfänger auf Schnäppchenjagd, und würden zweifelsohne eine Mark spenden, hielte Vater nur die Hand auf.

Achtundvierzig

1981.
Troisdorf.
Ich bin 20 Jahre alt.

Die Nordeifel ist eine schroffe Mittelgebirgslandschaft, westlich des Rheinlands gelegen, Richtung Belgien. Der Landstrich ist dünn besiedelt, es finden sich einige Kleinstädte und zahlreiche Dörfer, aber auch sehr weite Flächen ohne menschliche Zivilisation, somit auch ohne Smog und Streulicht aus künstlichen Lichtquellen wie Straßenlaternen oder Neontransparenten. Dies bedeutet, die Luft ist klar, in der Nacht ist der Sternenhimmel wunderbar zu sehen, und da hier Grund und Boden verhältnismäßig preiswert zu erstehen ist, haben diese günstigen Umstände mit der Zeit zahlreiche gut betuchte Hobbyastronomen angezogen, es hat sich regelrecht eine Subkultur von Hobbysternwarten herausgebildet. Der Hobbyastronom erwirbt ein Stück Land, abgelegen von Ortschaften, und lässt dort einen Betonsockel gießen. Dann kämpft sich der Tieflader einer Spezialfirma bis zu diesem Sockel vor, eine fertige Kunstoffkuppel wird abgesetzt und auf dem Sockel verschraubt, nun muss nur noch das Teleskop in der Mitte der Fertigkuppel auf ein Gestell montiert werden, und fertig ist die kleine Sternwarte. In der Nacht lässt sich das Dach der Kuppel durch einen Schiebemechanismus öffnen, und der Hobbyastronom kann problemlos den klaren Sternenhimmel über der Eifel beobachten und fotografieren.

Inspiriert durch einen Artikel in einer Fotozeitschrift, fährt Vater in die Eifel, schaut sich verschiedene Kleinststernwarten an, dann steht sein Entschluss fest.

Schon seit einiger Zeit trägt sich Vater mit dem Gedanken, das Geschäft zu schließen. Er ist jetzt zweiundsechzig Jahre alt und müde. Hier in der Eifel, nur anderthalb Autostunden von Troisdorf entfernt, solch eine eigene kleine Astronomiestation zu betreiben, das würde ihm gefallen, schon als Kind hatte er sich für die Sternenwelten begeistert.

1981 erwirbt Vater auf einem Hügel in der Nähe von Daun ein Stück Land, lässt ein winziges Wochenendhaus darauf errichten, gleich nebenan einen Betonsockel gießen, dann wird die Kuppel geliefert, für Vater einer der glücklichsten Tage seines Lebens.

Im Geschäft stand Vater am liebsten in der Dunkelkammer, zuhause arbeitete er abends oder am Wochenende leidenschaftlich gern allein in der Werkstatt im Keller. Jetzt kann er unter der Sternwartenkuppel im Dunkeln allein sein, hier sitzt er am Okular seines Teleskops und beobachtet mit Hingabe entfernte Sterne, Planeten und kosmische Nebel.

Fast zwanzig Jahre lang hat Vater Freude an seiner Sternwarte, erst kurz vor seinem Tod wird er sie verkaufen.

1982.
Ich bin 21 Jahre alt.

Es ist Vater, der den Entschluss fasst, das Geschäft aufzugeben. Er ist erschöpft, will nicht mehr. Mutter würde gerne noch weiterarbeiten. Das Atelier, der Umgang mit den Kunden, das ist ihr Leben, aber den Laden ohne Vater zu führen, ist undenkbar. Es findet sich ein Pächter, der in dem Ladenlokal sein eigenes Atelier eröffnen wird und den restlichen Warenbestand übernimmt. Der letzte Arbeitstag meiner Eltern ist der 30. Juni 1982.

In den Wochen vor der Schließung wird Mutter von Tag zu Tag unglücklicher. Vater scheint gelassen und betont immer wieder, wie froh er sei, sich bald in Ruhe seinen Interessen widmen zu können.

Während meine Eltern das Ende ihres Berufslebens organisieren, bin ich auf der Suche nach meiner Berufung.

Seit einiger Zeit bin ich Mitglied in einem Filmemacherverein. Uns begeistert das Medium Film, gemeinsam besitzen wir eine betagte, aber funktionstüchtige Kamera sowie eine Tonausrüstung. Gerne würde ich nun einen Film drehen, die Vereinsfreunde haben auch die nötigen Kenntnisse, nur an einer Idee mangelt es mir. Doch eines Tages kommt mir der zündende Gedanke. Ich will den für meine Familie so einschneidenden Prozess der Geschäftsaufgabe dokumentieren. So bitte ich meine Eltern ins Atelier, und mit Hilfe meiner Freunde nehme ich ein langes Interview auf.

Dann, am 30. Juni 1982, halte ich den letzten Arbeitstag fest. Bedingt durch den Hochsommer, gibt es nicht viel zu tun, nur wenige Kunden holen noch Fotoarbeiten ab. Um 18.30 Uhr bitte ich meine Freunde, Kamera und Ton einzuschalten. Vater geht zum Eingang des Ladens, schließt die Tür ab, dann betätigt er einen Schalter an der Wand, die Rollläden vor Tür und Schaufenster werden elektrisch heruntergefahren.

Das Geschäft ist geschlossen.

Mutter kommt hinzu und stellt sich neben Vater, ich frage beide, wie es ihnen geht in diesem Moment. Vater antwortet ohne erkennbare innere Bewegung, er sei froh, dass nun alles vorüber ist. Mutter beginnt heftig zu weinen. Vater steht ratlos daneben, er hat kein Wort, keine Geste für sie. Ich bitte meine Freunde, Kamera und Tonbandgerät abzuschalten.

Einige Wochen später geht es Mutter gut. Sie findet überraschend schnell Geschmack an der neuen Ruhe in ihrem Leben.

Vater hat seit der Geschäftsaufgabe immer wieder Nasenbluten. An einem Vormittag ruft mich Mutter aufgeregt an, Vater ginge es nicht gut, ich solle sofort kommen. Ich fahre rasch zur Wohnung meiner Eltern und finde Vater elend am Küchentisch sitzend vor. Sehr starkes Nasenbluten hat eingesetzt, es will nicht aufhören, ein Taschentuch nach dem anderen saugt sich voll und wird dunkelrot.

Ich fahre mit Vater ins Krankenhaus, der zuständige Arzt, ein jovialer, stämmiger Mann, kümmert sich sofort um ihn, ich bleibe im Warteraum der Notaufnahme sitzen. Nach einer Stunde kommt der Arzt aus dem Behandlungsraum und tritt zu mir. Er wirkt erschöpft. Die Behandlung sei sehr schwierig gewesen, erklärt der Arzt, die Blutung habe sich nicht stillen lassen, es habe keine andere Möglichkeit bestanden, als Vaters Nasenhöhle durch den Racheneingang hindurch zu tamponieren.

Von einer Krankenschwester gestützt, kommt mein Vater nun aus dem Behandlungszimmer. Noch nie habe ich ihn in einem solchen Zustand gesehen. Der Blick ist leer, Vater scheint geradezu geschrumpft, mit langsamen Bewegungen schlurft er mir entgegen. Sprechen ist ihm nicht möglich.

Noch Monate hat Vater mit heftigem Nasenbluten zu tun, bis es schließlich nachlässt und gegen Ende des Jahres nicht mehr auftritt.

Neunundvierzig

1967.
Ameland.
Ich bin 6 Jahre alt.

Während des Krieges wird der Soldat Reinhold Fischer in Frankreich und auf dem Balkan eingesetzt, gerät im Januar 1945 in Belgien in Kriegsgefangenschaft, wird für anderthalb Jahre in einem Lager auf französischem Boden interniert, bevor er im Herbst 1946 wieder in Essen eintrifft.

Nach diesen Reisen überschreitet mein Vater die deutschen Grenzen bis zu seinem Tod in vierundfünfzig Jahren nie wieder.

Mit einer Ausnahme.

Ich soll im Spätsommer des Jahre 1967 eingeschult werden. Meine Mutter hält es für sinnvoll, dass sich ihr Sohn noch einmal gut erholt, bevor der Ernst des Lebens beginnt.

Die Hochbaums, die mit meinen Eltern befreundet sind, haben im Sommer für zwei Wochen ein Ferienhaus auf der holländischen Insel Ameland angemietet, sie bieten meinen Eltern an, mit ihnen dort den Urlaub zu verbringen.

Die Idee ist gut, haben die Hochbaums doch drei Kinder, zwei davon in meinem Alter, die Paare verstehen sich, Herr Hochbaum und mein Vater waren beide während des Krieges Soldaten, man befindet sich auf einer Wellenlänge.

Aber Vater findet an der Idee keinen Gefallen. Das Geschäft für zwei Wochen im Sommer zu schließen, würde einen unschönen Verdienstausfall mit sich bringen, so argumentiert er. Dies ist möglicherweise nur vorgeschoben. Mein Vater hat so viele Fähigkeiten, er kann fotografieren, schweißen, die Drehbank bedienen, er beherrscht mehrere Sprachen und in der Dunkelkammer sämtliche Künste eines Fotolaboranten, aber zwei Wochen mit Frau und Kind faulenzend am Strand verbringen, das kann er nicht. Mit seinem Sohn Sandburgen bauen oder am Strand Muscheln sammeln, das kann er nicht.

So fährt uns Vater im Sommer 1967 mit dem soeben erworbenen schneeweißen *FORD 20M* Sechszylinder nach Ameland, übernachtet dort und kehrt am nächsten Morgen zurück. Noch Jahrzehnte später wird Mutter berichten, wie öde Vater die Insel empfunden habe und wie glücklich er gewesen sei, nach einer Übernachtung wieder abreisen zu können. Was wollt ihr hier auf dieser Sträflingsinsel, habe er gesagt, nur Sand und Wasser, wie entsetzlich. Wenn Mutter später in einer Kaffeeklatschrunde davon erzählt, um das sonderbare Wesen ihres Mannes zu verdeutlichen, sticht es mir ins Herz.

Herr Hochbaum, der Vater von Feli, Ferdinand und Friederike, sammelt mit seinen Kindern am Strand Muscheln, baut Sandburgen und rauft mit ihnen in den Dünen. Zwei Wochen lang beneide ich die anderen Kinder, sie haben ihren Papa dabei, der mit ihnen spielt, ich spüre meine Traurigkeit bis heute.

In Troisdorf führt mein Vater das Geschäft allein, dann holt er uns wieder ab. Zum Ende der Rückfahrt lenkt Vater den Wagen auf den Parkplatz vor unserem Haus und stellt den Motor ab.

Etwas ist verändert.

Ich staune.

Hinter dem Haus steht eine Garage!

In der Zeit unserer Abwesenheit wurde eine Fertiggarage geliefert; nun müsse nur noch die Einfahrt zur Garage hin gepflastert werden, erklärt Vater, dann habe unser neues Auto ein eigenes Zuhause!

Vater wird die Garage nie benutzen. Wenn er abends erschöpft vom Tagesgeschäft heimkommt, ist es ihm zu mühselig, den großen Ford vorsichtig in die enge Garage zu bugsieren. Er parkt den

Wagen auf dem Parkplatz vor dem Haus. Später wird die Garage an die Familie vermietet, die im Erdgeschoss wohnt.

Ob Mutter während der zwei Wochen am Meer ihren Mann vermisste, weiß ich nicht. Diesbezüglich kann ich nur Mutmaßungen anstellen über Ilse. Ich nehme an, sie hat die Zeit ohne ihren Mann an Luft und Sonne ebenso genossen wie Vater die Zeit ohne Frau und Kind in seinen fensterlosen Lieblingsräumen.

2000.
Troisdorf.
Ich bin 39 Jahre alt.

Von der anderen Familie weiß ich lange so gut wie nichts. Vater erzählt nicht davon, Mutter nur spärlich. Das ganze Ausmaß erfahre ich erst viel später. Die Leute begegnen mir nur an dem Tag, als wir Vater beerdigen. Dann sehe ich sie nie wieder.

Mitte der 1980er Jahre ist Gunther Reiniger ein junger, sehr begabter Ingenieur, der sich auf Getränkeabfüllanlagen spezialisiert hat. Im Auftrag eines international tätigen Unternehmens reist er nach Afrika, dort hat er den Aufbau einer Limonadenfabrik zu betreuen. Er verliebt sich in die dunkelhäutige Dolmetscherin Claudia-Maria, in deren Adern ein wenig deutsches Blut fließt, denn ihr Urgroßvater war ein deutscher Kolonialist, der sich vor Äonen in eine hübsche Einheimische verguckte. Gunther und Claudia-Maria heiraten, kehren gemeinsam nach Deutschland zurück. Gunther erhält eine wohldotierte Stellung bei einem Mineralbrunnenkonzern in der Eifel, fortan leben sie dort, sie bauen ein Haus und bekommen 1988 eine Tochter, Luisa.

Einige Jahre später wird Gunther Reiniger nebst Gattin in den Dorfgasthof eingeladen, es gilt, den Geburtstag des Arbeitskollegen Anton bei Schweinsbraten und Klößen zu feiern. Anton ist begeistertes Mitglied im örtlichen Verein der Hobbyastronomen, dort hat er auch meinen Vater kennengelernt, dieser ist ebenfalls eingeladen, so treffen sich Reinigers und mein Vater an der festlichen Bratentafel.

Man kommt ins Gespräch, versteht sich gut, und umgehend wird Vater zu einem Abendessen im Hause Reiniger eingeladen.

Herr Reiniger ist begeistert, solch einen unterhaltsamen und gebildeten Gesprächspartner gefunden zu haben, Frau Reiniger freut sich über die angenehme Abwechslung, die kleine Luisa mag meinen Vater auch sehr, lässt er sie doch unaufhörlich beim Mensch-ärgere-dich-nicht gewinnen, zur Erheiterung des Kindes bringt er seine Empörung jedes Mal lautstark und wild gestikulierend zum Ausdruck, wenn Luisa eine seiner Spielfiguren mit Wucht vom Brett gefegt hat.

Das neue Haus der Reinigers verfügt über ein komfortables Gästezimmer im Souterrain, einen großen Raum mit eigenem Bad, fast schon eine Einliegerwohnung. Die Reinigers bieten Vater an, er könne auch gerne länger bleiben, das Gästeappartement stehe zu seiner Verfügung. Vater dehnt seinen nächsten Besuch auf zwei Wochen aus.

In den Folgejahren verbringt Vater sehr regelmäßig mehrere Wochen bei Familie Reiniger in der Eifel. Er begleitet Claudia-Maria bei ihren Einkäufen, schält Kartoffeln, spielt ohne Ermüdungserscheinungen mit Luisa Malefiz, Halma und Mühle, erzählt beim Abendessen Witze oder Anekdoten aus seinem Leben und zeigt sich sehr interessiert an der deutsch-afrikanischen Familiengeschichte Claudia-Marias. Mit politischen Tiraden hält sich Vater zurück, auch geht er aus Rücksicht auf die Atemluft des Kindes klaglos alle dreißig Minuten auf die Terrasse, eine Zigarette zu rauchen. Zum Essen trinkt er eine Flasche Bier und eine zweite im Verlauf des gemeinsamen Fernsehabends, darüber hinaus gibt er sich keinem weiteren Alkoholgenuss hin.

Ich weiß nichts davon. In den 1990er Jahren ist das Verhältnis zu meinen Eltern sehr unterkühlt, ich halte mich fern. Allerdings bemerke ich, dass Mutter nun im Zuge gelegentlicher Telefonate häufiger erwähnt, Vater sei wieder bei Reinigers, es ist stets nur eine sachliche Anmerkung, ohne Anflug jedweder Klage, daher messe ich der Sache keine besondere Bedeutung bei und begreife nicht, dass Vater nunmehr im Grunde zwischen meiner Mutter und dem Leben mit Familie Reiniger pendelt, es sei denn, er fährt zu seiner Sternwarte und folgt nachts dem Lauf der Gestirne.

1998 wird Vater krank, bald versagen seine Beine auf dem Weg vom Bett zur Toilette, an Fahrten in die Eifel ist nicht mehr zu denken. Er verkauft die Sternwarte an einen Astronomenfreund und verlässt Troisdorf nicht mehr.

Am Tag der Beisetzung ist es bedeckt und regnerisch. Mutter hat das Taxi für elf Uhr bestellt, die Trauerfeier für Vater beginnt um elf Uhr dreißig, anschließend wird die Beerdigung stattfinden. Tante Hilde, Mutter und ich sitzen im Wohnzimmer, es ist noch Zeit. Von Zeit zu Zeit springt Mutter auf und entfernt mit dem Fusselroller eine nicht vorhandene Fluse vom schwarzen Kleidungsstoff.

Es klingelt.

Das Taxi kann es noch nicht sein. Mutter läuft in mein altes Kinderzimmer und schaut auf den Parkplatz, ein großer Mercedes steht dort, mit fremdem Kennzeichen.

Es klingelt erneut, Mutter betätigt den Öffner.

Mehrere Personen steigen die Treppe hoch. Ein großer, schlanker Mann, eine dunkelhäutige Frau, ein etwa zehnjähriges, dunkelhäutiges Mädchen. Die Leute sind freundlich, stellen sich höflich vor als Familie Reiniger, man habe die Fahrzeit aus der Eifel überschätzt, so sei man etwas früh in Troisdorf und habe sich entschlossen, der Witwe von Herrn Fischer einen Besuch abzustatten und zu kondolieren.

Mutter bittet Familie Reiniger in das altdeutschrustikale Wohnzimmer und bietet Kaffee an, Herr Reiniger zeigt sich erfreut über das Angebot, Mutter geht in die Küche und beginnt fahrig mit der Kaffeekanne und dem Filter zu hantieren. Tante Hilde folgt Mutter in die Küche.

Ich sitze am Couchtisch mit der fremden Familie. Herr Reiniger ergreift das Wort und erklärt, wie sehr man sich freue, mich nun auch kennenlernen zu können; er schildert, wie gern sie meinen Vater bei sich gehabt, welch wunderbare Gespräche sie geführt und gemeinsame Abende genossen hätten.

Mutter bringt ein Tablett mit gefüllten Kaffeetassen, einem Porzellankännchen mit Kondensmilch, einer Zuckerdose und einem Glas Saft für Luisa.

Frau Reiniger erzählt, wie rührend Reinhold ihre Tochter Luisa umsorgt habe, auf all ihre Einfälle und Fantasien sei er eingegangen, und wenn er im Hause war, dann gab es nur einen einzigen Menschen, der die Gute-Nacht-Geschichte vorlesen durfte, das war Reinhold. Herr Reiniger ergänzt, es sei für Luisa, die ja zweisprachig aufwachse, so schön und förderlich gewesen, dass sie sich jederzeit mit Reinhold auch auf Englisch habe unterhalten können. Das Mädchen beginnt zu schluchzen und schlägt die Hände vors Gesicht.

„Mein Opa ... mein Opa ...“, stottert die Kleine hervor, „... mein Opa ist gestorben ...“

Frau Reiniger legt tröstend einen Arm um ihre Tochter.

Ich sitze der Familie gegenüber, ich, der Uninteressante, der nicht ein einziges Mal einen Besuch seines Vaters wert war.

Die Leute sind sympathisch.

Ich kann sie nicht ausstehen.

Es ist elf Uhr.

Das Taxi klingelt.

Mutter springt auf.

„Dann wollen wir mal", ruft sie laut und klatscht in die Hände.

1974.
Troisdorf.
Ilse ist 51 Jahre alt.

Im März 1974 erhalten meine Eltern Post von ihrer Hausbank. Diese betätigt sich auf einem neuen Geschäftsfeld und bietet nun Reisen für ihre Kunden an. Wer rasch bucht, hat die Möglichkeit, recht günstig New York zu besuchen und an einer Rundreise durch die USA teilzunehmen. Meine Mutter ist begeistert und bucht sofort.

Selbstverständlich bleibt mein Vater zuhause und führt in der Zeit das Geschäft allein. Es würde ihm nicht einfallen, den Amis einen Besuch abzustatten.

Meine Mutter kehrt nach zwei Wochen erfüllt und glücklich wieder heim. Nun ist sie auf den Geschmack gekommen.

Sie tritt in den Kirchenchor der katholischen Gemeinde ein, die schönen Stimmen unternehmen regelmäßig Reisen nach Rom oder zu verschiedenen Wallfahrtsorten. Im Seniorenalter engagiert sich meine Mutter zusätzlich im Verein der katholischen Frauen, auch hier werden Busreisen unternommen.

Auf den zahlreichen Gruppenreisen ist sie fern von Mann und Kind, in einer Gruppe von Menschen, die sie mag, und sie ist beliebt. Meine Mutter plaudert für ihr Leben gern, ist humorvoll und hilfsbereit, sie hat ein offenes Ohr für die anderen Menschen, findet aber ihrerseits auch Gehör, wenn sie Klage führt, vornehmlich über ihren Sohn. Auch gibt es auf diesen Reisen wenige Männer, und diese sind gebunden oder Geistliche.

So fühlt sie sich wohl.

Einen gemeinsamen Urlaub meiner Eltern oder meiner Eltern mit mir gibt es nie.

Nach dem Tod meiner Mutter entdecke ich in den Fächern der altdeutschrustikalen Schrankwand ihre gesammelten Fotos. In neunzehn schönen Fotoalben mit Kunstledereinband, die ich nie zuvor gesehen hatte, finden sich sorgsam eingeklebt ihre Aufnahmen von den katholischen Gruppenreisen. Auf den schwarzen, festen Seiten der Alben hat Mutter mit weißem Stift in ihrer schönen Schrift neben den Bildern Notizen über Reiseziele und Daten vermerkt. Auf den Fotos sind einige sehenswürdige Gebäude abgebildet, gelegentlich Innenansichten historischer Kirchen, vorwiegend jedoch hat sie die Reisegruppen in Straßencafés oder Restaurants ausruhend und speisend abgelichtet. Hin und wieder hat meine Mutter ihre Kamera aus der Hand gegeben, denn manche Bilder zeigen sie inmitten der Gesellschaften, fröhlich und gut aufgehoben.

Die Familienfotos befinden sich in einem anderen Fach der Schrankwand, lose aufbewahrt in alten Schuhkartons.

Fünfzig

2003.
Berlin-Neukölln.
Ich bin 42 Jahre alt.

Ich schlage die Augen auf, es ist noch früh.

Warum bin ich aufgewacht?

Die Blase drückt heftig. Nele liegt fest schlafend neben mir. Ich streichle ihr über die Wange und stehe auf, im Halbschlaf wanke ich ins Bad und pinkle.

Warum habe ich solchen Druck auf der Blase?

Ich kann pinkeln, aber das Druckgefühl bleibt, es steigert sich sogar. Während ich mir die Zähne putze, wird der Druck zu einem Schmerz im Bauch, ich erschrecke.

Was stimmt mit mir nicht?

Ich brauche einen Arzt.

Ich klappe den Laptop auf und schalte das Modem ein, es zischt, piept, zirpt, und hallige Glockenschläge ertönen, dann habe ich eine Internetverbindung.

Arztsuche.

Gleich eine Straßenecke weiter befindet sich eine urologische Praxis, sie öffnet in zwanzig Minuten. Zittrig schreibe ich die Adresse auf einen Zettel, gehe zurück ins Schlafzimmer und wecke Nele, aufgrund der Medikamente, die sie nimmt, kein leichtes Unterfangen. Nun ist sie halbwegs ansprechbar.

„Nele, ich muss dringend zum Arzt. Ich habe Schmerzen. Bitte komm mit", sage ich, gebe ihr einen Kuss und beginne mich anzuziehen, in meinem Bauch pocht der Schmerz, und kalter Schweiß steht mir auf der Stirn.

„Aber ich muss in die Bibliothek. Lernen."

Ihr Tonfall ist sehr bestimmt.

Sie steigt aus dem Bett, mir ist klar, ich zerstöre gerade ihre Tagesplanung, und das ist schwierig für sie. Aber ich habe Angst, alleine das Haus zu verlassen, ich kann mich schon nicht mehr gerade auf den Beinen halten.

Nele begleitet mich missmutig. Die Bücher, die sie im Leseraum der Bibliothek studieren will, hat sie in ihren Rucksack gepackt. Wir erreichen die Arztpraxis, soeben wird geöffnet, ich halte mich mit beiden Händen am Empfangstresen fest.

Nach dem Röntgen lege ich mich auf eine Liege, ich kann nicht mehr stehen, krümme mich auf der Liege zusammen, ich bin ein elender, wimmernder Riesenembryo. Die Krankenschwester schiebt die Liege mit dem Riesenembryo in einen Nebenraum.

„Gleich sind die Bilder fertig, dann kommt der Doktor zu Ihnen", erklärt die Krankenschwester ruhig und sachlich.

Nele setzt sich auf einen in der Ecke stehenden Stuhl, öffnet ihren Rucksack und zieht ihre Bücher hervor. Ich gebe unkontrollierte Laute von mir, ein Heulen und ein Brüllen aus der Vorzeit. Aus der Schräglage sehe ich, wie Nele ein Buch auf die Knie legt, es aufschlägt und zu lesen beginnt.

Die Krankenschwester kehrt zurück, bleibt an der Türschwelle stehen und betrachtet die Szenerie fassungslos. Soll ich ihr erklären, dass meine Freundin manisch-depressiv ist und mancherlei sonderbare Verhaltensweisen an den Tag legt?

Die Frage stellt sich nicht, sprechen ist mir nicht mehr möglich, ich bin nur noch Schmerz; ich will, dass dieser Schmerz aufhört; mein Kreislauf sackt ab, mir wird eiskalt und übel.

Die Röntgenbilder zeigen Nierensteine und stark gestaute Organe. Ich erhalte eine Infusion mit krampflösenden Mitteln, und rasch weichen Schmerzen und Übelkeit, mir wird wieder warm, ich empfinde tiefe Zuneigung ozeanischen Ausmaßes für die pharmazeutische Industrie.

Die Liebe zu Nele hat keine Chance. Nicht nur in der Arztpraxis bin ich unsichtbar. Ich hole sie und andere Frauen, mit denen es nichts werden kann, in mein Leben und führe das alte Theaterstück immerfort auf in neuer Besetzung und neuer Kostümierung.

Einundfünfzig

1967.
Troisdorf.
Ich bin 6 Jahre alt. 1. Schuljahr.

Ich hasse es, zum Frisör zu gehen. Immer ist es ein Kampf, mehrfach fordern mich Oma Lena und Mutter auf, ich will nicht, ich streike, bis ich mich in das Unvermeidliche füge. Doch wenn ich dann mit den kurzgeschnittenen Haaren heimkomme, mag ich kaum in den Spiegel schauen, ich sehe entsetzlich brav aus, und beim Gedanken, dass der Schnitt Oma Lena und Mutter gefällt, wird mir übel.

1977.
Ich bin 16 Jahre alt. 11. Schuljahr.

Fast alle Altersgenossen tragen bereits lange Haare. Ich treffe keinen bewussten Beschluss, nun auch die Haare wachsen zu lassen, doch als es wieder so weit wäre, den Figaro aufzusuchen, weigere ich mich.

„Stell dir vor, es ist Frisör und keiner geht hin!“, sage ich zu Mutter und lächle sie liebevoll an. Ihre Empörung, die ebenso wächst wie meine Haarpracht, ist mir ein Genuss.

Ich habe kräftige, dunkelblonde Haare, bald hängen sie mir etwas nervig im Gesicht herum, ich muss sie ständig mit einer Handbewegung aus den Augen wischen. Auch bildet sich mit der Zeit eine Tolle, die nicht zu bändigen ist, sie steht vom Kopf ab und sieht abgrundtief bescheuert aus. Doch Klassenkameraden beruhigen mich, das sei nur eine Phase, wenn ich die Tolle eine Weile ertrüge, werde sie sich auswachsen.

Die Haare werden länger, bald kann ich die vorderen Strähnen hinter die Ohren legen, und schon kitzeln sie nicht mehr im Gesicht. Eine Freundin häkelt mir ein Stirnband aus Wolle, fürsorglich auf der Innenseite mit Stoff ausgekleidet, damit die Wolle nicht auf der Haut kratzt. Wenn ich lese oder mich stark bewege, setze ich das Stirnband auf.

Ich mag das Gefühl, mit der Hand durch die langen Haare zu fahren, besonders wenn sie frisch gewaschen und fluffig sind. Jeden Morgen halte ich den Kopf unter den Wasserhahn, shampooniere kräftig, spüle mit klarem Wasser ab und setze mich mit dem noch feuchten Kopf auf das Mofa und fahre zur Schule. Die Haare lasse ich im Fahrwind trocknen, ob Sommer oder Winter. Meine Eltern prophezeien mir einen elenden frühen Tod durch Lungenentzündung. Vergebens.

Schließlich sind die Haare sehr lang, wenn ich mit dem Mofa fahre, flattern sie hinter mir im Wind, das sehe ich natürlich nicht, aber ich fühle die Haare wehen.

Selbstredend kaufe ich auch eine Jeans, lange Zeit mein einziges Beinkleid. In großen Abständen wird sie gewaschen. Dann trocknet sie über Nacht, und am nächsten Morgen schlüpfe ich wieder hinein.

Nach zwei Jahren beginnt der Jeansstoff schütter zu werden und an ersten Stellen zu reißen, zunächst an den Knien. Ich besuche Onkel Bruno und Tante Hilde. Onkel Bruno hat schlechte Laune, er sieht die aufgerissene Jeans und bekommt einen seiner Anfälle. Was ich mir erlaube, so herumzulaufen wie ein Penner, wie ein verlauster Gammler, offenbar verschwende ich keinen Gedanken an den Ruf der Familie, die Kunden meiner Eltern könnten meinen, sie seien nicht willens, für ordentliche Kleidung ihres Sohnes Sorge zu tragen, ich hätte also gefälligst eine neue Hose zu kaufen, in Dreigottesnamen eine neue Jeans, aber so zerlumpt dürfe ich ihm nicht mehr unter die Augen treten, sonst könne ich ein Donnerwetter erleben, welches ich bis an meinen letzten Erdentag nicht mehr vergessen würde. Um seine Drohung zu unterstreichen, hebt er sein Kinn und sieht mich an mit dem stechenden Blick, vor dem ich mich bis zu seinem letzten Erdentag in dreißig Jahren fürchten werde.

Betreten fahre ich davon. Ich will keine neue Jeans tragen. Hilfesuchend fahre ich zu meiner Freundin Annegret und erzähle von meinem Kummer. Annegret ist Mutter zweier Kinder und firm im Umgang mit zerrissener Kleidung. Mit tausendfach geübtem Griff zupft sie hier und da an der Hose und untersucht die fadenscheinigen Stellen.

„Zieh mal aus", sagt sie knapp. In Zeiten größter Not haben Schamgefühle keinen Platz, ich entledige mich meiner Jeans, Annegret setzt sich an ihre Nähmaschine und versieht die aufgerissenen Stellen mit Flicken. Dann kommt ihr ein Gedanke.

„Warte, das machen wir noch schöner", sagt sie entschlossen, wieder rattert die Nähmaschine. Dann reicht sie mir die Hose, ich steige hinein. Sie hat nicht nur die Flicken bestens vernäht, sondern diese auch noch kunstvoll mit Spinnwebmustern verziert.

Ich bin glücklich, kleidet mich doch nun ein einzigartiges Designerstück, das mir in der Folgezeit den Neid der Altersgenossen einbringt. Wenn ich durch die Stadt gehe, teilt sich das Volk in jene Bürger, die mir freundliche und amüsierte Blicke zuwerfen, und jene, die mich mit grimmigen und abschätzigen Blicken abzustrafen suchen, letztere sind in der Mehrzahl.

Allerdings wird die stoffliche Grundsubstanz nicht besser, immer wieder reißt die Hose an neuen Stellen auf, dann besuche ich Annegret. Geduldig und ohne für ihren Einsatz eine Gegenleistung zu verlangen, vernäht sie Flicken um Flicken, und Spinngewebe reiht sich an Spinngewebe. Nach einem Jahr wird eine Grundsanierung notwendig, Annegret zählt an der dicksten Stelle 9 Stoffschichten.

1980.

Ich bin 19 Jahre alt.

Im Juni lege ich erfolgreich die Abiturprüfung ab, die feierliche Ausgabe der Abschlusszeugnisse wird angesetzt. Nichts liegt mir ferner, als im Anzug zu erscheinen. Ich verkleide mich nicht. Mein hart erarbeitetes Abiturzeugnis nehme ich in der Kleidung entgegen, die ich tragen möchte.

So wasche ich Flickenjeans und Haare, die zu diesem Zeitpunkt bis zur Hüfte reichen, derart frisch und ordentlich begebe ich mich zur Schule.

In alphabetischer Reihenfolge werden wir Abiturienten aufgerufen, die Reihe ist an mir, ich trete nach vorne, freundlich überreicht mir die Rektorin das Zeugnis, entlässt mich mit den besten Wünschen für das künftige Leben. In diesem Augenblick ertönt der Zwischenruf des Vaters einer Mitschülerin, dem offenbar mein Erscheinungsbild nicht zusagt:

„Dem Fischer müsste man das Zeugnis zuschicken!"

Ich verlasse das Schulgebäude, setze mich auf mein Mofa, streife das Stirnband über und fahre los. Die langen Haare flattern hinter mir im Wind. Die Welt ist wunderbar.

Zweiundfünfzig

1975.
Ich bin 14 Jahre alt. 9. Schuljahr.

In der Stadt sorgt der Selbstmord eines Schülers für Bestürzung. Der Junge, etwa in meinem Alter, hat sich auf einem Bahngelände vor einen Zug geworfen.

Nirgendwo komme ich zurecht. Die Lehrer teilen meinen Eltern mit, meine Versetzung sei gefährdet, und die Spannungen zwischen mir und dem Oma-Mutter-Gespann werden immer heftiger.

Ich studiere die Zeitungsartikel über den Schülerselbstmord und beginne darüber nachzudenken, mich ebenfalls umzubringen. Die Aussicht, von einem Zug zermatscht zu werden, ist nicht verlockend, doch ich stelle mir vor, Oma Lena und Mutter sitzen nach meinem Tod zerknirscht in der Küche und bereuen tief, mich zu meinen Lebzeiten so mies behandelt zu haben, an diesem Bild kann ich mich gar nicht sattfantasieren. Aber Oma und Mutter müssen die Beweggründe für meinen Schritt erfahren, daher will ich ein Testament schreiben und eine Anklageschrift hinterlassen.

Da mein Kinderzimmer sehr klein ist, wurde ein platzsparender Schreibschrank angeschafft. Er besteht aus zwei Teilen, einem Tisch, unter dessen Schreibplatte sich links und rechts Fächer befinden, sowie einer Frontplatte, welche die Vorderseite des Möbels abschließt. Diese ist mit Rollen versehen, linksseitig verbindet ein Scharnierband die Platte mit dem Tischkorpus; ziehe ich an der Frontplatte, lässt sie sich aufschwenken. An der Innenseite befinden sich weitere Fächer für Papiere sowie, besonders durchdacht konstruiert, eine Ablagefläche für die Schreibmaschine. Nach Beendigung meiner Schreibarbeit kann ich die Schreibmaschine dort abstellen, die Frontplatte einfahren, und schon ist der Arbeitsplatz aufgeräumt.

Ich setze mich an meinen Schreibschrank und verfasse mein

Testament. Ich überlege genau, wem ich meine Habseligkeiten vermache: Armin soll meine Bücher erhalten, Tante Hilde meine Zeichnungen. Wichtigster Teil des Testaments ist jedoch meine Abrechnung. Ohne Zurückhaltung klage ich in meiner Schrift Oma Lena und Mutter an, sich nie für mich und mein Wohlergehen interessiert und mir gegenüber eine unfassbare Lieblosigkeit an den Tag gelegt zu haben. In wenigen Jahren wäre ich erwachsen und frei, so schreibe ich, doch das jetzige Dasein, täglich gequält von Mutter und Oma Lena, sei mir keinen Tag länger erträglich, so müsse ich mir das Leben nehmen. Ich schreibe mich in einen Abrechnungsrausch, es ist wohltuend, all diese Gedanken und Gefühle zu Papier zu bringen.

Mein Testament hat acht eng beschriebene Seiten. Ich fühle mich erleichtert, unterschreibe, falte die Blätter zusammen, stecke das Dokument in einen Umschlag und verstaue es in einem Fach meines Schreibschranks.

Einige Zeit nach Abfassen meines Testaments kommt Vater abends in mein Zimmer, ich erledige noch Hausaufgaben. Vater hockt sich neben meinen Stuhl, wir befinden uns fast auf Augenhöhe. Die sonderbare Annäherung wundert mich.

„Hast du ein weißes Blatt für mich?“, fragt Vater.

„Klar.“ Ich greife aus dem Fach mit Schreibmaschinenpapier ein Blatt und reiche es Vater, der es zusammenrollt.

„Und was hast du sonst noch in den Fächern?“

Da ahne ich, was passiert ist, vermutlich hat er etwas gesucht und dabei mein Testament entdeckt.

„Hier liegt noch Schreibpapier mit Linien, in diesem Fach Durchschlagpapier und Spiralblöcke“, sage ich ruhig.

„Und liegt da vielleicht auch ein Testament?“, fragt Vater und sieht mich ernst an. Ich bin verlegen und weiß einen Moment nicht, was ich tun soll.

„Testament? Wieso Testament?“

Ich versuche den Blick meines Vaters ebenso ernst und fest zu erwidern. Vater steht auf und geht wortlos mit dem Blatt Papier aus dem Zimmer.

Am nächsten Tag zerreiße ich mein Testament, packe die Fetzen in eine Tüte und werfe diese auf dem Weg zur Schule in einen öffentlichen Mülleimer.

Einige Monate später mache ich eine aufregende Entdeckung. Im Geschäftshaus meiner Eltern befindet sich im ersten Stock eine kleine Wohnung, dort lebt eine griechische Gastarbeiterfamilie. Auf dem darüber liegenden Dachboden bin ich bislang nie gewesen. Nun bittet mich Vater, mit ihm von diesem Boden ein altes Gerät herunterzutragen, das er reparieren will. Der Boden steht voller Gerümpel und alter Möbel, wir kommen kaum durch. Zu meiner Überraschung sehe ich in den rohen Dachboden ein Zimmer eingebaut. Die Wände bestehen nur aus Spanplatten, und die Innenseiten wurden einst mit kitschiger Blümchentapete beklebt, aber es ist ein richtiges, großes Zimmer. Unser Geschäftshaus ist ja ein sehr altes Gebäude, und Vater meint, möglicherweise sei vor Jahren von den Vorbesitzern behelfsmäßig ein Zimmer für ein Hausmädchen eingerichtet worden.

Ich bin elektrisiert und frage Vater, ob wir den Dachboden entrümpeln können und ich das Zimmer benutzen darf. Vater ist sofort einverstanden. Einige Tage später bestellt er einen Container, wir werfen das Gerümpel hinein, einige brauchbare Möbelstücke behalte ich für mein Zimmer. Vater gibt mir Geld für Farbe und Werkzeug, ich überstreiche die Blümchentapete mit einem satten Orange. Von Tante Traudchen bekomme ich einen alten Ausziehtisch, ein Regal erlaubt mir Vater neu zu kaufen.

Bald ist mein Zimmer eingerichtet. Es gibt auf dem Dachboden kein fließendes Wasser, auch keine Toilette, dafür muss ich zwei Stock tiefer in unseren Laden gehen, aber das ist mir gleich. Hier kann ich walten, wie ich will. Mutter kommt nur kurz schauen, wie ich mein Zimmer gestaltet habe, dann geht sie wieder, naserümpfend.

Ich überlege, wäre der restliche Dachboden auch ausgebaut, hätte ich eine richtige kleine Wohnung. Vater ist nicht nur einverstanden, er schickt mir auch einen Handwerker, Herrn Pommer, einen rundlichen, gemütlichen Typen mit Bart. Herr Pommer ist geschickt in allen Dingen. Vater bestellt Glaswollmatten, damit verfüllen wir die Räume zwischen den Dachbalken zur Isolation. Herr Pommer schlägt vor, die Decke mit geflämmtem Schwartenholz zu verkleiden, dies würde meiner Wohnung die gemütliche Atmosphäre einer Blockhütte verleihen. Vater lässt eine Fuhre Schwartenholz liefern. Mit seinem Schweißbrenner flämmt er die Bretter an, dadurch erhalten sie in der Tat eine rustikale Anmutung. An mehreren Wochenenden verkleiden Herr Pommer und ich die Decke mit den Brettern. Nach einer Einweisung durch den versierten Handwerker verputze ich noch die Wände.

Bei *Hertie* erstehe ich eine elektrische Doppelkochplatte, nun bin ich in der Lage, mir eine Dose Ravioli zu erhitzen oder gar *Miracoli* zuzubereiten. Die Eltern von Freunden schenken mir alte Matratzen, die ich auf den Boden lege, so bastele ich mir eine kuschelige Liegelandschaft; hier kann ich mich ausruhen und fernsehen, denn ich habe mir meinen kleinen, transportablen Schwarz-weiß-Fernseher mitgebracht.

Selbstredend betrachten Oma Lena und Mutter den Ausbau meines eigenen Refugiums außerhalb ihres Einflussbereichs äußerst missmutig.

Hindenburg und Ludendorff sehen ihre Felle davonschwimmen. Mit Recht.

Mutter versucht, Vater von der weiteren Unterstützung meiner Unabhängigkeitsbestrebungen abzuhalten, immerhin sei ich ja erst fünfzehn Jahre alt, jedoch ohne Erfolg.

Mehrere Monate lang herrscht eine unausgesprochene Vereinbarung. Oma Lena und Mutter versuchen nicht mehr, den Ausbau meiner Dachwohnung zu verhindern, ich habe jedoch in meinem Elternhaus zu übernachten. Hier verläuft eine rote Linie, die zu übertreten ich mich zunächst nicht traue.

Nach der Schule halte ich mich in meiner Dachwohnung auf, erledige meine Hausaufgaben, lese, gelegentlich kommen Schulkameraden zu Besuch und staunen, am Abend sehe ich dort fern, aber dann setze ich mich auf mein Mofa, fahre heim und schlafe in meinem alten Kinderzimmer.

Eines Abends jedoch, nach einem heftigen Streit mit Mutter um eine Banalität, verlasse ich mein Elternhaus, setze mich auf mein Mofa, fahre zu meiner Dachwohnung und übernachte auf meiner Liegelandschaft, so gut es geht.

Ich bin für Übernachtungen nicht gerüstet, habe nur Decken, in die ich mich einwickeln kann; ich friere, und aufgewühlt bin ich auch.

Am nächsten Morgen fahre ich mit dem Mofa zur Schule, bevor meine Eltern eintreffen, um den Laden zu öffnen. Am frühen Nachmittag kehre ich zurück, stelle das Mofa in der Einfahrt ab und betrete das Geschäft. Meine Eltern stehen hinter der Theke und sortieren Aufträge. Mutter sieht mich böse an.

„Heute Nacht wird aber wieder zuhause geschlafen", fährt sie mich an.

Ich schüttele den Kopf.

„Nein", sage ich ruhig.

Mutter wirft die Papiere, die sie eben noch in der Hand hielt, wütend auf die Theke und wendet sich hilfesuchend an Vater.

„Reinhold!"

Vater legt seine Auftragstüten auf die Theke, sieht mich an, sieht Mutter an.

„Ich hab in der Dunkelkammer zu tun", meint er nur, dann geht er davon. Ich nicke Mutter kurz zu und verlasse das Geschäft.

Oma Lena und Mutter lassen mich nach meinem endgültigen Auszug ihre Wut spüren. Sie sehen mich kaum an, sie sprechen nur das Nötigste mit mir und dann kalt, ohne Regung.

Es interessiert mich nicht.

Mein Glück kennt keinen Anfang und kein Ende.

Kurze Zeit später habe ich meine Wohnung fertig eingerichtet, dekoriert und letzte Renovierungsarbeiten abgeschlossen. Ich bitte Vater, mich zu besuchen.

Vater schaut sich interessiert in meinen Räumlichkeiten um und lobt vor allem die Qualität der Putzschicht an den Wänden, die ich, wie er weiß, eigenhändig aufgebracht habe. Vaters Blick fällt auf den großen Esstisch, den ich von Tante Traudchen geschenkt bekommen habe, der mir nun als Schreibtisch dient, Bücher und beschriebene Blätter stapeln sich darauf.

„So. Dann musst du ja jetzt kein Testament mehr schreiben ...“, sagt Vater.

Dreiundfünfzig

1980.
Troisdorf.
Ich bin 19 Jahre alt.

Polizeilich bin ich immer noch bei meinen Eltern gemeldet, obwohl ich schon vor Jahren ausgezogen bin, daher werden Briefe von Ämtern an die Adresse meines Elternhauses geschickt. Ich fahre hin, um zu schauen, ob Post für mich angekommen ist, ich erwarte eine Benachrichtigung vom Kreiswehrersatzamt.

Oma Lena sitzt in der Küche am Tisch und blättert in einer Zeitschrift. Sie ist jetzt eine Greisin. Die vielen Falten in ihrem Gesicht verleihen ihr eine würdevolle Ausstrahlung. Bei Sonnenschein setzt sie sich gern auf den Balkon, der Farbton ihrer leicht gebräunten Haut steht in reizvollem Kontrast zu ihrem schlohweißen, dichten Haar.

Oma Lena ist sechsundachtzig Jahre alt. 1894, zur Zeit ihrer Geburt, unternimmt Otto Lilienthal in der Nähe von Berlin Flugversuche mit einem Flügelschlagapparat. Vier Wochen nach Oma Lenas fünfundsiebzigstem Geburtstag landet der erste Mensch auf dem Mond.

Sie wurde im Kaiserreich geboren, erlebte Weimarer Republik und Nazidiktatur, seit nunmehr 31 Jahren ist Oma Lena Bürgerin der Bundesrepublik Deutschland, vier Bundeskanzler hat sie schon kommen und gehen sehen, jetzt regiert der fünfte, Helmut Schmidt.

Oma Lena hat zwei Weltkriege erlebt. Bei Ausbruch des Ersten Weltkriegs war sie zwanzig Jahre alt und verlobt, ihr Verlobter fiel in den ersten Kriegstagen. Ihr einziger Sohn Günther starb 1941 als Soldat in der Ukraine, er wurde so alt wie ich jetzt bin.

Ich sehe auf dem kleinen Küchenradio nach, dort werden Briefe für mich bereitgelegt, und in der Tat, das erwartete Schreiben des Kreiswehrersatzamtes ist eingetroffen. Für uns junge Männer aus der *Katholischen jungen Gemeinde* steht außer Frage, was zu tun ist.

Mit dem Brief in der Hand setze ich mich zu Oma Lena an den Tisch.

„Das ist meine Einberufung", erkläre ich ihr, „aber ich werde verweigern und Zivildienst machen."

Oma Lena sieht mich regungslos an, dann wendet sie den Blick ab von mir und schaut aus dem Fenster.

„Da sage ich nichts zu. Ich weiß nur, der Opa hat immer gesagt, wer kein Soldat wird, ist kein richtiger Mann."

Ich verabschiede mich freundlich und verlasse die Wohnung.

1980.

Ich bin 19 Jahre alt.

Ich trete meine Zivildienststelle bei der Sozialstation der Stadt an. Die Mitarbeiter und Mitarbeiterinnen, zumeist Krankenschwestern, versorgen alte und kranke Menschen, die trotz ihrer Einschränkungen noch zuhause leben, aber in unterschiedlichem Maße der Betreuung und Pflege bedürfen.

Die ersten Tage begleite ich Schwester Cecilia auf ihrer Route. Sie ist groß und drahtig, ihre Bewegungen sind kraftvoll und präzise. Zu jedem Patienten, den wir aufsuchen, erzählt sie mir im Auto ein wenig über Lebenssituation und Charakter, sodass ich mir ein Bild machen kann.

Heute führt uns der Weg zu Familie K.

„Ich kenne die Leute nicht. Die Familie hat angerufen. Es geht um Herrn K.“, erklärt Schwester Cecilia und parkt unser Auto vor einem Reihenhaus.

„Der Mann ist achtzig. Hatte seinen zweiten Schlaganfall. Kann sich kaum noch bewegen und nicht mehr sprechen. Wir müssen sehen, was man da machen kann.“

Schwester Cecilia zieht den Zündschlüssel ab.

Die kleine alte Dame mit den grauen Dauerwellen führt uns höflich in das Wohnzimmer, das durch die übliche altdeutsch rustikale Schrankwand, eine Sitzgruppe in gleichem Stil, schwere Vorhänge und Orientteppiche beherrscht wird. In einer Ecke sitzt Herr K. im Rollstuhl, klein und füllig.

Ein gerahmtes schwarzweißes Foto im Regalfach der Schrankwand fällt mir ins Auge. Es ist das größte Bild in diesem mit Familienfotos übersäten Wohnzimmer und zeigt einen Soldaten in schwarzer Uniform, an der Schulter blitzen SS-Runen. Es ist unverkennbar Herr K.

Die Dame des Hauses bemerkt, dass ich das Bild betrachte.

„Ja, das ist mein Mann vor vielen Jahren“, erläutert sie fröhlich, „da waren wir noch jung! Da war er in Polen.“

Sie strahlt über beide Backen.

Schwester Cecilia und ich sehen vermutlich verstört aus. Die Dame zuckt zusammen, ihre Augen weiten sich, sie tritt einen kleinen Schritt zurück und beginnt mit den Armen in der Luft zu wedeln.

„Ja ... aber ... mit den schlimmen Sachen da ... also ... da hatte mein Mann nichts mit zu tun!“

Herr K. ruckelt im Rollstuhl etwas hin und her.

„Grrrmpf ... sssllll ... rrtsch ... pfff – ...“, macht er und lächelt mich liebevoll an.

Möglicherweise hält er mich ob meiner langen Haare für ein

Mädchen. Speichel rinnt aus seinem Mundwinkel und tropft vom Kinn auf ein Lätzchen, das ihm in freundlicher Voraussicht umgelegt wurde, auf dem Lätzchen tanzen rote Zwerge Ringelreihen. Schwester Cecilia bespricht mit der Dame des Hauses mögliche pflegerische Maßnahmen, dann fahren wir wieder im Auto davon. Wir schweigen.

Zu einem pflegerischen Einsatz kommt es nicht mehr. Zwei Tage später ereilt Herrn K. der dritte und letzte Schlaganfall.

Als es kurz darauf in der Abteilung *Essen auf Rädern* zu einem personellen Engpass kommt, erhalte ich den Auftrag, einige Wochen lang das Ausfahren der Mahlzeiten zu übernehmen. Empfänger sind Kranke und Betagte, die nicht mehr selbst kochen können oder wollen.

Am späten Vormittag lade ich vor der Sozialstation große, dunkelgrüne Styroporbehälter in meinen R4. Die Boxen enthalten die heißen Aluschälchen mit den Essensportionen, diese wurden nummeriert und gemäß der vorgegebenen Route sortiert. Nun gilt es, die Route abzufahren und die Aluschälchen so rasch auszuliefern, dass der letzte Empfänger auf der Liste noch in den Genuss einer warmen Mahlzeit kommt. Üblicherweise werde ich von den Empfängern in die Wohnung gebeten, dort stelle ich die heißen Schälchen in der Küche auf einen Teller oder ein bereitgelegtes Brettchen. Ich spreche noch ein wenig mit den Kunden, dann fahre ich weiter. Gelegentlich ändert sich die Route, wenn jemand ins Krankenhaus kommt, verstirbt oder wenn neue Empfänger auf die Liste gesetzt werden.

Heute bringe ich zwei Mahlzeiten zu neuen Empfängern, einem betagten Ehepaar. Herr und Frau S. wohnen bei ihrem Sohn, so wurde mir im Büro erklärt. Der Sohn müsse einige Tage verreisen, daher habe er für seine Eltern *Essen auf Rädern* gebucht.

Die weiße Villa aus den 30er Jahren liegt am Stadtrand inmitten eines Parks. Ich fühle mich in die Handlung einer populären Fernsehserie hineinversetzt, als ich mit meinem R4 langsam über den Kiesweg knullernd zum Haus vorfahre. Ich entnehme einer Box zwei heiße Aluschälchen, wickele sie in das dafür vorgesehene Frotteehandtuch und steige die Stufen empor zur wuchtigen Eingangstür aus braun gebeiztem Holz.

Ich klingele.

Die Tür wird langsam geöffnet, jedoch nur einen Spalt breit. Eine geradezu winzige Greisin starrt mich an, möglicherweise wirken ihre blauen Glubschaugen durch die gewaltige Brille mit güldener Fassung und sehr dicken Gläsern noch glubschiger, als sie ohnehin schon sind. Eine ihrer kleinen, dürren Hände umkrallt den schmiedeeisernen Knauf der Haustür, nervös dreht sie daran herum.

„So!“, schießt es mir scharf entgegen, ich bin verblüfft, welche Lautstärke das Persönchen zu entwickeln imstande ist.

„Aha!“

Sie kneift die Augen etwas zusammen und mustert mich von oben bis unten, begutachtet meine langen Haare, das Stirnband, die Flickenjeans.

„Dann sind Sie also auch einer von diesen ... VATERLANDSVERRÄTERN!“

Das Persönchen schreit mir das letzte Wort derart entgegen, dass es hernach regelrecht um Luft ringen muss.

Daher weht also der atemraubende Wind.

Ich nicke.

„Ja. Genau“, sage ich ruhig und lächele die greise Gnomin so lieb an, wie ich nur kann. Durch den Türspalt hindurch sehe ich im hinteren Teil des Flures einen kahlköpfigen Mann hinter einer Säule hervorlugen.

„So einer von denen ...“, geifert die Dame nun weiter, „so einer kommt uns nicht über die Schwelle!“

Jetzt muss auch ich durchatmen.

„Gut", entgegne ich höflich, „das ist ja überhaupt kein Problem. Sie können ihr Essen gerne hier entgegennehmen."

Ich wickele die Aluschälchen aus dem Frotteehandtuch und reiche sie der Glubschgreisin, wohlweislich fasse ich die heißen Behälter nur an den Rändern an. Sie streckt mir ihre knochigen Puppenhände entgegen.

Als die Dame aufschreit und schnell im Haus verschwindet, gehe ich zu meinem R4, schließe die Heckklappe und knullere frohgemut über den Kiesweg davon.

Herr Weisshaupt wohnt in einer Hochhausanlage. Auch er bittet mich nicht in seine Wohnung, ich reiche ihm die Alubehältnisse an der Wohnungstür. Er zieht Lederhandschuhe an, mit denen er die heißen Schälchen gefahrlos greifen kann. Die Handschuhe passen nicht zu seiner sonstigen Erscheinung, denn Herr Weisshaupt ist stets bestens und gepflegt gekleidet. Täglich trägt er ein neues, frisch gebügeltes Hemd und modische Pullunder. Herr Weisshaupt ist nicht unfreundlich, er spricht nur knapp und kühl mit mir. Möglicherweise hat auch er Vorbehalte gegen mich, denke ich mir.

Seit zwei Wochen bereits überreiche ich Herrn Weisshaupt an der Wohnungstür täglich sein Mittagessen, doch heute ist es anders. Als ich aus dem Fahrstuhl steige, steht er an der geöffneten Tür, er nickt mir freundlich zu, ich sehe keine Lederhandschuhe.

„Kommen Sie hinein", sagt Herr Weisshaupt und begleitet mich in die Küche. Auf dem Tisch liegt ein mehrfach gefaltetes Handtuch, ich stelle die Mahlzeit des Tages darauf ab.

Die Einbauküche ist in einem Pastellblau der siebziger Jahre gehalten und sieht aus, als sei noch nie darin gekocht worden, mich würde nicht wundern, wären alle Schränke leer.

„Ich will Ihnen etwas zeigen", Herr Weisshaupt geht vor in das geräumige Wohnzimmer.

Ich staune.

Im Raum verteilt sehe ich mehrere hohe Tische, auf diesen befinden sich fremdartige Geräte. Von einigen der Maschinen stehen große Lupen ab, die von biegsamen Metallhälsen gehalten werden.

Herr Weisshaupt zupft an seinem roten Pullunder.

„Ich war Uhrmacher, wissen Sie. Ich musste mein Geschäft schließen. Die Werkstatt habe ich aber mitgenommen!"

Seine Stimme wird lauter und fester, ich ahne, dass es gegen die Mitnahme der Werkstatt und den Aufbau hier in der Wohnung einen heftigen Widerstand gegeben haben muss, von welcher Seite auch immer. Herr Weisshaupt wendet sich mir zu und streckt mir seine Hände entgegen, die Finger sind krumm und die Gelenke verdickt.

„Aber ich kann nichts mehr machen. Rheuma."

Ich nicke.

„Aber toll, dass Sie die Werkstatt bei sich haben."

Mehr fällt mir nicht ein zu sagen. Herr Weisshaupt lächelt mich an. Dann greift er sanft meinen Unterarm.

„Was ich Ihnen noch sagen wollte. Wenn damals mehr so gehandelt hätten wie Sie, was wäre uns da alles erspart geblieben!"

In seinen dunklen Augen sehe ich, diesem Mann ist nicht viel erspart geblieben.

„Ich will nicht unhöflich sein", merke ich an, „aber ich muss weiter. Sonst bekommen die Letzten kein warmes Essen mehr."

Herr Weisshaupt schmunzelt und begleitet mich zur Tür.

„Jaja, die Letzten haben es oft nicht gut, aber die ganz vorne auch nicht immer. Glauben Sie mir."

Er greift in die Hosentasche und drückt mir eine Münze in die Hand, großzügige fünf Mark, wie ich im Aufzug feststellen werde.

„Danke!", sage ich, wir winken zum Abschied.

8.8.2000.
Troisdorf.
Ich bin 39 Jahre alt.

Vater ist in den frühen Morgenstunden gestorben. Die Mitarbeiter des Beerdigungsinstituts haben seinen Leichnam abgeholt. Mutter hat die Wohnung aufgeräumt. Im Wohnzimmer steht noch das leere Pflegebett.

Am frühen Nachmittag finden wir uns in Mutters Küche zusammen. Tante Hilde und Onkel Bruno sitzen auf Stühlen, Mutter hat auf der Küchenbank am Tisch Platz genommen, ich auf Vaters Stuhl am Fenster.

„Wo sollen wir ihn denn jetzt begraben?", fragt Mutter.

Kurz schwirrt Bestürzung durch den Raum, darüber haben wir tatsächlich nie gesprochen, niemand von uns mochte so weit denken. Ein Familiengrab gibt es nicht, nur das Grab meiner Großeltern Paul und Lena. Paul starb 1966, es wurde eine Grabstätte gepachtet, dort wurde Lena dann einundzwanzig Jahre später neben Paul beigesetzt.

Onkel Bruno ergreift das Wort.

„Wir könnten fragen, ob wir das Grab von Paul und Lena zum Familiengrab umwidmen können."

Mutter findet, das sei eine gute Idee. Sie wendet sich Tante Hilde zu.

„Reinhold wollte ja verbrannt werden. Die Urne könnten wir zu unseren Eltern legen."

Tante Hilde nickt, sie wäre einverstanden.

Vater steht in der Tür zum Wohnzimmer, leicht gebeugt, in der Hand eine Zigarette, ich sehe seinem Gesicht an, dass er der Konversation zunehmend missmutig folgt. Nun beginnt er ungeduldig mit dem rechten Bein zu wippen, wie er es stets zu tun pflegt, wenn

1980.

Ich bin 19 Jahre alt.

Schwester Cecilia lenkt den weißen Kombi der Sozialstation an den Straßenrand und stellt den Motor ab. Wir stehen vor einem kleinen Reihenhaus in einer vor dem Krieg erbauten Siedlung. Der Putz des Hauses ist angejahrt, bräunlich, der Vorgarten sehr gepflegt. Schwester Cecilia legt ihre Hand auf meinen Unterarm.

„Alles in Ordnung?"

Ihre Besorgnis rührt mich an und geht mir auf die Nerven.

Ich will jetzt Herrn Wegener kennenlernen.

Wir steigen aus und gehen zum Haus.

Wenn der Name „Wegener" in Besprechungen des Pflegepersonals fällt, weht augenblicklich eine besondere Ernsthaftigkeit durch den Raum, und die Krankenschwestern sehen sich wissend an. Der Körper des siebzigjährigen Herrn Wegener wurde nach und nach von einer Lähmung ergriffen, nun kann er nur noch den Kopf bewegen. Er liegt zuhause im Bett und wird von seiner Frau und dem erwachsenen Sohn betreut und gepflegt. Wenn Herr Wegener einverstanden ist, werde ich die morgendliche Pflege übernehmen und ihm tagsüber Gesellschaft leisten, sofern meine anderen Aufgaben es zulassen. Doch zunächst sollen wir uns kennenlernen.

Frau Wegener führt Schwester Cecilia und mich zum Schlafzimmer und öffnet die Tür, wir treten ein in den Raum, den ihr Mann seit Jahren nur noch unter größtem Aufwand und mit fremder Hilfe verlassen kann. Obwohl das Licht des Sommers durch das Fenster einfällt, erscheint mir das Schlafzimmer sehr dunkel. Eine Längsseite des Raumes wird beherrscht von einer dunkelbraunen Schrankwand, die bis zur Decke reicht, die Wände zieren geblümte, in bräunlichen Tönen gehaltene Tapeten. Die Schrankwand schluckt bereits einen guten Anteil der Grundfläche des

Zimmers, so erscheint dem Besucher das ebenfalls in rustikalem Stil gehaltene Doppelbett geradezu riesig, es nimmt fast den gesamten übrigen Raum ein, nur ein schmaler Pfad um das Bett herum macht es möglich, sich hier zu bewegen.

In diesem Bett liegt Herr Wegener.

Bis zum Hals ist sein Körper zugedeckt mit einem dicken Stapel aus mehreren Federbetten und Wolldecken, zuoberst liegt eine mit braunen und roten Kringeln gemusterte Tagesdecke, unverkennbar aus den frühen siebziger Jahren.

Da ihr Mann sich nicht mehr bewegen könne, erklärt Frau Wegener, seien die Muskeln verkümmert. Jedoch werde in den Muskeln des Menschen die Körperwärme produziert, deshalb friere ihr Mann ständig. Daher die vielen Decken.

Aus dem wuchtigen Deckenstapel schaut Herr Wegeners Kopf hervor, kahl, eingefallen, entsetzlich blass. Obwohl gewiss von normaler Größe, wirkt der Kopf in dem riesigen Bett und unter dem Deckenstapel hervorschauend sonderbar klein.

Herr Wegener wendet den Kopf zu uns, begrüßt Schwester Cecilia und mich sehr freundlich. Da kein Platz für Stühle ist, bleiben wir neben dem Bett stehen. Herr Wegener fragt mich nach Herkunft und Familie, es zeigt sich, dass ein Familienfoto aus den sechziger Jahren, das in einem Fach der Schrankwand steht, von meinen Eltern aufgenommen wurde. Dann wird Herr Wegener ernster, aber nicht unhöflich. Er fragt nach den Gründen für meine Wehrdienstverweigerung. Schwester Cecilia räuspert sich und wendet sich mir zu.

„Herr Wegener war General. Das interessiert ihn natürlich besonders."

Na super, denke ich, das kann ja was werden. Sachlich erläutere ich, meiner festen Überzeugung nach rufe Gewalt Gegengewalt hervor, und darüber hinaus stünden zahlreiche andere Mittel der Verteidigung zur Verfügung als Waffengewalt, daher hätte ich den Kriegsdienst aus Gewissensgründen verweigert. Allerdings hätte ich nicht grundsätzlich den Dienst für die Allgemeinheit verweigert, daher leiste ich nun meinen Zivildienst ab. Eine persönliche Anmerkung möge er mir noch erlauben.

„Nur zu!“, ermuntert mich Herr Wegener.

„Auch wenn ich das Procedere akzeptiert habe, möchte ich doch bezweifeln, dass die staatliche Verfahrensweise moralisch gerechtfertigt ist. Der Staat lässt in einem Gerichtsverfahren mein Gewissen prüfen von Menschen, die mich nie zuvor gesehen haben? Eine sehr fragwürdige Angelegenheit.“

Herr Wegener hat meinen Ausführungen aufmerksam zugehört. Nun erwarte ich, dass der General meiner Vorgesetzten erklärt, dieser Drückeberger hier habe auf der Stelle sein Haus zu verlassen, und man möge ihn in Zukunft mit weiteren Vaterlandsverrätern verschonen.

Nichts dergleichen.

Herr Wegener muss erst einmal durchatmen, bevor er sprechen kann, was aber mit seinen geschwächten Lungen und nicht mit meinem Vortrag zusammenhängt.

„Andreas, Sie haben die Sache durchdacht, eine Entscheidung für sich getroffen, und die vertreten Sie. Dafür haben Sie meinen Respekt. Wenn Sie gleich morgen anfangen könnten, wäre das erfreulich.“

Jeden Morgen fahre ich zu Herrn Wegener. Behutsam entkleide ich den bewegungsunfähigen Körper und wasche ihn vollständig. Bevor ich ihn auf den Bauch drehe, lege ich die Hände des Mannes auf der Brust zusammen. Dieser Moment gibt Herrn Wegener jeden Morgen Grund zur Erheiterung, denn er kann noch den Mittelfinger der rechten Hand auf und ab bewegen. Vom Hals abwärts ist der gesamte Körper vollständig gelähmt, doch diese einzige Nervenbahn zum Mittelfinger der rechten Hand ist noch intakt. Keiner weiß warum. Herr Wegener führt einige Bewegungen mit dem Finger aus.

„So, Andreas, ich habe meinen Frühsport gemacht. Jetzt drehen Sie mich um."

Herr Wegener hat größte Angst vor Dekubitus. Der Körper eines Liegendkranken ruht an verschiedenen Stellen besonders stark auf der Matratze, so mit der oberen Rückenpartie, dem Gesäß und den Fersen der Füße. Bei einem bewegungsunfähigen Körper erfahren diese Stellen keinerlei Veränderungen und wenn zudem, wie bei Herrn Wegener, kein Fettgewebe mehr vorhanden ist, um den entstehenden Druck abzufedern, droht hier große Gefahr. An den besagten Körperpartien wird die Haut zwischen Knochen und Liegestatt zusammengedrückt, dies führt zu unterbrochener Blutzufuhr in der Haut, sie stirbt im schlimmsten Fall ab, eine offene, wunde Stelle entsteht, in der Fachsprache Dekubitus genannt. Diese kann sich großflächig erweitern und ist, erst einmal entstanden, kaum wieder zu schließen, die Kranken verfaulen bei lebendigem Leibe. Dekubitus ist der Schrecken der Liegendkranken und der Schrecken des pflegerischen Personals.

Es gilt, intensive Vorsorgemaßnahmen zu treffen. So schrubbe ich meinen Patienten jeden Tag vorsichtig mit einer Bürste ab, um die Durchblutung der gesamten Haut zu unterstützen. Die mangelhafte Durchblutung einer Hautpartie zeigt sich im Frühstadium durch eine fast unmerkliche, sehr leicht zu übersehende Rötung. Sorgfältig suche ich die Rückseite des Körpers nach derartig geröteten Stellen ab, wenn ich einen Fleck entdecke, habe ich umgehend zu handeln.

Frau Wegener hält in der Tiefkühltruhe größere Mengen an Eiswürfeln bereit. Ich nehme einen der kalten Würfel, reibe damit über die gerötete Hautstelle, dann greife ich zu einem Fön und richte die Heißluft auf die zuvor gekühlte Partie, nun behandele ich die Stelle erneut mit einem Eiswürfel; auf diese Weise die Haut abwechselnd kühlend und erwärmend, bringe ich die gestörte Durchblutung wieder in Gang. Die Methode heißt

Eisen und Fönen und in der Tat, Herr Wegener wird trotz jahrelanger Bewegungsunfähigkeit nie an einer wundgelegenen Stelle leiden.

Jeden Freitag ist Badetag, eine sehr aufwändige und schwierige Angelegenheit. Zunächst hole ich ein wuchtiges, mannshohes Gestell mit Rollen aus einer Kammer, zusammen mit Frau Wegener bugsiere ich es in das Schlafzimmer neben das Bett. Von einem schwenkbaren Ausleger baumelt ein ledernes Geschirr aus breiten Riemen herab. Mittels eines hydraulischen Mechanismus lässt sich der Ausleger in der Höhe verstellen, dazu muss mit einem Hebel gepumpt werden.

Die Bedienung der Hebevorrichtung ist nicht ohne Tücken. Um den Ausleger zur Seite oder zurück schwenken zu können, müssen an verschiedenen Stellen des Gestänges fünf kleine Hebel in der richtigen Reihenfolge umgelegt werden, sonst blockiert die gesamte Mechanik. Frau Wegener beherrscht diese Technik seit Jahren, ich präge mir die Hebelreihenfolge ein.

Wir schwenken den Ausleger über den entkleideten Herrn Wegener, senken die Metallsäule herab, führen die Lederriemen des Geschirrs unter den Körper des Mannes, so wird er in den Kniekehlen und unter den Achseln gehalten, dann pumpe ich den Ausleger wieder in die Höhe.

Der nackte Körper des Mannes hängt nun in kauernder Haltung in der Luft, wir schwenken den Ausleger zurück und schieben denkbar vorsichtig das Gestell mit dem Patienten vom Schlafzimmer in das winzige Bad, ein Vorgang, der hohe Präzision verlangt, denn der Lift ist eine Spezialanfertigung und auf den Millimeter so breit, dass er gerade noch durch die Türrahmen passt und auf die im besten Falle saunatuchgroße Fläche zwischen Badewannenrand und Wand geschoben werden kann.

Nun legen wir erneut die fünf Hebel in der richtigen Reihenfolge um, schwenken den Ausleger mit dem schwebenden Herrn Wegener über die Wanne und lassen ihn langsam in das vorbereitete warme Badewasser hinab.

An den normalen Tagen wird nach der morgendlichen Körperpflege gefrühstückt, dann möchte sich Herr Wegener den Beschäftigungen zuwenden, die ihm noch möglich sind. Mit großer Leidenschaft wirft er ein politisches oder philosophisches Thema auf, über das er mit mir diskutieren will. Auch berichtet er mir gerne aus seinem Leben. So erzählt er, seine Krankheit sei ausgesprochen selten, nur bei zwei Personengruppen auf der ganzen Welt sei sie aufgetreten, unter deutschen Soldaten, die sich in russischer Kriegsgefangenschaft befanden, und US-amerikanischen Vietnamveteranen. Niemand wisse, wo der Zusammenhang sei. Nur ein einziges medizinisches Institut in den USA widme sich der Erforschung dieser Krankheit, dieses habe er auch kürzlich angeschrieben und angeboten, seinen Leichnam zu Forschungszwecken zu vermachen. Er habe eine sehr freundliche und warmherzige, aber leider abschlägige Antwort aus den USA erhalten, so Herr Wegener. Das Institut habe sich nahezu überschwänglich für das Angebot bedankt, die Frachtkosten seien jedoch zu hoch, zumal sie aus den Kreisen ehemaliger Vietnamsoldaten regelmäßig Forschungsmaterial erhielten.

„Solch eine Enttäuschung muss man erstmal verkraften!“, sagt Herr Wegener und lacht. „Ich wollte doch so gerne noch einmal in die Staaten! Jetzt versauen die mir meine letzte Chance!“

Wann er denn in russische Gefangenschaft geraten sei, frage ich. 1943, er sei als Offizier mit sechs anderen Männern seines Ranges und einem Truppenteil in einen Hinterhalt geraten. Die Aussichtslosigkeit der Lage zeichnete sich ab, da hätten sich die anderen sechs Offiziere erschossen. Er aber sei der jüngste gewesen und hatte auch beim Fronturlaub ein Mädel kennengelernt. Herr Wegener macht eine Kopfbewegung zur Küche hin.

„Ich war mir zu jung zum Sterben.“

Nach mehreren Jahren Kriegsgefangenschaft sei er dann in die junge Bundesrepublik entlassen worden. Hier schickte man sich gerade an, die Bundeswehr zu gründen, so habe er umgehend einen Arbeitsplatz gefunden und sei bis zum Generalsrang aufgestiegen. Eines Tages habe er plötzlich bemerkt, dass er seinen rechten Fuß nicht mehr unter Kontrolle hatte.

„Ich verstehe nicht, dass Sie nach Weltkrieg und Gefangenschaft wieder zum Militär gingen", sage ich. Herr Wegener antwortet nüchtern.

„Andreas, ich hatte keine Wahl. Ich kam zurück und musste bald eine Frau und ein Kind ernähren."

Wie auf das Stichwort hin tritt Frau Wegener mit einem Tablett durch die Tür, sie hat den von mir hochgradig geschätzten Wegener-Kuchen gebacken, einen saftigen Schokoladen-Zimt-Kuchen; mit großem Genuss verzehre ich das Backwerk. Ich fühle mich sehr wohl bei Herrn Wegener und seiner Frau. Der General entlässt mich mit den Worten

„Dann bis morgen, in alter Frische!"

Wir ahnen beide nicht, dass der nächste Tag ein schwarzer Tag sein wird.

Am Abend streite ich mich mit meiner Freundin, finde in der Nacht kaum Schlaf. In der Frühe überhöre ich den Wecker, schrecke kurz darauf hoch, lasse das Frühstück aus, durchfahre ausgesprochen waghalsig die Straßen der Stadt und erreiche das Haus der Wegeners mit Mühe halbwegs pünktlich.

Es ist Badetag.

Doch gleich nach meiner Ankunft verkündet mir Frau Wegener, sie habe noch am Vormittag einen dringenden Arzttermin und werde die Wohnung verlassen, sobald wir das Ledergeschirr um ihren Mann gelegt haben. Sie sieht wohl einen leisen Schrecken in meinen Augen, meint aber beruhigend, ich solle mich nicht sorgen, wir hätten die Vorgänge doch nun schon mehrfach geübt.

Nachdem Frau Wegener aus dem Haus geeilt ist, pumpe ich den Ausleger mit meinem Patienten in die Höhe und schiebe den Lift mit seiner Last sehr vorsichtig ins Bad. Nun gilt es, die fünf Hebel umzulegen und den Schwenkarm zu lösen. Nicht ganz wach, fahrig und unkonzentriert, wie ich bin, verwechsele ich die Reihenfolge der Hebel. Aus dem Inneren des Metallgestänges dringt ein kurzes Quietschen an mein Ohr. Nichts geht mehr. Der gesamte Mechanismus ist blockiert. Herr Wegener hängt nackt in Embryonalhaltung von dem Ledergeschirr gehalten in der Luft. Der General sieht mich streng von oben an.

„Jetzt müssen wir warten. Meine Frau weiß, wie das zu lösen ist.", sagt er und sieht zur Seite. Ich kann nicht antworten, nichts sagen, der Schreck macht mich sprachlos. Ich kann nichts tun.

Ob der General einer Fantasie nachhängt, wie sein minderbemittelter Zivi mit verbundenen Augen zur Richtstätte geführt wird, weiß ich nicht.

Die Zeit vergeht schleppend. Himmelsgestirne ändern ihre Bahnen, Kontinente driften auseinander, die Evolution gebiert Tierarten, und Vulkanstaub lässt sie wieder vom Antlitz der Erde verschwinden, der General schwebt immer noch nackt in der Luft. Endlich höre ich Frau Wegener den Schlüssel in der Wohnungstüre umdrehen.

„Ach, ach, ach", sagt sie nur, dann wendet sie sich dem Mechanismus des Hebegestells zu, gleichzeitig muss an verschiedenen Hebeln gezogen und gedrückt werden, um die Blockade zu lösen.

Herr Wegener macht mir keine Vorwürfe. Er sagt nichts mehr zu mir, seine Frau entlässt mich höflich, aber bestimmt für diesen Tag aus dem Dienst.

Mit schwerem Herzen mache ich mich am nächsten Tag wieder auf den Weg zu Wegeners. Doch wider Erwarten werde ich von ihm und seiner Frau sehr warmherzig begrüßt. Als ich das Schlafzimmer betrete, wendet mir Herr Wegener den Kopf zu.

„Na, Andreas, heute sind wir in besserer Verfassung, ja?!"

Herr Wegener lacht.

Ich bitte ihn um Verzeihung, dann beginne ich mit meinem Tagwerk, Herr Wegener verliert nie wieder ein Wort darüber.

Die nachsichtige Haltung des Generals gegenüber dem jungen Verweigerer liegt möglicherweise auch darin begründet, dass er selbst ein Verweigerer ist. Obwohl ihm von verschiedener Seite dringend dazu geraten wird, sich in ein spezialisiertes Pflegeheim verlegen zu lassen, auch um seine betagte Gattin und den Sohn zu entlasten, weigert er sich strikt, sein Reihenhäuschen zu verlassen, eine Entscheidung, die von der Familie auch nachvollzogen werden kann. Er will die letzten Tage seines Lebens nicht in einer fremden Einrichtung verbringen und von Frau und Sohn lediglich Besuch bekommen.

Ebenso jedoch verweigert der sonst so vernünftig und kühl abwägende Militär den Austausch des riesigen, altdeutsch rustikalen Ehebetts gegen ein modernes, höhenverstellbares Pflegebett. Für eine professionelle Pflegekraft wäre die Arbeit in diesem winzigen, vollgestellten Zimmer an dem niedrigen Bett eine Zumutung, sie würde sich auf Dauer den Rücken verrenken. Unter diesen Umständen fand die Familie auch keinen Pflegedienst, der bereit war, die Aufgabe zu übernehmen. Der Zivi war der letzte Rettungsanker.

Die fünf deutschen Panzer beziehen Stellung am Rande eines russischen Wäldchens. Es ist Sommer. Es ist heiß. Weitere Befehle seien abzuwarten, so die Order. Seit Tagen haben die Panzerbesatzungen keine Feindberührung mehr, nicht einen einzigen russischen Soldaten haben sie gesehen. Die erfahrenen Deutschen wissen, das hat nichts zu bedeuten.

Neun Stunden stehen die Panzer in der Hitze. Es tut sich nichts. Dann verliert der neunzehnjährige Gefreite Wilfried die Geduld.

Er will nachsehen, ob der Feind nicht in der Umgebung lauert. Seine Kameraden wollen ihn abhalten. Wilfried ist uneinsichtig, öffnet die Luke und streckt den Kopf hinaus ins Freie, er nimmt einen Atemzug von der Sommerluft. Die Kugel des russischen Scharfschützen schlägt in Wilfrieds linke Schläfe ein, durchtrennt auf dem Weg durch den Schädel die Sehnerven des jungen Soldaten und tritt an der rechten Schläfe wieder aus.

Im Lazarett will der erblindete junge Mann völlig verzweifelt seinem Leben ein Ende setzen. Doch er wird von einem Offizier angesprochen, Wegener, der neben ihm liegt, Wegener selbst ist nur leicht verletzt. Tagelang spricht Wegener dem Kameraden Mut zu, bis dieser in die Heimat verlegt wird. Die beiden Männer bleiben während der nächsten Jahrzehnte in Kontakt und pflegen ihre Freundschaft.

Während Herr Wegener mir die Geschichte seines Freundes Wilfried erzählt, schaut er zur Decke. Nun aber sieht er mich an.

„Eines muss allerdings festgestellt werden. Dieser russische Scharfschütze hat seine Sache gut gemacht. Das müssen Sie sich vorstellen, Andreas, da hat der vermutlich über neun Stunden mit dem Zielfernrohr diese Panzerluke anvisiert. Das ist eine Leistung.“

Ich bin mir uneins, ob ich die Nüchternheit der militärischen Leistungsbeurteilung bewundere oder abstoßend finde.

Der blinde Wilfried kann nicht schreiben, Herr Wegener kann nun auch keine Feder mehr führen. Die Freunde haben eine andere Form der Kommunikation gefunden.

Ich wuchte das gewaltige Tonbandgerät auf einen kleinen Hocker neben Herrn Wegeners Bett. Das lange Mikrofonkabel verbinde ich mit dem Gerät, den kleinen Ständer für das Mikrofon platziere ich auf der Bettdecke, so kann Herr Wegener gut hineinsprechen. Dann schalte ich das Tonband ein.

Herr Wegener berichtet seinem Freund von Frau und Sohn und

kommt nun auf das Fortschreiten seiner Krankheit zu sprechen. Der Verlauf sei bekannt, über Jahre hinweg lähme die Krankheit fortschreitend sämtliche Gliedmaßen, um letztlich die inneren Organe anzugreifen, es folge ein furchtbarer Todeskampf. Herr Wegener erzählt seinem Freund, er habe schon vor langer Zeit beschlossen, mit den gelähmten Gliedmaßen so lange wie möglich zu leben, aber nur, bis er spüre, dass dieses Endstadium beginne. Für diesen Moment habe er Vorsorge getroffen. Der Freund möge sich also nicht sorgen, ein langes und qualvolles Sterben sei nicht zu befürchten.

Herr Wegener schließt mit herzlichen Grüßen an Wilfried und dessen Gattin. Bedrückt schalte ich das Tonbandgerät ab, entnehme das besprochene Band und stecke es in den Pappschuber.

Ich stelle keine Fragen.

Frau Wegener nimmt das Band entgegen, umwickelt es zur Polsterung mit einem Frotteehandtuch, packt alles in einen kleinen Karton und schickt das Paket zu Wilfried nach Süddeutschland. Einige Tage später erreicht Herrn Wegener ein Paket mit einem Tonband, auf das der blinde Freund seine Antwort gesprochen hat.

Vier Wochen später feiern wir ein Fest. Auf den Tag genau drei Monate lang gehe ich nun zu Familie Wegener. Nach dem morgendlichen Waschritual setzt sich Frau Wegener zu ihrem Mann auf die Bettkante, wir trinken zusammen Kaffee, dann überreicht sie mir einen ganzen Schokoladen-Zimt-Kuchen, gebacken nach Familienrezept, verziert mit drei brennenden Kerzen.

Herr Wegener spricht nicht viel. Mir ist aufgefallen, dass ihm in den letzten Tagen das Atmen schwerer fällt. Als ich aufbrechen muss und mich ihm noch einmal zuwende, sieht er mich lächelnd an und verabschiedet mich wie üblich.

„Dann bis morgen, in alter Frische."

Ich meine, in seinen Worten eine besondere Herzlichkeit, wenn nicht gar eine Eindringlichkeit herauszuhören, ich halte es allerdings für denkbar, dass ich dies erst jetzt, im Nachhinein, in den Moment hineinlese und dass vor Ort alles so war wie an anderen Tagen.

Vierundfünfzig

1987.
Troisdorf.
Ich bin 26 Jahre alt.

Wenn ich nach Troisdorf fahre, besuche ich Oma Lena in meinem alten Kinderzimmer. Mit ihren dreiundneunzig Jahren kann sie die Treppe zu ihrem Dachgeschossappartement nicht mehr bewältigen, und da sie ohnehin rund um die Uhr von Mutter betreut werden muss, bewohnt sie jetzt mein früheres Kinderzimmer.

Oma Lena sieht gut aus. Sie ist etwas schlanker als früher, Mutter pflegt sie hingebungsvoll, mehrmals täglich kämmt und richtet sie Oma Lenas schlohweiße Haare. Oma sitzt auf der Bettkante, ich setze mich neben sie. Sie spricht nicht mehr viel, aber sie weiß, wer ich bin, und sie freut sich über meinen Besuch.

„Ach, Andreas“, sagt sie langsam und sieht mich liebevoll an, „Andreas, mein einziger Enkel ...“.

Nun legt sie ihre Hände gefaltet in den Schoß und schaut ins Leere.

„Mein einziger Enkel ... erbst auch all mein Geld.“

In ihrem Testament hat Oma Lena ihre Töchter Hilde und Ilse als Erben eingesetzt, das ist ja auch völlig in Ordnung, sie hat es nur vergessen.

Oma Lena sitzt neben mir, und doch ist sie meilenweit weg.

1987.
Ich bin 26 Jahre alt.

Oma Lena ist vor wenigen Minuten gestorben. Mutter sitzt weinend im Wohnzimmer. Vater öffnet den Kleiderschrank, nimmt ein großes, weißes Laken heraus, faltet es auf und breitet es über den leblosen Körper seiner Schwiegermutter, die ihn geduldet, aber nie geachtet hat. Dann ruft Vater das Beerdigungsinstitut an.

Die Männer in Schwarz kommen rasch. Wortlos, mit tausendfach geübten Handgriffen wickeln sie die sterbliche Hülle meiner Oma in eine Plastikfolie, legen das Bündel in eine längliche Metallwanne mit Griffen, tauschen mit Vater kurze, wissende Blicke und bringen die Wanne in ihren schwarz lackierten, fensterlosen Kleintransporter. Einem Nachbarn, der am Fenster steht und die Szene beobachtet, fällt auf, dass die Türen des Vans weder die üblichen Palmzweige noch einen Schriftzug mit Namen eines Beerdigungsinstituts aufweisen.

Die Männer in Schwarz verlassen die Autobahn, fahren zwei Stunden über eine staubige Landstraße und erreichen ein auf den ersten Blick verlassenes Gelände mit Baracken und großen Hallen, ein ehemaliges militärisches Sperrgebiet.

Sie fahren in einen heruntergekommenen Flugzeughangar, durch die Lücken des löchrigen Dachs lassen sich Wolken beobachten. Mitarbeiter der Spezialfirma stehen bereit, jeder von ihnen trägt Mundschutz und eine fleischfarbene lederne Schürze. Sie öffnen die Heckklappe des Transporters, ziehen die Metallwanne mit Oma Lena heraus, hieven sie mit vereinten Kräften auf einen Rollwagen und schieben die Fracht vorsichtig in einen Lastenaufzug, der sie in einen drei Stockwerke tief unter der Erde gelegenen Bunkerraum befördert. Hier stehen weitere Mitarbeiter bereit, ihre Blicke verraten, dass sie sich der Größe ihrer Aufgabe bewusst sind.

Schweigend und konzentriert legen sie Omas Körper auf einen steinernen Tisch, auf dessen Oberseite eingefräste Rillen zu erkennen sind, die auf einen Abfluss in der Mitte des Tischs zulaufen. Kaltes Licht aus Neonröhren erhellt den Raum, eine Röhre beginnt zu flackern.

Ein Mitarbeiter, der präzise die Vorgänge in eine rote Kladde notiert, nickt nun stumm einem anderen Mann zu, der etwas abseits steht und einen achtzig Zentimeter langen, am unteren Ende spitz zulaufenden Metallstab in Händen hält.

Der Mann ist der Spezialist.

Der Spezialist tritt mit dem Metallstab an den steinernen Tisch, die Umstehenden weichen ein wenig zurück. Kurz tastet der Spezialist Oma Lenas Rippenbögen ab, findet die richtige Stelle, setzt das spitze Ende des Metallstabes auf, ein anderer Mitarbeiter nähert sich, wuchtet einen gewaltigen Hammer mit gekonntem Schwung durch die Luft und trifft präzise das obere Ende des Metallstabes. Dieser fährt ohne erkennbaren Widerstand tief in Oma Lenas Körper ein und durchbohrt das Herz.

Anschließend legen sie den Korpus in eine steinerne Truhe, welche bereits ohne Oma 2,492 Tonnen wiegt, acht Mitarbeiter müssen Hand anlegen, um den mittels einer Seilwinde herabgelassenen Deckel in die richtige Position zu bringen.

Der steinerne Sarkophag wird mit vier Ketten umwickelt, die aus Panzerstahl geschmiedet wurden. Es findet sich kein Schloss an den Ketten, ein Schweißer verbindet die Enden für immer.

Ein Tieflader mit dem Steinsarkophag macht sich in der Nacht auf den Weg nach England. Nach vier Tagen erreicht das Fahrzeug sein Ziel, eine Moorlandschaft im Osten des Landes.

Der mittels Panzerstahlketten gesicherte Sarkophag mit Oma wird im Moor versenkt.

Pfffft. Blupp. Blopp.

Es hat alles nichts genützt.

Fünfundfünfzig

ihm etwas nicht passt. Vater zieht an der Zigarette, inhaliert tief und bläst den Rauch in den Raum, nun sieht er mich an und schüttelt den Kopf.

Ich verstehe sofort. Er will nicht in das Grab, in dem Oma Lena liegt. Oma Lena hat Vater Zeit ihres Lebens keine Achtung entgegengebracht. Seine Urne jetzt neben ihren Knochen abzulegen, das geht wirklich nicht.

Ich räuspere mich.

„Das kommt nicht in Frage. Papa kommt nicht zu Oma ins Grab. Auf garkeinen Fall."

Ich spreche ruhig, aber sehr fest. Eine Erläuterung meiner Haltung ist nicht vonnöten. Die anderen wissen den Grund.

Tante Hilde sieht mich an.

Onkel Bruno sieht mich an.

Mutter sieht mich an.

„Tja", sagt Tante Hilde, „dann pachten wir ein neues Grab. Ein Urnengrab. Für uns alle."

Onkel Bruno nickt und sieht zu Mutter.

„Ja, meinetwegen", sagt Mutter.

Ich sehe zur Wohnzimmertür.

Vater ist fort.

Sechsundfünfzig

Juni 2006.
Troisdorf.
Ich bin 45 Jahre alt.

Im Bett liegt ein mit Pergamenthaut überzogenes Skelett. Das Gesicht ist eingefallen, die großen, braunen Augen treten hervor. Der einst so starke Onkel Bruno wiegt noch 45 Kilo. Seit zwei Monaten liegt er hier auf der Pflegestation, seitdem nimmt er beständig ab. Er mag nicht mehr essen, der Anblick von Essen löst Ekel bei ihm aus. Er ist zu schwach, um zu stehen oder zu gehen, unter Aufbietung aller Kräfte vermag er sich noch im Pflegebett aufzurichten.

Onkel Bruno erkennt mich, wenn ich ihn besuche, und auch Tante Hilde erkennt er und spricht mit ihr, aber er versteht nicht, wo er ist. Darauf angesprochen, erklärt er, er sei im Krankenhaus und werde bald operiert. Aber er bezweifle, dass die Operation Erfolg haben werde, er sei doch so müde.

Es ist Mittag. Ich sitze auf einem Stuhl am Bett meines Onkels und versuche, mich etwas mit ihm zu unterhalten. Es klopft kurz an der Tür, eine junge Krankenschwester von zarter Gestalt betritt das Zimmer, in den Händen trägt sie ein Tablett, milchig weiße Plastikhauben decken die Teller ab.

„Guten Tag, hier kommt ihr Mittagessen!"

Ich stehe auf, schiebe den Stuhl beiseite und trete ans Fußende des Betts, die Krankenschwester lächelt mich freundlich an, sie schwenkt die Halterung mit dem Tischchen über das Bett von Onkel Bruno und stellt das Tablett umsichtig ab.

Ich sehe im siechen Körper meines Onkels die Wut hochsteigen. Er reißt die Augen auf, selbst jetzt noch, halbtot, gelingt ihm der stechende, vernichtende Blick, mit aller verfügbarer Kraft stemmt er zitternd den Oberkörper in die Höhe und brüllt die junge Krankenschwester an.

„Ich habe gesagt, ich will kein Essen! Halten Sie sich gefälligst daran!"

Die junge Schwester erstarrt vor Schreck, die Wut meines Onkels erfüllt den Raum, auch ich stehe steif da. Schwer atmend lässt sich Onkel Bruno zurück auf das Kissen sinken und schließt die Augen. Die Krankenschwester greift nach dem Tablett und verlässt wortlos das Zimmer.

Ich stehe immer noch am Fußende des Betts. Ich bin sechs, sieben, acht Jahre alt. Die Angst drückt schwarz in meinen Gedärmen und in meiner Brust, mein Herz rast.

25. Juni 2010.
Ich bin 49 Jahre alt.

Im ersten Stock des Reihenhäuschens von Tante Hilde und Onkel Bruno befindet sich ein Zimmer, in dem der Schreibtisch meines Onkels steht. Es handelt sich um ein kleines, dunkles, mit feinen Schnitzereien verziertes Möbel, das er von seinem Vater erbte. An diesen Tisch setzte sich Onkel Bruno, wenn er Schreibarbeiten zu erledigen hatte. Hier, in den zwei Schubladen, liegen auch alle wichtigen Dokumente und Unterlagen, die das Haus oder die Bankkonten betreffen. Vor Jahren, als er die Schwäche nahen spürte, zeigte er mir seine Ordnung.

Fünf Jahre lang war Tante Hilde Witwe, nun ist auch sie vor wenigen Tagen gestorben. Am Abend legte sie sich in ihr Bett und wachte nicht mehr auf.

Das Haus ist verwaist, alles steht und liegt so, als sei Tante Hilde nur kurz zum Frisör gegangen. Es wird noch eine Zeit verstreichen, bis ich mit dem Ausräumen beginnen kann, daher will ich sicherheitshalber die wichtigen Dokumente mitnehmen. Es ist ein beklemmendes Gefühl, das kleine Zimmer zu betreten, mich auf den Stuhl zu setzen und an den Schreibtisch heranzurücken. Ich fühle mich wie ein niederträchtiger Einbrecher, der sich anschickt, wertvolle Beute zu machen. Ich ziehe die Schubladen auf und nehme die Dokumentenmappen heraus. In der zweiten Schublade liegt neben den Papieren ein kleiner, rostiger Schlüssel, fast hätte ich ihn übersehen. Vielleicht passt er zu dem Türchen des großen Fachs rechts, das mit einer geschnitzten Blume verziert ist? Zu diesem Fach hat Onkel Bruno nie etwas gesagt.

Der Schlüssel passt, ich öffne das Türchen. Ich erblicke einen Stapel Papiere und Mappen und stutze, kommen mir diese doch bekannt vor. Zu Beginn meiner Studienzeit, vor fünfundzwanzig Jahren, bat mich Onkel Bruno gelegentlich um Kopien meiner Seminararbeiten, er wolle sich eine Vorstellung davon machen, mit was ich mich an der Uni beschäftige, sagte er. Ich freute mich über das Interesse und kopierte gern die Arbeiten, kam aber nicht auf den Gedanken, Onkel Bruno würde sie aufheben. Hier liegen sie, sorgfältig gestapelt im Fach seines Schreibtischs, obenauf meine Magisterarbeit.

Ich greife in den Stapel und ziehe eine auffällige Mappe hervor, eine alte, lederne Mappe mit eingeprägtem Pferdekopfmotiv. Diese enthält zu meiner weiteren Überraschung sämtliche Zeitungsartikel, die im Laufe der Jahrzehnte in der Lokalpresse über meine Arbeit als Filmemacher erschienen sind. Onkel Bruno hat jeden Artikel sorgfältig ausgeschnitten, an den Rändern vermerkte er mit Bleistift jeweils das Erscheinungsdatum und den Namen der Zeitung.

Ich lege die Mappe mit dem Pferdekopf zurück in das Fach, verschließe die Tür und packe die Dokumente über Haus und Konten in meine Tasche.

Einige Wochen später beginne ich mit Freunden, das Haus von Tante Hilde und Onkel Bruno leerzuräumen. Ich wende mich der großen, altdeutsch-rustikalen Schrankwand im Wohnzimmer zu, die hauptsächlich das gute Geschirr und andere Haushaltsutensilien birgt. Doch dann stoße ich auf zwei graue Schuhkartons mit Briefen. Ich verstehe zunächst nicht, worum es sich handelt, erst muss ich einige Schreiben öffnen und lesen.

Die Papiere stammen aus den 1950er Jahren. Onkel Bruno hatte offenbar den Wunsch, die englische Sprache zu erlernen, dazu abonnierte er bei einem Institut in Süddeutschland so genannte Selbstlernbriefe. Das Institut schickte wöchentlich Bögen mit Instruktionen und Texten, die der ferne Schüler zu übersetzen hatte. Die erledigten Hausaufgaben sandte Onkel Bruno an das Institut und erhielt sie korrigiert, mit Begleitschreiben versehen und mit neuen Aufgaben zurück.

Zwei Jahre mühte sich Onkel Bruno um die Sprache. Die Kommentare der Lehrkräfte zu den erledigten Aufgaben sind höflich, aber eindeutig. Alles brauche seine Zeit, schreiben sie, er solle sich nicht entmutigen lassen. Doch die Sachlage ist klar. Onkel Bruno entwickelt kein Gefühl für die Sprache, und nach zwei Jahren gibt er auf.

Die Papiere berühren mich, zeugen sie doch von einem unerfüllten Bildungswunsch. Im Alter von vierzehn Jahren begann Bruno seine Lehre als Chemielaborant in dem Werk am Ort, wurde nach der Ausbildung übernommen und blieb sein gesamtes Arbeitsleben bei der gleichen Firma, in der gleichen Abteilung, die Fertigungsqualität von Kunststoffprodukten prüfend. Auch die Kriegsjahre hindurch arbeitete Onkel Bruno ununterbrochen dort, denn er war Asthmatiker und daher für wehruntauglich befunden worden.

Ich stelle mir vor, er hätte gerne eine höhere Schulbildung genossen, studiert und Fremdsprachen gelernt, so wie Tante Hilde von Herzen gerne Lehrerin geworden wäre.

Mein Werdegang hat Onkel Bruno zweifellos imponiert. Zu der Zeit, als er mich auf der Terrasse hinter dem Haus zusammenschlug, galt ich als Schulversager. Lehrer vermuteten, ich sei geistig zurückgeblieben. Doch später machte ich Abitur, studierte und wurde Filmemacher, über den die Zeitungen schrieben. Ohne Zweifel war Onkel Bruno sehr stolz auf mich. Er unterstützte mich bei meiner Wehrdienstverweigerung, bis zum Ende meines Studiums erhielt ich eine monatliche Überweisung. Wurde einer meiner Filme im Fernsehen gezeigt, rief er mich an und erzählte, er habe sich die Sendung angeschaut, und meist lobte er das Werk. Ich bedankte mich, sandte Geburtstagskarten und stattete freundliche Besuche ab.

Nun gilt es, den Schreibtisch leerzuräumen. Die lederne Mappe mit dem Pferdekopfmotiv möchte ich behalten, ich lege sie beiseite. Den Stapel mit den Seminararbeiten nehme ich aus dem Fach, trage ihn die Treppe hinunter, trete vor das Haus und werfe ihn in den Container, der in der Einfahrt steht. Ich verspüre einen Anflug von Trauer darüber, dass mich der Vorgang nicht berührt.

Siebenundfünfzig

2008.
Troisdorf.
Ich bin 47 Jahre alt.

Mutter ist ganz vernarrt in ihre altdeutsch-rustikale Schrankwand im Wohnzimmer, die sie 1975 anschaffte, bietet diese doch nicht nur gewaltigen Stauraum, sondern auch einen wunderschönen Anblick. Regelmäßig feudelt sie mit einem möbelpoliturgetränkten Tuch über die Türen und Regalbretter, nur an die oberste Reihe der Schrankelemente kommt sie nicht heran, dazu müsste sie ganz hoch auf die oberste Stufe einer Haushaltsleiter steigen, und das vermeidet sie. So bittet sie mich eines Tages, die obersten Elemente abzuwischen, eine Bitte, der ich gerne nachkomme.

„Was ist hier oben eigentlich drin?", frage ich Mutter, die am Fuß der Leiter steht und darauf achtet, dass ich keine Fläche abzuwischen versäume. Mutter zuckt mit den Schultern.

„Keine Ahnung. Ich hab da oben nichts reingelegt. Du kannst ja nachsehen."

Vater ist seit acht Jahren nicht mehr unter uns, es könnten also noch Gegenstände aus seinem Nachlass sein, die hier lagern.

Ich öffne die erste Tür.

Hunderte, aberhunderte kleiner, roter Plastikausgießer und ebenso unübersehbare Massen an Schnapsgläschen stürzen mir entgegen und rauschen zu Boden, jeder Gießer und jedes Gläschen noch eingeschweißt in ein durchsichtiges Plastiktütchen. Ich sehe zu Mutter, die ein unwillkürliches „Ooooohhhch" von sich gibt.

Ich rücke die Aluleiter ein Stück weiter, steige hinauf, öffne die Tür des nächsten Schrankelements, und erneut rauschen mir Myriaden an Ausgießern und Gläschen entgegen, bei den nächsten zwei Elementen ist es nicht anders.

Mutter holt große, graue Plastikmüllsäcke aus der Küche, stabile Ausführung, für Gartenabfälle gedacht. Gemeinsam füllen wir mehrere Säcke mit den freundlichen Zugaben der Firma *Swarte*, dann verschnüre ich die Säcke und bringe sie in den Keller.

Achtundfünfzig

2006.
Troisdorf.
Ich bin 45 Jahre alt.

Ich bin zu Besuch bei Mutter, es sind nur noch wenige Tage bis Ostern. Kürzlich hat sie ihren dreiundachtzigsten Geburtstag gefeiert, und sie hat beschlossen, sich etwas zu gönnen. In der Zeitung hat sie gelesen, dass ein namhaftes Möbelhaus im Nachbarort schließt, Möbel und Teppiche werden vergünstigt angeboten. Sie wünscht sich einen orientalischen Läufer für ihr Wohnzimmer und bittet mich, mit ihr zum Einrichtungshaus zu fahren.

Mit scharfem Blick schätzt Mutter die Angebote in der Teppichabteilung ab, schaut hier und da unter einen Läufer auf der Suche nach dem Schild, das Herkunft und Preis verrät. Nun hat sie ein Stück entdeckt, welches ihren Vorstellungen entspricht. Der Verkäufer ist höflich, doch leicht irritiert, als Mutter nach einem Preisnachlass bei Barzahlung fragt. Die Ware sei doch bereits erheblich reduziert, wirft der Verkäufer ein, doch Mutter lässt nicht locker und erhält einen Barzahlungsrabatt.

Mutter ist sehr zufrieden. Ich klemme mir den Läufer unter den Arm. Trotz der Schnäppchenpreise und dem nahenden Osterfest ist es recht leer in dem Möbelhaus, auch an der Kasse müssen wir nicht anstehen. Die Kassiererin, eine etwa vierzigjährige Dame in einem blauen Kostüm, lächelt uns freundlich an, sie trägt eine für ihren Kopf etwas zu große Brille. Ich lege den Läufer auf die Theke, die Dame scannt das Preisschild.

„Wir haben da noch ein besonderes Angebot.“ Die Dame weist mit der Hand auf eine Palette mit bunt bemalten Ostereiern, die neben der Kasse steht.

„Jetzt, zu Ostern! Nur dreißig Cent das Stück!“

Die Kassiererin freut sich offensichtlich sehr, uns eine solch günstige Offerte unterbreiten zu können.

Mutter wendet sich mir zu.

„Kannst ja deinen Kindern welche mitbringen“, sagt sie scharf.

Mir wird kalt.

Mutter nestelt an ihrem Portemonnaie.

Regungslos stehe ich da.

Ich bemerke, die Kassiererin starrt mich durch ihre große Brille hindurch an.

„Das fand Ihr Sohn jetzt aber nicht lustig“, sagt sie ganz ruhig und schaut mich dabei unverwandt an. Ich kann ihre Gedanken lesen. Sie denkt, der Mann ist geschieden, und die Ex-Frau verhindert, dass er seine Kinder sieht. Sie denkt, das war eine gemeine Bemerkung der Mutter. Mich berührt das Mitgefühl der Kassiererin, die nicht wissen kann, dass ich keine Kinder habe.

„Nein“, sage ich, „das fand der Sohn nicht lustig.“ Ich drehe mich um und gehe schon vor zum Auto.

2012.
Berlin.
Ich bin 51 Jahre alt.

Ich besuche Freunde, die Aufregung der jungen Eltern ist groß, denn ihr kleiner Sohn hat vor einigen Tagen zu laufen begonnen. Ich frage mich, in welchem Alter ich die ersten eigenen Schritte wagte. Es gibt nur noch einen Menschen, den ich dazu befragen kann.

So rufe ich am nächsten Tag Mutter in Troisdorf an. Sie meldet sich etwas benommen am Telefon. Früher hörte sie sich nur etwas benebelt an, wenn ich sie durch meinen Anruf geweckt hatte. Seit einigen Monaten hat sich das verändert. Sie sagt es selbst. Etwas habe sich verändert, sie wisse aber nicht, was genau.

„Ach! Lebst du noch?!“, schimpft sie in den Hörer; so gibt sie mir zu verstehen, dass ich ihrer Ansicht nach zu selten anrufe. Sie ruft mich nie an, dieses Detail lässt sie bei ihren Beschwerden außer Acht. Undenkbar, einen Anruf meiner Mutter zu erhalten mit der Frage, wie es mir denn gehe. Undenkbar.

Ich bin wütend, sofort mit dem ersten Satz angegangen zu werden, zumal ich Mutter bereits darauf aufmerksam gemacht habe, dass ich die Frage „Lebst du noch?“ als sehr unangenehm empfinde. Einige Jahre zuvor war ich dem Tod sehr nahe, doch das weiß sie nicht, über die Umstände sprach ich nur mit wenigen Menschen, mit denen ich sehr verbunden bin.

„Ich habe eine Festnetznummer“, gebe ich zurück, „ich habe eine Handynummer, du hast beide Nummern in deinem Notizbuch stehen. Unter beiden Nummern gibt es einen Anrufbeantworter. Du kannst mich jederzeit erreichen, gleich wo ich bin“, sage ich fest und bemühe mich, ruhig zu bleiben.

Mutter schweigt.

Ob denn Edeltraut heute komme, frage ich, denn es ist Montag. Üblicherweise fährt Mutter montags mit Edeltraut einkaufen, und dann wird die Wohnung geputzt.

„Nein, die Edeltraut ist nach Ägypten. Für drei Wochen.“

Mutter hält inne.

„Welcher Tag ist denn heute?“, fragt sie dann.

„Welcher Tag? Wie meinst du das?“

„Na, welcher Wochentag?“

„Montag. Es ist Montag. Normalerweise wäre Edeltraut heute da.“

„Ja? Es ist Montag? Heute Morgen saß ich am Tisch und fragte mich, welcher Tag ist eigentlich. Wenn ein Tag ist wie der andere, weißt du, da kann man schon durcheinanderkommen.“

Ich versuche, mir meinen Schreck nicht anmerken zu lassen.

Mutter ist jetzt neunundachtzig Jahre alt, und mir scheint, ihr Gehirn hat in den letzten Monaten deutlich abgebaut. Sie weiß viel Neues nicht mehr, aber auch viel Altes ist vergessen, und Zusammenhänge, die ich zu erklären versuche, versteht sie nicht mehr.

Ich erzähle ihr, ich hätte überlegt, wann ich wohl laufen gelernt habe. Wohnten wir da schon in unserem Haus?

Mutter überlegt.

„Wir waren im Geschäft. Ja, wir waren im Geschäft", erzählt sie dann, „du hattest dir schon lange angeguckt, wie andere Kinder laufen. Du hast es nicht probiert, nur still geschaut, wie andere Kinder das machen. Wir waren im Geschäft. Der Papa und ich standen hinter der Theke und haben dich auf die Füße gestellt, und plötzlich bist du losgelaufen. Ohne zu stolpern. Ohne hinzufallen. Du bist quer durch den Laden bis zur Tür gelaufen. Dann hast du gelacht. Das weiß ich noch genau."

„Wie alt war ich denn da?"

„Vielleicht so 12 oder 13 Monate. Als du zwei warst, sind wir hier ins Haus gezogen. Da konntest du laufen. Auf jeden Fall. Kommst du denn bald?"

„Ja", sage ich, „ich kann nächste Woche kommen. Dann können wir einkaufen fahren."

„Gut, dann ruf an, wenn du in Troisdorf bist", sagt Mutter.

Sie scheint sich zu freuen.

Neunundfünfzig

1987.
Troisdorf.
Ich bin 26 Jahre alt.

Einige Monate nach ihrem dreiundneunzigsten Geburtstag beginnt Oma Lena schwächer zu werden. Im Dezember 1987 stirbt sie in meinem ehemaligen Kinderzimmer.

Dreizehn Jahre später sprechen Mutter und ich mit den Ärzten im Krankenhaus, die meinen an Kehlkopfkrebs und Parkinson erkrankten Vater behandeln. Sie erklären uns, weitere medizinische Maßnahmen seien nicht mehr erfolgversprechend, sie entlassen Vater nachhause.

Ein Pflegebett wird im Wohnzimmer meiner Eltern aufgestellt, genau an der Stelle, an der seit Jahrzehnten Mutters Fernsehsessel steht. Abend für Abend sitzt sie mit angewinkelten Beinen in dem Sessel vor dem Bildschirm, gewärmt von einer leichten Decke, in greifbarer Nähe auf dem Couchtisch Lakritzkatzen und anderes Knabberzeug.

Nun steht der Fernsehsessel etwas zur Seite verschoben neben dem Pflegebett, so sehen meine Eltern noch einige Wochen gemeinsam fern, bis Vater ins Koma fällt.

Vater stirbt im August 2000 in diesem Pflegebett.

Weitere vierzehn Jahre später kehrt Mutter mit Edeltraut von einem Einkauf im Supermarkt zurück. Während Edeltraut vor dem Haus die Einkaufstüten aus dem Wagen räumt und ein junger freundlicher Nachbar die schweren Einkäufe ins Haus trägt, geht meine Mutter schon hoch in ihre Wohnung und setzt sich in die Küche auf den Stuhl am Fenster, an den Platz, der fast ein halbes Jahrhundert lang der Platz meines Vaters war, an dem er die Abende verbrachte mit Schnapsflaschen, Zigaretten und seinen

Gedanken, von denen niemand erfuhr. Seit Vaters Tod sitzt meine Mutter auf diesem Stuhl, wenn sie sich ausruht, isst oder Kaffee trinkt.

Der freundliche Nachbar hat die Tüten in die Wohnung getragen und spricht noch einige Minuten im Flur mit Edeltraut. Meine Mutter sitzt in der Küche auf ihrem Stuhl am Fenster, sie sieht hinaus, lässt den Blick schweifen über den großen Kinderspielplatz und die modernen Hochhäuser. Als sie hier bauten, gab es hinter dem Haus nur Weizenfelder, soweit das Auge reichte. Mutter wird schwindelig, sie atmet noch einmal tief ein und aus, dann sackt sie zusammen, und der Oberkörper fällt vornüber.

Eine Minute später findet Edeltraut meine Mutter so vor. Edeltraut ruft den Notarzt, der jedoch nichts mehr auszurichten vermag.

Alle drei sterben jeweils an dem Platz des Menschen, den sie im Leben am meisten flohen.

Epilog

2012.

Troisdorf.

Ich bin 51 Jahre alt.

Ich besuche Mutter in Troisdorf. Sie sitzt mir gegenüber am Küchentisch, neben dem großen Fenster mit dem Blick über die Straße und den Spielplatz. Mutter schätzt es sehr, den Überblick zu haben.

Mutters Küchenstuhl ist abgeranzt und etwas wackelig. Ich biete ihr an, einen neuen zu kaufen, sie will keinen neuen.

Wir kommen darauf zu sprechen, dass Vater zu Beginn des Jahres 1945 im Zuge der Ardennenoffensive in Gefangenschaft geriet. Leider habe ich zu seinen Lebzeiten nie nach den genauen Umständen der Gefangennahme gefragt. Mutter legt ihren rechten Arm auf den Heizkörper und schaut aus dem Fenster.

„Da weiß ich aber auch nicht mehr als du", sagt sie, „der Papa hat ja über diese Sachen nie gesprochen. Ich habe damals nur gestaunt, dass die Post noch funktionierte."

Ich horche auf.

„Post? Wieso Post?"

„Tatsächlich kam im Januar fünfundvierzig noch ein Brief aus den Ardennen. Das war der letzte Brief, den ich bekam, vor der Gefangenschaft."

Von diesem Brief habe ich nie gehört, so wie ich überhaupt nie einen Briefwechsel meiner Eltern aus der Kriegszeit zu Gesicht bekommen habe. Auch später werde ich in ihrem Nachlass keinen finden, einzig eine Postkarte Vaters aus der Gefangenschaft an Mutter werde ich in einem Schuhkarton mit Familienfotos entdecken.

„Was hat er in dem Brief denn geschrieben?", frage ich.

Mutter nimmt einen Schluck Kaffee. Sie sagt, Vater habe

geschrieben, sie lägen jetzt in den belgischen Wäldern, es sei furchtbar kalt, sie hätten Gräben ausgehoben, die Amerikaner ebenfalls, und alle paar Tage würde die eine Seite den Graben der anderen überrennen und dann umgekehrt, so wie früher an der Westfront im Ersten Weltkrieg.

„Und wenn sie einen amerikanischen Graben erobert haben, dann freute er sich, weil die Amerikaner in den Gräben immer Corned-Beef-Dosen zurückgelassen haben. Dann hatte Papa endlich was zu essen. Davon hat er geschrieben."

Mutter sieht wieder aus dem Fenster.

Auf der Straße tut sich nichts.

„Willst du noch Sauerbraten?", fragt sie mich.

Dank

Großer Dank für die hervorragende Zusammenarbeit gebührt meinen Lektoren
Gerold Hens, Karin Laub und Kuno Rinke

Weiterhin bedanke ich mich sehr für vielfältige Unterstützung dieses Buchprojekts bei
Carola Alphei
Dominik Gasser
Bettina Haeske
Christiane Hartter
Ulrike Heider
Andreas Hoch-Martin
Karin Hug
Simone Krakor
Tammin Julian Lee
Ingrid Meyer-Legrand
Theresia Maas
Verena Maas
Thomas Mank
Marcel Neudeck
Jacqueline Roussety
Renate Schäfer
Frank Schönfeld
Gerrit Schooff
Uwe Timm
Marianne Wilhelmi

Hinweis

Informationen zu den Filmen und Fotoprojekten von Andreas Fischer sind zu finden unter
www.moraki.de

Weitere Informationen zu diesem Buch und der erzählten Familiengeschichte finden Sie unter
www.eschen4.de

Coverfoto

Für das Cover wurde eine Fotografie aus dem Archiv der Familie Fischer verwendet. Es stammt aus dem Jahr 1970 und zeigt den Autor mit seiner Großmutter in Troisdorf. Das Foto wurde von Ilse Fischer aufgenommen.